DROEMER ✶

KIMBERLY McCREIGHT

Tochter liebe

THRILLER

Aus dem amerikanischen Englisch
von Kristina Lake-Zapp

DROEMER ✪

Die amerikanische Originalausgabe erschien 2024 unter dem Titel
»Like Mother, Like Daughter« bei Knopf, New York.

Besuchen Sie uns im Internet:
www.droemer-knaur.de

Deutsche Erstausgabe April 2025
© 2024 by Kimberly McCreight
© 2025 der deutschsprachigen Ausgabe Droemer Verlag
Ein Imprint der Verlagsgruppe
Droemer Knaur GmbH & Co. KG
Maria-Luiko-Straße 54, 80636 München
Alle Rechte vorbehalten. Das Werk darf – auch teilweise –
nur mit Genehmigung des Verlags wiedergegeben werden.
Die Nutzung unserer Werke für Text- und Data-Mining
im Sinne von § 44b UrhG behalten wir uns explizit vor.
Das Zitat von Joan Didion stammt mit freundlicher Genehmigung aus:
Joan Didion, Blaue Stunden © für die deutschsprachige Ausgabe
Ullstein Buchverlage GmbH, Berlin 2012/Ullstein Verlag
Redaktion: Gisela Klemt
Covergestaltung: SO YEAH DESIGN, Gabi Braun
Coverabbildung: Collage unter Verwendung von Motiven von
Nicole Matthews / Arcangel Images und Shutterstock.com
Satz und Layout: Adobe InDesign im Verlag
Druck und Bindung: GGP Media GmbH, Pößneck
ISBN 978-3-426-44946-2

Kontaktadresse nach EU-Produktsicherheitsverordnung:
produktsicherheit@droemer-knaur.de

2 4 5 3 1

Für Harper & Emerson
Was für ein Geschenk, euch zu kennen.
Was für eine Ehre, eure Mutter zu sein.

Sobald sie geboren war,
hatte ich nie mehr *keine* Angst.

Joan Didion, *Blaue Stunden*

PROLOG

Sobald man etwas sehen kann, fangen die Lügen an. Natürlich allesamt wohlgemeint. Freundinnen, Freunde, Familie, Ärztinnen und Ärzte und sogar vollkommen Fremde – im Grunde sagen dir alle, die deinen Schwangerschaftsbauch betrachten:
Keine Sorge, wenn es so weit ist, wirst du schon wissen, was zu tun ist.
Keine Sorge, du kannst dich auf deine Mutterinstinkte verlassen.
Keine Sorge, dein Körper hat bald seine alte Form wieder.
Keine Sorge, du wirst eine fantastische Mutter sein.
Keine Sorge, es ist nicht so anstrengend, wie es jetzt wirkt.
Keine Sorge, Mutter zu sein ist die lohnendste Arbeit der Welt.
Keine Sorge, du wirst dein Mutterdasein sehr viel mehr lieben, als du denkst.
Zumindest Letzteres stimmt, wenngleich es sich um eine gefährliche Simplifizierung handelt.
Es ist in der Tat grenzenlose Liebe, die du in der Sekunde empfindest, wenn du dein Kind, ein warmes, sich windendes Etwas, an deine nackte Brust drückst. Du würdest sterben, um dieses Kind zu beschützen, und vermutlich, so stellst du voller Unbehagen fest, würdest du dafür sogar töten. Diesen Teil von dir kanntest du bislang noch nicht – wild, animalisch. Er verleiht dir das Gefühl von Macht – und löst gleichzeitig Furcht in dir aus.

Das ist deine erste wahre Einführung in die Mutterschaft, diese Studie über Widersprüche.

Und dann ist da noch der Preis für diese grenzenlose Liebe, vor dem dich niemand gewarnt hat: die Sorgen und die schlaflosen Nächte. Die Angst, dass dein Kind krank wird, traurig ist oder einsam. Und dass das alles deine Schuld ist. Oder dass es eines Tages deine Anrufe nicht mehr beantwortet. Die bedingungslose Liebe zu deinem Kind bedeutet ja nicht, dass es verpflichtet ist, deine Liebe zu erwidern.

Oh, da ist noch etwas: Du wirst so vieles missverstehen. Nicht zuletzt, weil es auf keine einzige der Fragen, die die Mutterschaft mit sich bringt, eine richtige Antwort gibt.

Und was ist mit den wenigen Malen, wenn du tatsächlich einen Volltreffer landest? Nun, das führt dich lediglich zu der Annahme, dass andere Mütter die ganze Zeit über das Richtige tun. Und du wirst dich noch mehr anstrengen.

Du wirst dich so sehr anstrengen, dass deine Augen brennen und deine Arme schmerzen. Bis dein Herz zu Staub zerfällt.

Du wirst alles tun, was nötig ist. Selbst wenn du gar nicht weißt, *was* nötig ist. Vor allem dann. Mach dich darauf gefasst, denn das wird dein Job sein, und zwar für immer: Du wirst alles richten müssen einschließlich der Dinge, die sich nicht richten lassen.

Solange ihr beide leben werdet.

CLEO

Am Tag des Verschwindens

Unser Haus in Brooklyn aus rötlich gelbem Sandstein sieht schön aus, ein warmes Gold im schwindenden Aprillicht. Heimelige, makellose Park-Slope-Perfektion, natürlich dank meiner Mutter. Gott bewahre, dass sie jemals etwas Geringeres als Perfektion schaffen würde. Und dennoch stehe ich hier wie erstarrt an der Straßenecke, einen halben Block von dem Haus entfernt, in dem ich aufgewachsen bin, voller Furcht. Und das ist nicht unbedingt etwas Neues. Ich könnte jetzt kehrtmachen und in die U-Bahn steigen. Zur New York University zurückfahren, zu dieser Party in meinem Studentenwohnheim, die vermutlich bald anfängt. Zu Will. Aber etwas lässt mich zögern. Es ist die Art und Weise, wie sich meine Mutter diesmal bei mir gemeldet hat. Sie hat drauf bestanden, persönlich mit mir zu reden, und zwar *sofort*. Das ist nicht unbedingt etwas Neues. Doch dann hat sie gesagt, sie verstehe, warum ich nicht kommen wolle, und mich darum *gebeten*. Sie hat mich förmlich angefleht, zum Abendessen zu kommen. Sie klang so … ernst – und das gab den Ausschlag. Natürlich komme ich. Während der letzten vierundzwanzig Stunden hat sie übrigens wieder auf ihre bewährte Methode zurückgegriffen: knallharter Druck. Allein die Nachrichten, die ich vor einer kleinen Weile im Zug erhalten habe: *Bist du unterwegs? Sitzt du schon in der U-Bahn? Bist du bald hier?* Als stünde man vor einem Erschießungskommando – so ist es, meiner Mom zu texten.

Eine Autohupe gellt auf der Prospect Park West, und ich

flitze über die Straße. Auf der obersten Stufe vor unserer Haustür drücke ich auf die Klingel und warte. Wenn meine Mom hinten in ihrem Arbeitszimmer ist, hört sie das Klingeln vielleicht nicht. Und ich habe natürlich meine Schlüssel vergessen.

Das Smartphone summt in meiner Hand. *Und? Will.* Mir stockt der Atem. *Ich weiß noch nicht genau, wann.* Ich werfe einen Blick auf die Handy-Uhr. Schon halb sieben. *Soll ich dir schreiben, wenn ich auf dem Rückweg bin?* Wir hängen zusammen ab, gehen ab und zu miteinander ins Bett. Das ist alles.

No Prob, antwortet er einen Herzschlag später. Und wieder spüre ich dieses Flattern in meinem Bauch. Okay, vielleicht ist es etwas mehr, als nur miteinander abzuhängen.

Ich drücke erneut auf die Klingel. Warte. Immer noch nichts.

Ich schicke eine Textnachricht: *HALLO? Bin seit 15 Min. da.*

Es sind erst fünf Minuten, aber da meine Mutter mich mittels emotionaler Gewaltanwendung dazu gebracht hatte, nach Brooklyn zu fahren, kann sie mir jetzt wohl zumindest die Tür öffnen. Außerdem friere ich hier in meinem weißen Rippen-Tanktop und der tief auf der Hüfte sitzenden Jeans. Natürlich wird sie wieder ein großes Ding daraus machen: *Wo ist deine Jacke? Wo ist deine restliche Kleidung?*, ganz zu schweigen von dem, was sie zu meinem neuen Augenbrauen-Piercing sagen wird.

Ich klopfe an die Tür, die in dem Moment aufschwingt, in dem meine Knöchel das Holz berühren.

»Mom?«, rufe ich und betrete das große, offene Haus. Wohn- und Essbereich links, Küche auf der rechten Seite. »Die Tür war nicht richtig zu ...«

Etwas riecht verbrannt. Ein Kochtopf steht auf dem Gasherd, eine der vorderen Flammen brennt, der Topf ist schon schwarz. Ich haste hinüber, stelle den Herd aus, schnappe mir ein Geschirrtuch und bugsiere den Topf in die Spüle. Anschließend drehe ich den Wasserhahn auf. Eine Dampfwolke steigt zischend in die Höhe, als das Wasser in den leeren Topf schießt.

Neben einem ordentlichen Haufen klein geschnittener grüner Bohnen steht auf der Anrichte eine offene Packung Couscous. Auf der Kücheninsel entdecke ich ein halb leeres Glas Wasser. »Mom!«, rufe ich.

Aus dem Ofen kommen knallende und zischende Geräusche. Als ich die Tür öffne, schlägt mir ein Schwall Hitze und grauer Rauch entgegen. Der Bräter, den ich herausreiße, ist mit schwarzen Steinen gefüllt, vermutlich Hähnchenteile.

»Das Essen verbrennt!«, rufe ich. Im selben Moment schrillt der Rauchmelder los. »Scheiße!«

Ich will gerade auf einen Stuhl steigen, um ihn auszuschalten, als ich ein lautes Geräusch vernehme – *wumm, wumm, wumm*. Es kommt aus der Richtung, wo sich das Arbeitszimmer meiner Mutter befindet. *Scheiße.*

»Mom!«

Das Wummern hört auf.

Dicht an die Wand gedrückt, schleiche ich durch den Flur, am Bad vorbei, doch als ich vorsichtig ins Arbeitszimmer hineinschaue, stelle ich fest, dass es leer ist. Der Laptop meiner Mom, den sie bei der Arbeit benutzt, liegt auf dem Fußboden neben der Tür, was merkwürdig ist. Ansonsten ist alles so tadellos aufgeräumt wie sonst.

Das Wummern beginnt erneut. Ich stelle fest, dass es durch die Wand kommt, aus dem angrenzenden Haus, dem von George und Geraldine – nein, nur noch von George, denn Geraldine ist gestorben. George war früher ein berühmter Arzt, ein Neurochirurg, doch inzwischen leidet er an Alzheimer. Meine Mom versucht, ein Auge auf ihn zu haben, und bringt ihm manchmal Lebensmittel vorbei. Mit Sicherheit stellt George ziemlich seltsames Zeug an, so ganz allein in dem Haus. Im Augenblick scheint er gegen die Wand zu hämmern. Er hat das schon früher getan, damals, als ich noch zur Highschool ging, immer dann, wenn er wollte, dass meine Freundinnen und ich leiser waren.

Der Rauchmelder schrillt noch immer. Wahrscheinlich regt er sich deshalb auf.

Ich kehre in die Küche zurück, springe auf den Stuhl und drücke auf die Reset-Taste. Endlich verstummt der Alarmton. Eine Sekunde später verstummt auch Georges Klopfen.

Ich blicke über die Kücheninsel hinweg auf den langen Esszimmertisch und den dahinterliegenden Wohnbereich. Makellos.

»Was zur Hölle geht hier vor?«, wispere ich. Man kann meiner Mom so einige unschöne Dinge vorwerfen, aber sie ist nicht der Typ Mensch, der einfach verschwindet.

Ich entdecke etwas unter dem Sofa, springe vom Stuhl und laufe hinüber, um es genauer ins Auge zu fassen. Es handelt sich um einen hellgrauen flachen Leinenballerina, sehr schlicht, sehr teuer. Solche Schuhe gehören zur Standardausstattung meiner Mutter. Als ich ihn unter dem Sofa hervorziehe, sticht mir ein verschmierter rotbrauner Fleck an der Seite ins Auge. Ich kehre in die Küche zurück und bemerke jetzt erst das zerbrochene Glas auf dem Fußboden. Die Scherben liegen glitzernd in einer Pfütze, die aussieht wie Wasser. Auf dem Hartholzfußboden ist noch ein Fleck, glänzend, kreisförmig, in der Größe eines Tellers. Die Flüssigkeit ist dicker als Wasser. Als ich mich bücke, um sie genauer zu betrachten, stelle ich fest, dass sie die

gleiche Farbe hat wie der rotbraune Schmierstreifen auf dem Ballerina. *O mein Gott!* Das ist Blut.
Ich lasse den Schuh fallen. Mit zitternden Händen ziehe ich das Handy aus der Gesäßtasche meiner Jeans.
»Hey!«, meldet sich mein Dad. »Ich komme gerade aus dem Flieger!«
Und für den Bruchteil einer Sekunde denke ich: *O prima, dann müssen Mom und ich wenigstens nicht allein essen.* Als wäre die Welt nicht soeben explodiert.
Ich richte den Blick wieder auf den Fleck. Blut. Definitiv.
»Dad, ich glaube, Mom ist was passiert!«

ZIVILKLAGE GEGEN DARDEN PHARMACEUTICALS

5. MÄRZ 2024
AKTENNOTIZEN

Im Namen aller schwangeren Patientinnen, die das Medikament Xytek gegen Krampfanfälle oder zur Migränebehandlung zwischen dem Datum der Erstzulassung am 25. Oktober 2021 und jetzt eingenommen haben, wurde heute im Southern District von New York eine zivilrechtliche Klage gegen Darden Pharmaceuticals zugelassen. Die Sammelklage wurde von einer namentlich nicht genannten Klägerin eingereicht, die behauptet, dass Darden Pharmaceuticals von den Risiken für schwangere Patientinnen und ihre ungeborenen Kinder wusste und sich darüber hinwegsetzte. Weiter wird behauptet, dass die Einnahme von Xytek »schwere körperliche Schäden bei Neugeborenen und in einigen Fällen sogar deren Tod« zur Folge hatte. Angesichts der Zahl potenzieller Klägerinnen könnte daraus eine der kostspieligsten Rechtsstreitigkeiten im Pharmasektor erwachsen, für Darden Pharmaceuticals stehen möglicherweise mehrere hundert Millionen Dollar auf dem Spiel. Im Hinblick auf das Gerichtsverfahren erklärte Dardens Chefjurist Phillip Beaumont: »Xytek ist ein Medikament, das Zehntausende von Leben gerettet und Hunderttausenden ein lebenswertes Dasein ermöglicht hat. Die Daten machen deutlich, dass

Xytek sowohl ausgesprochen sicher als auch enorm wirksam bei der Minderung und sogar Beseitigung lebensbedrohlicher epileptischer Anfälle ist, und ebenso sicher erweist es sich bei der Bekämpfung von Migräne. Wir freuen uns auf den Tag vor Gericht, an dem wir dies öffentlich beweisen können.« Der Umsatz von Xytek lag allein im letzten Jahr bei über zwei Milliarden Dollar. Als wir diesbezüglich um eine Stellungnahme baten, teilte uns einer der Anwälte der Klägerin mit: »Darden Pharmaceuticals hat bekannte Risiken ignoriert. Man hat den Profit über die Sicherheit der Patientinnen gestellt, wofür Hunderte von Neugeborenen den Preis bezahlen mussten. Wir gehen davon aus, dass dieser Fall die Art und Weise, wie die Pharmaindustrie ihre Geschäfte abwickelt, verändern wird genau wie die Art und Weise der beschleunigten Arzneimittelzulassung durch die Arzneimittelbehörde.«

KATRINA

Acht Tage zuvor

Ich öffnete die Augen, geblendet von der Sonne, die durch die breite Fensterfront hereinfiel. Es dauerte eine Sekunde, bevor mir einfiel, wo ich war und mit wem – in letzter Zeit kein unbekanntes Gefühl. Das erste Mal, als dies geschah, geriet ich in Panik, fürchtete, ich hätte einen Blackout, jemand hätte mir etwas in den Drink getan. Aber nein, ich hatte mich freiwillig dafür entschieden, hier zu sein, in einem fremden Bett.

Nicht dass Doug noch immer ein Fremder für mich war – nicht nach einem halben Dutzend Dates und drei gemeinsamen Nächten. In dieser schönen neuen Welt des Datens, in der ich die Hälfte der Abkürzungen googeln musste – ENM, GGG –, zählte das in etwa so viel, als wäre ich mit ihm verheiratet. Bisher war es eine steile Lernkurve gewesen, aber damit kam ich klar. Ich wusste, dass ich Doug mochte. Womöglich war dies ein Anfang – wovon auch immer.

Ich hörte ihn neben mir im Bett tief und gleichmäßig atmen. Zum ersten Mal war ich bis zum Morgen geblieben. Tatsächlich war es auch das erste Mal, dass ich seit meiner Trennung vor vier Monaten mit einem Mann die Intimität einer gemeinsam verbrachten Nacht teilte. Und das fühlte sich bedeutsamer an als Sex. Hier lag ich also, neben einem anderen Mann als Aidan, und sah zu, wie die Sonne aufging. Ich wartete darauf, dass sich ein Gefühl der Schuld einstellte, doch stattdessen wurde ich von Erleichterung überwältigt, dass ich es so weit geschafft hatte.

Doug und ich hatten uns bei einem Unternehmensevent von Darden Pharmaceuticals kennengelernt, zu dem ich als Juristin der Kanzlei Blair & Stevenson ebenfalls eingeladen war. Statt mit auf den Golfplatz zu gehen, hatten wir es uns beide auf der Veranda des Clubhauses bequem gemacht, wo wir das gleiche Buch lasen: *Schnelles Denken, langsames Denken*. Ihn ließ die Lektüre interessiert wirken, mich dagegen, so fürchtete ich, nur hart und emotionslos – worüber sich Aidan permanent beschwert hatte. Doug hingegen schien entzückt über diesen Zufall zu sein. Genau genommen schien ihn alles an mir zu entzücken.

Es gefiel mir gar nicht, dass Doug ein Senior Executive bei einem unserer Mandanten war. Einem neuen Mandanten, wohlgemerkt. Kein Mandant, für den ich tätig war, doch Vorschriften waren nun mal Vorschriften, und von romantischen Beziehungen wurde dringend abgeraten, ohne Offenlegung waren sie sogar strikt verboten. Allerdings war die Vorstellung, die Details meines frisch aufkeimenden Sexlebens der Personalabteilung mitzuteilen, nur schwer zu ertragen. Zu schwer. Daher hatte ich entschieden, die Umstände unseres Kennenlernens bequemerweise zu vergessen. Außerdem war ich in der Kanzlei immerhin Partnerin – was mir gestattete, die Regeln großzügig auszulegen. Auch Doug verstieß mit unserer Verbindung gegen die Richtlinien von Darden Pharmaceuticals, aber vielleicht bestand der Reiz ja gerade darin, dass unsere Beziehung geheim bleiben musste. Zudem respektierten wir die Schweigepflicht – keiner von uns sprach über seinen Job.

Ich war einfach nur glücklich, jemanden zu daten, den ich im echten Leben kennengelernt hatte. Onlinedating hatte sich für mich zum großen Teil als Desaster erwiesen. Diese Treffen bekamen schon Bestnoten, wenn ich es durch ein komplettes Abendessen schaffte. Der ganze Prozess wirkte auf mich höchst befremdlich: mit mir völlig unbekannten Leuten zu »matchen«; der gestelzte, unangemessen intime Nachrichtenaustausch mit jemandem, dem man noch nie begegnet war; die gepimpten Profile, die an glatte Lügen grenzten. Ich hatte das Ganze für ein vorübergehendes, unvermeidliches Unterfangen gehalten – eine hässliche Abrissbirne für mein altes Leben.

Aber Doug? Er war ein echter Glücksgriff: lustig und liebenswert und unglaublich klug. Genau wie ich hatte er unvorstellbar hart arbeiten müssen, um dahin zu kommen, wo er jetzt war. Außerdem stellte sich heraus, dass wir jede Menge Gesprächsstoff hatten. Seine Tochter Ella war in Cleos Alter, und Doug, einem Witwer, fiel es genauso schwer, eine Verbindung mit ihr aufzubauen, wie mir mit Cleo. Ella war Sängerin, Doug in erster Linie Wissenschaftler, dann Geschäftsmann. »Eine Geschichte der Gegensätze«, hatte er ein wenig traurig bei unserem ersten Date gesagt. »Über die ich mir weniger Gedanken machen würde, wenn es mir nicht so wichtig wäre, die Kluft zu überbrücken.«

Doug war auf eine charmante Weise verschroben. Mithilfe von YouTube-Tutorials brachte er sich bei, frische Pasta zuzubereiten, außerdem arbeitete er sich langsam durch die laut American Film Institute hundert besten Filme aller Zeiten. Zudem war er ausgesprochen attraktiv mit seinen grau melierten Haaren, den intelligent dreinschauenden haselnussbraunen Augen und dem ansteckenden Lachen. Nicht so umwerfend wie Aidan – das waren nur wenige Männer –, und auch nicht so groß. Dafür war Doug nicht annähernd so egozentrisch wie er. Außerdem war er (unerwarteterweise) ein exzellenter Liebhaber, in allen wichtigen Belangen sanft und in den richtigen Momenten durchsetzungsfähig.

»Bist du wach?«, fragte er verschlafen, drehte sich zu mir um und schlang einen Arm um meine Hüfte, das Gesicht im Kissen vergraben. »Sorry, wenn ich dich geweckt habe«, sagte ich. »Schlaf weiter.«
»Hm, okay«, erwiderte er und zog mich enger an sich. »Aber nur wenn du auch weiterschläfst.« Eine Sekunde später ging sein Atem wieder tief und gleichmäßig. Doug war süß – das war es, was ich am meisten an ihm mochte. Süß und lieb. Manchmal merkte man gar nicht, wie sehr man etwas brauchte, bis es einem direkt unter die Nase gehalten wurde. Anscheinend hatte ich mich verzweifelt nach jemandem gesehnt, der freundlich zu mir war.

Bemüht, kein Geräusch zu machen, hob ich mein Handy vom Fußboden auf. Vielleicht waren Arbeitsnachrichten eingegangen. Es gingen immer Arbeitsnachrichten ein, sogar an einem Samstagmorgen um neun Uhr dreißig. Keine Message von Cleo – natürlich nicht. Sie und ich hatten während der vergangenen drei Monate so gut wie gar nicht getextet. Trotzdem war ich jedes Mal enttäuscht, wenn ihr Name nicht auftauchte.

Meine Assistentin Jules hatte mir zwölf Nachrichten von Mandanten weitergeleitet, keine davon so dringend, wie sie offenbar dachten.

Meine Mandanten befanden sich in der Regel in einer prekären Lage und waren so sehr von der Suche nach einer schnellen Lösung getrieben, dass die Einhaltung von Wochenenden zur Nebensache wurde.

Ich hatte außerdem eine Voicemail von Mark, meinem Boss, bekommen, der mich fragte, ob ich mich mit Vivienne Voxhall in Verbindung setzen könne. Vivienne, eine meiner wenigen weiblichen Mandanten, war die hochkarätige CEO von UNow, einer neuen Social-Media-Plattform, die die Welt der College-Studentinnen und -Studenten in Aufruhr versetzte. UNow wurde entwickelt, um Instagram ernsthaft Konkurrenz zu machen. Außerdem sollte UNow natürlich Geld einbringen, *sehr viel* Geld. Vivienne hatte das Marketing für Spotify, iTunes und Hulu geleitet – sie zählte zu den erfolgreichsten Frauen in der Tech-Welt, nicht zuletzt, weil sie als Programmierexpertin galt, die in der Branche glaubwürdig rüberkam. Allerdings hatte sie ein Aggressionsproblem, was kürzlich dazu geführt hatte, dass sie einem eher mittelmäßigen Senior Executive Manager namens Anton drohte, ihn mitsamt seinem Stuhl »aus dem Fenster zu werfen«, sollte er es noch einmal wagen, damit herumzukippeln, während sie redete. Zu Viviennes Verteidigung musste angebracht werden, dass sich besagter Senior Executive den Frauen gegenüber, die mit ihm zusammenarbeiteten, absolut unverschämt verhielt. Vivienne hatte allerdings nicht immer so edle Ziele für ihre Wut – und bisher hatte sie lediglich das Glück gehabt, Geschichten wie diese unter Verschluss halten zu können. Jetzt allerdings drohte der Typ damit, sich an die Medien zu wenden, sollte man ihm keine Führungsposition bei UNow zuweisen – auf jeden Fall eine beeindruckende Chuzpe. In Anbetracht des bevorstehenden Milliarden-Dollar-Börsengangs von UNow hätte das Timing nicht schlechter sein können.

Mark kannte diese Details natürlich nicht. Er war die unparteiische Kontaktperson der Kanzlei. Ich war die praktische Problemlöserin – die Mittelsfrau, die unseren Mandantinnen und Mandanten gegen einen entsprechenden finanziellen Aufwand in brisanten Situationen aus der Patsche half. In Anbetracht dessen, dass Mark Germaine geschäftsführender Partner bei Blair & Stevenson war, war es logisch, dass er nicht nur meine Rolle, sondern sogar die Existenz dieser Rolle bestritt. Dass ich kein Wort darüber verlieren durfte, war mir klar, obwohl es nie explizit erwähnt wurde. Dabei ging Mark zweifellos davon aus, dass ich mit Aidan darüber gesprochen hatte. Ehepartner waren von den meisten Vertraulichkeitsauflagen in der Regel stillschweigend ausgenommen. Allerdings war es mir nie in den Sinn gekommen, Aidan solche Dinge anzuvertrauen, auch nicht vor zehn Jahren, als ich die Stelle angenommen hatte. Genauso wenig wie mir in den Sinn gekommen war, diesen Mangel an Vertrauen als problematisch zu betrachten. Ich war an Geheimnisse gewöhnt.

Und so folgten wir einem bestimmten System: Mark nannte mir Namen und Telefonnummer eines für gewöhnlich hochrangigen Mitarbeiters, der für einen bestehenden Firmenkunden tätig war. Mark versicherte dem Mandanten – normalerweise dem Arbeit*geber* des schuldigen Arbeit*nehmers* –, dass ich das Problem aus der Welt schaffen würde. Und ich wandte mich erst wieder an Mark, wenn der Schlamassel tatsächlich offiziell aus der Welt geschafft war. Was in der Zwischenzeit passierte, war meine Sache.

Vivienne jedoch schreckte nicht davor zurück, Mark mitten in der Nacht anzurufen, um zu bekommen, was sie wollte. Es war typisch für sie, dass sie mir nur wenige Minuten Zeit ließ zu antworten, bevor sie über meinen Kopf hinweg handelte.

Ich habe gestern am späten Abend mit Vivienne gesprochen, schrieb ich Mark zurück. *Die Sache ist bereits geklärt.*

Diesmal war Vivienne wegen der Sprachnachricht einer aufdringlichen *New York Times*-Reporterin ausgerastet. Ich hatte ihr vor weniger als acht Stunden versichert, dass die *Times* auf keinen Fall eine Story über Vivienne bringen würde, ohne zu versuchen, zuvor ein offizielles Statement von ihr zu bekommen. Eine einzige Sprachnachricht würde da nicht genügen. Die Story würde so lange auf Eis liegen, wie Vivienne nicht ans Telefon ging. Ein weiteres Problem gelöst – zumindest vorerst.

Ja, meine Arbeit konnte durchaus befriedigend sein, sogar wenn ich dafür immer wieder durch ziemlich trübe Gewässer waten musste. Hatten all diese vermögenden, privilegierten Menschen – von denen einige ziemlich widerwärtige Dinge getan hatten – tatsächlich eine zweite Chance verdient? Wahrscheinlich nicht. Ich jedoch vermutlich auch nicht.

Hinter dem Fenster glitzerte der Hudson River. Die Aussicht war spektakulär, das Apartment eine beeindruckende, loftähnliche Wohnung mit einem Schlafzimmer und poliertem Eschenholzboden. Allerdings bevorzugte Doug das Einfamilienhaus in Bronxville – in der Zweitwohnung fühlte er sich einsam. Zumindest hatte er sich so gefühlt, bis ich einwilligte, über Nacht zu bleiben.

Ich schlüpfte aus dem Bett und schlich auf Zehenspitzen ins Bad, wobei ich dem Drang widerstand, mich zuvor anzuziehen. Auf diesem Gebiet musste ich permanent an meinem Selbstbewusstsein arbeiten.

Als ich ins Schlafzimmer zurückkehrte, war Doug wach. Er saß aufrecht im Bett, die Füße auf dem Fußboden, und blickte verstört auf sein Smartphone.

»Ist alles okay?«, fragte ich.

Ohne die Augen vom Handy zu wenden, legte er die freie Hand in den Nacken und schüttelte den Kopf. »Ich habe gerade eine total seltsame Nachricht bekommen ...«

»Von der Arbeit?«, fragte ich, ging um das Bett herum auf die andere Seite und hob BH und Shirt auf, die noch an genau der Stelle auf dem Fußboden lagen, wo ich sie in der Nacht hingeworfen hatte.

»Nein«, sagte er und blickte auf. »Nein. Es ist ... Wir hatten damals einen Studienberater engagiert, wegen Ella ...«

Ich wartete darauf, dass er seinen Gedanken zu Ende brachte, doch er rieb sich bloß die Stirn. Also zog ich mich eilig an, trat an seine Bettseite und setzte mich neben ihn. »Und jetzt meldet er sich? Wie lange ist das her? Doch bestimmt drei Jahre.«
»Mindestens«, bestätigte Doug und schaltete eilig das Handy aus, als ich einen Blick aufs Display werfen wollte.
»Möchtest du darüber reden?«, fragte ich.
»Ich erinnere mich nicht mal an den Namen des Beraters, nur noch an den des Unternehmens, für das er tätig war – Advantage Consulting.« Er verstummte. Nach einem kurzen Moment fuhr er fort: »Jemand erpresst mich. Will Geld, Schweigegeld. Für etwas, was ich *nicht* getan habe.«
Ich legte eine Hand auf seinen Rücken. »Oh, das tut mir leid. Das klingt ... schrecklich.«
Doug nickte. »Ja. Und seltsam. Wir haben für nichts Illegales bezahlt. Ich meine, der Typ hat gewisse Optionen angedeutet, ja. Du weißt schon: ›Gegen einen Aufpreis könnte ich mehr für Sie tun‹, doch das haben wir *nicht* in Anspruch genommen.« Er runzelte die Stirn. »Wir haben ihn allerdings auch nicht sofort gefeuert, obwohl das vermutlich das Richtige gewesen wäre. Wir hätten uns an einen anderen Berater wenden sollen – die einzige moralisch integre Vorgehensweise.«
»Und die Erpresser drohen, dass sie behaupten, du hättest etwas Illegales getan, wenn du nicht zahlst?«
Erpressung – das war etwas, womit ich mich auskannte. Ich blickte auf Dougs noch immer schwarzes Display, wollte, dass er mir die Message zeigte, damit ich mir ein Bild machen konnte, womit genau er es zu tun hatte. An der Art und Weise, wie die Forderungen formuliert waren, konnte man sehr viel erkennen.
»Ja, angeblich wollen sie Anzeige bei der Polizei erstat-

ten. Außerdem haben sie gedroht, Ella zu erzählen, ich hätte sie mittels Bestechung an die Amherst gebracht, was mir, ehrlich gesagt, sehr viel mehr Kopfzerbrechen bereitet. Die Polizei wird die Wahrheit schlussendlich ans Tageslicht bringen, aber was ist mit meiner Tochter? Das wird ihr den perfekten Vorwand liefern, sich endgültig von mir abzuwenden.«

Ich wusste, wie er empfand, kannte ich dieses Gefühl doch ebenfalls nur allzu gut. Mein eigenes Handy vibrierte in meiner Hand.

Ruf mich sofort an. Aidan. Großartig.

Aidan liebte es, mittels kryptischer Forderungen meine umgehende Aufmerksamkeit zu erlangen, vor allem an Wochenendvormittagen, an denen ich möglicherweise indisponiert war. Er wusste, dass es funktionierte, weil ich mir Sorgen machte, es könnte um Cleo gehen. Ich war immer noch Cleos offizieller Notfallkontakt. Zwanzig Jahre lang hatte ich Formulare ausgefüllt – Schulformulare, Gesundheitsformulare, Formulare für Sport- und Freizeitaktivitäten, Notfallformulare für Veranstaltungen, Kursbelegungen, Klassenfahrten –, Formulare, von deren Existenz Aidan nicht die leiseste Ahnung hatte. Auch jetzt noch war es *mein* Handy, das klingelte, wenn Cleo krank oder verletzt oder sonst wie außer Gefecht gesetzt war. Wenn sie jedoch eine Krise hatte, in der sie selbst zum Telefon greifen konnte, war es ohne Frage Aidan, den sie anrief. Die beiden standen einander sehr viel näher als sie und ich, spätestens seit Cleo ins Teenageralter gekommen war. Vor allem jedoch seit Kyle.

»Jetzt wirkst *du* aufgewühlt.« Doug deutete mit dem Kinn auf mein Handy.

»Ich muss kurz rausgehen und das Gespräch annehmen«, sagte ich. »Es ist Aidan.«

Diesmal legte Doug mir die Hand in den Rücken. »Das tut mir leid.«

Doug verstand es. Alles. Nach nur drei Wochen hatte ich das Gefühl, er würde mich auf eine Weise verstehen, wie Aidan es nie getan hatte.

»Sehen wir uns bald wieder?«, fragte ich, als ich aufstand. Doug lächelte. »Darauf kannst du dich verlassen.«

Ich rief Aidan vom Gehsteig der West Street aus zurück. Sobald ich seine Stimme hörte, verpuffte die Erinnerung an Dougs Hände auf meinem Körper in der kühlen Aprilluft.

»Ja, hallo.« Aidans Ton klang scharf, als wollte er sagen: *Das hat ja lange gedauert.* »Tut mir leid, dass ich dich von ... keine Ahnung ... von wem auch immer wegreiße.«

Es gelang ihm überzeugend, verletzt zu klingen. Die Trennung war auf meine Initiative hin erfolgt, auch wenn Aidan mir im Grunde keine Wahl gelassen hatte. Er wollte »an den Dingen arbeiten« – das heißt, er wollte, dass ich vergaß, was geschehen war, und wieder so tat, als wäre alles in Ordnung.

Auf alle Fälle war es meine Idee gewesen, unsere Trennung vor Cleo geheim zu halten und erst einmal abzuwarten, bevor wir etwas so Offizielles wie eine Scheidung in die Wege leiteten – zumindest bis zu den Semesterferien im Sommer. Sie hatte sich erst vor Kurzem aus dem akademischen Loch befreien können, in das sie gefallen war, als sie Kyle gedatet hatte. Ich wollte nicht für einen weiteren Rückschlag verantwortlich sein. Außerdem wusste ich, dass eine Scheidung, selbst eine Trennung, der letzte Nagel in *meinem* Sarg gewesen wäre. Ihren geliebten Dad zu verlassen war genau der Beweis, den sie brauchte. Dafür, dass ich tatsächlich das grässliche, emotionslose Monster war, als das sie mich bei unserem letzten Streit dargestellt hatte.

»Was gibt's, Aidan?« Hinter der Ecke heulten Sirenen, einer der scheinbar nie endenden Feuerwehr-Korsos auf dem West Side Highway. Ich drückte mir einen Finger ins freie Ohr.

»Es geht um Cleo«, sagte er.

»Tatsächlich?« In Wirklichkeit ging es *nie* um Cleo. »Schieß los.«

»Wo bist du? Es klingt, als stündest du mitten auf dem Brooklyn-Queens Expressway. Wenn der Typ ein Apartment so nah am Highway hat, würde ich mir an deiner Stelle einen neuen Freund suchen.«

»Aidan, was ist mit Cleo?«

»Egal, ich kümmere mich darum«, antwortete er.

»Worum kümmerst du dich?«

»Schrei mich nicht an.«

»Ich schreie nicht.« Aber er hatte recht: Ich schrie tatsächlich. »Sag nicht, Kyle ist wieder im Spiel.«

»Kyle? Nein, mit ihm hat das nichts zu tun. Ich denke, dafür hast du gesorgt.«

»Zum Glück.«

»Cleo sieht das anders.«

Natürlich tat sie das. Durch den Schlamassel mit Kyle war Cleos Verhältnis zu mir nicht mehr nur »schwierig«, sondern unverhohlen feindselig. Ich hatte ihr damit gedroht, nicht länger für die Studiengebühren aufzukommen, wenn sie nicht mit ihm Schluss machte – mit diesem Versager und Drogendealer. Diesem *reichen* Versager und Drogendealer. Jedes Mal, wenn ich daran dachte, wie aggressiv meine Drohung geklungen hatte, wie wütend, bestrafend, fühlte ich mich schlecht. Zu meiner Verteidigung muss ich anbringen, dass Kyle Cleo in seine Drogengeschäfte hineingezogen hatte. Zum Glück hatte er sie nicht dazu gebracht, selbst Drogen zu konsumieren, sondern lediglich zu verkaufen. Trotzdem. Kyle, ein Dealer mit Treuhandfonds, tat dies vermutlich nur, um seine reichen Eltern zu ärgern. Cleo hatte Aidan gegenüber beiläufig erwähnt, dass Kyle »ein bisschen was auf dem Campus vertickte«. Man musste Aidan zugutehalten, dass er mich sofort informierte. Und in dem Moment hatte ich mich der Sache angenommen. Hatte das getan, was ich am besten konnte: Ich hatte das Problem beseitigt.

Zunächst hatte ich Cleo gezwungen, mit Kyle Schluss zu machen. Anschließend hatte ich mich direkt an ihn gewandt, um ihm meinen Standpunkt unmissverständlich klarzumachen. Weder Cleo noch Aidan hatten davon gewusst, natürlich nicht; nette Anwältinnen tauchten nicht einfach so mit den Cops auf und warfen mit nicht ganz sauberen Drohungen um sich. Aber die Drohungen, die ich Cleo gegenüber ausgesprochen hatte, gaben ihr schon ausreichend Grund, nicht mehr mit mir zu reden. Trotzdem würde ich, wenn es sein müsste, alles wieder ganz genauso machen.

»Wie dem auch sei, es geht nicht um Kyle«, fuhr Aidan fort. »Cleo hat mich gefragt, ob ich ihr Geld leihen kann.«

»Geld?«

»Sie ist Studentin, schon vergessen? Ein wenig das Budget zu überziehen, ist nicht gleich etwas Schockierendes.«

Ich spürte, dass er mir etwas vorenthielt, hörte den Anflug von Besorgnis, der in seiner Stimme mitschwang.

»Ich verstehe nicht ... Um wie viel Geld geht es?«

»Na ja ... könntest du bitte ruhig bleiben?«

»Ich *bin* ruhig, Aidan«, sagte ich und biss fest auf die Innenseite meiner Wange.

»Zweitausend Dollar.«

»Zweitausend Dollar?« Jetzt schrie ich wirklich. »Wozu braucht sie so viel Geld? Dahinter steckt eindeutig Kyle!«

»So eindeutig ist das gar nicht. Cleo hat gesagt, dass sie den Kontakt zu ihm abgebrochen hat, und ich glaube unserer Tochter. Vielleicht solltest du zur Abwechslung auch mal jemandem vertrauen, Kat.« Aidans Stimme triefte vor Selbstgerechtigkeit. »Das war von jeher dein Problem – du vermutest immer das Schlechteste in einem Menschen.«

Nicht ganz unwahr, aber um mich ging es bei diesem Gespräch nicht. »Bitte sag, dass du Cleo gefragt hast, wofür das Geld ist.«

»Nein.«

»Nicht mal: ›Hey, wofür brauchst du die zwei Riesen, wenn du doch als Drogenkurier gearbeitet hast?‹«

»Ich finde es nicht gut, Menschen wegen der Fehler, die sie begangen haben, zu erniedrigen, Kat. Das verstehe ich nicht unter Liebe.«

Aidan hatte eine furchtbare Art, Dinge auf den Punkt zu bringen, selbst wenn er vollkommen im Unrecht war.

»Ich mache mir Sorgen, Aidan«, sagte ich, um einen ruhigen Ton bemüht. »Ich fürchte wirklich, dass das etwas mit Kyle zu tun hat.«

»Und wenn schon! Du kannst nicht alles kontrollieren, Kat – Cleos Make-up, die Art, wie sie sich kleidet, mit wem sie sich trifft. Na schön, dann macht sie vielleicht einen weiteren Fehler. Sie ist im College, und College-Kids machen Fehler! Sieh dir an, wohin es geführt hat, sie derart unter Druck zu setzen. Cleo ist ein Mensch, sie hat Gefühle!«

Aidan wusste genau, wo er ansetzen musste.

»Ja«, erwiderte ich zähneknirschend, »ich bin mir durchaus bewusst, dass unsere Tochter Gefühle hat. Bitte ruf sie zurück, und sag ihr, dass du wissen musst, wofür sie das Geld braucht. Frag sie nach Kyle. Ich bin mir sicher, dass sie dir die Wahrheit sagen wird, Aidan. Sie vertraut dir.«

Schmeicheleien – auch ich wusste, welche Knöpfe ich bei Aidan drücken musste.

Er schwieg einen Moment lang. »Okay ... das kann ich machen«, räumte er schließlich ein. »Doch zunächst muss ich noch etwas anderes mit dir besprechen ... etwas, was nichts mit Cleo zu tun hat.«

»Und was?«

»Ich ... ähm ... ich bin mit dem Film in Zahlungsschwierigkeiten geraten. Ich würde es begrüßen, wenn du mir endlich Zugriff auf das Familienvermögen gewährst, immerhin gehört es zur Hälfte mir.«

Jetzt war ich es, die schwieg. Aidan würde mich bei der Sache mit Cleo unterstützen ... wenn ich ihm Geld gab? Das hatte er zwar nicht explizit so formuliert, natürlich nicht, aber das war auch gar nicht nötig.

»Hallo? Bist du noch dran, Kat?«, fragte Aidan. »Ich denke nicht, dass es unverschämt ist, dich darum zu bitten, immerhin sind wir seit fast *zweiundzwanzig* Jahren verheiratet. Betrachte es meinetwegen als Leihgabe, aber wie gesagt: Es ist auch mein Geld.«

»Nein«, sagte ich ruhig.

»Nein, du stimmst mir zu, dass es nicht unverschämt ist, oder nein, du wirst mich nicht auf das Konto zugreifen lassen? Herrgott noch mal, Kat, es ist ernst!«

Ich räusperte mich. Nein, er würde mich nicht dazu bringen, das zu tun, was er wollte, indem er mir das Gefühl vermittelte, ich wäre ein schlechter Mensch, wenn ich es nicht tat. So lief das nicht mehr. »Ja, Aidan«, antwortete ich daher. »Ich werde dir Geld für deinen Film geben. Sobald du herausgefunden hast, was zur Hölle mit unserer Tochter los ist.«

CLEO

Dreißig Minuten danach

»Cleo!« Janine lächelt breit, als sie die Haustür öffnet und mich auf der Schwelle stehen sieht. »Was machst du denn hier?«

In Jeans und kurzärmeligem T-Shirt, die dicken, dunklen Haare am Hinterkopf zu einem lockeren Knoten geschlungen, sieht sie aus wie ein Model. Janine zählt zu den Müttern, die mit allem cool sind, aber nicht auf eine peinliche Art und Weise. Sie *ist* cool – und immer nett. Total verständnisvoll. Als Annie einmal richtig Ärger bekam, weil sie in der achten Klasse die Schule schwänzte, hatte Janine Mitleid mit ihr. Damals waren wir noch Freundinnen, und ich war so neidisch auf Annie, weil sie Janine hatte, während ich mit einer Mom à la Cruella de Vil geschlagen war.

»Cleo, Liebes – stimmt etwas nicht?«, fragt Janine und macht einen Schritt auf mich zu. »Du wirkst so ... Ist alles okay?«

Ich öffne den Mund, um zu antworten, doch meine Kehle schnürt sich zusammen. Ich bringe kein Wort hervor. Kann kaum atmen.

»Oje, Cleo, komm erst mal rein.« Janine zieht mich ins Haus und schließt die Tür. »Bist du verletzt, Cleo? Hat dir jemand wehgetan?«

Annie kommt die Treppe herunter und erstarrt auf der Hälfte der Stufen. Sie wirft mir einen Blick zu, dann geht sie die restlichen Stufen herunter, ohne mich weiter zu beachten. Annie und ich verloren uns aus den Augen, als wir mit der Highschool in Beacon anfingen und sie sich einer, sagen wir, »lesewütigeren« Gruppe anschloss. Während ich mit einigen der cooleren Kids Party machte. Aber so eng war ich mit denen nun auch nicht gewesen. Es machte bloß Spaß, mit ihnen abzuhängen. Annie und ich hätten Freundinnen bleiben können, hätte sie mich deswegen nicht verurteilt.

»Was ist los?«, fragt Janine und führt mich ins Wohnzimmer, wo sie mir bedeutet, auf der Couch Platz zu nehmen. »Was hast du da in der Hand? Wessen Schuh ist das?«

Ich blicke auf meine Hände. Ich halte noch immer Moms Ballerina umklammert, dabei kann ich mich nicht mal mehr erinnern, dass ich ihn aufgehoben habe.

Janines Gesichtsausdruck wird ernst. »Cleo, was ist mit dem Schuh?«

Ich erkläre eilig, was zu Hause passiert ist – zumindest das, was ich weiß –, und füge hinzu, dass mein Dad unterwegs ist. Er ist derjenige, der mir gesagt hat, dass ich zu Annie gehen soll, die auf der anderen Straßenseite wohnt. Dort wäre ich in Sicherheit. Während ich rede, weiten sich Janines Augen. Ihre Kinnlade fällt herab, doch dann zwingt sie sich zu einem Lächeln. »Es ist richtig, dass du gekommen bist. Alles wird gut.« Sie dreht sich zu Annie um. »Süße, könntest du Cleo bitte ein Glas Wasser holen?«

Annie funkelt mich an, bevor sie in die Küche geht. Okay, wir haben uns vor ein paar Jahren in unterschiedliche Richtungen entwickelt, und wir haben uns schon seit Monaten nicht mehr gesehen. Aber ist das ein Grund, so angepisst zu sein?

»Ich rufe deinen Dad an, damit er weiß, dass du hier bist.« Janine nimmt ihr Handy vom Couchtisch, dann vergewissert sie sich, dass die Haustür abgesperrt ist, checkt die Fenster und zieht die Vorhänge zu, einen nach dem anderen. Unterdessen ist aus der Küche zorniges Türenknallen zu hören.

»Oh, Aidan, Gott sei Dank, dass ich dich erwische.« Pause. Janine legt die Hand in den Nacken und drückt so fest zu, dass ihre Fingerspitzen weiß werden. »Ja, sie ist hier, und es geht ihr gut. Mach dir keine Sorgen.« Sie nickt. »Okay. Wir bleiben hier. Bis gleich.«

Annie kehrt ins Wohnzimmer zurück und drückt mir ein Glas Wasser in die Hand, dann lässt sie sich in den Sessel fallen, der am weitesten von der Couch entfernt steht.

»Dein Dad wird bald hier sein«, sagt Janine. »Die Polizei sollte ebenfalls jede Sekunde eintreffen.« Janine blickt auf den Schuh in meiner Hand. »Ach, Liebes, den nehme ich.« Sie geht in die Küche und kehrt mit einer Plastiktüte zurück. »Leg ihn hier rein.« Sie verknotet die Griffe und stellt die Tüte in den Vorraum.

»Ich habe mich erst kürzlich bei Annie nach dir erkundigt, Cleo!« Janine klingt beinahe fröhlich. Als wären wir Freundinnen, die sich getroffen haben, um ein wenig zu plaudern. »Aber sie hat gesagt, ihr seht euch nie.«

»Es ist eine große Uni, Mom«, knurrt Annie. »Außerdem habe ich nicht behauptet, dass wir uns gar nicht mehr sehen.«

Janine verdreht gutmütig die großen blauen Augen. »Ich bitte dich, genau das hast du gesagt!«, neckt sie ihre Tochter.

»Ich habe gesagt, dass wir nicht mehr *befreundet* sind.« Annie steht auf. Ihre selbstbewusste Lässigkeit ist wie weggeblasen. Sie sieht gut aus mit ihren zurückgebundenen blonden Haaren und dem dezenten Make-up. Annie war schon immer viel schöner, als ihr bewusst zu sein schien, doch seit sie an der New York University ist, entfaltet sie sich richtig. Sie ist Mitglied in einer der großen Schwesternschaften, ein richtiges Popular Girl inmitten eines Meers von Durchschnittsblondinen – eine hübscher als die andere, aber keine von ihnen schön. »Ich studiere im Hauptfach Biologie, Cleo Englisch, da gibt es nicht viele Überschneidungen, stimmt's, Cleo?« Sie sieht mich seltsam an, fast so, als würde sie etwas ganz anderes meinen.

»Warum braucht die Polizei so lange?«, murmelt Janine. Sie hat Angst, das ist offensichtlich, auch wenn sie sich Mühe gibt, dies zu verbergen. »Das hier ist doch wirklich ein Notfall.«

Annie starrt mich immer noch an.

»Und, wie läuft's bei dir so?«, erkundige ich mich beiläufig. Wenn ich mich ganz normal verhalte, belässt sie es vielleicht dabei.

»Du meinst, wie es in den letzten sechs Jahren so gelaufen ist?«

Herrgott.

»Klar, in den letzten sechs Jahren«, erwidere ich ausdruckslos. Langsam geht sie mir auf die Nerven.

Um genau zu sein, war es Annies Gerede über mich, das unserer Freundschaft ein Ende gesetzt hat. All diese Gerüchte im Abschlussjahr, ich würde mit den Freunden meiner Mitschülerinnen schlafen, dabei stimmte das gar nicht. Angeblich hatte Annie diese Gerüchte in die Welt gesetzt. Sie leugnete dies, und ich hatte keine Beweise, aber ich habe ihr nie wieder vertraut. Überhaupt fällt es mir seitdem schwer, meinen Freundinnen zu vertrauen.

Es klingelt. »Oh, gut. Das muss dein Vater sein.« Janine springt auf und öffnet die Tür. Eine Sekunde später kommt Dad hereingestürmt.

»Cleo!« Er zieht mich fest in seine Arme. Und für einen kurzen Moment fühlt es sich gut an, als wäre alles in Ordnung. Doch noch während er mich umarmt, fällt mir auf, dass sein Rücken feucht ist vor Schweiß.

Janine tritt an eines der Fenster und zieht den Vorhang ein kleines Stück zur Seite, aber so, dass man sie von der Straße aus nicht sehen kann. »Ich glaube, da kommt die Polizei. Endlich.«

»Alles okay?«, fragt mein Dad. Er sieht bestürzt aus.

»Hm«, erwidere ich nur, denn wenn ich versuchen würde zu sprechen, bräche ich hundertprozentig in Tränen aus.

»Alles wird gut, Cleo«, versichert auch er mir, doch er klingt wie ein Roboter. »Alles wird gut.«

Ich deute in Richtung der Plastiktüte. »Willst du Moms Ballerina sehen?«, frage ich. Er muss wissen, dass dies keine »Alles wird gut«-Situation ist.

»Ähm ...« Mein Dad streicht sich mit der Hand über die Stirn.

»Nein, nein, nein«, schaltet Janine sich ein. »Außer der Polizei muss sich keiner den Schuh ansehen.«

»Glaubst du, Mom geht's gut?«, frage ich mit zitternder Stimme und löse mich aus der Umarmung.

»Natürlich geht es ihr gut.« Jetzt klingt er ruhig und zuversichtlich. Und ich möchte ihm glauben. Wirklich.

»Ich bin zu spät gekommen«, sage ich schuldbewusst. Meine Stimme bricht. Ich habe seit Monaten nicht mehr mit meiner Mom gesprochen. Ich war so wütend auf sie. Aus gutem Grund, aber im Augenblick ist das nicht von Belang. »Wenn ich da gewesen wäre ...«

»Nein, Cleo.« Janine tritt auf mich zu und zieht mich nun ebenfalls in die Arme. »Was immer passiert ist – es hat nichts damit zu tun, dass du dich verspätet hast. Deine Mutter würde nicht wollen, dass du dir Vorwürfe machst. Und das Letzte, was sie wollte, wäre, dass du in Gefahr gerätst. Außerdem wissen wir noch gar nicht, ob ihr tatsächlich etwas zugestoßen ist.« Sie umfasst meine Oberarme und schiebt mich ein Stück von sich, um mir in die

Augen zu schauen. »Ich bin mir sicher, dass es ihr gut geht.«

Doch wir alle wissen, dass das nicht stimmt. Da ist das Blut – auf Moms Schuh und auf dem Fußboden in der Küche. Ihr ist definitiv etwas zugestoßen. Etwas Schlimmes.

1. November 1992

Okay, die Schreib-AG war eigentlich ganz cool, auch wenn das Ganze im Grunde nur darauf hinausläuft, dass Daitch versucht, so zu tun, als wäre dieses Höllenloch nicht eher ein Ort für Kinderschutzbehörde und Jugendamt.

Ich hatte noch nie zuvor etwas »Kreatives« geschrieben, und es war schön, mal für eine kurze Zeit nicht ich selbst zu sein. Der College-Tutor hatte recht: Eine Figur zu sein, ist eine Flucht. Wir sollten einen Aufsatz schreiben, inspiriert von dem Blick aus dem Fenster, was in meinen Ohren komplett bekloppt klang – bis ich anfing. Und total gepackt wurde.

»Und immer suche ich nach den Rändern des Himmels«, lautete mein letzter Satz. Der Tutor sagte mir auf dem Weg nach draußen, dass mein Aufsatz richtig gut war. Und dann wiederholte er den Satz für mich – aus dem Gedächtnis.

Irgendwie war es angenehm, eine Ablenkung zu haben. Eine ganze Stunde nicht an Silas zu denken, der sich aus einem mir nicht bekannten Grund auf mich eingeschossen hat. Er hat mein Zimmer durchsucht – angeblich hat ihm jemand gesteckt, ich hätte Drogen eingeschmuggelt. Er hat meine gesamte Unterwäsche aus der Schublade genommen und auf dem Bett verteilt. Hat sämtliche Garnituren einzeln ausgeschüttelt, während er mich mit offenem Mund anstarrte. Ekelhaft.

Das Schlimmste ist, dass ich nicht einmal wütend bin. Alles, was ich empfinde, ist Furcht. Ich fühle mich klein.

KATRINA

Sechs Tage zuvor

Ich kam fünfzehn Minuten zu früh zu meinem Treffen mit Doug. Die Pünktlichkeit war der Macht der Gewohnheit geschuldet. Eine weitere Eigenschaft, die Cleo seit der Junior High nervte. Ja, es war nicht cool, zu früh zu kommen, doch Gott bewahre, wenn wir während ihrer Kindheit auch nur drei Sekunden zu spät dran gewesen waren!

Als es zwischen uns bergab ging und ich mir selbst die Schuld daran gab, beharrte meine beste Freundin Lauren darauf, dass Cleos Groll gegen mich normal, wenn nicht sogar gesund sei. Es sei ihre Art, sich von mir abzunabeln, und ein Zeichen dafür, dass ich einen sicheren Ort für sie geschaffen hatte, an dem dies möglich war.

Allerdings hatte ich, abgesehen von meiner Überpünktlichkeit, noch andere Dinge falsch gemacht. Dinge, die ich bereute. Und damit meine ich nicht nur die Sache mit Kyle. Meine Fehler als Mutter häuften sich, als Cleo von einem kleinen Mädchen zur Teenagerin heranwuchs und eigentlich einfach nur meine Liebe gebraucht hätte. Ich dagegen versuchte, alles zu regeln und Dinge, die in meinen Augen nicht so liefen, wie sie sollten, in Ordnung zu bringen. Und anstatt Cleo zu lieben, geriet ich in Panik. Weil ich hervorragend darin war zu handeln – wenn es um Gefühle ging, war ich nicht so gut. Und auf unsicherem Terrain war ich absolut Scheiße.

Ich denke, deshalb habe ich so ein Ding aus der Sache mit den Klamotten gemacht, aus dem schrecklichen schwarzen Make-up und all den Piercings, denn dies war etwas, was ich noch kontrollieren konnte, zumindest theoretisch. Und ich habe es weiß Gott versucht, in dieser Hinsicht hatte Aidan recht.

Am schlimmsten war es, als Cleo zu mir kam und mir erzählte, dass sie ihre Jungfräulichkeit verloren hatte. Fast hatte es den Anschein, ich würde den Anweisungen aus einem Leitfaden *Was man als Mutter niemals tun sollte* folgen. Ich sagte nur das Falsche. Um ehrlich zu sein, sagte ich grauenvolle Dinge. Dinge, die eine Mutter niemals zu ihrer Tochter sagen sollte und die dazu führten, dass zwischen uns etwas zerbrach – das hatte ich in Cleos Augen gesehen.

»Darf ich Ihnen noch eins bringen?«, fragte die Bartenderin und deutete auf mein leeres Weinglas.

Sie war eine ausgesprochen hübsche Brünette mit einem Nasenring, ihr linker Unterarm war voller leuchtender Tattoos. Sie sah nicht viel älter aus als Cleo, doch sie schien sich so viel wohler in ihrer Haut zu fühlen – wahrscheinlich, weil sie eine Mom hatte, die ihr die Gewissheit gab, geliebt zu werden, ganz gleich, was sie anhatte oder auf welche Weise sie sich auszudrücken versuchte.

»Sehr gern, das wäre großartig«, sagte ich und warf erneut einen Blick aufs Handy.

»Das hier geht aufs Haus«, sagte sie und stellte mit einem Augenzwinkern ein volles Glas vor mich hin.

Mein Gesicht wurde warm. Anscheinend ging sie davon aus, dass man mich versetzt hatte. In meinem Alter passierte einem das offenbar. Aber Doug war bislang immer zuverlässig gewesen und hatte mir jedes Mal eine Textnachricht geschickt, wenn er sich auch nur ein paar Minuten verspätete. Und einmal, als er unsere Verabredung absagen musste, hatte er Stunden vorher angerufen.

»Kat?«, hörte ich eine überraschte hohe Frauenstimme hinter mir fragen.

Ich drehte mich um, und da stand Janine, Annies Mom – schick wie immer in einem smaragdgrünen Jumpsuit, die Haare elegant hochgesteckt, in schwindelerregenden Heels, die sie trug, als wären es Flipflops. Janine war eine nicht berufstätige Mutter, der es gelang, stets up to date und gleichzeitig zugänglich und bodenständig zu sein. Sie schmiss die besten Partys in ganz Park Slope, und sie hatte stets die angesagteste Halloween-Deko. Ihr ebenso attraktiver, wenngleich ziemlich unterkühlter Ehemann Liam war ein erfolgreicher britischer Architekt, der, genau wie Aidan, permanent auf Reisen war. Annie und Cleo waren nur wenige Wochen nacheinander zur Welt gekommen, also hatten Janine und ich uns in jenen übernächtigten ersten Babymonaten sehr schnell angefreundet, zumal wir Nachbarinnen waren.

Doch da mein Mutterschutz auf vier Monate begrenzt war, hatte sich unsere Freundschaft von Anfang an angefühlt, als hätte sie ein Verfallsdatum. Außerdem war mir schon immer deutlich bewusst gewesen, dass Janine eine sehr viel bessere Mutter war als ich. Selbst die ersten Wochen handhabte sie so, wie sie alles handhabte – mit ruhiger Zuversicht, Pilates-Rückbildung und makellosem rotem Lippenstift. Liams Abwesenheit schien ihr nicht das Geringste auszumachen, vielleicht weil sie eine Vollzeit-Mom war. Dennoch hatte ich mich von ihrer Entspanntheit eingeschüchtert gefühlt, vor allem zu der Zeit, als keine von uns arbeitete. Janine war nicht damit überfordert, sich allein um Annie zu kümmern. Im Gegenteil, sie wirkte ... begeistert. Ich dagegen versank im totalen Chaos, genau wie ich es erwartet hatte, und eben das war der Grund gewesen, warum ich anfangs keine Kinder hatte bekommen wollen.

Es war schwer, an seine Mutterinstinkte zu glauben, wenn man nie eine Mutter gehabt hatte.

Meine Eltern hatten sich aus dem Staub gemacht, als ich viereinhalb Jahre alt gewesen war. Anschließend wanderte ich von Pflegeheim zu Pflegeheim, bis ich neun war. Eine »unglückliche Verkettung von Ereignissen«, so eine Sozialarbeiterin, die einer weiteren interessierten Familie erklärte, warum ich noch nicht adoptiert worden war. Doch niemand wollte ein Kind, das bald einen zweistelligen Geburtstag feierte, ganz gleich, wie unschuldig die Erklärung dafür sein mochte. Und ein Kind, das schon seit Jahren in diesem System war, erst recht nicht.

Was meine Mutter betraf: Alles war möglich. Vor langer Zeit hatte ich mir selbst versprochen, dass dies eine Tür war, die ich für immer geschlossen lassen würde. Vielleicht war sie tot – an einer Überdosis oder bei einem aus dem Ruder gelaufenen Drogen-Deal gestorben. Vielleicht war sie high gewesen und bei einem Autounfall ums Leben gekommen. Möglicherweise hatte sie sich auch zusammengerissen und führte ein ruhiges, produktives, glückliches Leben ohne mich. Vielleicht hatte sie weitere Kinder bekommen und war einem anderen kleinen Mädchen eine gute Mutter.

Trotz all meiner Zweifel hatte ich mich irgendwann dazu durchgerungen, ein Kind zu bekommen. Noch dazu mit erst sechsundzwanzig. Ich hatte mich von Aidans Überzeugung mitreißen lassen, dass ich eine großartige Mutter sein würde – ein Baby würde mich verändern, hatte er behauptet. Ich wollte ihm so gern glauben, wollte, dass seine Worte der Wahrheit entsprachen. Und in vielerlei Hinsicht taten sie das tatsächlich – allerdings nur während der Zeit, als Cleo zwischen zwei und ungefähr zwölf war. Während dieser kurzen Spanne zwischen den erschreckenden Risiken im Säuglings- und frühen Kleinkindalter, wenn es nicht selten um Leben und Tod ging, und den ebenso erschreckenden Unsicherheiten bei der Erziehung eines Teenagers. In diesen Jahren war ich eine exzellente Mutter, konsequent, zuverlässig und geduldig. Ich hielt sämtliche Zeitpläne ein, bot das richtige Essen an, begrenzte die Fernsehzeit und sorgte für ausreichend Schlaf. Doch als Cleo älter wurde, war es, als geriete mein Navigationssystem ins Stocken, und meine Zweifel gewannen zunehmend die Oberhand. Bald hatte ich komplett die Richtung verloren, und ich tat das Gegenteil von dem, was sämtliche Ratgeber empfahlen: Ich klammerte.

Dass ich so oft allein war, machte es nicht besser.

Als Cleo zwei Wochen alt war, flog Aidan nach Paris, um für seinen ersten Dokumentarfilm einen berühmten französischen Bioethiker wegen der schrumpfenden Polkappen zu interviewen. Ich erinnere mich noch genau, wie ich gerade im dunklen Kinderzimmer stand, die schreiende Cleo auf dem Arm, und versuchte, die fünfte schlaflose Nacht zu überstehen, als Aidan anrief. Sobald ich seine Stimme hörte, fing ich an zu weinen.

»Du musst dich einfach nur entspannen, Kat«, sagte er seufzend. »Sie spürt deinen Stress.«

»Ich kann das nicht, Aidan«, wisperte ich, obwohl ich in Wirklichkeit meinte: *Ich kann das nicht allein.*

»Selbstverständlich kannst du das«, widersprach Aidan, dann beschrieb er mir, wie wunderschön der Ausblick aus seinem Hotelzimmer war, mit der Sonne, die über dem Eiffelturm aufging. »Ich helfe dir doch.«

Was stimmt nicht mit mir?, hatte ich mich gefragt. Ich konnte mich glücklich schätzen, ich hatte einen liebenswerten Ehemann, der mich unterstützte, ein wunderschönes Baby, einen guten Job, ein fantastisches Zuhause, Geld – Dinge, von denen ich nie geträumt hatte, weder damals in Haven House noch später, als ich bei Gladys in ihrem prächtigen viktorianischen Haus in Greenwich wohnte. Ich hatte all dies bekommen, wofür ich dankbar sein konnte, aber ich fühlte mich die ganze Zeit über elend und verängstigt. Vielleicht sogar ein bisschen wütend, um ganz ehrlich zu sein – auf Aidan, aber auch auf *Cleo,* die doch nur ein winziges, hilfloses Baby war.

Während Cleos erster Lebensjahre war Aidan oft fort, um zu drehen. Er bekam ihre Koliken nicht mit, auch nicht die vier Male, bei denen eine Verletzung genäht werden musste, den monatelangen nächtlichen Terror, das Töpfchen-Training und die dritte Klasse, als ihre unmögliche Lehrerin sie zum Weinen brachte. Allerdings war er stets während der hellen Momente dazwischen da – in den Ferien, bei Festen oder wenn Cleo eine Auszeichnung bekam. Genau deshalb wünschte man – *er* – sich eine Familie: um den Finger durch die Glasur auf dem Kuchen zu ziehen, den ich Tag für Tag aufs Neue backte. Ich dagegen war die ganze Zeit über da trotz meiner grauenvollen Arbeitszeiten, die den Einsatz von zwei Nannys in verschiedenen Schichten erforderten. Pflege konnte man outsourcen, Mutter sein nicht.

Und jetzt stand plötzlich Janine hinter mir, wie um mich an all das zu erinnern, was ich am Ende vermasselt hatte.

»Janine!«, rief ich mit ebenso hoher Stimme, die allerdings eher panisch und nicht, wie beabsichtigt, munter klang.

Ich hatte völlig vergessen, dass es Janine gewesen war, die mir dieses Restaurant empfohlen hatte – ich bekam noch immer gelegentlich Gruppen-E-Mails von Park-Slope-Moms, die ihre Empfehlungen für dieses oder jenes teilten. Der Gedanke, dass ich ihr möglicherweise begegnete, wenn ich mich mit Doug hier traf, war mir nicht gekommen. Natürlich wusste Janine nicht, dass Aidan und ich getrennt waren. Ich durfte nicht riskieren, dass Annie davon erfuhr und es Cleo erzählte.

»O mein Gott, Kat, wie geht es dir?«, erkundigte sich Janine mit einem ungezwungenen Lachen, fuchtelte mit ihrer kleinen, silbernen Clutch herum und schaute sich um. »Ist Aidan auch hier?«

»Nein, ich treffe mich mit einem Mandanten.«

Janines Augen wurden misstrauisch. Skeptisch fragte sie: »Mit einem Mandanten? Ist dieses Lokal nicht etwas zu kuschelig dafür?«

»Ist es das?« Ich schaute mich ebenfalls um.

Sie hob die Augenbrauen, und ich konnte sehen, dass sie beschloss, nicht weiter nachzuhaken. Stattdessen deutete sie auf die Frau, die ihr gefolgt war.

»Meine Freundin arbeitet bei Tom Ford, und wir haben bei der Show viel zu viel Wein getrunken. Deshalb wollen wir jetzt eine Kleinigkeit essen und versuchen, wieder nüchtern zu werden. Vielleicht trinken wir auch einfach noch mehr Wein.« Tatsächlich, ihre Wangen waren gerötet, ihre Augen glasig. Plötzlich schien ihr etwas einzufallen. »Ach ... wie geht es eigentlich Cleo?«

»Cleo?«

»Oh, entschuldige. Du siehst aus wie ein Reh im Scheinwerferlicht.« Janine lachte auf, dann beugte sie sich verschwörerisch zu mir. »Ich weiß, dass die Lage ein wenig ... angespannt war wegen dieses Jungen ...« Sie verdrehte die Augen. »Jungs sind immer ein Problem.«

Hatten Annie und Cleo wieder Kontakt miteinander? Oder ... hatte sich Cleo an Janine gewandt, um mit ihr zu reden? Cleo hatte Janine schon immer toll gefunden, und für eine unangenehme Sekunde stellte ich mir vor, wie die beiden es sich in dem Haus auf der gegenüberliegenden Straßenseite gemütlich machten und eines der Mutter-

Tochter-Gespräche führten, die Cleo und ich *seit Jahren* nicht mehr geführt hatten.

»Ja, Kyle ...«

Janine schnitt eine Grimasse. »Richtig. Wie dem auch sei, ich denke, du hast das Richtige getan.«

Es klang so, als würde sie das Gegenteil meinen.

Ich zwang mich zu einem Lächeln. »Ich bin mir nicht sicher, ob Cleo derselben Meinung ist.«

»Ach, was wissen die Mädchen denn schon?« Janine zuckte die Achseln. »Das wahre Problem ist doch, dass wir sie auf ein College so nah an ihrem Zuhause haben gehen lassen. Annie schläft mittlerweile mehrmals die Woche wieder in ihrem Kinderzimmer. Ich liebe meine Tochter, aber ehrlich ... Irgendwann müssen sie auch mal flügge werden!«

Selbstverständlich war Annie *zu oft* zu Hause. Annie und Janine waren stets unzertrennlich gewesen, hatten an den Wochenenden gemeinsam auf den Stufen vor dem Haus gesessen und Kaffee getrunken oder waren kichernd zum Yoga gefahren. Damals, als Annie noch in der Highschool war. Welche Teenagerin hing schon *freiwillig* mit ihrer Mutter ab?

»Komm!« Janines Freundin fasste sie am Arm. »Unser Tisch ist fertig.«

»Mach's gut!« Janine beugte sich erneut zu mir und drückte ihre kühle, glatte Wange gegen meine. »Halte durch! Und mach dir keine Sorgen wegen Cleo. Die Kids treiben *uns* in den Wahnsinn, aber nur damit es *ihnen* gut geht. Das ist der Kreislauf des Lebens. Oder Darwinismus. Oder sonst was.« Sie entfernte sich ein paar Schritte, dann drehte sie sich noch einmal um. »Hey, komm doch mal rüber, ein Glas Wein trinken und ein bisschen quatschen. Das haben wir schon viel zu lange nicht mehr gemacht.«

Ich nickte und lächelte. »Klingt großartig.«

Das Handy in meiner Handtasche summte, gerade als Janine in der Menge verschwand. *Mist.* Vivienne – das war mein erster Gedanke, als ich danach kramte. Vor ein paar Stunden hatte die Reporterin von der *New York Times* eine Nachricht hinterlassen und offiziell um einen Kommentar zu der Story gebeten, die die Zeitung veröffentlichen wollte. Die Uhr tickte. Wir würden antworten müssen.

Aber die Textnachricht war nicht von Vivienne.

Hi, Kat. Ich bin's, Jules. Können wir uns unter vier Augen unterhalten? Außerhalb der Kanzlei?

Ich starrte auf die unbekannte Nummer. Jules und ich standen unablässig in Kontakt, hatten im Grunde nie wirklich Feierabend; sogar an den Wochenenden nahm sie die Anrufe für mich entgegen. Diese Nummer allerdings war nicht in meinem Handy gespeichert, dabei hatte ich alle: die von zu Hause, von ihrem Handy und von ihrer Schwester. Natürlich war ich misstrauisch. Ich war immer misstrauisch. Textnachrichten, E-Mails – man konnte nie sicher sein, von wem sie tatsächlich stammten. Gib so wenig wie möglich preis, geh vom Schlimmsten aus. Das war im Allgemeinen meine Politik.

Neue Nummer?, textete ich zurück.

Nein, sorry, der Akku von meinem Arbeitshandy ist leer. Können wir uns treffen?

Sicher, schrieb ich zurück, noch immer nicht überzeugt. *Wie wäre es mit morgen Nachmittag? Wir könnten einen Kaffee trinken gehen.*

Das war eine todsichere Gegenprüfung, wusste ich doch, dass Jules dienstags keine Zeit hatte. Sie war alleinerziehende Mutter einer zweieinhalbjährigen Tochter mit erheblichen Entwicklungsverzögerungen, die eine Vielzahl von Therapien erforderten: Logopädie, Ergotherapie, Physiotherapie. Jules war es irgendwie gelungen, die meisten wöchentlichen Termine auf einen einzigen Nachmittag zu legen – den Dienstag.

Okay, schrieb sie zurück. *Geht in Ordnung. Ich kann eine Freundin bitten, Daniela abzuholen und zu den Therapiesitzungen zu bringen.*

Das klang tatsächlich nach Jules.

Oder können wir jetzt telefonieren?, fügte sie dann hinzu. *Es macht mich ein bisschen nervös, noch so lange zu warten ...*

Sie wollte nicht bis zum nächsten Tag warten, um mich außerhalb der Kanzlei zu sprechen? Es musste um ein persönliches Problem gehen.

Bitte, Kat. Es ist wichtig, sonst würde ich nicht fragen.

Ich rufe dich in zwei Minuten an. Gehe nur schnell nach draußen.

Draußen auf dem Gehsteig schrieb ich Doug eine Nachricht, falls ich seine Ankunft nicht bemerkte. *Bin draußen und telefoniere. Dauert nicht lange. Bist du schon in der Nähe?* Ich wartete kurz. Keine Antwort. Er war erst ein paar Minuten zu spät, aber selbst das passte nicht zu ihm. Was, wenn er mich tatsächlich versetzte?

Jules meldete sich sofort.

»Danke«, sagte sie. »Ich ... ich wusste nicht, wen ich sonst anrufen soll.«

»Was ist los, Jules? Oh, warte, ist Vivienne auf dich losgegangen? Tut mir leid, sie kann ziemlich ...«

»Es geht nicht um Vivienne.«

Ihre Stimme zitterte.

»Ich versuche, dir zu helfen, worum auch immer es geht«, versicherte ich ihr. In der Leitung war ein blechernes Knistern zu hören. »Schieß los, Jules. Ich fürchte, du bist gleich weg.«

»Ich höre nichts«, sagte sie. »Hörst du etwas?«
»Oh, vielleicht liegt es an mir. Ich bin ...«
»*Was* hörst du?«, fragte Jules.
»Ach, da war so ein Geräusch. Jetzt ist es weg. Für eine Minute dachte ich, die Verbindung würde abreißen.«
»Weißt du was, Kat – es tut mir leid«, sagte Jules. »Momentan ist eigentlich alles in Ordnung. Ich denke, ich habe überreagiert.«
»Jules, komm schon ... Ich höre doch, dass es dir nicht gut geht. Rede mit mir.«
»Ich muss auflegen. Daniela braucht mich«, erwiderte sie hastig. »Tut mir leid, dass ich dich behelligt habe.«
Und dann war sie weg. Als ich erneut anrief, wurde ich direkt an die Mailbox weitergeleitet.
Gerade als ich daraufsprechen wollte, hörte ich das Pingen, das eine eingehende Nachricht ankündigte. »Oh, ich glaube, du schreibst mir gerade«, sagte ich. »Ruf mich an, sobald es dir möglich ist. Wir können gern reden.«
Anschließend las ich die Textnachricht, ebenfalls von einer unbekannten Nummer. Die Vorwahl 332 gehörte zum New Yorker Stadtgebiet, Schwerpunkt Manhattan.
Hier ist deine Vergangenheit, die dich einholt. Und sie ist schon fast da.
Ich drückte auf den Aus-Knopf an der Seite meines Handys und schloss die Augen, nachdem das Display schwarz geworden war. Nein. Das hatte ich falsch gelesen. Das hatte ich missverstanden. Dennoch musste ich unweigerlich an das kleine Messer denken, das ich auch all die Jahre später zu meinem Schutz in der Handtasche verwahrte. Ich widerstand dem Drang, es hervorzuholen.
Und dann war ich wieder dort, im Badezimmer im Keller von Haven House, wo ich mir vor so langer Zeit mit eiskaltem Wasser das Blut von den Händen gewaschen und

versucht hatte, auch die Fingernägel sauber zu schrubben. Es war einfach überall gewesen, an meiner Hose, an meinem fadenscheinigen pinkfarbenen Shirt. Das Blut war überall.

Am nächsten Morgen wurde ich von dem Pingen einer eingehenden Textnachricht aus dem Schlaf gerissen. Hoffentlich war es Doug, der erklärte, warum er nicht gekommen war. Doch ich fürchtete, dass es sich um eine weitere ominöse Nachricht handeln könnte.

Als ich einen Blick aufs Display warf, stellte ich fest, dass die Nachricht von Lauren kam. *Ruf mich an, sobald du aufgestanden bist.*

Ich wählte sofort ihre Nummer.

»Keine Sorge, mir geht's gut«, sagte ich, noch leicht benommen. Ich hatte meine beste Freundin gestern Abend auf dem Nachhauseweg angerufen und eine Weile über Doug und Janine geschimpft, doch den Teil mit der anonymen Nachricht hatte ich ausgelassen.

»Kat, ich habe ... Ich denke, ich weiß, warum Doug gestern Abend nicht aufgetaucht ist.«

»Weil er ein Arsch ist?«, fragte ich.

»Nein. Sitzt du? Ich habe keine guten Neuigkeiten ...« Laurens Stimme klang nüchtern.

»Was ist los?«

»Du kannst ... Vielleicht solltest du es selbst lesen. Ich schicke dir den Artikel.«

Drei kleine Punkte erschienen auf dem Display, gefolgt von einem Link zur Morgenausgabe der *New York Post*: PHARMA-MANAGER AUS BRONXVILLE STIRBT BEI TRAGISCHEM UNFALL. Ich tippte darauf, dann schlug ich die Hand vor den Mund. Der Wagen des zweiundfünfzigjährigen Doug Sinclair war auf der Midland Avenue nahe der Stadtgrenze zwischen Yonkers und Bronxville gegen einen Baum geprallt. Seine zwanzigjährige Tochter Ella, Studentin im ersten Semester am Amherst College, war nun Waise. Die Fotos des schrottreifen Wagens waren grauenhaft. Genau wie die unausweichliche Wahrheit: Doug war tot.

ABSCHRIFT DER AUFGEZEICHNETEN SITZUNG

DR. EVELYN BAUER
1. SITZUNG

EVELYN BAUER: Weißt du, warum du es getan hast?

CLEO McHUGH: Sie meinen, warum ich Kyle geholfen habe?

EB: Ja. Du sagtest, aus diesem Grund seist du hier. Deine Mutter habe darauf bestanden, dass du mit einer Therapie beginnst, weil dein Freund dich dazu überredet hat, für ihn Drogen zu verkaufen.

CM: Ich verstehe nicht, welchen Teil davon sie nicht kapiert … Als wir zusammenkamen, wusste ich, dass Kyle dealt. Er gibt sich nicht gerade Mühe, das zu verheimlichen. Außerdem hat er mich zu gar nichts gezwungen. Vielleicht hat es mir sogar irgendwie gefallen, dass er keine Angst hatte, gegen die Regeln zu verstoßen. Ich bin mir sicher, das klingt bescheuert.

EB: Das klingt gar nicht bescheuert, Cleo. Ich weiß, du hast den Eindruck, deine Mutter würde dich und deine Entscheidungen verurteilen, aber *ich* bin nicht hier, um dich zu verurteilen. Ich habe keine moralische Haltung dazu, und auf einer persönlichen Ebene kann ich die Anziehung eines Jungen wie Kyle sogar verstehen. So etwas kann aufregend sein.

CM: Ja ... das kann es.

EB: Wie lange wart ihr zusammen, als er dich gebeten hat, für ihn zu arbeiten?

CM: Noch einmal: Er hat mich nicht gebeten. Ich habe es ihm angeboten. Und nein, ich selbst nehme keine Drogen.

EB: Ich habe nicht ...

CM: Genau das hat meine Mom gedacht und denkt sie wahrscheinlich immer noch, obwohl ich doch ihren dämlichen Drogentest bestanden habe. Ich sage nicht, dass ich noch nie etwas probiert habe. Ich habe Gras geraucht, Koks und E genommen, aber das ist nichts für mich.

EB: Mit Drogen zu dealen, ist nicht ... typisch für jemanden in deiner Position - eine College-Studentin, wohlhabend, der alle Türen offenstehen.

CM: Sagen Sie das Kyle. Genau genommen habe ich gar nicht mit Drogen gedealt. Ich habe sie lediglich ausgeliefert.

EB: Das ist eine ziemlich spitzfindige Unterscheidung.

CM: Okay. Vielleicht wollte ich ja was Falsches tun. Vielleicht hatte ich es satt, die Regeln meiner Mom zu befolgen.

EB: Vielleicht?

CM: Ich hatte es definitiv satt, dass sie ständig davon ausging, ich würde schlimme Dinge tun, obwohl das gar nicht stimmte. Ich hatte es satt, nie gut genug zu sein.

EB: Kritisiert deine Mutter dich häufig?

CM: O ja, als wäre es eine olympische Disziplin. Meine Haare, meine Klamotten, meine Freunde. Meinen Musikgeschmack! Einfach bodenlos.

EB: Das klingt so, als würdest du ganz schön was mitmachen.

CM: Größere Dinge versucht sie zu steuern, indem sie sagt, sie mache sich »Sorgen« um mich. Auf diese Weise kann sie sich fühlen wie eine Heilige und mich gleichzeitig kontrollieren. Um mich klar auszudrücken: Meine Mom macht sich keine Sorgen wegen der Drogen. Sicher, ein bisschen schon, aber das ist nicht das, was sie wirklich beschäftigt.

EB: Und was beschäftigt sie wirklich?

CM: Sie ist besessen von dem Thema, mit wem ich schlafe, sie will nicht, dass ich mit irgendwem Sex habe. Das ist der Punkt, und so war es schon immer. Lange vor Kyle. Sie hält mich für eine Schlampe. Aber sechzehn, okay siebzehn Jungs sind nicht besonders viele, oder? Bei den meisten war ich schon am College ... Und das nur, weil ich seit Charlie keinen richtigen Freund mehr hatte. Dann wäre die Zahl niedriger gewesen.

EB: Du wünschst dir einen Freund?

CM: Natürlich wünsche ich mir einen Freund! Wünscht sich nicht jeder einen Freund? Oder eine Freundin? Was auch immer.

EB: Nicht zwingend, denke ich.

CM: Nun, ich schon. Ich wünsche mir einen Freund. Und Kyle zählt nicht. Ich dachte nie, dass wir zusammen sind.

EB: Erzähl mir von Charlie.

CM: Das war am Ende der siebten Klasse bis Mitte der neunten. Anderthalb Jahre. Charlie war so lieb und lustig und süß, wir passten einfach gut zusammen. In seiner Gegenwart konnte ich total ich selbst sein. Er war meine erste Liebe. Ich vermisse ihn sogar jetzt noch.

EB: Was ist passiert?

CM: Meine Mom. Sie hat sich eingemischt und meine Beziehung mit Charlie ruiniert. Sie ruiniert alles.

CLEO

Drei Stunden danach

Als ich mich das erste Mal meiner Mom widersetzte, war ich zehn. Es war im Sommer vor der fünften Klasse, und wir waren am Strand im Jacob Riis Park. Meine Mutter stand neben mir an der Wasserkante, der Sand unter unseren Füßen war feucht und kühl. Mein Dad saß mit Annie und Janine, die uns wie immer begleiteten, unter dem Sonnenschirm.

In einem Pool konnte ich schwimmen, aber vor dem Ozean hatte ich Angst, seit ich als kleines Mädchen Hals über Kopf hineingestürmt und von einer Welle ausgeknockt worden war. Ein Rettungsschwimmer hatte eine Herz-Lungen-Massage bei mir durchführen müssen. Bis zum heutigen Tag erinnere ich mich nur bruchstückhaft daran – an das Brennen des Salzwassers in meinen Lungen, die Schmerzen an meiner von Muscheln und Steinen aufgeschürften Haut, die Angst.

»Wie wär's, wenn wir versuchen, jetzt schwimmen zu gehen?«, drängte mich meine Mom, zum *zweiten* Mal an diesem Tag. Seit Jahren drangsalierte sie mich damit, endlich im Ozean zu schwimmen, im Grunde jedes Mal, wenn wir seit meinem Unfall am Strand waren. Natürlich war sie eine unglaublich starke Freiwasserschwimmerin und so besessen davon, dass ich hätte schreien können.

Und an dem Tag hatte ich es endlich getan. »Kannst du bitte endlich mal die Klappe halten?«, hatte ich sie angebrüllt. »Die Klappe halten und dir überlegen, was ich möchte, anstatt zu versuchen, alles zu kontrollieren?«

Sie sah aus, als hätte ich sie geohrfeigt. Und ich war glücklich.

»Cleo, das ist nicht ...«

»Du solltest mich einfach nur liebhaben, egal, was passiert!«

Damit stürmte ich davon, weg von den Wellen, und wartete auf das Schuldgefühl, das sich aber nie einstellte. Die Wahrheit ist, dass ich noch immer denke, ich wäre an jenem Tag im Recht gewesen. Meine Mom drängte mich ständig dazu, jemand anders zu sein. Dabei wollte ich doch nur, dass sie mich so liebte, wie ich war.

Wir saßen eine Stunde lang im Wohnzimmer und sahen der Polizei bei der Arbeit zu. Sie schauten sich um, machten Fotos, suchten nach DNA, nahmen Fingerabdrücke – von der Eingangstür, von dem nicht zerbrochenen Glas auf der Kücheninsel. Das Wasser darin ist noch kalt, denn unter dem Glas befindet sich ein nasser Ring. Kein Untersetzer. Von der Couch aus starre ich auf das Glas. Wer immer es dort hingestellt hat – es war definitiv nicht meine Mom. Sie würde niemals einen Ring auf dem Carrara-Marmor riskieren.

»Wir lassen die Fingerabdrücke und die DNA, die wir sicherstellen konnten, durchs System laufen, aber ich habe keine große Hoffnung«, sagt Detective Wilson, die leitende Ermittlerin. »Danke für Ihre Fingerabdrücke. Damit sparen wir uns Zeit beim Ausschlussverfahren.«

Detective Wilson ist klein und kräftig, trägt eine ordentlich gebügelte marineblaue Hose und ein blaues Buttondown-Hemd, die Ärmel sorgfältig umgeschlagen. Sie ist hübsch mit ihren großen, tief liegenden Augen und der dunkelbraunen Haut. An der Innenseite ihres rechten Handgelenks befindet sich ein kleines Tattoo, ein weiteres auf dem linken Unterarm, das unter dem Hemdsärmel aber nur ein kleines Stück hervorlugt. Die Haare hat sie zu einem hohen Pferdeschwanz zusammengebunden, was ihre scharf geschnittene Kieferpartie und die ausgeprägten Wangenknochen betont. In der Hand hält sie einen schicken Kugelschreiber und ein Notizbuch mit gelben Blättern und Spiralbindung. Wie von einer Polizistin aus Brooklyn nicht anders zu erwarten, wirkt sie tough und nicht besonders freundlich – wie jemand, der nicht lange um den heißen Brei herumredet. Ich mag sie sofort.

»Keine große Hoffnung? Was soll das heißen?«, fragt mein Dad, seine Lieblingstasse in den Händen. *Die Erde schreit!*, steht darauf, darunter ist unser weinender Planet zu sehen. Er hat letztes Jahr eine Kiste davon bestellt, um sie an Freunde, Geldgeber oder wen auch immer zu verschenken, wenn sie auf seine Umwelt-Dokus zu sprechen kommen. Natürlich hinterlassen Herstellung und Verschiffung der Tassen einen größeren CO_2-Abdruck, als das Geschenk jemals wettmachen kann. Aber darauf habe ich ihn nie hingewiesen. Mein Vater hat ein großes Herz, aber wenig Verstand. Wenigstens meint er es gut.

»Tut mir leid – das war nicht auf das Wohlergehen Ihrer Frau bezogen.« Wilson schüttelt den Kopf. »Ich meinte, ich bin nicht optimistisch, was die Fingerabdrücke an der Tür betrifft. Dort werden wir zweifelsohne Dutzende finden. Jeder Lieferant, Dienstleister oder Freund der Familie könnte dort Spuren hinterlassen haben. Außerdem ist es uns nicht möglich, die Abdrücke zu datieren, sie sind also so gut wie nutzlos. Das Glas dagegen ...« Sie deutet darauf. »Das hat zeitliche Relevanz. Es wurde ungefähr zu der Zeit benutzt, als sich was auch immer hier abgespielt hat. Wenn Ihre Frau Besuch hatte und er oder sie aus dem Glas getrunken hat, dann gibt es jemanden, mit dem wir uns gern unterhalten würden ... Die Identifikation dieser Person setzt natürlich voraus, dass wir ihre Fingerabdrücke oder DNA in unserem System gespeichert haben – und viele böse Menschen wurden nun mal nie geschnappt.«

»Könnte sie nicht bei der Arbeit sein?«, frage ich meinen Dad, aber er weicht meinem Blick aus. Ich wende mich an Wilson. »Meine Mutter arbeitet ständig, ist rund um die Uhr in Meetings oder telefoniert. Sie ist Partnerin in einer großen Anwaltskanzlei. Vielleicht wurde sie zu einem Notfall gerufen und hatte keine Zeit, Dad oder mir Bescheid zu geben.«

Sogar ich selbst kaufe mir diese Theorie nicht ab.

»Das glaube ich nicht, Cleo«, sagt mein Dad und deutet mit der Tasse zur Küche, auf das zerbrochene Glas auf dem Fußboden, das Blut – was laut eines der Kriminaltechniker gar nicht so viel ist, wie es auf den ersten Blick aussieht. »Es ist erstaunlich, wie viel Blut Menschen verlieren können, auch wenn sie nicht lebensgefährlich verletzt sind«, hatte er gesagt. »Wahrlich riesige Mengen.« Ich denke, er wollte mich damit aufmuntern.

»Irgendetwas ist hier vorgefallen, das steht außer Frage«, sagt Wilson und sieht mir fest in die Augen. »Das heißt aber nicht, dass wir deine Mom nicht finden, auch nicht, dass es ihr nicht gut geht. Fest steht allerdings: Wir haben Blut gefunden, keine dramatische Menge, aber genug, um Anlass zur Sorge zu haben. Es gibt Kampfspuren, das Essen ist angebrannt, und deine Mutter befindet sich in keinem der Krankenhäuser in der Gegend. Wir können sie nicht erreichen, und sie hat ihr Handy ausgeschaltet. Ihr Verschwinden ist verdächtig – Punkt. Aber gehen wir Schritt für Schritt vor. Schritt eins: Sie beide«, sie sieht von mir zu Dad, »bleiben ruhig und optimistisch. Mir ist bewusst, dass das nicht leicht ist, wenn man nach Hause kommt, ein zerbro-

chenes Glas und Blut vorfindet, ganz zu schweigen davon, dass fast das Haus abgefackelt wäre.«
Zumindest mein Dad schaut auf und zwingt sich zu einem Lächeln. »Das schaffen wir, nicht wahr, Cleo? Wir bleiben ruhig und optimistisch.«
Wilson fokussiert sich auf meinen Dad. Der Ehemann. Es ist immer der Ehemann – das denkt sie vermutlich. Und er wirkt angespannt, als würde er sich unwohl fühlen. Natürlich fühlt er sich unwohl, aber dadurch kommt er rüber wie ein Lügner. *Verschwenden Sie nicht Ihre Zeit*, möchte ich sagen. *Die beiden streiten nicht mal miteinander.*
»Wie geht es jetzt weiter?«, frage ich stattdessen. »Was werden Sie unternehmen?«
»Nun, in Anbetracht der suspekten Umstände behandeln wir das Verschwinden deiner Mutter als offiziellen Vermisstenfall, was hilfreich ist, denn es bedeutet, dass wir sofort und an allen Fronten ermitteln und maximale Ressourcen einsetzen können. Wir geben eine Personenbeschreibung heraus, informieren sämtliche relevanten Medien und klappern bereits die Nachbarschaft ab. Außerdem werten wir das Material von Überwachungskameras aus und prüfen die Kreditkartenabbuchungen deiner Mom. Wir haben ihren Laptop im Arbeitszimmer gefunden, und ich werde veranlassen, dass sich die Kriminaltechniker den Desktop-Computer vornehmen, was jedoch ein, zwei Tage dauern kann. Ich habe bereits Verstärkung von der Abteilung für Computerkriminalität angefordert.« Sie verstummt kurz, dann fügt sie hinzu: »Wir unternehmen alles in unserer Macht Stehende, um sie so schnell wie möglich zu finden.«
Sie wählt ihre Worte mit Bedacht: *Wir unternehmen alles in unserer Macht Stehende, um sie so schnell wie möglich zu finden* – nicht: *Wir werden sie finden.* Das Blut auf dem

Fußboden, an ihrem Schuh … Langsam begreife ich. *Es ist erstaunlich, wie viel Blut Menschen verlieren können* … Meine Augen fangen an zu brennen. Ich wende den Blick von Wilson ab.

»Können wir irgendetwas tun, um Sie zu unterstützen?«, fragt mein Dad. Mit zitternder Hand stellt er die Tasse auf den Couchtisch. Er hat weit mehr Panik, als er es sich anmerken lässt.

»Sie kommen vom Flughafen, Mr McHugh?« Detective Wilson betrachtet seine zitternde Hand, dann sieht sie sich im Zimmer um. »Kein Gepäck?«

Er schüttelt den Kopf. »Tagestrip nach Boston. Arbeitsaufenthalt.«

»Verstehe. Welcher Arbeit gehen Sie denn nach?«

Die Panik ist ihm so deutlich anzumerken, dass ich ihn am liebsten angestoßen hätte, damit er sich zusammenreißt, aber Wilsons Blick ist fest auf uns geheftet. »Ich bin Filmemacher. Dokumentarfilme.«

»Warum waren Sie in Boston?«

Mein Dad lächelt verlegen. »Dort befindet sich eines dieser angeblichen Nachhaltigkeitsunternehmen«, erwidert er achselzuckend. »Es soll der Stadtverwaltung dort ein grünes Image verschaffen. Ich habe mich mit Gail Stevens getroffen, der Pressesprecherin des Bürgermeisters. Sie können sie fragen, wenn Sie möchten.«

»Okay.« Detective Wilson scheint mit seiner Antwort halbwegs zufrieden zu sein. Ich spüre, dass sie meinen Dad nicht mag. Er muss vorsichtig sein. Er ist es nicht gewohnt, nicht gemocht zu werden.

»Um ehrlich zu sein, denke ich nicht, dass viel an der Sache dran ist. Es war wohl eher Zeitverschwendung.«

»Hm«, sagt Wilson und schaut zu den anderen Polizisten hinüber, die angefangen haben einzupacken. Sie kaut auf ihrer Lippe. Mir wird unwohl bei der Vorstellung, dass sie gleich geht.

»Aber ... also ... was genau passiert jetzt?«, frage ich daher. Wilson ist Detective bei der New York City Police, vermutlich erschöpft, ausgebrannt. Sie sieht die übelste Scheiße auf dem ganzen Planeten. Das Verschwinden meiner Mom – das zerbrochene Glas, das Blut – ist für sie nicht mehr als ein weiteres Kästchen, in das sie einen Haken machen wird. Ich muss sie dazu bringen, dass sie sich der Sache annimmt, wirklich annimmt. »Sie ist meine Mutter« ist alles, was mir noch zu sagen einfällt.

»Das weiß ich.« Sie begegnet meinem Blick. Ihr Gesichtsausdruck wird weicher. »Das weiß ich doch.«

Sie schaut zwischen mir und meinem Dad hin und her, als wollte sie sich ein letztes Mal vergewissern, dass er nichts Belastendes von sich geben wird.

»Wenn Ihnen noch etwas einfällt, irgendetwas, was Ihnen irgendwie wichtig erscheint, rufen Sie mich bitte sofort an. Tag und Nacht.« Sie zieht eine Visitenkarte hervor und reicht sie meinem Dad. »Das ist meine private Handynummer. Wenn ich nicht drangehe, sprechen Sie bitte auf die Mailbox oder hinterlassen mir eine Textnachricht. Noch besser, beides. Ich werde mich so rasch wie möglich mit Ihnen in Verbindung setzen. Sollte Mrs McHugh in der Zwischenzeit auftauchen, sich bei Ihnen melden oder sollten Sie sonst wie in Erfahrung bringen, dass kein Vermisstenfall vorliegt, geben Sie mir *bitte* umgehend Bescheid. Vor lauter Erleichterung vergessen die Leute das manchmal – und wir erfahren erst Tage später, dass wir jemanden suchen, der längst wieder da ist.«

»Ich versichere Ihnen, dass wir Sie sofort anrufen werden«, sagt mein Dad und steht auf. Er scheint froh zu sein, dass die Polizei endlich abhaut.

Er ist gar nicht gut in so was. Meine Mom mag ein selbstgerechter Kontrollfreak sein, aber eins muss man ihr lassen: Sie kommt verdammt gut mit Scheißsituationen klar, flippt bei den ersten Anzeichen von Schwierigkeiten nicht gleich aus, aber sie lehnt sich auch nicht einfach zurück und wartet auf die nächste Hiobsbotschaft. Mit anderen Worten: Sie ist genau die Person, die man bei einem Notfall an seiner Seite haben möchte. Was für ein Pech, dass sie nicht hier ist. Meine Mom würde sich selbst sicher mühelos ausfindig machen.

»Warten Sie!«, rufe ich Detective Wilson nach, die bereits auf dem Weg zur Haustür ist. Meine Stimme ist zu laut, ich schreie beinahe. »Können wir nicht irgendetwas *tun*? Ich meine, anstatt einfach nur zu warten ... Zum Beispiel Zettel aufhängen?«

Mein Dad lacht leise auf. »Sie ist doch keine Katze, Schatz.«

Die Ermittlerin wirft ihm einen Blick zu. »Zettel aufzuhängen ist gar keine schlechte Idee, Cleo.« Sie wendet sich mir zu. »Das kannst du gern tun. Das Wichtigste aber ist, dass du mit allen redest, die etwas wissen könnten – dem Freundeskreis deiner Mom, Kolleginnen und Kollegen, Tennispartnerinnen und -partnern. Menschen, denen wir bei der Nachbarschaftsbefragung möglicherweise nicht begegnen, die jedoch irgendetwas wissen könnten, irgendein zufälliges Detail aus dem Leben deiner Mutter. Etwas, was ihr zu schaffen gemacht hat, eine Person, mit der sie sich treffen wollte. Um eines klarzustellen: Ich sehe es nicht gern, wenn Familienmitglieder involviert sind, denn selbst wenn sie in bester Absicht handeln, behindern sie mitunter die Ermittlungen. Momentan ist unsere erste Priorität jedoch, deine Mom zu finden, und da können wir jede Hilfe gebrauchen.« Sie scheint zu meinen, was sie sagt, stelle ich erleichtert fest. »In der Sekunde jedoch«, fährt sie fort, »*in der Sekunde,* in der du das Gefühl hast, auf etwas Relevantes zu stoßen, lässt du alles stehen und liegen und rufst mich an. Punkt.« Sie wirft meinem Dad und mir einen strengen Blick zu. »Das Gleiche gilt für Sie«, sagt sie, an ihn gewandt. »Haben Sie beide mich verstanden?«

»Verstanden«, erwidern wir leise.

Detective Wilson verengt die Augen. »Ich meine es ernst. Wir könnten wertvolle Zeit verlieren und wichtige Hinweise übersehen, wenn Sie beide zu viel Staub aufwirbeln. Oh, da fällt mir noch etwas ein: Kennen Sie zufällig Mrs McHughs Passwörter für die sozialen Medien? Sie war bereits in ihren Computer eingeloggt, das ist also kein Problem, aber Social Media kann eine wahre Goldader sein.«

»Tut mir leid, da kann ich Ihnen nicht weiterhelfen«, antwortet Dad. »Ich weiß, dass Kat einen Facebook-Account hat, aber das Passwort kenne ich nicht. Sehr viel am Hut hatte sie damit allerdings nicht. Ich kann mir nicht vorstellen, dass uns das weiterbringt.«

Noch bevor er den letzten Satz zu Ende gebracht hat, sieht Wilson schon mich an. »Was ist mit dir?«

Ich schüttle den Kopf. »Ich kenne die Passwörter auch nicht.«

Wieder schweift ihr Blick von mir zu Dad, als würde sie fragen: *Was stimmt bei euch nicht, Leute?* Und selbst jetzt, da meine Mom vermisst wird, denke ich: *Glauben Sie mir, es ist nicht leicht, mit meiner Mom zusammenzuleben. Sie würden ebenfalls einen großen Bogen um sie machen.* Sofort bereue ich meinen Gedanken, aber es ist etwas dran. Ich verschränke die Arme vor der Brust, doch es hilft nicht gegen das Brennen in meiner Lunge.

»Okay, vielleicht bringt uns das tatsächlich nicht weiter, dennoch wäre es hilfreich, wenn Sie uns die Passwörter geben könnten. Suchen Sie im Haus danach. Wir haben das bereits getan, aber Sie kennen sie besser als alle anderen Menschen.« Detective Wilson klingt nicht überzeugt.

»Möglicherweise stoßen Sie auf etwas, was wir übersehen haben. Noch einmal: Gehen Sie nicht selbsttätig irgendwelchen Hinweisen nach. Wenn Sie etwas Brauchbares entdecken, greifen Sie zum Telefon. Sofort.«

»Selbstverständlich.« Mein Dad geht demonstrativ zur Tür. Wilson beobachtet ihn, doch sie folgt ihm nicht. Stattdessen wendet sie sich noch einmal an mich.

»Du kannst mich ebenfalls jederzeit anrufen, Cleo. Ganz gleich, aus welchem Grund.« Sie hält auch mir eine Visitenkarte hin und lässt sie erst los, als ich ihr in die Augen sehe und nicke.

Ich will nicht, dass sie geht, denn es fühlt sich so an, als würde eine bedeutsame Tür zufallen, sobald die Polizei das Haus verlässt. Meine Mutter ist weg, und ich habe Angst.

Allerdings bin ich mir ziemlich sicher, dass es mir noch schlechter gehen wird, wenn ich Detective Wilson anflehe zu bleiben. »Ähm, natürlich«, sage ich daher, um eine feste Stimme bemüht. »Danke.«

Mein Dad und ich starren eine ganze Zeit lang auf die geschlossene Haustür.

»Was für ein Schlamassel«, sagt er, dann lässt er sich auf einen Küchenstuhl fallen. »Ich fange gleich an herumzutelefonieren. Die meisten Freundinnen deiner Mutter sind eh in meinen Kontakten, genau wie die Leute aus der Kanzlei. Willst du dich oben umschauen und dich vergewissern, dass die Polizei nichts übersehen hat?«

Er zieht bereits das Handy hervor und wirkt konzentriert und entschlossen. Möglicherweise unterschätze ich ihn. Hoffentlich. »Ja, sicher.«

Ich stehe in der offenen Tür zum Schlafzimmer meiner Eltern und betrachte ihr elegantes, niedriges Bett mit der frischen weißen Bettwäsche, ordentlich gemacht, wie immer. Die Kommodenschubladen sind geöffnet, genau wie die Türen der Kleider- und Badezimmerschränke. Ich frage mich, was die Polizei in diesen Schubladen und Schränken finden wollte. Beweise für ein Einbruchsdelikt oder einen Hinweis darauf, dass meine Mutter aus freien Stücken verschwunden ist? Ich mache einen Schritt ins Schlafzimmer hinein und werfe einen Blick auf die Seite meiner Mom. Ihre Sachen sind alle da, einsortiert nach der Marie-Kondo-Methode, bereit, das Glück der Ordnung zu versprühen. Sie hat nichts gepackt, ist nicht abgehauen – natürlich nicht. Gott bewahre, dass sie so etwas tun würde ...

Wow. Ich mache es schon wieder. Ich mache sie schlecht, obwohl sie ... Gott weiß wo ist. Wäre ich diejenige, die verschwunden ist, würde sie wahrscheinlich auf andere Art und Weise das Gleiche tun und an all meine »leichtsinnigen Entscheidungen« denken, die vermutlich zu dem geführt haben, was immer mir zugestoßen sein mochte. Zumindest nehme ich an, dass sie das täte.

Wir sind einander nicht ähnlich, meine Mom und ich, egal, wie deutlich ich jedes Mal ihr Gesicht sehe, wenn ich in einen Spiegel blicke. Wir haben genau die gleichen Augen, deren Farbe je nach Lichteinfall von Blau zu Grau und zu Grün wechselt, die gleiche Kieferpartie, die gleichen Wangenknochen, das gleiche lange, dichte schwarze Haar. Aber da hören die Ähnlichkeiten auch schon auf. Zu behaupten, sie wäre eine Typ-A-Persönlichkeit, ist milde ausgedrückt. Und das nicht nur, weil sie davon besessen ist zu kontrollieren, wie ich mich kleide und schminke. Ein einziger schmutziger Teller im Spülbecken, ein paar verirrte Krümel auf der Anrichte, und sie flippt aus. Es ist so, als käme sie nicht damit klar, dass tatsächlich menschliche Wesen in unserem Haus leben. Als ich klein war, hat sie sogar versucht, Knete zu verbannen, doch irgendwann hat selbst sie gemerkt, dass das zu viel des Guten war. Ich selbst liebe mittlerweile das Chaos. Ich *bin* chaotisch. Chaotisch und verwirrt und überemotional. Doch wenigstens *fühle* ich etwas. Ich fühle alles.

Ich fange mit den Schubladen meiner Mom an, streiche mit den Händen über ihre Kleidung, ihre Unterwäsche, taste die Seiten ab. Natürlich hat sie nichts darin versteckt. Kein Sexspielzeug oder Gras. Mein Blick fällt auf die oberste Schublade der Kommode meines Vaters. Sie ist leer. Gleich darauf stelle ich fest, dass die anderen Schubladen ebenfalls leer sind. Mein Dad war für einen Tag in Boston, also wo zur Hölle sind all seine Klamotten?

Ich trete vor den begehbaren Kleiderschrank, schalte das Licht ein und sehe mich um. Die Garderobe meiner Mutter hängt dort, wo sie sein sollte, doch die Seite meines Vaters ist komplett leer. Sogar sein Smoking und die Anzüge, die er bei den Premieren trägt, sind weg, genau wie seine Schuhe.

Okay, irgendetwas stimmt hier nicht. Das wird Dad mir erklären müssen. Ich bin fast wieder an der Schlafzimmertür, als ich ihn unten telefonieren höre. Ich kann nicht verstehen, was er sagt, aber er klingt besorgt. Wahrscheinlich spricht er mit einer von Moms Freundinnen. Sie hat nicht viele, aber mit denen, die sie hat – so wie Lauren von der juristischen Fakultät –, ist sie sehr eng. Sehr viel enger als ich mit meinen Freundinnen. Die beiden telefonieren und texten ständig miteinander.

Ich schleiche zum oberen Treppenabsatz.

»Ich soll mich beruhigen?«, höre ich ihn fragen. Er klingt ganz schön aufgebracht. »Ich sage nur, dass wir ein Scheißproblem haben. Du *und* ich.«

Ein Scheißproblem? Was für ein Problem?

Ich stoße gegen das Ehebett hinter mir. Ich habe nicht einmal bemerkt, dass ich rückwärtsgegangen bin, weg von dem Zorn in der Stimme meines Vaters. Bestimmt spricht er mit jemandem von der Arbeit. So entspannt mein Dad auch ist, bei inkompetenten Assistentinnen oder Assistenten und der nervtötenden Bürokratie wird er schnell ungeduldig, und davon gibt es eine Menge, wenn man einen Film dreht. Hm. Seine Stimme klang so ... Ich drücke eine Hand auf meine Brust, aber es gelingt mir nicht, meinen Herzschlag zu beruhigen.

Aufgewühlt lasse ich mich aufs Bett fallen und lande auf etwas Hartem. Ich ziehe die Decke zurück, und da ist er: der Laptop von meiner Mom. Ihr privater Laptop. Die Polizei muss ihren Arbeits-Laptop mitgenommen haben. Wahrscheinlich hat meine Mutter über diesen hier versehentlich die Tagesdecke geworfen.

Ich klappe ihn auf und gebe das Passwort meiner Mom ein. Natürlich kenne ich das Passwort. Ich habe es benutzt, wenn ich bei Amazon bestellen wollte. Als ich klein war, habe ich zuvor stets gefragt, und meine Mom hat immer Ja gesagt, wenn ich ein neues Notizbuch oder noch mehr coole Gelstifte haben wollte. Doch nach Virgingate habe ich damit begonnen, Dinge zu bestellen, um sie zu ärgern – Goth-Make-up, hautenge Oberteile mit viel zu wenig Stoff und den riesigen Billigschmuck, den sie so hasst.

Der Laptop erwacht zum Leben, und ich brauche tatsächlich eine ganze Minute, um einsickern zu lassen, was ich da vor mir sehe: aufgereihte Fotos von Männern, klein und quadratisch, zwölf Stück, wie bei einem Kartenspiel. »Ihre Matches«, lese ich, während ich mit zusammengekniffenen Augen auf den Bildschirm starre. Eine Dating-Website?

Das Profil ist definitiv von meiner Mom, mit einem Foto, das ich nicht kenne. Es wurde draußen aufgenommen, sie trägt darauf die Haare offen, ihr Gesicht wirkt entspannt. Sie sieht beinahe aus wie ein anderer Mensch – jünger und hübscher. Locker und relaxed. Glücklich – sie wirkt so viel glücklicher, als ich sie je erlebt habe ...

ZWEI TAGE ZUVOR

Warum brauchst du mich dafür?

Nun, ich brauche dich nicht dafür.
Ich kann versuchen, es selbst zu erledigen.
Aber es wäre hilfreich,
wenn du das übernimmst, ja.
Es wäre für dich sehr viel einfacher.

Und du wüsstest das zu schätzen?

Ha. Selbstverständlich.
Ich weiß so etwas immer zu schätzen,
das müsste dir doch klar sein.

Ich werde darüber nachdenken.

Okay – und sag mir Bescheid,
wenn es irgendetwas gibt,
womit ich dich überreden kann.
Ich kann sehr überzeugend wirken.

Dessen bin ich mir durchaus bewusst.
Genau das hat mir schon jede Menge
Schwierigkeiten eingebracht.

KATRINA

Fünf Tage zuvor

Das Caffè Reggio war eine New Yorker Institution mit ganz viel dunklem Holz und gerahmten Fotografien von Hemingway und Dorothy Parker. Um kurz vor sechs an einem Dienstagabend war es außerdem rappelvoll mit schlecht gelaunten Studentinnen und Studenten der NYU, die auf einen Tisch warteten und der Dame mittleren Alters, die seit fünfzehn Minuten einen Tisch für sich allein beanspruchte, böse Blicke zuwarfen.

Aidan verspätete sich, wie immer. Die einzige wirkliche Frage war, *wie* spät er tatsächlich kommen würde. Aidan ignorierte banale Dinge wie die Zeit, als wären sie unter seiner Würde. Dabei musste doch jemand einen Blick auf die Uhr werfen, wenn man ein Kind hatte – ein Kind musste zu festgelegten Zeiten essen, zur Schule und ins Bett gehen. Dieser Jemand war immer ich gewesen. Nicht dass Cleo dies auf Dauer gefallen hätte. Was verständlich war. Nur weil mir selbst als Kind diese grundlegende Form der Betreuung verwehrt geblieben war, bedeutete das nicht, dass meine Tochter sich darüber freute.

Cleo hätte ganz bestimmt ein bisschen Chaos in ihrer Kindheit vorgezogen, im Austausch gegen eine Mutter, die an einen Drill Sergeant erinnerte.

Aidan hatte mich wieder angerufen. Seiner Meinung nach war ein persönliches Gespräch bei einer Tasse Kaffee über das, was unsere Tochter ihm anvertraut hatte, »produktiver«. Mir war bewusst, dass er mir diesen Vorschlag nicht ohne Hintergedanken unterbreitete, aber hatte ich eine Wahl?

Und so hatte ich mir den ganzen Tag Sorgen um Cleo gemacht, während ich mich gleichzeitig mit meiner Trauer um Doug quälte. Es half nicht gerade, dass ich niemanden hatte, mit dem ich sie teilen konnte. Dougs Tochter hatte ich nie kennengelernt, seinen Freundeskreis auch nicht. Ich wusste, dass er zwei Brüder hatte, einer arbeitete als Arzt in Chicago, der andere als Arzt in San Francisco. Beide hatten Familie. Doch was sollte ich tun? Ich konnte doch nicht anrufen und sagen: »Ich habe Ihren Bruder drei Wochen lang gedatet und angefangen, ihn wirklich zu mögen, und jetzt bin ich traurig.« Außerdem war das, was ich empfand, zum größten Teil die Trauer über den Verlust dessen, was Doug und ich eines Tages hätten sein können – nicht über das, was wir bereits waren.

Sein Unfall kam mir merkwürdig vor. Vielleicht war das meinem überaktiven Juristinnenhirn geschuldet, aber angesichts dieser College-Erpressungsgeschichte war der Zeitpunkt ein seltsamer Zufall. Doug hatte beschlossen, die Textnachricht zu ignorieren, in der Hoffnung, dass der oder die Erpresser – wer immer sie sein mochten – es dabei belassen würden. Keine schlechte Taktik. Es kam häufig vor, dass Erpresser nach einem ersten Vorstoß aufgaben, und ganz bestimmt inszenierten sie danach keinen tödlichen Autounfall. War es das, was an mir nagte? Es war keine überzeugende Strategie, die Personen, die man erpresste, vor der Zahlung umzubringen, noch dazu so schnell. Doch laut Doug waren binnen der folgenden Tage zwei weitere Forderungen eingegangen – und das Verhalten von Kriminellen ergab nun mal nicht immer Sinn.

Ich hatte bereits einige meiner Kontakte bei der New Yorker Polizei aktiviert. Ich verfügte über einen ganzen Rolodex voller Kontakte, denen ich jahrelang Gefälligkeiten erwiesen hatte: kostenlose Rechtsberatung (Immobilien,

Testamente, Scheidung), Kanzleiassistenzstellen für Kinder im College-Alter, Logenplätze, Theaterkarten. Therapeuten waren darunter, Strafverteidiger, Mitarbeiter sowohl der Einwanderungs- als auch der Zulassungsbehörde, Menschen, die geschickt darin waren, an bestimmte Stellen vorzudringen und andere davon abzuhalten, dies ebenfalls zu tun. Menschen, die jederzeit zur Verfügung standen. Meine Kontakte waren loyal. Und diskret. Einigen von ihnen war ich sehr zugetan.

»Es war kein Unfall«, hatte mir Detective Larry Cross vom Police Department in Bronxville mitgeteilt, nachdem ihn mein alter Kumpel Gil Suffern vom Central Park Precinct überzeugen konnte, mit mir zu reden. »Das ist alles, was wir wissen.«

Ich war perplex, obwohl ich mit meinem Anruf genau das hatte bestätigt bekommen wollen: dass es sich nicht um einen Unfall handelte.

»Und ...?«, fragte ich.

Detective Cross räusperte sich. »Die Spuren am Unfallort deuten nicht auf einen Unfall hin. Sieht nach Vorsatz aus.«

»Vorsatz?«

»Selbstmord«, erwiderte er in einem Tonfall, als läge dies auf der Hand.

Die Vorstellung, dass Doug sich umgebracht haben sollte, erschien mir sogar noch absurder als die, dass er einem Erpresser zum Opfer gefallen war, noch bevor er die geforderte Summe zahlen konnte. Oder lag das daran, dass ich mir nicht vorstellen wollte, er könnte Suizid begangen haben ausgerechnet zu dem Zeitpunkt, als ich dachte, wir würden uns ineinander verlieben?

Nachdem ich den Anruf beendet hatte, rief ich die Website von Advantage Consulting auf, dieses Studienberatungsunternehmens, das Doug erwähnt hatte, ohne zu wissen, wonach genau ich eigentlich suchte – abgesehen von dem Beweis, dass ich recht hatte. Wie zu erwarten, war die Seite vollkommen unauffällig, die Empfehlungen herausragend, die Erfolgsmeldungen vermutlich übertrieben. Alles in allem wirkte die Seite absolut professionell. Die Annahme, dass das Unternehmen seine eigene, ausgesprochen lukrative Zielgruppe erpresste, ergab einfach keinen Sinn.

Aber vielleicht war es auch niemand aus dem Unternehmen selbst, der Geld von Doug erpressen wollte, sondern jemand, der mit Advantage Consulting auf eine wie auch immer geartete Weise in Verbindung stand. Diese Person konnte ein Amateur und schlichtweg zu weit gegangen sein, zu viel Druck gemacht haben. Vielleicht war Doug versehentlich umgebracht worden.

Als ich im Büro des Unternehmens anrief, hatte ich mit einer Assistentin gesprochen, die mir mitteilte, dass sich Brian Carmichael, Unternehmenspräsident und Eigentümer von Advantage Consulting, mit mir in Verbindung setzen würde. Ich wartete noch immer auf seinen Rückruf. Ich hatte vor, mich als Mutter einer Studentin auszugeben, die sich nichts sehnlicher wünschte, als die Uni zu wechseln, und ihm ein wenig auf den Zahn zu fühlen. Wenn ich schon nicht auf zufriedenstellende Weise um Doug trauern konnte, so konnte ich zumindest versuchen, der Sache auf den Grund zu gehen und herauszufinden, was ihm zugestoßen war. Außerdem war bei mir in der Kanzlei ein Notfall eingetreten, was eine hilfreiche Ablenkung war. Der Mandant – Ben Bleyer, der Marketingchef von Play Up, einer neuen, verblüffend erfolgreichen Website für Kindersport – war während eines stationären Aufenthalts erneut mit seiner Entzugsklinik in Konflikt geraten, diesmal weil er sein sehr teures Zimmer zerlegt hatte. Ich hatte zwei Stunden mit der Klinikdirektorin telefoniert, um sie zu überzeugen, ihm noch eine Chance zu geben. Play Up stand kurz vor der Serie-C-Finanzierungsrunde. Das Unternehmen brauchte Bleyer bei den Meetings, und sie brauchten ihn nüchtern. Offenbar war Letzteres für ihn eine nicht zu bewältigende Herausforderung, aber er machte einen herausragenden Job. Zum Glück für Play Up konnte ich das Gleiche von mir behaupten. Ja, wenn ich ehrlich war, hielt ich Bleyer für ein kindisches Arschloch, aber ich boxte ihn trotzdem raus.

Genervt schaute ich aus dem Fenster und suchte den Gehweg vor dem Caffè Reggio nach Aidan ab, der mittlerweile fast eine Dreiviertelstunde zu spät war. Ironischerweise war es Aidans großes Selbstbewusstsein gewesen, das mich zu ihm hingezogen hatte. Er war zehn Jahre älter als ich, und als wir uns kennenlernten, hatte er eine fehlgeschlagene Karriere als Schauspieler hinter sich und eine neue, genauso unsichere Karriere als Dokumentarfilmproduzent vor sich. Trotzdem war er so selbstsicher gewesen! Im Nachhinein betrachtet, vielleicht ein wenig aufgesetzt, aber Aidan besaß einen ansteckenden Charme, der es mir leicht machte, dies zu übersehen. Und was für eine Wohltat, mit jemandem durchs Leben zu gehen, der der festen Überzeugung war, alles würde schon irgendwie gelingen. Vor allem da er, was mich betraf, ebenfalls überzeugt schien.

Wir hatten uns in einem Café ganz ähnlich dem Caffè Reggio kennengelernt, in der Nähe der Columbia University. Ich lernte gerade für das Examen an der juristischen Fakultät, als Aidan an meinem Tisch auftauchte.

Er war groß und mit seinem strahlenden Lächeln ausgesprochen attraktiv.

»Hey«, hatte er gesagt. »Ich konnte nicht aufhören, an dich zu denken, also bin ich zurückgekommen.«

»Oh«, sagte ich und widerstand dem Drang, mich umzusehen, um zu prüfen, ob er wohl mit jemand anderem sprach.

»Dir ist gar nicht aufgefallen, dass ich vorhin gegangen bin, oder?«

»*Du* bist mir nicht aufgefallen«, erwiderte ich. Das entsprach der Wahrheit, kam allerdings harscher rüber, als ich beabsichtigt hatte. Eine schlechte Angewohnheit.

Aber Aidan hatte nur gelacht, völlig unbeeindruckt. »Wenn du dich konzentrierst, steckst du deine Zunge ein klein wenig heraus«, stellte er fest.

»Wie bitte?« Ich spürte, wie ich errötete. »Das tue ich nicht.«

Zumindest hatte ich gedacht, ich würde das nicht mehr tun. Ich hatte es mir in Haven House abgewöhnt.

»Wie dem auch sei – es ist bezaubernd«, sagte Aidan. Und ich hatte gedacht: *Wie nett, dass mich jemand anders sieht als ich mich selbst.* »Ich wollte nur, dass du das weißt.«

Ich nickte. »Ähm ... danke.«

»Darf ich dich zum Essen einladen? Ich verspreche auch, deine Zunge nicht wieder zu erwähnen, was, wie mir jetzt klar wird, eher unangemessen war.«

Am Ende dieses ersten Abendessens war ich hin und weg gewesen. Aidan hatte sich nicht von meinem Argwohn abschrecken lassen wie so viele andere Männer. Er hatte auch keine Angst, mir nachzustellen, und zwar hartnäckig, so selbstsicher war er. Gleichzeitig war er von einer entwaffnenden emotionalen Offenheit, die ich selbst niemals hätte aufbringen können, wahrscheinlich wegen seiner warmherzigen, fürsorglichen Eltern und dem älteren Bruder, dem er sehr nahestand. Von dem schönen Haus, in dem er aufgewachsen war, ganz zu schweigen. Spätestens als unsere Pasta serviert wurde, hatte auch ich mich entspannt.

»Ich liebe dein Lachen«, hatte Aidan irgendwann gesagt, ein Kompliment, das man mir noch nie gemacht hatte. Vielleicht, weil ich nicht oft so laut lachte. So frei.

Schon damals war das Vermögen von Aidans Familie dank der zwanghaften Prasserei seines Vaters und einiger unglücklicher Investitionen größtenteils aufgebraucht. Doch es war nie das Geld gewesen, das seine Kindheit so besonders gemacht hatte, behauptete Aidan, sondern die Liebe seiner Eltern und die Sicherheit, was in der Tat beneidenswert klang. Tatsächlich klang es genau nach dem, was ich mir mein ganzes einsames Leben lang gewünscht hatte. Erst als wir schon eine ganze Weile ernsthaft dateten, erzählte ich ihm, dass ich Geld hatte. Dank Gladys Greene, die alt genug gewesen war, um meine Großmutter zu sein, als sie mich mit vierzehn aus Haven House holte. Gladys hatte dem Heim jahrelang Geld gespendet und regelmäßig als Ehrenamtliche gearbeitet, dennoch war sie nie als Kandidatin für eine Adoption in Betracht gezogen worden. Zu Recht. Ihr Alter und die offensichtliche beginnende Demenz disqualifizierten sie. Natürlich hatte ich das ausgelassen, als ich Aidan erzählte, dass ich adoptiert war, und ich erwähnte auch nicht den Grund, warum Gladys' Unzulänglichkeiten plötzlich keine Rolle mehr spielten.

Genau wie ich ausließ, dass ich jemanden umgebracht hatte.

Als ich in jener Nacht vor all den Jahren im Bad von Haven House stand, in dem übergroßen grauen Sweatshirt – das Direktor Daitch mir zugeworfen hatte, nachdem er einen Mitarbeiter gebeten hatte, mein blutiges Oberteil zu entsorgen –, war ich unglaublich dankbar. Direktor Daitch bot mir an, das, was geschehen war, geheim zu halten, wenn ich Haven House verlassen und zu Gladys ziehen würde. Ich würde nicht wegen Mordes ins Gefängnis kommen – eine Chance, die ich mir nicht entgehen ließ. Ich würde verschwinden, und Daitch würde sämtliche Spuren verwischen, das war der Deal.

Während der ganzen Zeit, die ich bei Gladys verbrachte, hielt sie mich für ihre jüngere Schwester, die schon im Kindsalter gestorben war, und wahrscheinlich kümmerte ich mich sehr viel mehr um Gladys – ich kochte, putzte, und manchmal badete ich sie sogar – als sie sich um mich. Trotzdem zählten diese Jahre zu den glücklichsten meines Lebens. Denn auch wenn Gladys' Liebe im Grunde nicht mir, sondern ihrer Schwester gegolten hatte, war es immerhin Liebe gewesen. Sie starb im Schlaf, kurz nachdem ich ans College gegangen war, und ich war sehr traurig, wieder allein zu sein. Und dann die Riesenüberraschung, dass sie mir einen Großteil ihres Vermögens hinterlassen hatte, fast vier Millionen Dollar! Von denen ich noch immer dreieinhalb Millionen besaß. Ich wollte das Geld nicht ausgeben. Ich verdiente genug, und ich zog es vor, dieses Sicherheitsnetz zu haben. Außerdem waren Gladys' Cousins vor Gericht gegangen – der Rechtsstreit zog sich bis nach meiner Hochzeit hin. Gladys' Verwandte hatten den Streit verloren, doch noch immer hatte ich Angst, dass eines Tages jemand auftauchen und Anspruch auf das Geld erheben könnte.

Mein Handy klingelte. Zweifelsohne wollte Aidan mir mitteilen, dass er noch später kommen würde. Vor dem zweiten Klingeln ging ich dran.

»Warte kurz«, sagte ich leise und hastete zur Tür. »Wo bleibst du?«, blaffte ich, als ich draußen auf dem Gehsteig stand.

»Oh, guten Tag!«, tönte eine männliche Stimme. »Ms Thompson?«

Karen Thompson: mein Pseudonym. Es war unmöglich, jemanden mit einem derart geläufigen Namen zu überprüfen – alle Suchanfragen führten zu einer Flut von Ergebnissen. Ich hatte mich Carmichaels Assistentin bei Advantage Consulting mit dem Thompson-Alias vorgestellt.

»Entschuldigung, wer spricht da?«
»Brian Carmichael.«
Ich schwieg für eine Sekunde. »Von Advantage Consulting«, fügte er leicht verschnupft hinzu, als wäre er ein Promi, der einer begriffsstutzigen Person einen Moment Zeit lässt, seine Bedeutsamkeit zu erkennen. »Entschuldigen Sie, dass ich so spät zurückrufe, aber der Tag ist wie im Flug vergangen.«
»O ja, natürlich, Brian, tut mir leid!«, rief ich. »Danke, dass Sie sich bei mir melden. Ich bin momentan so überlastet, dass ich kaum weiß, wo mir der Kopf steht.«
»Kein Problem«, erwiderte er. »Ich habe selbst zwei Kinder. Glauben Sie mir, ich weiß, wie stressig das sein kann.«
»Wie ich Ihrer Assistentin bereits mitteilte, geht es um meine Tochter Sophia«, begann ich. »Wir hoffen auf Ihre Hilfe bei einem Wechsel. Sie ist momentan an der Columbia, und sie ist dort gar nicht glücklich.«
»Nun, zunächst einmal Glückwunsch zur Columbia, eine fantastische Universität. Einfach großartig.« Ich hielt das Handy von meinem Ohr weg, so laut war seine Stimme. »Das heißt natürlich nicht zwingend, dass es auch die richtige Universität für Ihre Tochter ist. So ein Wechsel kann kompliziert sein, das versteht sich von selbst, aber der Vorteil ist, dass Sie sich in einer guten Ausgangsposition befinden.«
»Wunderbar.« Ich räusperte mich. »Ihre Assistentin sagte, der nächste Schritt bestehe darin, ein persönliches Beratungsgespräch zu vereinbaren?«
»Ein Beratungsgespräch, genau«, pflichtete Brian mir bei. »Ich baue gern eine persönliche Beziehung zu einer Familie auf, bevor wir weitere Schritte in die Wege leiten. Wir setzen uns mit Sophia zusammen, sprechen über ihre Möglichkeiten, ihre Vorlieben und Abneigungen, ihre Ziele.

Jede Familie ist anders. Jedes Kind ist anders. Jede Universität ist anders. Wir versuchen, ein kompliziertes Puzzle zusammenzusetzen, und das funktioniert am besten, wenn wir alle zusammenarbeiten.«

»Ein Beratungsgespräch wäre großartig«, sagte ich. »Wir, vor allem Sophia, möchten den Wechsel verständlicherweise so schnell wie möglich vollziehen, vorzugsweise nach Amherst.«

Es konnte nicht schaden, dasselbe College ins Auge zu fassen, das Dougs Tochter besuchte, wenn ich vorhatte, mich gegebenenfalls nach ihm zu erkundigen.

»Kein Problem, Ms Thompson«, versicherte Carmichael mit genau derselben extraliebenswürdigen Stimme, die auch ich für Mandanten reserviert hatte, die ganz besonders tief in der Patsche saßen. »Das verstehe ich vollkommen. Wenn nötig, können wir das Prozedere beschleunigen. Ich werde meine Assistentin bitten, Ihnen unverzüglich einen freien Termin vorzuschlagen.«

»Oh, das ist fantastisch«, erwiderte ich und achtete darauf, erleichtert zu klingen. »Vielen Dank. Das Ganze war ausgesprochen stressig.«

»Wir werden Sophia dorthin bringen, wo sie hingehört, Ms Thompson«, versicherte Brian. »Sie sind bei uns in hervorragenden Händen.«

Gerade als ich das Handy in meine Handtasche fallen ließ, sah ich Aidan, die Hände in die Taschen gesteckt, über den Gehweg auf mich zukommen. Er war gut gealtert, hatte sich in den Typ »heißer Dad« verwandelt und hätte durchaus in meinem Alter sein können, nicht ein ganzes Jahrzehnt älter. Ich konnte mir gut vorstellen, wie viele Frauen er abwehren musste, die ihn für einen sicheren Hafen hielten, genau wie ich es getan hatte.

Wenigstens wurde ich bei seinem Anblick nicht wütend.

Alles, was ich empfand, war Erleichterung. Denn Aidan war nicht länger mein Problem, dank *ihrer* Textnachrichten. *Sie.* So hatte er sie in seiner Kontaktliste abgespeichert. Bella, Aidans Assistentin. Ich hatte es gleich gewusst, war in dem Moment misstrauisch geworden, als er sie eingestellt hatte – eine ehemalige Studentin von der New School, einer Universität in New York City, wo er als Lehrbeauftragter tätig gewesen war. Bella war sechsundzwanzig, umwerfend schön, und sie verehrte Aidan. In ihrer Gegenwart strahlte er förmlich und sonnte sich in ihrer Bewunderung, während er meine Verdächtigungen als paranoid und wahnhaft abtat.

Mittlerweile war Aidan wirklich gut darin, das, was er über meine problematische Geschichte wusste, als Waffe zu verwenden, wenn er einen Vorteil darin sah. Er machte subtile Andeutungen, versuchte gezielt, mich zu verunsichern.

Anfangs hatte er es geleugnet, doch irgendwann musste er zugeben, dass *Sie* Bella war. Er feuerte sie sofort, um Wiedergutmachung zu leisten, doch dafür war es bereits zu spät.

»Hey?«, fragte Aidan jetzt und senkte den Kopf, um meinen Blick einzufangen. »Alles okay?«

»Tut mir leid, ich musste ein geschäftliches Telefonat führen«, antwortete ich reflexartig. Sofort bereute ich, dass ich mich entschuldigt hatte.

Aidan hatte sich nie die Mühe gemacht, seine Verachtung für meine »seelenlose« juristische Tätigkeit zu verbergen. Als würden wir nicht von meinem Einkommen leben. Ich konnte mir ausmalen, was er sagen würde, wenn er wüsste, womit ich tatsächlich meine Tage verbrachte.

»Lass dich nicht allzu sehr von Mark ins Hamsterrad drängen«, sagte Aidan. »Du siehst müde aus.«

»Nun, einer von uns muss ja für den Lebensunterhalt sorgen«, rutschte es mir heraus.

»Sehr nett, Kat, wirklich sehr nett.«

»Tut mir leid«, entschuldigte ich mich erneut. Mit Aidan zu streiten, half mir im Augenblick nicht weiter. »Könnten wir nicht einfach ... Was hat Cleo dir erzählt, Aidan?«

Er öffnete die Tür und machte eine Show daraus, mich ins Café zu begleiten. »Dann kommen wir also gleich zum Geschäft. Können wir uns wenigstens vorher an einen Tisch setzen wie zwei Menschen, die *gemeinsam* einen weiteren Menschen auf die Welt gebracht haben?«

»Hör mal, Aidan«, sagte ich freundlicher, nachdem wir endlich in einer Sitznische an der Wand Platz genommen hatten. »Ich bin dankbar, dass du noch mal mit Cleo geredet hast, wirklich. Dass du *in der Lage bist,* mit ihr zu reden. Allerdings mache ich mir auch Sorgen, deshalb bitte ich dich, zum Punkt zu kommen.«

»Sicher, aber könnten wir zuerst unser Gespräch über den Zugriff auf unser gemeinsames Vermögen zu Ende bringen?«

Zugriff auf unser gemeinsames Vermögen.

Hatte er zuvor nicht von einer »Leihgabe« gesprochen?

»*Bevor* du mir von unserer Tochter berichtest, willst du über das Geld reden, das *du* brauchst?«

»Nun ja, Kat, ich fühle mich ehrlich gesagt ein bisschen von dir benutzt. Ich habe getan, worum du mich gebeten hast, und mit Cleo gesprochen, obwohl ich die Dinge für gewöhnlich anders handhabe. Trotzdem bist du nicht bereit, mir eine sehr einfache, sehr vernünftige Frage zu beantworten. Angesichts unserer zweiundzwanzig Ehejahre und der gemeinsamen Erziehung von Cleo erscheint mir die Bitte, dass du mir mit Geld aushilfst, das auch mir gehört, alles andere als unangemessen. Sobald die Scheidung durch ist, kann ich ohnehin über meine Hälfte verfügen. Du bist diejenige, die noch warten will, Nägel mit Köpfen zu machen – obwohl es dein Wunsch ist, unsere Familie auseinanderzureißen.«

»*Du* hattest Sex mit deiner Assistentin«, schnauzte ich.

»Und ich habe mich dafür entschuldigt. Unzählige Male«, erwiderte Aidan langsam und herablassend. »Ich wollte an unserer Ehe arbeiten. Du warst dazu nicht bereit. Ich weiß, dass es dir schwerfällt, anderen Menschen zu vertrauen, nachdem du ...«

»*Du* hattest Sex mit deiner Assistentin«, wiederholte ich.

»Und es tut mir leid. Wirklich. Aber Menschen machen nun einmal Fehler! Ich liebe dich noch immer, Kat. Ich habe dich immer geliebt.« Aidan hielt für einen Moment inne und legte den Kopf schräg. Draußen auf dem Gehsteig spielte jemand Saxofon. Ich holte tief Luft und versuchte, mich zu beruhigen. Es führte nie zu etwas Gutem, wenn ich bei Aidan ausflippte. »Hey, erinnerst du dich an unsere erste Wohnung? Als du noch nicht angefangen hattest zu arbeiten und Gladys' Nachlass noch nicht geregelt war, weil sich irgendwelche Cousins an ihrem Vermächtnis bereichern wollten?«

»Meinst du die Bruchbude mit den Kakerlaken?« Ich schauderte. »Wie könnte ich die vergessen?«

»Weißt du noch, als unser Nachbar die Geige anschaffte? Wie wir durchdrehten, weil die Wände so dünn waren? Wir haben die halbe Nacht kein Auge zugetan! Aber du warst absolut entschlossen, freundlich zu bleiben.«

»Und du wolltest bei ihm einbrechen und das Ding stehlen!« Ich lachte. »Und dann spielte er dermaßen ...«

»Gut!«, beendeten wir den Satz gleichzeitig.

»Es war so, als gäbe er jeden Abend ein kostenloses Konzert«, schwärmte ich.

»Was ein Riesenglück war, denn ein richtiges Konzert konnten wir uns nicht leisten«, ergänzte Aidan. Die Musik vor dem Café war verstummt. Anscheinend war der Saxofonist ein Stück weitergezogen. Aidan seufzte. »Kat, ich möchte unsere Beziehung retten, das habe ich unzählige Male gesagt. Man kann daran arbeiten. Du weißt das. Oder vielleicht auch nicht. Vielleicht ist es dir auch egal. Manchmal habe ich keine Ahnung, wie du darüber denkst.«

Sogar jetzt noch schaffte er es, mir das Gefühl zu vermitteln, er würde sich von einer moralisch höheren Warte aus an mich wenden. Von einem Ort, den nur Leute, die aus guten Familien in Westchester stammten, für sich beanspruchen durften.

Doch ganz gleich, wie wütend ich mittlerweile auf ihn war – die Anfangszeit mit Aidan war ein Lichtblick gewesen. Er war warmherzig, lustig und lebensfroh, und er konnte großartig mit Cleo spielen, als sie klein war. Stundenlang hatten sich die beiden bei Twister Arme und Beine verrenkt, das war seine Spezialität. Als Cleo langsam ins Teenageralter kam, gelang es ihm, sie aus ihrer schlechten Laune herauszuholen, selbst wenn er dafür Grimassen schneiden und schlechte Witze reißen musste. Um ehrlich zu sein, schaffte er es jedes Mal, auch mich aufzumuntern, indem er meine ablehnende Haltung ignorierte und mich aufforderte, bei dem Spaß mitzumachen. Eine Zeit lang war er wie ein frischer Wind, doch das Fenster, das sich kurz in mir geöffnet hatte, schlug wegen all unserer anderen Probleme irgendwann zu.

»Was genau verlangst du, Aidan?«

»Es geht darum ...« Er brach ab. »Ich stehe unter Druck«, fuhr er fort, und sein Verhalten änderte sich. Seine Augen wurden weich, flehentlich. »Der neue Film – wir mussten ein paar erhebliche Verzögerungen hinnehmen, dabei stecken wir schon in einem finanziellen Loch. Wenn wir die Investitionen nicht durch den Verkauf an einen Filmverleih wieder reinholen können, kommt es zur Katastrophe. Das wäre das Ende der Firma. Ich ... ich brauche Hilfe, und zwar sofort, um die Lücke zu überbrücken. Das ist alles, Kat.«

Welcher Mensch reagierte nicht auf einen echten Hilferuf, vor allem von jemandem, mit dem er mehr als zwanzig Jahre verheiratet war und ein Kind hatte? Ganz offensichtlich nur ein schlechter. Außerdem hatte ich das Geld. Über dreieinhalb Millionen Dollar auf einem separaten Konto, genau die Summe, die Gladys' Cousins verlangt hatten. Wir hatten im Laufe der Jahre ein paarmal etwas abgehoben, aber ich hatte den Betrag immer wieder mit den Boni aufgestockt, die mir ausgezahlt wurden.

»Das Geld habe *ich* geerbt«, stellte ich klar.

»Das ist *unser* Familienvermögen«, entgegnete er. »Dass du es auf einem Konto angelegt hast, zu dem du mir Kontonummer und Passwort vorenthältst, ändert nichts an dieser Tatsache.«

Das stimmte. Ich hatte das Konto auch auf Aidans Namen laufen lassen. Aber nur weil ich wusste, dass er ansonsten tödlich beleidigt gewesen wäre. Allerdings hatte ich ihm den Zugriff auf dieses Konto verwehrt, indem ich die Nummer und das Passwort vor ihm geheim hielt. Er würde sich an die Bank wenden und eine glaubhafte Geschichte aus dem Ärmel schütteln müssen, damit man ihm die nötige Auskunft erteilte, aber das wusste er nicht. Schon damals war ich vorsichtig gewesen – Aidan konnte mit Geld einfach nicht umgehen –, mit einer Scheidung hatte ich jedoch nicht gerechnet. In dem Fall würde das Geld wohl tatsächlich zur Hälfte ihm gehören. Wie hatte ich nur so dumm sein können?

»Wie viel brauchst du diesmal?«

Er schaute auf die Tischplatte. »Viel. Ich räume ein, dass ...«

»Wie viel, Aidan?«

»Nun ja, es wäre sogar mehr als meine Hälfte ...«

»Wie viel, Aidan?«, wiederholte ich meine Frage.

»Zwei Millionen Dollar«, antwortete er und zog scharf die Luft ein. »Nun, zwei Millionen und siebenhundertfünfzigtausend, um genau zu sein. Noch einmal: Ich würde dich definitiv nicht darum bitten, wenn es nicht wichtig wäre, Kat. Dieser Film – er hat wirklich das Potenzial, etwas zu verändern. Eine echte Wirkung zu hinterlassen.«

Ich zwang mich, ruhig zu bleiben. »Ich habe dir zugehört, Aidan, und ich verstehe, was du von mir willst. Wir können darüber reden. *Nachdem* wir über Cleo gesprochen haben, denn ihretwegen sitzen wir hier. Dachte ich zumindest. Was hast du herausgefunden?«

Er musterte mich einen langen Moment, die Augen leicht verengt, als würden wir ein Spiel spielen. Wer zuerst zwinkert ...

»Wir brauchen uns keine Sorgen zu machen«, sagte er endlich. »Das ist das Entscheidende.«

»Okay, und was hat Cleo gesagt?«

»Dass wir uns keine Sorgen machen müssen.«

»Das ist alles? Du hast sie doch konkret nach Kyle gefragt, oder?«

»Selbstverständlich. Sie trifft sich nicht mehr mit ihm. Genau wie ich sagte. Deshalb war ich ja auch vorher schon der Ansicht, dass wir uns keine Sorgen machen müssen.«

»Wofür braucht sie dann das Geld?«, wollte ich wissen.

»Keine Ahnung ...«, erwiderte er. »Aber Cleo hat mir versichert, dass es ihr gut geht, und mich gebeten, ihre Privatsphäre zu respektieren.«

So dämlich kannst du doch nicht sein.

Aber hatte ich tatsächlich erwartet, dass er sie dazu bringen würde zuzugeben, dass sie wieder mit Kyle zusammen war? Selbst wenn er sie direkt danach gefragt hatte, hätte sie ihm etwas vorgemacht. Cleo war ziemlich gut darin geworden, uns ins Gesicht zu lügen.

»Wenigstens hat sie das Geld nicht bekommen«, sagte ich, in erster Linie zu mir selbst, denn ehrlich gesagt war das das Einzige, was mich tröstete.

»Wie bitte?«, fragte Aidan verwirrt. »Natürlich hat sie das Geld bekommen.«

»Wovon redest du? Ich habe gar keine Abbuchung gesehen!«

»Ich habe es von meinem Geschäftskonto überwiesen.«

Sein »Geschäftskonto« bestand aus einer Business-Kreditkarte, deren Belastungssumme ich regelmäßig ausglich.

»Nein, Aidan, das hast du nicht getan!«

Er zog die Augenbrauen hoch. »Mir ist durchaus bewusst, dass du unbedingt alles und jeden kontrollieren möchtest, aber ich benötige nicht deine Erlaubnis, um das zu tun, was in meinen Augen das Beste für unsere Tochter ist – und damit meine ich, ihr zu *vertrauen*. Sie ist kein Kind mehr, sie ist eine *erwachsene* Frau. Sie darf Geheimnisse haben.«

»Sie war mit einem *Drogendealer* zusammen! Er hat sie dazu gebracht, für ihn zu arbeiten. Beinahe wäre sie von der Uni geflogen!«

»Das klingt jetzt ein bisschen dramatisch, findest du nicht?«

»Es stimmt!« Ich biss die Zähne zusammen. Musste mich beruhigen. »Aidan, lass dir das Geld von Cleo zurückgeben. *Bitte.*«

»Ganz sicher nicht, Kat. Unsere Beziehung basiert auf gegenseitigem Vertrauen und Respekt.«

»Du meinst, du bist ihr Freund und nicht ihr Vater?«
»Wer im Glashaus sitzt, sollte nicht mit Steinen werfen. Deine Beziehung zu Cleo läuft nicht gerade wie geschmiert, oder, Kat?«
»Du kannst mich mal, Aidan.«
Aidan schloss die Augen und schwieg. Nach einer Weile sagte er: »Tut mir leid, Kat. Ich hab's nicht so gemeint, und das weißt du. Ich mache gerade eine schwere Zeit durch. Bei all dem ...« Er deutete mit einer Hand in meine Richtung. Es war klar, was er meinte. Mich, die Trennung ...
Ich stand auf. Für heute hatte ich mich genug manipulieren lassen.
»Bring Cleo dazu, dass sie dir sagt, was los ist. Ich will wissen, wohin das Geld gegangen ist«, sagte ich und stieß den Zeigefinger auf die Tischplatte. »Es ist mir egal, wie du das anstellst. Tust du das nicht, bekommst du von mir keinen müden Cent.«

Während ich zur West Fourth Street Station ging, überkam mich die Angst in Wellen. Ich durfte diese Sache nicht in Aidans Hände legen, konnte nicht einfach nach Hause gehen und vor mich hin brüten. Also beschloss ich, stattdessen das zu tun, was ich tun würde, wäre Cleo das Kind eines Mandanten, das in etwas Übles hineingeraten war: Nachforschungen anstellen. Bei einem Mandanten fühlte ich mich deswegen nie schuldig, bei meiner eigenen Tochter dagegen ...
Ich setzte mich auf eine Bank im Washington Square Park und beobachtete von dort aus den Eingang zu Cleos Studentenwohnheim. Ich hatte keine Ahnung, ob sie da war oder nicht. Als ich endlich das Licht hinter Cleos Fenster im zweiten Stock angehen sah, war ich erleichtert. Ich wuss-

te genau, wo sich ihr Zimmer befand, hatte ich doch am Tag ihres Einzugs die Balkone gezählt.

Mein Handy kündigte eine eingehende Textnachricht an. *Ich weiß alles. Und es wird Zeit, dass auch der Rest der Welt davon erfährt.*

Mein anonymer Freund. Wieder einmal. Ich umklammerte das Smartphone so fest, dass meine Finger schmerzten, dann überlegte ich, ob ich ihm vorschlagen sollte, seinen Preis zu nennen, wer immer er sein mochte. Ich war bereit, dieser Person eine ordentliche Summe zu bezahlen, damit sie aus meinem Leben verschwand. Doch jemandem Geld anzubieten, *bevor* er überhaupt welches verlangt hatte, schwächte die eigene Verhandlungsposition erheblich. Zu einem kräftigen Gegenschlag auszuholen, hatte sich als bessere Taktik erwiesen, zumindest am Anfang.

Leck mich am Arsch!, schrieb ich zurück.

Als ich aufschaute, sah ich Cleo auf dem Gehsteig vor dem Wohnheim stehen – in einem *sehr* kurzen Rock und mit *sehr* hohen Stiefeln. Bei ihr waren zwei Mädchen, die ich nicht kannte. Eines hatte braune Haare, das andere war blond, und weder die eine noch die andere sah auch nur halb so umwerfend aus wie Cleo. Sie war in der Tat eine herausragende Schönheit. Einmal hatte ich ihr das gesagt, doch sie hatte es als Affront aufgefasst. Noch immer verstehe ich nicht, warum. Aber Kinder geben einem nie Punkte für gute Absichten, nur für die Gefühle, die man ihnen vermittelt.

Erleichtert stellte ich fest, dass die Mädchen gemeinsam aufbrachen, Arm in Arm. Ganz normale Freizeit, ein ganz normaler Abend, unterwegs mit Freundinnen. Doch dann löste Cleo sich plötzlich von den beiden anderen und ging in die entgegengesetzte Richtung. Allein. *Shit.*

Ohne nachzudenken, sprang ich auf und folgte ihr vorsichtig – in sicherem Abstand, auf der anderen Straßenseite. Als Cleos Schritte immer schneller und zielstrebiger wurden, musste ich fast joggen, um mitzuhalten. Es wirkte, als hätte sie etwas vor, zu dem sie sich hatte überreden müssen, und alles, was ich dachte, war: *Tu es nicht. Tu es nicht.*

Ich folgte ihr auf der Christopher Street ins West Village, wo sie vor einem Gebäude mit einem Geschäft für Kristalle im Erdgeschoss und hell erleuchteten Fenstern im Basement stehen blieb. Von der gegenüberliegenden Straßenseite aus konnte ich nicht erkennen, was sich dahinter befand. Cleo straffte die Schultern. Als würde sie sich wappnen. *Tu es nicht!*

Bevor sie die Stufen hinunterging, zog sie einen Umschlag aus ihrer Handtasche. Ich überlegte, ob ich die Fahrbahn überqueren und sie die Treppe heraufzerren sollte, weg von dem, was immer sich dort im Untergeschoss befand, aber natürlich tat ich das nicht. Kurz darauf stieg eine Frau in einem teuer aussehenden Sport-Outfit die Stufen hinab, das Handy am Ohr. Ihr folgte ein junger, attraktiver Banker-Typ in einem hochpreisigen Anzug. Wenigstens sahen sie nicht so aus, als wären sie in irgendwelche kriminellen Machenschaften verwickelt. Es schien sich dort unten um einen öffentlichen Ort zu handeln. Vielleicht ein Fitnessstudio.

Ich zuckte zusammen, als mein Handy klingelte, der Ton war viel zu laut. Wieder eine unbekannte Nummer.

»Hallo?«, meldete ich mich zögernd.

»Wollen Sie mich verarschen?« Ich hielt das Smartphone vom Ohr weg. »Hören Sie auf, mich zu ignorieren!«

Vivienne. Perfekt.

»Schreien Sie mich nicht an, Vivienne«, erwiderte ich ruhig.

»Ich habe Sie heute zehnmal angerufen – keine Reakti-

on!« Sie schrie noch immer. »Und jetzt rufe ich Sie vom Handy meines Ehemanns an, und Sie gehen gleich dran? Welche Anwältin siebt die Anrufe ihrer Mandanten aus?«
»Vivienne?«
»Ja?«
»Ich lege jetzt auf.«
»Das können Sie nicht machen!« Ihr Ton wurde aggressiv. Viviennes angriffslustigem Geblaffe begegnete man am besten, indem man nicht darauf reagierte.
»Doch, das kann ich. Wenn Sie möchten, dass ich Ihnen helfe – und ich denke, das möchten Sie –, schlage ich vor, dass Sie jetzt erst mal einen Spaziergang machen und sich beruhigen.« Meine Stimme klang eisig, aber nicht verärgert. »Und anschließend warten Sie, bis *ich* Sie zurückrufe, was ich definitiv tun werde. Sobald sich die passende Gelegenheit ergibt. Auf Wiederhören.«
»Sie können doch nicht einfach ...«
Ich legte auf. Im selben Moment sah ich Cleo die Treppe heraufkommen. Sie war keine fünf Minuten unten gewesen. Sie sah ... glücklich aus. Ja, sie strahlte geradezu, als sie stehen blieb, um auf ihr Handy zu blicken und eine kurze Nachricht einzutippen. Anschließend steckte sie das Smartphone in die Jackentasche und schlenderte, immer noch lächelnd, über die Christopher Street zurück in Richtung ihres Wohnheims. Ich blieb in der zunehmenden Dunkelheit zurück, allein, und sah ihr nach, bis sie verschwunden war, verschluckt von der Entfernung und der Menschenmenge auf dem Gehsteig.

BEZIRKSGERICHT DER VEREINIGTEN STAATEN FÜR DEN BEZIRK NEW YORK

IN SACHEN XYTEK-MARKETING, RECHTSSTREIT VERTRIEBSPRAXIS UND PRODUKTHAFTUNG MDL NR. 4236	MUSTERFESTSTELLUNGS-KLAGE & ANTRAG DER JURY

VERTRETEN DURCH ihren Anwalt reichen die Klägerinnen gemeinsam eine Musterfeststellungsklage (Sammelklage) ein, um potenzielle Ansprüche darzulegen, die die Klägerinnen in ihrem eigenen Namen und/oder im Namen der Nachlässe verstorbener Personen und ihrer Begünstigten gegen die Beklagten geltend machen können. Die Klägerinnen bei dieser Rechtsstreitigkeit um die Zulassung des Medizinprodukts – kurz: MDL für Medical Device Licence – mit der Nummer 4236 bringen diese Sammelklage ein und/oder schließen sich dieser an, indem sie sich wie folgt auf persönliche Kenntnisse sowie in allen anderen Belangen auf glaubhafte Informationen berufen:

ALLGEMEINE ANSCHULDIGUNGEN I. In dieser Musterfeststellungsklage werden Tatsachen und Behauptungen dargelegt, die allen Klägerinnen gemeinsam sind, welche in dieser bezirksübergreifenden Rechtsstreitigkeit Ansprüche in Bezug auf den ihnen durch die Einnahme von Xytek-Medizinprodukten entstandenen Schaden geltend machen. Die Klägerinnen fordern sowohl Schadenersatz als auch Strafschadenersatz als Wiedergutmachung für den Schaden und die Verletzungen, die ihnen und ihren ungeborenen Kindern während der Schwangerschaft durch die Einnahme der mangelhaften Xytek-Produkte entstanden sind. Sie werfen den Beklagten vor, sie in Bezug auf Verpackung, Etikettierung und Werbung für das Medikament vorsätzlich, fahrlässig und rechtswidrig getäuscht und schädliche Nebenwirkungen verschwiegen zu haben.

CLEO

Vier Stunden danach

Meine Hände zittern, als ich durch das Onlinedating-Profil von meiner Mutter scrolle, unfähig zu begreifen, was ich da sehe. *Meine Mom. Diese Männer.* An einer Seite des Bildschirms sind ihre Chats aufgelistet. *Zwölf.* Peter, Matt, Oscar und so weiter. Auch ohne die Liste zu öffnen, kann ich die Chat-Anfänge lesen.
Hi, wie hast du ...
Hi! Wie war deine Woche?
Wie schön, dich kennenzulernen! Dann bist du also Anwältin ...
Hat Spaß gemacht, gestern mit dir Kaffee zu trinken. Würde das liebend gern wiederholen.
Kaffee zu trinken? Meine Mom hat sich mit diesen Männern *getroffen?*
Ich kann mir gut vorstellen, dass mein Vater fremdgegangen ist. Er ist stets offen für etwas Neues, und er ist ein Mann. Was nicht heißt, dass das okay ist. Meine Mom dagegen würde niemals auch nur einen Zentimeter von ihrer moralischen Überlegenheit abgeben, indem sie ihn betrügt. Trotzdem lässt sie sich mit Fremden ein, die sie auf einer Dating-Plattform kennenlernt – obwohl, lässt sie sich tatsächlich mit ihnen ein? Ich versuche, diesen Gedanken einsickern zu lassen, aber es gelingt mir nicht. Ich kann es mir einfach nicht vorstellen. Sie ist so ... asexuell.
Aber hier steht es, schwarz auf weiß. Mit irgendwelchen Männern. Und sie besaß die Frechheit, mich zu verurteilen, weil ich Sex mit Charlie hatte? Ist sie wirklich so scheinheilig?

Ich klicke den obersten Chat an. Meine Mom hat eine Handvoll Nachrichten mit einem gewissen Oscar ausgetauscht, beginnend mit ihrer Frage: *Ist das ein Foto von Island? Der Strand von Vík í Mýrdal? Ich kenne den Ort!* Ich war elf, als wir nach Island gereist sind. Mein Dad hat dort am Schwarzen Strand gedreht. Ich fühle mich verraten, als hätte meine Mom dieser Zufallsbekanntschaft ein Stück meiner Kindheit geschenkt.
Ja, das ist Vík!
Ich klicke sein Profil an: *42. Löwe. Aktiv. Anwalt.* Das Profilbild zeigt einen dunkelhaarigen Mann mit durchdringenden, tief liegenden Augen, der über die Schulter blickt, in Richtung der untergehenden Sonne, ein Surfboard unter dem Arm. Nicht schlecht. Ich klicke das nächste Foto an: Es zeigt Oscar, diesmal im Anzug, Wange an Wange mit einem kleinen Mädchen in einem Rüschenkleid bei einer Hochzeit oder Ähnlichem. Ihr Gesicht ist geschwärzt, anscheinend hat er mit einem Edding darübergemalt. Total unheimlich. Auf dem Foto danach ist er mit nacktem Oberkörper vor einem Grill zu sehen, in einer Hand die Grillzange, in der anderen ein Bier. Die Arme sind ansehnlich, aber man erkennt einen leichten Bauchansatz. Schwer zu glauben, dass das der Typ mit dem Surfboard sein soll.
Hier kommt meine Handynummer. Vielleicht ist es angenehmer zu texten?, lautet die letzte Chat-Nachricht meiner Mutter.

Offenbar hat sie beschlossen, ihm den Surfer-Typ abzukaufen und das Mädchen mit dem geschwärzten Gesicht auszublenden, genau wie die beginnende Wampe. *Igitt.*

Das Handy vibriert in meiner Gesäßtasche. *Sieht nicht gut aus für heute Abend, oder?*

Will. Ich hätte ihm schon vor Stunden zurückschreiben sollen.

Sorry. Es ist was mit meiner Mom.
Was Schlimmes?
Ja. Sie ist verschwunden.
Im Ernst?
Ja. Die Polizei ist gerade weg.
Heilige Scheiße! Was ist passiert?
Das weiß niemand. Ich könnte ausflippen.
Soll ich zu dir kommen?
Ja, möchte ich antworten. *Komm zu mir, und halte meine Hand.* Aber das schreibe ich nicht. So einfach ist das nicht bei Will und mir.
Nicht jetzt. Mein Dad ist hier. Aber danke.
Okay. Ich bin für dich da, wenn du reden möchtest.
»Hast du etwas entdeckt?«

Ich blicke von meinem Handy auf und sehe Dad auf der Türschwelle stehen, mit seinem üblichen warmherzigen, freundlichen Gesichtsausdruck. Definitiv kein Mann, der versucht, Frauen mithilfe einer ekelhaften Sex-App aufzureißen, während er so tut, als wäre er ein Mönch. Ich klappe den Laptop zu.

»Wo sind deine Sachen?«, will ich wissen. Angriff ist die beste Verteidigung.

»Wie meinst du das?«, fragt er mit großen, unschuldigen Augen.

Ich gehe an ihm vorbei und ziehe die Schubladen seiner Kommode auf, die ich vorhin zugeknallt habe. »Dein Zeug ist verschwunden.«

»Oh«, sagt er leicht perplex und starrt zerknirscht auf die leere Kommode.

»Bitte lüg mich nicht an, Dad. Das kann ich nicht ertragen. Ich muss wissen, was zur Hölle hier vorgeht«, sage ich. Mein Dad ist der König der kleinen Unwahrheiten: *Bin gleich da ... Das wollte ich gerade machen ... Selbstverständ-*

lich erinnere ich mich daran. Normalerweise ist das kein großes Ding, es ist seine Art und Weise, alle glücklich zu machen. Auch ich versuche nicht selten, mit dieser Taktik durchzukommen. Und einer Sache war ich mir immer sicher: Wir unterstützen uns gegenseitig.

Er schüttelt den Kopf. »Ich habe deiner Mom gesagt, dass das eine fürchterliche Idee ist.«

»*Was* ist eine fürchterliche Idee?«

»Es dir nicht zu sagen.« Er lässt sich zu mir aufs Bett fallen, direkt neben den Laptop meiner Mutter mit den verfänglichen Dating-Websites.

»Dad, was ist hier los? Wo ist Mom?«

»Glaubst du, *ich* weiß das, Cleo? Warum sollte ich es wissen und für mich behalten?«

»Keine Ahnung. Ich weiß nur, dass momentan gar nichts irgendeinen Sinn ergibt.« Ich deute auf den Laptop, was ich sofort bedaure, als ich seinen verwirrten Gesichtsausdruck bemerke. Er weiß es nicht.

»Warte … was hast du darauf gefunden?« Er schnappt sich den Laptop und öffnet ihn.

Fahr nicht hoch. Bitte, lieber Laptop, fahr nicht hoch! Doch der Bildschirm wird sofort hell, und alles ist wieder da – die kleinen Fotos von den Männern, die Chats. Der Gesichtsausdruck meines Vaters lässt sich nicht deuten. Er schließt den Laptop und streicht mit der Hand über den Deckel. Er wirkt nicht sonderlich schockiert.

»Du *wusstest* es?« Erleichterung und Zorn prallen in meiner Brust aufeinander.

»Ich wusste, dass diese Möglichkeit besteht«, erwidert er und reibt sich mit den Händen das Gesicht. »Deine Mom hat nichts Falsches getan. Es steht ihr zu, sich mit anderen Männern zu treffen.«

»Es *steht ihr zu*?«

»Deine Mutter und ich haben uns vor vier Monaten getrennt. Ich weiß nicht, was sie seitdem tut.« Dad deutet auf den Computer. »Es ist sicherlich nicht das, was ich mir gewünscht habe, aber ...« Er sieht mich durchdringend an. »Deine Mutter hat im Leben viel durchgemacht. Sie ist ein guter Mensch. Ich denke, das weißt du. Was immer sie getan hat ...«

»Ein guter Mensch, der mit einem neuen Freund abhaut?«, frage ich. »Ist sie deshalb verschwunden?«

»Komm schon, Cleo, sie ist ganz offensichtlich nicht abgehauen«, entgegnet er. »Das würde sie dir niemals antun. Und warum sollte sie einen blutigen Schuh zurücklassen? Um uns auf eine falsche Fährte zu führen?«

Langsam begreift mein Gehirn, wie viel sie mir tatsächlich verschwiegen haben.

»Wo warst du seit eurer Trennung?«, frage ich ihn.

Dad zuckt zusammen und blickt auf seine Schuhe. Seine ganze Erziehung war auf Offenheit ausgerichtet gewesen – er hatte mir von seinen Fehlern und falschen Entscheidungen erzählt, von der Zeit, als er beinahe vom College geflogen war, von den Drogen, die er ausprobiert hatte, und dass er seinem besten Freund hundert Dollar gestohlen hatte, um zu einem Konzert zu gehen. Dass er sich einer Sache nie hundertprozentig sicher ist, weil Unsicherheit nun mal zum Leben dazugehört. Indirekt gab er mir damit die Erlaubnis, nicht jede Minute jedes einzelnen Tages perfekt sein zu müssen, wie meine Mom es von mir erwartete. Und dafür war ich ihm so dankbar. Doch jemanden rundheraus zu belügen, das war etwas völlig anderes.

»Ich bin bei Dan in SoHo untergekommen.« Sein Blick wandert von den Schuhspitzen zu seinen Händen. Er trägt noch immer seinen Ehering. »Er ist momentan beim Drehen.«

»Und das wolltest du mir nicht irgendwann sagen?«

»Ich weiß, das alles klingt echt übel«, erwidert er. Als er aufschaut, glänzen seine Augen. »Um ehrlich zu sein, es war eine Situation, in der keiner von uns gewinnen konnte. Deine Mom dachte, dass ...«

»Oh, dann war es also tatsächlich ganz allein ihre Idee?« Schwer zu glauben, wenn die ganze Sache »impulsiv« und »unreif« schreit.

Er schüttelt den Kopf. »Nein, nein, das meinte ich nicht. Ich bin ein erwachsener Mann. Ich hätte mich weigern können mitzumachen. Wir sind beide dafür verantwortlich, auch wenn es in erster Linie deine Mom war, die fand, es wäre besser, es dir erst am Ende des Semesters zu sagen. Vor allem nach dem Schlamassel mit Kyle. Deine Noten gehen gerade wieder nach oben. Sie wollte nicht, dass dich das aus der Bahn wirft.«

Ich befand mich sozusagen auf akademischer Bewährung, aber meine Mom täuschte sich: Kyle war nicht der Grund dafür. Es war ein anstrengendes erstes Semester gewesen, mehr steckte nicht dahinter. Ich musste all die naturwissenschaftlichen und mathematischen Anforderungen erfüllen, und das fiel mir nicht leicht. Als ich Kyle begegnete, war ich bereits am Ertrinken. Irgendwann wurde es zwischen ihm und mir schlimm, wirklich schlimm. Am Ende. Aber meine Mom flippte schon viel früher aus.

»Dann behauptest du also, ihr hättet nur mir zuliebe gelogen?«, versuche ich klarzustellen.

»Natürlich nicht, Cleo.« Er schließt die Augen und öffnet sie kurz darauf wieder. »Es gibt in diesem Fall kein Richtig oder Falsch. Glaub mir. Deine Mom dachte wirklich ...«

»Wer wollte sich trennen?«

»Ich denke nicht, dass das eine Rolle ...«

»Wer?«

Mein Dad sieht mich leicht verärgert an. »Deine Mom hat die Trennung vorgeschlagen.«

»Ich glaube dir nicht.«

»Es ist die Wahrheit, Cleo«, sagt er. »Du kannst sie fragen. Wenn wir sie finden, und das werden wir, dann sagt sie es dir. Du weißt so gut wie ich, dass sie nicht lügen wird. Dazu ist sie gar nicht fähig.« Seine Worte klingen wie eine Kritik.

»Hast du sie betrogen?« Das ist das einzig denkbare Szenario, das meine Mom zu einem derartigen Schritt bewegen würde.

»Keiner von uns hat den anderen betrogen, Gott bewahre«, versichert mir mein Vater eilig. Ich weiß nicht, ob ich ihm glaube. »Selbstverständlich nicht. Deine Mom war nicht glücklich. Mit mir – *ich* habe sie nicht glücklich gemacht. Und das sage ich nicht gern, denn es klingt so, als würde ich ihr die Schuld zuschieben. Es ist aber nicht ihre Schuld. Es ist die Realität.« Er schweigt für einen Moment. »Deine Mom und ich sind nun mal sehr verschieden. Ich bin kreativ, und sie ... du weißt, wie analytisch sie ist. Sie lebt in ihrem Kopf. Unterschiede wie dieser können für eine Weile aufregend sein, aber vielleicht nicht auf Dauer. Doch es ist noch nichts in Stein gemeißelt. Noch sind wir nicht geschieden. Wir nehmen uns lediglich eine Auszeit.«

»Richtig.« Wenn meine Mom allerdings bereits andere Männer datet, hat sie offenbar eine Entscheidung getroffen. »Hast du am Telefon etwas in Erfahrung gebracht?«

»Worüber?«

»Über *Mom!* Komm schon, Dad, konzentrier dich. Du hast doch mit ihrem Büro telefoniert.«

»Oh, stimmt, entschuldige. Die ganze Situation ist ... so verwirrend. Wie dem auch sei, Jules weiß gar nichts. Die beiden haben telefoniert, ungefähr zu der Zeit, als du hier ankommen solltest. Deine Mom hat erwähnt, dass du unterwegs bist und dass sie sich darauf freut, dich zu sehen. Sie hätte später noch einen Telefontermin mit einer Mandantin gehabt, einer Vivienne Sowieso. Aber die ist nicht drangegangen, als ich sie angerufen habe«, sagt er.

»Und mit wem hast du dann eben telefoniert?« Ich will wissen, worum es bei dem zornigen Anruf ging. Ich will wissen, um was für ein »Scheißproblem« es bei dem Gespräch ging. Ich will alles wissen, nicht nur das, was er für erzählbar hält.

»Oh, richtig.« Er tut so, als würde er sich gerade erst erinnern. »Mit Lauren.«

Lauren war die beste Freundin meiner Mom. Sie hatten sich während des Jurastudiums kennengelernt. Lauren hatte er auf keinen Fall so angeblafft. Niemals. Mein Dad war vorsichtig, wenn Lauren in der Nähe war. Er würde nie so mit ihr reden. Sie mochte ihn nicht und machte keinen Hehl daraus.

»Weiß Lauren, wo Mom steckt?«

Er schüttelt den Kopf. »Nein, leider nicht. Lauren ist schockiert und verstört, genau wie wir. Sie will herumtelefonieren, bei gemeinsamen Freunden nachhaken, Bekannten, und sich später noch mal melden.«

»Mit wem hast du sonst noch gesprochen? Außer mit Lauren und Jules.«

»Wie meinst du das?«

»Ich habe gehört, dass du mit einer weiteren Person telefoniert hast. Vielleicht mit jemandem von der Arbeit?«

Für eine Sekunde wird sein Gesicht starr. Dann blinzelt er, und der Ausdruck ist verschwunden.

»Von der Arbeit?«

»Keine Ahnung, aber ›Wir haben ein Scheißproblem. Du und ich‹«, wiederhole ich seine Worte. »Du klangst ziemlich angepisst.«

»Oh, richtig, das ... Ja, ich, ähm, war sauer.« Er scheint beinahe die Fassung zu verlieren, vielleicht ist er auch nur verlegen. »Sich um Drehgenehmigungen für einen Film zu kümmern, dessen Finanzierung höchstwahrscheinlich platzt und der deshalb vielleicht eh nie gedreht wird – das ist alles sehr aufreibend. Es fühlt sich ... total falsch an. Deshalb habe ich die Geduld verloren.«

»Klar«, sage ich.

»Mein Gott, Cleo. Bitte hör auf, mich so anzusehen. Es war ein Fehler, dich wegen der Trennung zu belügen, und es tut mir leid«, sagt er. »Schrecklich leid. Aber es ging uns darum, dich zu schützen. Für mich bist du das Wichtigste auf der Welt. Ich hoffe, du weißt das.«

»Klar«, sage ich wieder. Aber das Wort klingt hohl, selbst in meinen Ohren.

Ich nehme den Laptop meiner Mom vom Bett und gehe zur Tür.

»Cleo!«, ruft er mir nach. »Den darfst du nicht mitnehmen!« Als ich zu ihm herumwirbele, stelle ich fest, dass er genauso besorgt aussieht, wie er klingt. »Wir müssen ihn der Polizei aushändigen.«

»Das werde ich auch tun«, versichere ich ihm. »Und zwar gleich morgen früh.« Damit wende ich mich zur Treppe.

»Cleo!« Mein Name klingt wie ein Tadel.

Ich drehe mich erneut um und sehe ihn an. »Du hast gehört, was die Ermittlerin gesagt hat. Wenn wir ihnen den Laptop jetzt geben, liegt er nur rum, und zwar so lange, bis die Techniker Zeit dafür haben. Ich werde nichts löschen oder so. Ich will nur nachsehen, ob irgendetwas Wichtiges darauf ist. Damit ich sichergehen kann, dass die Polizei Bescheid weiß. Wie auch immer, morgen bekommen sie ihn.«

»Das ist keine gute Idee.« Dad klingt jetzt noch nervöser.

»Wir sollten ihnen nicht eigenmächtig in die Quere kommen.«

»Ich habe nicht vor, der Polizei in die Quere zu kommen, aber ich werde auf keinen Fall herumsitzen und nichts tun, nur weil mir das irgendwer vorschreibt«, entgegne ich. »Ich werde genau *das* tun, was Mom tun würde, wenn ich verschwunden wäre. Ich werde helfen, sie zu finden.«

Unten an der Treppe hebe ich meine Tasche vom Boden auf. Der andere Laptop meiner Mom fällt mir ein, der aus dem Arbeitszimmer. Vielleicht sollte ich mir diesen Raum noch einmal selbst vornehmen. Immerhin hat die Polizei auch ihren privaten Laptop oben übersehen, der zwar nicht gerade auf dem Präsentierteller lag, aber auch nicht besonders gut versteckt war.

Die Schubladen und Schranktüren im Arbeitszimmer meiner Mutter stehen offen. Die Polizei hat sie nach ihrer Suche nicht wieder geschlossen. Es sieht unordentlich aus, chaotisch. So gar nicht nach meiner Mom. Und plötzlich habe ich Tränen in den Augen und ein Ziehen in der Brust. Ich hole ein paarmal keuchend Luft, dann lässt es nach.

Ihrem Schreibtisch gegenüber befindet sich eine Tür, durch die man in das »Winzbad« gelangt, wie wir es immer genannt haben. Nur eine Toilette und ein Waschbecken. Eine der typischen Brownstone-Eigenheiten, ein illegaler Anbau, lange vor unserem Einzug errichtet. Man kann die Tür nur von außen, nicht von innen abschließen, mit einem kleinen, altmodischen Schlüssel. Wahrscheinlich war das Winzbad früher nur ein eingebauter Kleiderschrank oder eine Abstellkammer. Aber das Schloss funktioniert. Das weiß ich aus erster Hand.

Ich war gerade vierzehn geworden, als ich meine Mom dort einsperrte.

Ich wollte mit meinen Freundinnen zum Gov Ball gehen, dem Musikfestival auf Governors Island, und sie sagte, sie würde es mir erlauben, aber nur wenn sie selbst auch mitging. Sie versprach mir, außer Sichtweite zu bleiben, damit niemand mitbekam, dass sie da war. Sie wollte einfach nur sichergehen, dass mir nichts zustieß. Nicht weil sie mir nicht vertraute, betonte sie, sondern weil sie der Welt nicht traute. Und deshalb wollte sie sich im Gebüsch herumdrücken und mich – keine Ahnung, was – *beobachten?* Von den Eltern meiner Freundinnen verspürte keiner das Bedürfnis, so etwas zu tun.

»Das ist demütigend!« Ich weiß noch genau, wie ich sie anbrüllte, nachdem ich mindestens eine halbe Stunde lang gebettelt und sie vom Schlafzimmer ins Wohnzimmer und in die Küche verfolgt hatte. Die Erinnerung ist so deutlich – ich spüre immer noch, wie sehr mein Herz pochte, während ich sie von einem Raum in den nächsten trieb.

»Schluss jetzt, Cleo!«, hatte meine Mom geschimpft, wirklich wütend, was so gar nicht zu ihr passte. »Und hör auf, mir nachzurennen!«

»Dann entscheidest du also, dass das Gespräch zu Ende ist?«, schnauzte ich und folgte ihr in den Flur.

»Ja, ich entscheide, in der Tat!«, rief sie, ohne sich umzudrehen. »Zu entscheiden, wann ein Gespräch beendet ist, gehört zu den wenigen Dingen, die ich als Elternteil übernehmen darf.«

Damit verschwand sie in ihrem Büro. Ich weiß nicht, ob sie auf die Toilette musste oder ob sie einfach nur versuchte, mir zu entkommen. Doch als sie die Tür des Winzbads zwischen uns schloss, schrie ich: »Mom! Das kannst du mir nicht antun! Mom!« In diesem Moment hasste ich sie unglaublich. Meine Haut brannte vor Hass.

Ich erinnere mich nicht, dass ich die Entscheidung traf,

die Tür abzusperren, aber ich erinnere mich daran, dass ich es tat. Anschließend starrte ich die Tür an, atemlos und voller Angst, aber gleichzeitig wie elektrisiert. »Cleo, bitte schließ auf!«, hörte ich meine Mom von drinnen rufen. Sie gab sich alle Mühe, sich nicht anmerken zu lassen, wie nervös sie war. »Mach die Tür auf, sofort!«

Sie blieb nicht lange ruhig, sie wurde wütend, dann richtig wütend, schließlich panisch. Ihre Stimme brach, als sie mich anflehte, sie wieder rauszulassen. Ich wusste, dass mein Dad für mindestens zwei Wochen weg sein würde. Dass sie ihr Handy nicht bei sich hatte. Dass ich die Oberhand hatte. Macht.

Am Ende öffnete ich die Tür allein aus selbstsüchtigen Gründen. Ich brauchte Geld, um mir mit meinen Freundinnen in der Fourteenth Street die Tarotkarten legen zu lassen. Keine Ahnung, was sonst passiert wäre.

Jeder andere Mensch hätte den Schlüssel daraufhin für immer verschwinden lassen, doch das tat Mom nicht. Vielleicht ließ sie ihn im Schloss stecken, weil sie mir zeigen wollte, dass sie mir immer noch vertraute. Aber jedes Mal, wenn ich den Schlüssel sah, hatte ich den Eindruck, sie wolle mich an meine Tat erinnern. Sie wolle mich beschämen. Trotzdem fühlte ich mich deswegen nie wirklich schlecht. Ach, es ist kompliziert. Mit meiner Mom ist alles kompliziert.

Ich konzentriere mich auf einen Aktenschrank, der, wie sich herausstellt, mit ordentlich aufgereihten juristischen Lehrbüchern gefüllt ist. Ein weiterer Aktenschrank enthält Ordner, beschriftet mit *Steuererklärungen* und *Gesundheitsakten* sowie verschiedenen Jahreszahlen. Schrank um Schrank voll mit langweiligem, verantwortungsvollem, vorhersehbarem Nichts – nichts, was einen Hinweis darauf geben könnte, wo sich meine Mom befindet. Erst in dem hohen Aktenschrank in der Ecke stoße ich auf etwas ansatzweise Interessantes: eine Kiste mit der Aufschrift *Haven House*.

Ich ziehe sie heraus und stelle sie auf den Fußboden. Sie ist schwerer als erwartet. Drinnen sind Zeugnisse (ausschließlich Bestnoten), mehrere Notizbücher und ein paar Fotos von meiner Mom als Kind. Wir sehen uns so ähnlich, dass es schon unheimlich ist. Ein paar von diesen Aufnahmen kenne ich, ich hatte meine Mom einmal gebeten, mir Kinderfotos von sich zu zeigen. Ich erinnere mich, dass sie mir erklärte, warum auf jedem Bild auch noch so viele andere Kinder waren. Sie hatte eine Weile in einer Art Mädcheninternat gelebt – eher eine Mischung aus Schule, Waisenhaus und Wohnheim –, bevor sie von Gladys adoptiert wurde, die vielleicht ein paar Probleme hatte, aber ansonsten wohl ein freundlicher, warmherziger, wenngleich etwas einfältiger Mensch gewesen war. Mom hatte also keine normale, aber auch keine schreckliche Kindheit gehabt.

Einige der Fotos hier habe ich allerdings noch nie gesehen. Sie ist so viel jünger darauf! Allem Anschein nach war sie schon als kleines, *sehr kleines* Kind in Haven House, wo sie blieb, bis sie ein Teenager war. Sie hat also sehr viel länger dort gelebt, als ich dachte.

Ganz unten in der Kiste liegt eine Ausgabe von Walt Whitmans *Grashalme* – ich wusste nicht, dass meine Mom in ihrem Leben jemals Lyrik gelesen hat. Auf der ersten Seite steht sogar eine Art Widmung: *Versprich mir, dass du Schriftstellerin wirst, Katrina. Gott gibt nur einigen wenigen das Talent dazu. Reed*

Dazu xx – zwei Küsse.

Schriftstellerin? Und es ist meiner Mom nie eingefallen, dies zu erwähnen, obwohl ich von nichts anderem rede, als dass ich gern Schriftstellerin werden würde? Typisch.

Unter dem Buch entdecke ich etwas, was aussieht wie ein Tagebuch. Das Tagebuch von meiner Mutter. Ich betrachte es etwa eine Minute lang mit einer Mischung aus Faszination und Furcht, dann streiche ich mit der Hand mehrmals über den Einband, bevor ich es in der Mitte aufschlage und zu lesen beginne.

Olivia hat mir meine Seife und mein Handtuch weggenommen und mich eine Scheißfotze genannt. Dabei hat sie die Sachen nicht mal für sich behalten. Sie hat sie in den Müll gesteckt, NACHDEM sie sie in die Toilette geschmissen hatte. Sie hat auch meinen Waschlappen ins Klo geworfen. Und dann hat sie versucht, ihn mir in den Mund zu stopfen. Ich konnte ihr allerdings entkommen. Ich habe wirklich überlegt, sie diesmal zu verpetzen, aber bei wem? Silas?

Ich klappe das Tagebuch zu.

»Du bist immer noch da?«, höre ich meinen Dad von der Tür aus fragen. »Ich dachte, du wärst längst weg ... Hast du was entdeckt?«

Ich lasse das Tagebuch rasch in meiner Tasche verschwinden. Keine Ahnung, warum ich nicht will, dass er es sieht, ich weiß nur, dass ich es nicht möchte. Er kommt näher und wirft über meine Schulter einen Blick in die Kiste.

»Wie lange war Mom in Haven House? Ich dachte, sie wäre von dieser Frau adoptiert worden, dieser Gladys?«

Er schüttelt den Kopf. »Erst als Teenagerin – da war sie schon jahrelang dort. Länger als die meisten anderen Kids. Es gab in ihren früheren Pflegefamilien Probleme. Sie hatte fast immer Pech.« Ich sehe förmlich, wie ihm ein Licht aufgeht. »Warte ... du denkst doch nicht ...«

»Was denke ich nicht?«

»Nun ja, dass ihr Verschwinden etwas mit ihrer Kindheit zu tun hat ... Vielleicht hatte deine Mom mehr damit zu kämpfen, als wir dachten.«

»Dann nimmst du jetzt also an, dass sie *mit Vorsatz* gegangen ist?«

»Nein, nein, natürlich nicht. Allerdings weiß ich, dass deine Mom ein hartes Leben hatte. Vielleicht besteht irgendein Zusammenhang. Keine Ahnung.«

Darüber will ich nicht nachdenken. Das will ich mir nicht einmal vorstellen. Ich möchte nur daran denken, dass sie wieder nach Hause kommt.

»Ich bin müde. Ich muss los.« Ich stehe auf und gehe zur Tür. Das Tagebuch und der Laptop fühlen sich schwer an in meiner Tasche.

»Kommst du klar?«, ruft Dad mir nach.

»Ja«, antworte ich. »Sobald wir wissen, wo Mom ist.«

KATRINA

Vier Tage zuvor

Der Warteraum bei Advantage Consulting war sehr ansprechend. Um genau zu sein, war das ganze Gebäude sehr ansprechend, wenn nicht gar atemberaubend: eine umgebaute Villa aus hellem Kalkstein an der East 86th, direkt am Park. Durch die riesigen Fenster war gerade noch die obere Kante des Metropolitan Museums zu sehen. An der Wand gegenüber der Couch entdeckte ich ein kunstvolles Schwarz-Weiß-Foto – düsterer Himmel über den Western Plains, ein einzelnes Pferd in der Ferne. Brian Carmichael war im ländlichen Montana aufgewachsen, zumindest stand das so in seiner Biografie, bevor er zur Ivy League kam. Was ihn perfekt für die Rolle eines bodenständigen, mustergültigen und gleichzeitig gebildeten Mannes machte, der es verstand, seinen Erfolg zu steuern, ohne den moralischen Kompass aus den Augen zu verlieren. Die vermögenden Eltern, die ihn engagierten, fühlten sich aus diesem Grund sicherlich weniger schlecht. Obwohl ... vermutlich fühlten sie sich ohnehin nicht schlecht.

Mein Blick schweifte weiter durch den Warteraum. Wieder einmal fiel es mir schwer, mir vorzustellen, dass Brian Carmichael Jahre damit verbrachte, eine gut geölte Geldmaschine aufzubauen, nur um dann alles zu riskieren, indem er jemanden wie Doug erpresste und anschließend einen Unfall inszenierte, als dieser nicht sofort bezahlte. Aber schließlich begingen auch diejenigen, die sich mit kriminellen Machenschaften auskannten, Fehler. Nur so wurden sie in der Regel geschnappt.

Selbst wenn sich das hier als Sackgasse entpuppen sollte, war das Treffen mit Carmichael doch zumindest eine Ablenkung von der Frage, ob der glückselige Ausdruck auf Cleos Gesicht etwas mit Kyle zu tun gehabt hatte.

Von dem Moment an, als ich Kyle zum ersten Mal sah, wusste ich, dass er ein echtes Problem darstellte. Allein die Art und Weise, wie er Aidan und mir kaum zunickte, bevor er Sekunden nach unserer Ankunft aus Cleos Zimmer schlenderte ... Ich hatte ihn so durchdringend angefunkelt, dass ich überrascht war, dass er nicht in Flammen aufging. Und Cleo hatte mich mit Argusaugen beobachtet.

»Sei still, Mom«, hatte sie mich gewarnt, noch bevor ich ein einziges Wort sagen konnte. »Ich mag ihn. Ich werde das nicht tun.«

»Was wirst du nicht tun? Ich habe doch gar nichts gesagt.«

Spätestens zu diesem Zeitpunkt war ich in höchster Alarmbereitschaft, denn Cleo hatte in Sachen Jungs bereits einige schlechte Entscheidungen getroffen. In vielerlei Hinsicht war sie sehr überlegt, was ihr Leben betraf, aber ihr Jungs-Geschmack war grauenhaft. Und damit meinte ich nicht Charlie, ihren einzigen richtigen Freund. Er war sehr süß gewesen trotz des Virgingate-Debakels. Aber Lance, Hunter, Aaron? Sie waren allesamt Vollidioten, die Cleo nicht ansatzweise so behandelten, wie sie es verdient hatte. Sie schaute umwerfend aus, und das war alles, was für diese Jungs zählte. Cleos Scharfsinn, ihr Einfühlungsvermögen und ihren Humor wussten sie nicht zu schätzen. Sahen nicht, wie schüchtern sie mitunter war. Im Grunde sahen sie sie gar nicht richtig.

Allerdings verblasste meine Kritik an Cleos Ex-Freunden in Anbetracht meiner heftigen Reaktion auf Kyle und die anmaßende, unausstehliche Art, die er an den Tag legte.

Dabei ahnte ich damals nicht einmal ansatzweise, dass er ein Drogendealer war. Ahnte nicht, dass er sie für seine Zwecke einspannen würde. Konnte mir nicht vorstellen, dass sie sich einspannen ließ. Und so hielt ich den Mund und äußerte mich nicht über ihn, auch dann nicht, als Cleos Noten immer schlechter wurden. Als Aidan mir jedoch mitteilte, Cleo habe ihm erzählt, dass Kyle dealte, wurde ich aktiv. Ich musste nicht tief graben, um herauszufinden, dass er nicht nur ab und zu ein bisschen Stoff vertickte. Kyle war der größte Dealer an der NYU, hauptsächlich Pillen – Adderall, Xanax, Oxycodon.

Cleo war überraschend gut darin, ihre Spuren zu verwischen. Ich fand keine Bestätigung dafür, dass sie tatsächlich in Kyles Geschäfte verwickelt war – erst als ich mir an Thanksgiving ihr entsperrtes Telefon schnappte und eilig ihre Textnachrichten überflog, stieß ich auf das, was ich gesucht hatte.

Eine Verletzung ihrer Privatsphäre, sicher. Aber eine, die sich rechtfertigen ließ. Zu der Zeit waren Kyle und sie schon einige Monate zusammen, und aus den Textnachrichten ging klar hervor, dass sie für ihn arbeitete. Es handelte sich lediglich um grobe Angaben und indirekte Anweisungen, aber das genügte.

Ich stellte sie zur Rede, auch wenn das bedeutete, meine Schnüffelei zugeben zu müssen. Nachdem Cleo mich wegen meiner Übergriffigkeit beschimpft hatte, beharrte sie darauf, dass sie selbst nicht konsumierte. Dies wurde mittels eines Drogentests bestätigt, auf den ich im Zorn bestand und den ich bereits zur Hand hatte. Alles, was sie für Kyle getan hatte, war, ab und an Pillen auszuliefern und das Bargeld zu kassieren. Zumindest behauptete sie das. Angeblich war sie ihm nur eine ergebene Freundin gewesen – in meinen Augen das schlimmste Vergehen.

»Es ist doch nichts anderes, als würde ich Zeitungen austragen!« Ihre Stimme hatte geklungen wie die eines verwöhnten kleinen Mädchens.

Sie weigerte sich, damit aufzuhören. Was dazu führte, dass ich ihr einige Wochen später damit drohte, ihre Studiengebühren einzubehalten, wenn sie nicht rigoros den Kontakt mit Kyle abbrach und eine Therapeutin aufsuchte. Ich war nicht stolz darauf, ihr zu drohen, aber mir blieb keine andere Wahl. Die fragwürdigste von all meinen Entscheidungen war natürlich die, Kyle anschließend persönlich einen Besuch abzustatten, den ich vor Cleo geheim hielt. Aber es funktionierte. Zumindest dachte ich das, bis ich Cleo gestern Abend die Stufen vom Basement dieses Gebäudes in der Christopher Street hochkommen sah, und zwar *ohne* den Umschlag, mit dem sie hinuntergegangen war. Es sah ganz danach aus, dass sie für Kyle etwas abgegeben hatte, vielleicht hatte er sogar unten am Fuß der Treppenstufen gestanden.

Wenigstens wusste ich, dass sie zur Therapie ging. Das war das Gute daran, wenn man diejenige war, die die Rechnungen bezahlte.

Das Telefon an dem eleganten Empfang von Advantage Consulting summte diskret. Mit gedämpfter Stimme nahm die Rezeptionistin den Anruf entgegen. Als sie auflegte, drehte sie sich zu mir um und lächelte. »Brian kommt gleich zu Ihnen.«

Mit schmalen Lippen erwiderte ich ihr Lächeln, als wäre ich eine Frau, die nicht daran gewöhnt war, dass man sie warten ließ. Die dies nur zum Wohle ihres Kindes über sich ergehen ließ. Details wie dieses waren für meine Glaubwürdigkeit als potenzielle Klientin von entscheidender Bedeutung: der Ausdruck überheblicher Gereiztheit, der kamelfarbene Pulli von Agnès B, die Art, wie ich ganz vorn auf der Kante der Couch saß, als wäre ich von deren Sauberkeit nicht so recht überzeugt.

»Ms Thompson?« Ich blickte auf, und dort stand er – Brian Carmichael in all seiner Herrlichkeit: scharf gemeißelte Gesichtszüge, graue Augen, volles silbernes Haar. Sehr selbstsicher. Mit ausgestreckter Hand kam er quer durch den Raum auf mich zu. »Wie schön, Sie kennenzulernen.« Ich rang mir ein weiteres kühles Lächeln ab und schüttelte seine Hand, ein wenig unbeholfen, weil ich nicht aufstand. Doch die Frau, die ich vorgab zu sein, würde Carmichael zwingen, sich zu ihr zu beugen.

»Ich entschuldige mich noch einmal für die Verzögerung«, sagte er. »Ich habe gerade mit einem Schüler zu tun, unglaublich klug und talentiert, ganz zu schweigen davon, dass er als Schwimmer Olympia-Potenzial besitzt. Ein wirklich großartiger Junge. Aber er ist leider total unorganisiert. Er hätte mir vor zwei Wochen einen Entwurf seines Bewerbungsaufsatzes schicken sollen. Harvard möchte ihn im Schwimmteam haben, aber ohne Motivationsschreiben und persönliches Statement läuft bei den Hochschulen gar nichts. Und seien wir ehrlich: Harvard ist Harvard, ganz gleich, wie schnell man im Butterfly-Schwimmen ist.« Er schüttelte bedauernd den Kopf.

»Sicher. Und Sie müssen es wissen, richtig? Ich meine, Sie haben schließlich in Harvard studiert«, sagte ich aalglatt, den Köder gehorsam schluckend – die Erinnerung an seinen eigenen Abschluss, den Beweis, wie sehr er sich für die Schülerinnen und Schüler, Studentinnen und Studenten engagierte, für seine grundlegende Integrität. Es war beeindruckend, wie viel Brian in so wenige Worte gepackt hatte.

»Gehen wir in mein Büro, dort können wir ungestört reden«, schlug er vor.

Als er sich umdrehte, stellte ich unbemerkt die Aufnahmefunktion an meinem Handy ein und ließ es in meine Tasche gleiten. Wer wusste schon, was Brian Carmichael zugeben würde oder was sich später gegen ihn verwenden ließ? Am besten, man war vorbereitet – und ausgesprochen geduldig. Diese Regel galt immer. Wenn ich dieselbe Disziplin doch nur bei Cleo hätte aufbringen können!

Carmichaels Büro war schick und sehr teuer eingerichtet – gepolsterte Lederstühle und ausgewählte *objets d'art*. Ohne eine persönliche Note. Er nahm hinter seinem Schreibtisch Platz, schlug einen Ordner auf und blätterte durch die Unterlagen – vermutlich die manipulierten, die ich ihm geschickt hatte. Nach einer Weile klappte er den Ordner wieder zu.

»Sophia ist also nicht glücklich an der Columbia«, begann er.

»Nein, das ist sie nicht«, bestätigte ich. »Das Institut für Kreatives Schreiben ist nicht das, was sie sich erhofft hatte.«

»Das Angebot an der Columbia in diesem Fachbereich ist Weltklasse.« Brian zog die Augenbrauen hoch. »Sind Sie sicher, dass darin das Problem besteht?«

»Spielt der wahre Grund für Sophias Wunsch nach einem Wechsel überhaupt eine Rolle?« Ich schaute auf meinen Schoß und seufzte – ganz die einfühlsame, beunruhigte Mutter. »Meine Tochter und ich haben leider kein sonderlich enges Verhältnis, deshalb ist sie jetzt auch nicht hier«, fuhr ich fort. »Ehrlich gesagt bin ich mir nicht ganz sicher, warum sie ans Amherst College möchte. Sie behauptet, es wäre wegen des Kreativen Schreibens, aber es könnte natürlich auch ein anderer Grund dahinterstecken. Wie dem auch sei, ich möchte ihr helfen, einen Ort zu finden, an dem sie glücklich sein kann.« Meine Stimme brach, und ich spürte, wie mir die Röte in die Wangen schoss. Wenigstens das war nicht gespielt.

»Sie haben recht«, sagte Brian sanft. »Der genaue Grund, warum Sophia wechseln möchte, spielt keine Rolle, es sei denn, er hätte Auswirkungen auf die neue Universität, die sie besuchen soll.«

»Sie möchte ans Amherst«, wiederholte ich. »Sie hat sich informiert, und sie ist sich sehr sicher.«

Brian rieb die Handflächen aneinander. »Okay, dann machen wir uns mal an die Arbeit.«

»Das wäre großartig«, pflichtete ich ihm bei.

»Dabei werden wir allerdings Sophias Unterstützung benötigen«, fuhr Brian fort. »Sie wären überrascht, wie viele Eltern meinen, sie könnten das ganze Prozedere eigenständig durchziehen, ohne die Hilfe der jeweiligen Studentin beziehungsweise des jeweiligen Studenten.«

»Tatsächlich?«, fragte ich.

»Tatsächlich«, versicherte er mir mit einem kleinen Lachen. »Ein Klient – ein spanischer Graf – wollte, dass ich alles für seinen Sohn verfasse, die Motivationsschreiben, die persönlichen Statements. Offenbar war der junge Mann zu sehr damit beschäftigt, nach einer standesgemäßen Braut Ausschau zu halten. Der Vater bot mir an, das Vierfache des normalen Preises zu bezahlen.« Brian hielt inne, als wolle er mir Zeit geben, das Gehörte einsickern zu lassen.

»Ich nehme an, wenn man ein Graf ist, ist man es gewohnt, sich die meisten Dinge durch Bestechung zu erschleichen.«

»Niemand besticht hier irgendwen«, entgegnete Carmichael, lehnte sich auf seinem Stuhl zurück und verschränkte die Arme.

»Selbstverständlich nicht«, pflichtete ich ihm bei, ohne den Augenkontakt zu unterbrechen. »Ich meinte lediglich ...«

»In einer idealen Welt würde jede Schülerin, jeder Schüler angemessen beurteilt werden. Die Universitäten treffen ihre Einschätzungen jedoch leider auf der Grundlage eines Bruchteils der relevanten Daten. Jedes Kind, das mit unserer Unterstützung an einer dieser Universitäten aufgenommen wird, ist stets vollumfänglich qualifiziert. Wir sorgen lediglich für ein faires Ergebnis.«

»Genau das ist es, was wir uns für Sophia wünschen«, sagte ich ernst. »Fairness.«

Trotz meiner Worte konnte ich an Carmichaels Gesichtsausdruck erkennen, dass er seine Antennen ausgefahren hatte. »Was sagten Sie noch gleich, wie Sie von uns erfahren haben?«

Ihm eine Antwort zu geben, die meine Glaubwürdigkeit wiederherstellen würde, war die einzige Option.

»Durch Doug Sinclair«, sagte ich daher.

Sein Gesicht hellte sich auf – keine Spur von schlechtem Gewissen, wie es ihn vermutlich bei Erpressung oder gar Mord überkommen hätte.

»Kennen Sie sich gut, Doug und Sie?«, fragte er.

»Über die Arbeit«, antwortete ich.

»Natürlich, ja, Ella. Jetzt ergibt das Ganze einen Sinn. Wir sind sehr froh, dass wir ihr bei ihrem Wechsel ans Amherst College behilflich sein konnten.« Er löste die Arme und beugte sich vor. »Das *war* eine Situation, die eine beträchtliche zusätzliche Investition erforderte. Aber Ende gut, alles gut. Ella ist jetzt am Amherst, und wie seiner Empfehlung zu entnehmen ist, war Doug zufrieden mit dem Ausgang des Verfahrens.«

Eine beträchtliche zusätzliche Investition. Hatte Doug mich belogen, als er sagte, er habe *keinen* Aufpreis bezahlt? Ich kam mir dumm und überrumpelt vor.

»Ja, genau das ist der Grund, warum ich zu Ihnen gekommen bin«, stieß ich hervor, wobei ich inständig hoffte, dass man mir die Betroffenheit nicht anmerkte. Ich war mir so sicher gewesen, dass mich mein Instinkt bei Doug nicht trog.

Lächelnd stand Brian Carmichael auf. Meine Zeit war um. Er wirkte jetzt vollkommen entspannt. »Lassen Sie uns Schritt für Schritt vorgehen«, schlug er vor. »Ich kann die Fühler nach Amherst ausstrecken und herausfinden, wie viele Transferplätze sie voraussichtlich anbieten.« Er sah mich mitfühlend an. »Das Wichtigste ist, dass Sophia glücklich wird. Das ist es doch, was wir uns alle für unsere Kinder wünschen – dass sie glücklich und in Sicherheit sind.«

16. November 1992

Heute haben wir unsere erste Geschichte geschrieben. Der Tutor sagte, sie solle auf einer Kindheitserinnerung aufbauen, und ich dachte sofort: Ich habe keine Kindheitserinnerungen. Es ist, als hätte mein Gehirn beschlossen, dass es besser war, wenn ich mich nicht erinnerte. Außerdem muss ich mich in dem Dreckloch, in dem ich gezwungenermaßen lebe, auf das Hier und Jetzt konzentrieren. Augen auf, bereit zum Sprung.

Aber dann – bamm! – fiel mir doch ein Detail ein. Die scharfen Kanten des Briefschlitzes.

Ich war allein zu Hause gewesen. Drei Tage lang. Ich war viereinhalb. Meine Eltern hatten mich mit vier Litern Wasser und einem Laib Schnittbrot zurückgelassen. Bis heute habe ich keinen Schimmer, ob sie vorhatten zurückzukommen. Der Postbote entdeckte mich, als ich ihn hörte und die Hand durch den scharfkantigen schmalen Briefschlitz in der Tür zwängte. Mit aller Gewalt, sodass meine Finger zu bluten begannen.

Als ich die Geschichte schrieb, wurde aus dem kleinen Mädchen ein siebenjähriger Junge, weil mir das irgendwie glaubwürdiger erschien. Und vielleicht auch weniger schrecklich.

Der Tutor setzte sogar einen Kommentar darunter, in dem er betonte, dass meine Geschichte zu den besten zählte, die er je gelesen hatte. Anschließend war ich tatsächlich für ganze dreißig Sekunden glücklich, bis ich aus dem Klassenraum trat und Silas, der im Flur an mir vorbeiging, die Blät-

ter aus meinen Händen riss. Sie in die Luft hielt, damit ich danach springen musste. Und er meine hüpfenden Brüste anstarren konnte.

In meinem ganzen Leben habe ich nie jemanden mehr gehasst. Ich hasse ihn so sehr, dass es mir mitunter Angst macht.

CLEO

Sieben Stunden danach

Ich sitze mit überkreuzten Beinen auf meinem Bett, kaue an der Nagelhaut und starre auf den geschlossenen Laptop von meiner Mom. Ich war so wild entschlossen, als ich das Haus mit dem Computer in meiner Tasche verließ! Doch als ich mit der Linie F nach Manhattan zurückfuhr, überkam mich wieder die Furcht. Das Blut, das zerbrochene Glas – was genau hoffte ich auf ihrem Laptop zu finden, das irgendetwas davon besser machte? Das Onlinedating, von dem ich nichts wusste, kommt mir in den Sinn, das Profilbild, das aussieht wie eine Version von meiner Mom, die ich nie kennengelernt habe. Und dann auch noch all das scheußliche Zeug von ihrem Leben in diesem Höllenloch Haven House ... War es wirklich nur Pech, dass sie schon so alt gewesen war, als Gladys sie adoptierte?

Als es auf zwei Uhr morgens zugeht, habe ich das Gefühl, dass egal, auf was ich stoße, den Beweis bringt, dass das Schlimmste längst passiert ist. Oder auch nicht. Vielleicht finde ich ja gar nichts.

Es stellt sich heraus, dass die Facebook-Anmeldedaten meiner Mutter im Browser dieses Computers gespeichert sind, ein Passwort ist nicht erforderlich. Ich verspüre einen Anflug von schlechtem Gewissen: Detective Wilson benötigt die Social-Media-Passwörter. Doch was ich zu meinem Dad gesagt habe, entspricht der Wahrheit: Ich werde Wilson den Laptop überreichen, sobald ich mir sicher bin, dass nichts Wichtiges darauf ist.

Das Facebook-Profil meiner Mom ist nicht gerade eine

Fundgrube an Informationen. Sie ist kaum aktiv und hat nur hundertsechsundneunzig Freunde. Zu diesen hundertsechsundneunzig »Freunden« zählen die Mütter *meiner* Freundinnen und Freunde, *meine* Trainer, *meine* Leute von *meiner* früheren Tanzschule. Außerdem die Familie von Dad. Ich habe viertausend Instagram Follower, und fast alle sind meine Freunde. Keine guten Freunde, natürlich nicht. Okay, vielleicht ist *Freunde* das falsche Wort. Aber ich kenne jeden von ihnen. Wer kennt nur knapp zweihundert Leute? Andererseits ist meine Mutter mit nichts anderem beschäftigt als mit ihrer Arbeit. Sie war schon immer total besessen von ihrem Job, was zu den Dingen zählt, für die ich tatsächlich Respekt aufbringe. Und wenn sie nicht arbeitet ... nun, darüber habe ich ehrlich gesagt noch nie nachgedacht. Vermutlich hängt sie zu Hause rum. Sie war schon immer ein introvertierter Mensch mit einem sehr kleinen Freundeskreis.

Ich betrachte ihr Facebook-Profilbild. Hauptsächlich bin ich darauf zu sehen, mit fünf oder sechs, wie ich in Cape Cod Huckepack auf ihrem Rücken reite. Ich blicke direkt in die Kamera, mit offenem Mund lachend, während ihr Gesicht unter dem großen Sonnenhut kaum zu erkennen ist. Als wäre ich der wichtigste Teil von ihr.

Ich wende den Blick von dem Foto ab und schlucke gegen das Brennen in meiner Kehle an. Dann überfliege ich ihre Seite. Vielleicht hat sie etwas verkauft, und jemand ist gekommen, um es abzuholen? Obwohl das vermutlich das Letzte ist, wofür meine Mutter Zeit hat. Tatsächlich hat sie seit fast einem Jahr nichts mehr gepostet und zuvor auch fast nur Anfragen für Renovierungsempfehlungen – Bauunternehmer, Firmen für Bodenbeläge, Elektriker. All die Posts beginnen mit *Hi, allerseits!*, als würde sie einen Brief schreiben. *O Mom, das ist so cringe!*

Ich scrolle etwas zurück und entdecke mehrere Posts über mich und das College – Studienberatung, Hilfe beim Verfassen des Bewerbungsaufsatzes für das Aufnahmeprozedere an der Uni, Nachhilfe für den Scholastic Assessment Test für das Zulassungsverfahren. Noch früher – sehr viel früher, aber es dauert nicht lange, dorthin zu scrollen, da meine Mom wie gesagt kaum etwas postet – findet sich eine Nachricht, in der steht, dass eine »Freundin« eine Therapeutin sucht, die auf Sexual- und Beziehungsberatung für Teenager spezialisiert ist. Ich werfe einen Blick auf das Datum. Nur einen Tag nachdem ich ihr erzählt hatte, dass ich mit Charlie zusammen gewesen war. Wie sollte es auch anders sein? Meine Wangen brennen. Allerdings bin ich nicht verlegen – ich bin wütend. Nein, nicht wütend. Wütend zu sein, wäre einfacher. Ich bin verletzt. Weil ich für meine Mom ein Problem darstellte, das es zu lösen galt.

Wenigstens war sie in letzter Zeit nicht wieder auf Facebook gewesen, um nach Empfehlungen für Drogenberater zu fragen. Sicher, wenn es um Kyle ging, hatte sie schlussendlich mehr oder weniger richtiggelegen. Allerdings hatte sie deshalb noch lange kein Recht, mir zu drohen. Das uferte definitiv aus, auch wenn Kyle tatsächlich gefährlich war. Sehr gefährlich. Immerhin muss ich die Möglichkeit in Betracht ziehen, dass er verantwortlich für das ist, was immer meiner Mom zugestoßen sein mag. Dass er ihr etwas angetan hat, um sich auf eine kranke Art an mir zu rächen. Aber warum jetzt? Es ergibt keinen Sinn.

Ich sollte Detective Wilson von Kyle erzählen, nur für alle Fälle. Allerdings schrecke ich davor zurück, laut zuzugeben, dass meine dummen Entscheidungen womöglich etwas mit Moms Verschwinden zu tun haben könnten. Vielleicht waren es ja auch ihre eigenen dummen Entscheidungen. *Onlinedating?*

»Wo bist du, Mom?«, flüstere ich und starre auf den Bildschirm. »Wo zur Hölle bist du?« Ich schließe das Facebook-Fenster und rufe die Dating-Seite auf, die ich offen gelassen hatte. Und da sind sie wieder, all die kleinen Fotos, all die Chats mit x-beliebigen Männern, alle so erbärmlich. Das ist so tief unter Moms Würde ...

Im zweiten Chat von oben, gleich unter dem mit Surfer-Oscar, schreibt sie mit jemandem namens Peter. Meine Mom eröffnet mit einem *Hi!*, und er antwortet: *Hey, du, wie geht es dir heute?*

Sie schreiben hin und her, unbeholfen, und aus irgendeinem psychotischen Grund gibt meine Mom ihm am Ende ihre Nummer. Das war vor über einem Monat. Anschließend finden sich keine weiteren Chats zwischen Peter und ihr. Alle Chats enden vor etwas über einem Monat. Vielleicht texten sie inzwischen. Es besteht keine Möglichkeit, das herauszufinden. Wir haben ihr Handy nicht.

Objektiv betrachtet, ist Peter nicht unattraktiv, aber er spielt nicht mal ansatzweise in derselben Liga wie mein Dad, ist um einiges kleiner und hat weniger Haare. Ich betrachte die Profilbilder der anderen Männer, aber auch von denen kann keiner mit ihm mithalten. Mein Dad sieht ausgesprochen gut aus, vor allem, wenn man bedenkt, dass er zehn Jahre älter ist als meine Mom. Außerdem ist er top in Form. Er altert genauso sexy wie Brad Pitt. Es haben ihn tatsächlich schon Leute auf der Straße darauf angesprochen – ich habe es mitbekommen. Nichtsdestotrotz hat sich meine Mom für diese *Idioten* entschieden. Vielleicht hat sie sich auch gar nicht *für sie* entschieden. Vielleicht hat sie sich einfach *gegen* meinen Dad entschieden.

Die beiden folgenden Chatverläufe enden, ohne dass eine Telefonnummer ausgetauscht wurde – meine Mom hat einfach nicht mehr geschrieben. Ihr Feld ist leer bis auf ein kleines Banner, das sie zum Antworten auffordert. Ein weiterer Typ eröffnet den Chat mit *Hey, Sexy* und einem Smiley mit Herzchen-Augen. Ich könnte kotzen. Zum Glück hat meine Mom nicht darauf geantwortet. Trotzdem kann ich den Anblick dieses Emojis nicht ertragen. Ich würde gern auf »unmatch« tippen, aber ich kann mich gerade noch rechtzeitig bremsen – was, wenn der Typ *der* Typ ist? Es wäre nicht gut, Verdächtige zu löschen.

Ich möchte etwas tun, irgendetwas. Vielleicht sollte ich einfach vorpreschen und Hallo sagen. Abwarten, was passiert. Ob dieser Typ *der* Typ ist, kann ich vielleicht sagen, wenn er antwortet. Oder wenn er nicht antwortet. Gerade als ich die Finger auf die Tastatur lege, klopft es an meiner Tür. Ich schaue auf. Hoffentlich habe ich mir das Klopfen nur eingebildet. Aber dann höre ich es erneut, diesmal eher ein Hämmern. Jennie von gegenüber? Bei ihr ist alles ein Notfall.

»Herrgott, ich komme ja schon!«

Ich reiße die Tür auf. Geoff steht davor, mit hängenden Schultern. Seine Haare sind zerzaust. Er wirkt stinksauer. Total durchgeknallt. Nicht gerade das, was man bei einem Drogensüchtigen sehen möchte.

»Da bist du ja!«

»Geoff ... Was machst du ... Was ist los?« Er wohnt nicht in meinem Gebäude, nicht einmal in der Nähe. »Es ist, ähm, zwei Uhr!«

»Ich habe überall nach dir gesucht!«

»Nach *mir*?«

»Kyle beliefert mich nicht mehr, deinetwegen.«

Shit. Genau das hatte nicht mehr passieren sollen. Dafür waren die zweitausend Dollar gewesen – damit Kyle die Hunde zurückpfiff, genauer gesagt, meine ehemaligen

Kunden. Nein, nicht *meine* Kunden, *Kyles* Kunden, die ich beliefert hatte. Seit unserer Trennung versorgte er sie nicht mehr und machte mich dafür verantwortlich. Seine Form der Unterhaltung. Die meisten von ihnen hatten einen anderen Dealer gefunden, doch einige flippten aus und spürten *mich* auf, verlangten Erklärungen, die ich ihnen nicht geben konnte. Das ist das Problem bei einem Drogendealer mit Treuhandfonds: Es kümmerte Kyle einen Scheiß, ob er Kunden oder Geld verlor, ihn interessierte nur sein angeschlagenes Ego. Für eine Sekunde hatte er tatsächlich erleichtert gewirkt, als ich mit ihm Schluss machte, doch dann stellte sich heraus, wie nachtragend er war. Die zweitausend Dollar – der völlig aus der Luft gegriffene Betrag, den ich ihm als »Aufwandsentschädigung« angeblich schuldete – sollten dem ein Ende setzen, und trotzdem steht Geoff jetzt hier vor meiner Tür und ist stinksauer auf mich.

Ich mache einen Schritt zurück und schiebe die Tür ein Stück zu. »Hör mal, Geoff, es tut mir leid, aber ...«

Er klatscht die flache Hand gegen die Tür und drückt sie wieder auf. Wow. Das ist untypisch für einen nerdigen Biostudenten, selbst wenn er ritalinsüchtig ist.

»Du musst Kyle anrufen«, sagt er. Seine Augen sind rot gerändert. Er kommt hart runter.

»Das wird dir auch nicht weiterhelfen.«

»Versuch's.« Geoff tritt einen Schritt näher, ragt jetzt drohend vor mir auf. »Bring ihn dazu, dass er seine Meinung ändert. Sofort.«

»Es tut mir leid, Geoff, ehrlich, aber ich ...«

»Es tut dir *leid*?« Speichel sprüht in mein Gesicht. »Das nützt mir auch nichts!«

Soll ich Kyle anrufen? Ich meine, das könnte ich natürlich tun. Aber ich kann mir nicht vorstellen, dass er drangeht ... Nein. Ich will mich da nicht wieder reinziehen lassen. Egal, was Geoff verlangt.

»Es tut mir leid«, wiederhole ich, »ich kann ihn nicht anrufen.«

Geoffs Oberlippe kräuselt sich, und ich fürchte schon, dass er sich auf mich stürzt, aber dann ist plötzlich die Luft raus.

»Du bist wirklich ein selbstsüchtiges Miststück, Cleo«, sagt er ausdruckslos. »Annie hatte recht.«

»Warte ... Annie? Wovon redest du?«

»Deine alte Freundin, erinnerst du dich?« Sein Lachen klingt gemein. »Wow, sie kann dich auf den Tod nicht ausstehen.«

»Hast du ... hat Annie dir gesagt, wo ich wohne? Warst du bei mir zu Hause in Brooklyn?« Jetzt mache ich einen Schritt auf ihn zu. »Hast du meine Mom gesehen?«

Wenn Geoff in diesem Zustand nach mir gesucht hat, wird meine Mutter sofort darauf gekommen sein, dass es etwas mit Kyle zu tun hat. Ich kann mir gut vorstellen, was sie Geoff entgegengeschleudert hat. Wahrscheinlich hat sie ihm sogar gedroht, die Polizei zu rufen.

»Klar, Cleo, deine Mom und ich haben zusammen abgehangen. Wovon zur Hölle redest du?«, fragt er. »Fuck, dann versuche ich es eben selbst noch mal bei Kyle. Aber wenn das nichts bringt, komme ich wieder.«

Als Geoff ein kleines Stück zurücktritt, knalle ich rasch die Tür zu und schließe ab.

Ich zögere für einen Moment, dann schreibe ich Will eine Nachricht. Da ich gerade ständig an meine Mom denke, sehe ich Will prompt durch ihre wahnsinnig kritischen Augen. Aber ich brauche ihn jetzt. Und das sagt etwas. *Bist du wach?*

Will antwortet, bevor ich es mir anders überlegen und

meine Nachricht wieder löschen kann. *Irgendwas Neues über deine Mom?*

Ich würde gern *Alles okay* antworten. Aber das ist es nicht. Ich habe Angst, dass meiner Mom etwas Schlimmes zugestoßen ist. Ich bin panisch, weil Geoff vor meiner Tür stand. Ich fürchte, dass die beiden Dinge in Zusammenhang stehen. Ich fürchte, dass sie es nicht tun.

Mir geht es nicht so gut, um ehrlich zu sein. Nichts Neues von meiner Mom.

Möchtest du, dass ich zu dir komme?

Ja. Komm. Aber wir beide wissen, dass das nicht so einfach geht.

Ist schon okay. Vielleicht morgen Abend?

Ja. Unbedingt. Und solltest du deine Meinung ändern ...

Ich hänge ein kleines Herz an seine letzte Nachricht. Bin erleichtert, dass ich mich zusammengerissen habe. Nichts kommt verzweifelter rüber als klammernde Nachrichten mitten in der Nacht.

Ich schließe Moms Laptop. Doch sobald ich mich hinlege, fällt mein Blick auf ihr Tagebuch auf dem Nachttisch. Ich nehme es und schlage eine Seite nach dem letzten grauenhaften Eintrag auf, den ich zuvor gelesen habe.

Sie führen AGs in Haven House ein!

AGs. Sieh an, wie an jeder anderen Schule. An einem Ort wie Haven House herrschten zwangsläufig nicht gerade ideale Zustände – es handelte sich keineswegs um ein gemütliches Internat. Das hat meine Mom mir nie verheimlicht. Aber es konnte ja nicht alles so schrecklich sein, wie dieser andere Eintrag, den ich gelesen habe, vermuten lässt. Sonst wäre meine Mutter doch niemals die Wahnsinnsüberfliegerin, die sie ist.

Direktor Daitch führte die AGs als Teil seines neuen »Optimierungsprojekts« ein. Damit Haven House weniger wie Rikers Island wird. Angeblich haben staatliche Behörden rumgeschnüffelt, weil sich jemand, der adoptiert wurde, beschwert hat. Hoffentlich über Silas. Außerdem geht das Gerücht, dass sich Direktor Daitch um einen tollen neuen Job an einer normalen Schule bemüht. Er will zeigen, dass er uns wie normale Kids behandeln kann. Deshalb gibt es jetzt nach der Schule AGs.
Selbstverständlich werden wir nie normale Kids sein. Ganz gleich, wie viele Bücher wir lesen oder wie angestrengt wir lächeln. Mancher Schaden lässt sich nicht ungeschehen machen.

Ich blättere zu einer eselsohrigen Seite vor. Sie ist in sorgfältiger Schrift verfasst.

Sie liebte ihn, wie junge Mädchen es tun, ohne Sinn und Verstand und voller Mut.

Es dauert eine Minute, bis mir klar wird, dass dies der Anfang einer Kurzgeschichte ist, die meine Mom geschrieben hat. Wo ist diese Version von ihr geblieben? Ich habe den Eindruck, sie und ich wären gut miteinander ausgekommen.

Okay, ich gebe es zu – ich mag die Schreib-AG. Ich mag den Typen, der sie leitet, auch wenn er dieses typische arrogante Eliteuni-Gehabe an den Tag legt. Alle Tutoren tun das – nun ja, immerhin gehen sie nach Yale. Aber dieser eine, dieser Reed, sieht uns wenigstens nicht so an, als wären wir irgendwelche erbärmlichen Kreaturen. Er sieht das in uns, was wir sind. Einfach nur Kids.

Es ist kurz nach sechs Uhr morgens, als Lauren mir ihre Apartmenttür öffnet. Ich drücke den Laptop meiner Mom an die Brust wie eine Rettungsboje. Mir geht die Zeit aus, ich muss ihn bald der Polizei übergeben. Das weiß ich. Ich werde loslassen, sobald ich ein kleines Stück näher an der Küste bin. Lauren schlingt fest die Arme um mich und klemmt den Laptop zwischen uns ein. Sie trägt ihre Brille, dazu ein Stirnband, das ihre Haare aus dem Gesicht hält, eine coole, aber fleckige Hose von Alo Yoga und ein abgetragenes Sweatshirt von der juristischen Fakultät der Columbia University. Lauren ist eine umwerfende Schönheit mit bernsteingesprenkelten Augen und makelloser Haut. Und stets so gefasst. Es hat etwas Tröstliches, dass auch sie im Augenblick ein wenig derangiert wirkt. Als wäre sie genauso aufgeregt wie ich.

»O mein Gott, Liebes«, flüstert sie in meine Haare.

Lauren lebt in einem Apartment in Tribeca, zusammen mit ihrem Mann und Zwillingstöchtern, die zehn oder elf sind – auf jeden Fall um einiges jünger als ich. *Richtige* Kids. Hinter Lauren sehe ich Jake, ihren Ehemann, verschlafen durch den Flur tappen.

»Alles okay?«, flüstert er.

»Es tut mir so leid«, sage ich leise. »Ich hätte anrufen sollen. Eure Kinder schlafen bestimmt noch.«

Lauren winkt ab. »Sei nicht albern. Ich bin froh, dass du hier bist. Komm rein!«

Das Apartment ist eines von diesen wunderschönen alten Lofts mit riesigen, noch originalen Fenstern. Ansprechend und geschmackvoll, aber nicht übertrieben eingerichtet. Ihr Ehemann ist Banker, aber nicht »von der reichsten Sorte«, wie Lauren immer scherzt. Sie führt mich ins Wohnzimmer, von wo aus man das Empire State Building sieht. Dahinter verfärbt sich der Himmel gerade rosa-grau.

»Hast du was von ihr gehört?«

Ich schüttele den Kopf. Tränen treten in meine Augen. Ich presse die Lippen zusammen, um den Schluchzer zu unterdrücken, der in meiner Kehle aufsteigt.

»Hey, komm, setzen wir uns erst mal«, sagt Lauren, nimmt ihre Brille ab und wirft einen Blick auf Moms Laptop, den ich noch immer fest umklammere. Sie entwindet ihn sanft meinem Griff und legt ihn auf den Tisch. »Möchtest du ein Glas Wasser oder etwas anderes?«

»Nein, nein, danke.« Ich setze mich auf die Couch. »Ich wollte nur ... Weißt du was über die Typen, die meine Mom gedatet hat?«

Deshalb bin ich hergekommen. Um sie das zu fragen. Ich muss wissen, ob die Männer von der Dating-Plattform etwas mit Moms Verschwinden zu tun haben könnten. Ich muss verstehen, warum sie sich überhaupt dort angemeldet hat.

»Dating?«, fragt Lauren mit einem übertriebenen Stirnrunzeln. Sie ist eine grauenvolle Lügnerin. Was kein Wunder ist. Sie ist Staatsanwältin. In ihrem Leben dreht sich alles um die Wahrheit.

»Ich weiß, dass sie getrennt sind, Lauren. Mein Dad hat es mir erzählt«, sage ich. »Außerdem habe ich diese Dating-Seite entdeckt.« Ich nicke bekräftigend in Richtung Computer. »Meine Mom hat mit anderen Männern geschrieben, ist mit ihnen ausgegangen.«

»Du meinst, mit jemandem, den sie online kennengelernt hat?«, fragt Lauren. »Ich glaube nicht, dass sie das Ganze sonderlich ernst genommen hat.«

»Vielleicht ist genau das das Problem: Sie hat es nicht ernst genug genommen. Ich meine, diese Typen sind ziemlich übel. Keine Ahnung, was sie sich dabei gedacht hat ...«

»Moment, Cleo«, sagt Lauren und setzt sich neben mich

auf die Couch. »Was immer passiert ist – wir werden es nicht deiner Mom zum Vorwurf machen, okay? Denn ganz gleich, *was* geschehen ist, es ist nicht ihre Schuld.«

»Ähm, hast du die Typen gesehen?«, blaffe ich. »Tut mir leid, aber da sie ihre Ansichten über die Männer in meinem Leben immer unverfroren raushaut, erscheint mir das irgendwie ...« *Heuchlerisch,* hätte ich gesagt, wäre meine Stimme nicht gebrochen.

Lauren schließt die Augen. Als sie sie wieder öffnet, legt sie einen Arm auf die Lehne der Couch. Ihre Fingerspitzen berühren sanft meine Schulter.

»Es tut mir leid. Ich weiß, wie aufwühlend das für dich sein muss. Und ich weiß, dass du und deine Mom in letzter Zeit nicht immer einer Meinung wart.«

»In letzter Zeit?«, frage ich. »›Die letzten zehn Jahre‹ würde es besser treffen.«

Lauren schweigt für einen Moment. »Hör mal, ich weiß besser als jeder andere, wie verbissen deine Mom ist. Du hättest ihre Aufzeichnungen während des Jurastudiums sehen sollen – diese winzige Schrift! Mir ist auch bewusst, dass sie sich bei dir auf ziemlich triviale Dinge fixiert hat – und das habe ich ihr gesagt. Und sie hat sich bemüht, ein wenig zurückzurudern. Dir sollte jedoch klar sein, dass alles, was deine Mutter je getan hat, dazu diente, dich zu beschützen. Sie liebt dich sehr.«

»Und so sieht also Liebe aus?«, murmele ich.

»Komm schon, du weißt, dass das stimmt.« Lauren knufft mich. »Deine Mom macht sich Sorgen um dich. *Alle* Mütter machen sich Sorgen um ihre Kinder.« Sie lächelt. »Frag meine Mädchen. Deine Mom ist nicht die Einzige, die ein bisschen streng sein kann. Manchmal denke ich allerdings, dass das, was sie aus Liebe tut, nicht immer liebevoll rüberkommt. Ich bin ihre beste Freundin, und ich sehe das. Aber ich versichere dir, dass deine Mom dich mehr liebt als alles andere. Ich denke, ihr Verhalten ist nicht zuletzt den Umständen geschuldet, unter denen sie aufgewachsen ist ... Sie hält die Welt für einen gefährlichen Ort, den es zu kontrollieren gilt – sie kann nicht anders.«

»Wie *ist* sie denn aufgewachsen?«, will ich wissen.

»Wie meinst du das?«

»Ich habe ein altes Tagebuch von ihr entdeckt, in dem sie über dieses Haven House berichtet«, antworte ich. »Scheinbar war sie länger dort, als mir bewusst war. Das, was sie schreibt, klingt schlimmer als alles, was sie je erzählt hat. Dabei hab ich noch gar nicht viel gelesen ...«

»Gut. Tu das nicht – ich meine, es ist *ihr* Tagebuch. Ich bin mir sicher, deine Mutter möchte nicht, dass du es liest.«

»Klar, weil sie ja auch immer die Privatsphäre von anderen respektiert.«

Lauren wirft mir einen Blick zu. »Okay, erstens: Das ist nicht dasselbe. Du bist das Kind, sie ist das Elternteil. Zweitens: Wir haben festgestellt, dass deine Mutter öfter über das Ziel hinausschießt, weil sie sich Sorgen macht. Drittens: Nach dem, was ich gehört habe, hatte sie einen guten Grund, dich im Auge zu behalten.«

Selbstverständlich hat meine Mom ihr von Kyle erzählt. Was mich nervt. Und gleichzeitig beschämt. Die Meinung meiner Mutter ist leichter abzutun als die von Lauren.

»Weil ich jemanden gedatet habe, der – ich geb's zu – ein Drogendealer ist. Aber das bedeutet doch noch lange nicht, dass ich keinerlei Menschenrech...« Meine Stimme bricht erneut. Und dann überkommt es mich so schnell, dass ich kaum noch Luft kriege.

Lauren schlingt die Arme um mich, und ich kann endlich loslassen. Schluchzend klammere ich mich an ihr Sweatshirt.

Als der Ausbruch vorbei ist, lehne ich mich zurück und wische mir verlegen über die Augen. »Tut mir leid.«

Lauren drückt meine Hand. »Es gibt nichts, wofür du dich entschuldigen musst.«

»Ich will doch nur ... Ich muss etwas tun, damit sie gefunden wird«, stoße ich hervor.

»Glaubst du, die Polizei schafft das nicht? Ich könnte ein paar Anrufe über das Büro der US-Staatsanwaltschaft tätigen, um alle ein wenig anzutreiben.«

»Die geben bestimmt ihr Bestes. Diese Ermittlerin, Detective Wilson, scheint ganz okay zu sein. Trotzdem wäre es toll, wenn du ein bisschen Druck machen könntest. Ich denke, diese Dating-Sache ... Das passt überhaupt nicht zu ihr.«

»Nur fürs Protokoll: Ich war diejenige, die sie dazu ermutigt hat«, räumt Lauren ein. »Ich wollte, dass ihr bewusst wird, wie großartig sie ist.«

Ich schneide eine Grimasse und deute auf den Computer. »Noch einmal: Hast du diese Kerle gesehen?«

Lauren verzieht das Gesicht. »Ich sage nicht, dass das meine beste Idee ever war. Trotzdem glaube ich nicht, dass das etwas mit dem Onlinedating zu tun hat. Soweit ich weiß, hat sie den Kontakt mit allen Matches abgebrochen, nachdem sie diesem Doug begegnet ist. Den mochte sie wirklich. Sie hat ihn über die Arbeit kennengelernt. In letzter Zeit hat sie sich häufig mit ihm getroffen ...«

»Und?«

Sie seufzt. »Er ist vor ein paar Tagen bei einem Autounfall ums Leben gekommen. Sie kannten sich noch nicht lange, aber deine Mom hat mir leidgetan. Sie fing gerade an, Gefühle für ihn zu entwickeln. Er hatte eine Tochter in deinem Alter.«

»Das ist ja schrecklich«, sage ich fassungslos.

»Allerdings«, pflichtet sie mir bei. »Auch für deine Mom, vor allem nach dem, was sie in ihrem Leben schon durchgemacht hat.«

»War es wirklich *so* schlimm?«

Sie nickt. »Hat sie dir mal von ihren Eltern erzählt?«

»Sie hat gesagt, dass sie als Kind allein gelassen wurde, mehr nicht. Und dass sie nicht wusste, wo ihre Eltern waren.«

»Sie haben sie im Stich gelassen! Ein vierjähriges Kind! Sie haben deine Mom im Haus eingeschlossen, mit etwas Wasser und Brot. Der Postbote hat sie Tage später gefunden.«

»Das ist ... das ist schrecklich«, sage ich wieder und komme mir vor wie eine Idiotin.

»Es ist sicher besonders schwer, Mutter zu sein, wenn einem die eigene Mutter so etwas angetan hat«, sagt Lauren leise.

Ich lege eine Hand in meinen heißen Nacken. »Warum hat sie mir nichts davon erzählt?«

»Ich denke, sie wollte nicht, dass die schlimmen Dinge, die ihr zugestoßen sind, Teil deiner Geschichte werden. Sie wollte, dass du eine ›normale‹ Mom hast, was immer das bedeutet. Eine gute Kindheit.« Lauren lehnt sich zurück und verschränkt die Arme. »Was sagt eigentlich dein Dad zu der ganzen Sache?«

»*Du* hast mit ihm gesprochen. Was hat er zu dir gesagt?«

»Ich habe nicht mit ihm gesprochen.« Lauren schüttelt den Kopf. »Detective Wilson hat mit mir telefoniert. Dein Dad hat ihr meine Kontaktdaten genannt, aber er selbst hat mich nicht angerufen.«

»Oh, ich dachte ... Da habe ich wohl etwas missverstanden.« Aber das stimmt nicht. Mein Dad hat gelogen, was das Telefonat mit Lauren betrifft.

»*Er* hat dir also von der Trennung erzählt?«, fragt sie.

Ich nicke. »Er behauptet, keiner habe etwas falsch gemacht, und noch wären sie ja nicht geschieden.« Ich füge hinzu: »Er tut so, als wäre alles bestens.«

Lauren betrachtet ihre Hände. »Nun ja ... dein Dad ...«

»Was?«

Sie sieht mich mit einem Blick an, als wüsste ich genau, was sie meint. »Du weißt, dass Aidan und ich uns nicht besonders mögen, Cleo. Ist er ... behilflich bei der Suche nach ihr?«

»Ich denke schon, ja«, antworte ich rasch. Ich weiß, wie Lauren über meinen Dad denkt. Und ich finde ihn im Moment auch nicht besonders toll. »Ich meine, er reißt sich nicht gerade darum, aktiv zu werden.«

Lauren lächelt mitfühlend. »So kann man es auch ausdrücken ...« Schweigend fährt sie mit dem Fingernagel eine Falte im Couchbezug nach.

»Was ist?«

»Nichts.«

»Lauren, ich spüre doch, dass da noch etwas ist ...«

»Ich möchte deinem Dad nicht in den Rücken fallen ...«

»Bitte. Ich will es wissen.«

»Nun, deine Mutter und er haben sich in letzter Zeit öfter wegen Geld gestritten.«

»Echt?«

»Dein Vater wollte offenbar, dass sie ihm etwas für sein neuestes Filmprojekt gibt. Vermutlich ist er in finanzielle Schwierigkeiten geraten. Es ging um das Geld, das sie geerbt hat. Eine sehr hohe Summe. Um ehrlich zu sein, wollte er fast alles haben. Du weißt, wie deine Mom über dieses geerbte Geld denkt und dass sie es nicht anrühren möchte.«

Vielleicht hat mein Dad es für unwichtig gehalten, dies zu erwähnen, aber ich habe die Stimme meiner Mom im

Ohr: *Eine Lüge, die dadurch zustande kommt, dass man etwas verschweigt, ist immer noch eine Lüge.*

»Ich bin mir sicher, sie hat mit einem klaren Nein geantwortet.«

»Genau das hat sie mir gesagt. Dein Vater war offenbar gar nicht glücklich darüber.«

»Das kann ich mir vorstellen«, erwidere ich.

»Und es gibt noch etwas, was du wissen solltest. Es ist aber *wirklich* nicht angenehm, und ... es lässt deinen Vater schlecht dastehen«, gibt sie zu bedenken und mustert mich durchdringend. Es ist eine Warnung – eine letzte Warnung. Sie zögert.

»Bitte ...«

»Also gut: Dein Dad hat eine Affäre, zumindest *hatte* er eine«, stößt Lauren hervor.

Mein Puls pocht in den Schläfen. Ich habe das Gefühl, mir würde der Kopf explodieren. »Was?«

»Nun, streng genommen ist es keine Affäre mehr, trotzdem ... Es geht um eine seiner Studentinnen. Eine *ehemalige* Studentin – mittlerweile ist sie seine Assistentin. Du kennst Bella?«

Ich drücke eine Faust auf meinen Magen. *Ich glaube dir nicht.* Aber Lauren hat keinen Grund zu lügen. Und offensichtlich erzählt sie mir das Ganze nicht gern. Es muss die Wahrheit sein. Zumal ich schon lange ein schlechtes Gefühl wegen Bella habe. Sie ist herablassend und arrogant, aber ich wäre niemals auf die Idee gekommen, dass sie mit meinem Dad schläft.

»Oh.« Meine Stimme ist sehr leise.

»Deshalb hat deine Mom um die Scheidung gebeten. Wenn du mich fragst, hatte sie schon vorher jede Menge gute Gründe dafür. Aber sie hat darüber hinweggesehen. Bis sie Bellas Textnachrichten an deinen Vater gelesen hat.

Dass dein Dad eine Affäre hatte, hat das Fass zum Überlaufen gebracht.«

Wenn das stimmt – und ich habe keinen Grund zu der Annahme, dass dem nicht so ist –, hat mein Dad mich belogen. Hat mir mitten ins Gesicht gelogen, noch dazu sehr überzeugend. Ich warte darauf, dass eine Welle des Zorns über mich hinwegschwappt, aber ich fühle mich nur leer und am Boden zerstört.

»Cleo«, sagt Lauren, »du siehst ... Alles okay? Es tut mir leid, ich wollte dich nicht aufregen ...«

Ich stehe. Ich erinnere mich nicht daran, aufgestanden zu sein.

»Schon gut. Ich muss jetzt, ähm, gehen.« Auf wackeligen Beinen mache ich mich auf den Weg zur Tür. Ich will hier raus, bevor ich erneut die Fassung verliere.

»Cleo!«, ruft Lauren mir nach. »Das heißt aber nicht ... Ich bin mir sicher, dein Dad macht sich genauso große Sorgen wie wir.«

»Da bin ich mir absolut sicher«, erwidere ich trocken.

»Hey, Cleo, wirklich ...« Lauren schließt zu mir auf und legt mir eine Hand auf den Unterarm. »Es wird bestimmt alles wieder gut. Deine Mom weiß, wie sie auf sich aufpassen kann.«

»Ja, sieht ganz danach aus«, sage ich und öffne die Apartmenttür. »Und es sieht auch so aus, dass es sehr viel gibt, was ich nicht weiß.«

ABSCHRIFT DER AUFGEZEICHNETEN SITZUNG

DR. EVELYN BAUER
2. SITZUNG

CLEO McHUGH: Darf ich Sie etwas fragen?

EVELYN BAUER: Selbstverständlich, Cleo.

CM: Denken Sie, mit siebzehn Personen Geschlechtsverkehr gehabt zu haben ist viel für jemanden in meinem Alter?

EB: Spielt es eine Rolle, was ich denke?

CM: Nein. Aber ich wüsste es gern. Als ich dies letzte Woche erwähnte, haben Sie nicht darauf reagiert.

EB: Hast du eine Reaktion erwartet? Hast du es mir deshalb erzählt?

CM: Ich weiß es nicht ... vielleicht. Sogar manche Leute in meinem Alter sind schockiert. Also hänge ich das für gewöhnlich nicht unbedingt an die große Glocke. Aber Sie sind völlig cool geblieben. Ich dachte, Sie würden eine Reaktion verbergen, weil man das ... Sie wissen schon ... weil man das von Ihnen erwartet.

EB: Man erwartet gar nichts von mir, Cleo. Und nein, ich war nicht schockiert, auch wenn es nicht wenige Jungs waren. Das ist eine Tatsache. Wichtig ist nur, wie du dich damit fühlst.

CM: Ich fühle mich … taub. Als würde ich über jemand anderen sprechen.

EB: Sind Jungs darunter, mit denen du im Rückblick lieber nicht geschlafen hättest?

CM: Einige vielleicht … aber eigentlich nicht. Der Punkt ist eher, dass es im Grunde gar nicht um sie ging. Ich mochte es, dass sie mit mir schlafen wollten.

EB: Und warum?

CM: Ich habe mich besser gefühlt. Als wäre ich plötzlich jemand von Bedeutung. Als wäre ich okay, genauso, wie ich bin. Es ist nicht so, dass ich mich plötzlich in sie verliebt hätte und sie meine Gefühle verletzt hätten. Danach waren sie mir immer noch egal.

EB: Verstehe. Dann waren die Jungs für dich also nur Sex-Dates oder One-Night-Stands?

CM: Einige. Andere hab ich wirklich gedatet, wie den Typ, mit dem ich jetzt zusammen bin.

EB: Du hast gesagt, dieser Charlie, mit dem du vor ein paar Jahren zusammen warst, habe dir wirklich etwas bedeutet. Und das hat deine Mom beendet?

CM: Nachdem wir das erste Mal Sex hatten, habe ich ihr davon erzählt, und sie ist komplett ausgeflippt.

EB: Oh, das muss sehr schwierig gewesen sein.

CM: Und wie, vor allem, weil wir uns vorher wirklich nahe standen. Doch als ich in der Highschool war, haben wir immer öfter gestritten, jedes Mal, wenn ich nicht exakt so war, wie meine Mom mich haben wollte.

EB: Es war also anders als während deiner Kindheit?

CM: Als ich klein war, waren wir ... Ich erinnere mich, dass ich meine Mom über alles geliebt habe. Und sie hat mir stets das Gefühl gegeben, ich wäre das Großartigste auf dem ganzen Planeten.

EB: Was hat sich geändert?

CM: Ich weiß es nicht. Ich denke, es hat schon während der Zeit an der Junior High begonnen. Ich hab Ärger bekommen, als meine Mom eine E-Zigarette in meinem Rucksack gefunden hat, und ich musste einmal nachsitzen, weil jemand bei mir abschreiben durfte. Beides nicht wirklich schlimm. Aber Sie hätten meine Mom erleben sollen – man hätte meinen können, ich hätte jemanden umgebracht!

EB: Das muss sehr schmerzhaft für dich gewesen sein, wenn ihr beide euch so nahestandet.

CM: Es war … Trotzdem habe ich immer wieder versucht, ihr eine Chance zu geben. Ich dachte, sie wäre gestresst von der Arbeit und würde irgendwann wieder so werden wie früher. Und dann passierte das mit Charlie. Ich weiß, dass ich noch ziemlich jung war für Sex, aber wir waren schon anderthalb Jahre zusammen, und wir haben uns wirklich geliebt.

EB: Du musst dich vor mir nicht rechtfertigen, Cleo.

CM: Ich hab aber das Gefühl, als müsste ich. Blöd, dass meine Mom der einzige Mensch war, dem ich damals davon erzählen wollte. Doch kaum waren die Worte aus meinem Mund, hat sie mich angesehen, als wäre ich Abschaum. »Du bist vierzehn!«, sagte sie immer wieder. »Du bist *erst* vierzehn!« Als hätte ich ein Verbrechen gestanden. Und dann sagte sie …

EB: Du musst es mir nicht erzählen, wenn es dich zu sehr aufregt.

CM: Nein, ich möchte es erzählen. Ich habe das Gefühl, ich muss es loswerden … Sie sagte: »Ich kann nicht glauben, dass du so wenig Selbstachtung hast.«

EB: Das tut mir leid. Das war sehr gemein. Was hast du erwidert?

CM: Ich habe sie ein Miststück genannt.

EB: Und das war's dann?

CM: Nein … Dann hat sie gesagt: »Ich kann nicht glauben, dass du meine Tochter bist.«

KATRINA

Vier Tage zuvor

Das Gebäude von Veritas Productions war mir immer schon viel zu großkotzig vorgekommen für eine Produktionsfirma, die noch nie wirklich Profit abgeworfen hatte. Jedes Mal, wenn ich herkam, ging mir dieser unverdiente Luxus unter die Haut. Immerhin war ich diejenige, die dafür bezahlte. Und dann der Name von Aidans Firma – *Veritas* Productions. Grandios. Er hatte den Namen mit vollem Ernst gewählt. Er hielt sich tatsächlich für einen großen Helden – einen Helden der Wahrheitsfindung. Allerdings hatten sich seine Filme bislang lediglich an obskure Streamingdienste verkauft. Der letzte verlor seine Vertriebspartner sogar gänzlich, nachdem einige der Darstellungen für »eher fragwürdig« befunden worden waren. Als wäre es nicht vollkommen logisch, dass Menschen, die Dokumentarfilme machten, ihre Quellen verifizieren und die Fakten überprüfen mussten. Jedes noch so kleine Detail. Aber Aidan war gar nicht gut, wenn es um Details ging. *Veritas* ...

Ich war erleichtert gewesen, als Aidan mir eine Textnachricht schickte, kurz nachdem ich Advantage Consulting verlassen hatte. *Okay. Ich habe jetzt genauere Informationen über Cleo und das Geld. Treffen wir uns heute Mittag in meinem Büro?* Ich nahm an, dass er ein weiteres persönliches Treffen anstrebte, um noch einmal auf das Geld zu sprechen zu kommen – oder vielmehr auf unser »gemeinsames Vermögen«, mein Erbe.

Aber ich würde ihm das Geld nicht kampflos überlassen, da musste er schon über meine Leiche gehen. Eines Tages sollte Cleo es bekommen, und wegen Cleo würde ich ruhig und höflich reagieren – nüchtern und sachlich. Ich würde sogar lügen und so tun, als würde ich ihm die Summe geben, nur damit er mir sagte, was mit ihr los war. Allerdings hatte ich längst keine Lust mehr, die Probleme zu lösen, die Aidan selbst verursacht hatte. Im Gegenteil – es war an der Zeit, Aidan als das eigentliche Problem zu betrachten. Und ich war eine sehr, sehr gute Problemlöserin.

Mit einem leisen Ping öffneten sich die Aufzugtüren zu Aidans Etage. Die ausgefallene Tapete in Erdtönen im Eingangsbereich sah teurer aus als die bei uns zu Hause. Vielleicht würde ich Aidan während des Scheidungsverfahrens dazu bringen können, dieses Büro gegen etwas Bezahlbareres einzutauschen.

Als ich mich Aidans Büro näherte, stellte ich fest, dass kein Licht brannte. Ich warf einen Blick auf die Uhr: elf Uhr fünfundvierzig – ich war wieder mal früh dran. Ich betrat das Vorzimmer, drückte auf den Lichtschalter und blieb vor Bellas leerem Schreibtisch stehen. Aidan hatte sie entlassen, unmittelbar nachdem ich die Textnachrichten entdeckt hatte. Auch das war ein Zufall gewesen. Ich bereitete gerade das Abendessen zu, als Aidan mich bat, ihm sein Handy zu reichen. Es lag auf der Küchenanrichte, und ihre Nachricht leuchtete auf dem Display auf, gerade als ich die Hand danach ausstreckte. *Kann nicht aufhören, daran zu denken, wie sich deine Lippen auf meinem Körper anfühlen.*

Ich hatte bis dahin nichts geahnt. War zu beschäftigt gewesen mit dem, was ich während der vergangenen zwanzig Jahre getan hatte – nämlich mich um alles zu kümmern.

Als ich an jenem Abend den Raum durchquerte und Aidan, der auf der Couch lümmelte, das Telefon reichte, wappnete ich mich gegen einen emotionalen Fallout, doch der blieb aus. Auch in den darauffolgenden Tagen und Wochen verspürte ich hauptsächlich Erleichterung. Als hätten die Textnachrichten meinen Käfig gesprengt und mir keine andere Wahl gelassen, als zu fliehen. Ich wusste, dass seine Untreue für ein Scheidungsgericht keine Rolle spielen würde. Zudem wäre es mit Sicherheit auch nicht von Belang, dass Aidan meine Vergangenheit benutzt hatte, um mich zu manipulieren und an mein Geld zu gelangen. Das Einzige, wofür sich das Gericht interessieren würde, wäre, ob ein Ehevertrag vorlag oder nicht.

»Aidan!«, rief ich durch den Gang in Richtung des weiter hinten liegenden Konferenzraums.

Als keine Antwort kam, zog ich mein Handy aus der Tasche und ging in sein Büro. Die Tür stand offen, es brannte kein Licht. Auf der Schwelle blieb ich stehen und ließ den Blick über seinen Roche-Bobois-Schreibtisch schweifen. »Melt« wurde das Design genannt, und tatsächlich sah es so aus, als wären geschmolzenes Holz und geschmolzener Stahl in Form gegossen worden, um die abgerundeten Kanten zu formen. Grauenhaft, vor allem weil das Ding aberwitzige 13 585 Dollar gekostet hatte. Ich erinnerte mich genau an den Betrag. Die riesige Ledercouch war beinahe genauso teuer gewesen. So etwas blieb hängen, wenn man diejenige war, die die Rechnung bezahlte.

Ich bin jetzt hier.

Sofort erschienen die drei Pünktchen, die anzeigten, dass er zurückschrieb. *Oh, du bist früh dran ... Ich stecke noch in einem Meeting mit HBO, das ich völlig vergessen hatte. Bin aber gleich um die Ecke. Brauche nur eine Sekunde ...*

Ein Meeting mit HBO? Home Box Office, der amerikanische Fernsehprogrammanbieter? Das kaufte ich ihm nicht ab. Und so stand ich nun allein in Aidans leerem Büro, nur ein paar Schritte von seinem Computer entfernt.

Heruntergefahren und passwortgeschützt, aber ich kannte Aidans Passwort – es war immer dasselbe. Sein Geburtstag.

Wie nicht anders zu erwarten, kam ich mühelos rein. E-Mails und Textnachrichten poppten auf.

Ich steckte mein Handy ein und fing an, die Nachrichten zu lesen. *Sie* stand ganz oben. Hätte er nicht wenigstens die Höflichkeit besitzen können, das Pseudonym wieder in »Bella« zu ändern? Es hatte etwas Beleidigendes.

Sie kann das Mädchen einfach nicht in Ruhe lassen. Kapiert sie nicht, dass Cleo aufs College geht?

Ich weiß. Genau meine Rede!

Kat ist diejenige, die eine gute Therapeutin braucht.

Ganz meine Meinung. Aber das kann ich unter keinen Umständen vorschlagen!

Lass dich nicht länger von ihr schikanieren, Aidan.

Ich versuche nur, mich aus der Schusslinie zu halten.

Ich trat einen Schritt vom Computer zurück, die Hand auf die Brust gepresst, als könnte ich so meinen Herzschlag beruhigen. Das war ja noch viel schlimmer, als ich erwartet hatte. Ich hatte nicht damit gerechnet, dass sie über *mich* reden würden. Und es las sich so, als wäre ich Dauergesprächsthema. Der Chat war einfach zu demütigend. Das Handy vibrierte in meiner Handtasche. Ich stand auf, schloss Aidans Nachrichten und schickte den Computer schlafen, bevor ich es hervorkramte und einen Blick aufs Display warf.

Denkst du wirklich, du kommst davon? Dass du all das Geld behalten kannst? Dass niemand herausfindet, dass Blut an deinen Händen klebt?

Ich sackte auf die Couch. Nein, ich hatte nicht gedacht, dass ich davonkommen würde. Dabei hatte ich ihn nicht einmal mit Vorsatz getötet.

»Es tut mir so leid!«

Aidan stürmte ins Büro, einen Kaffee in der Hand, die Sonnenbrille auf der Nase. Seine Haare waren zerzaust, er war unrasiert. Ich starrte ihn an. Er lachte laut auf, warf seine Sachen auf den Schreibtisch und nahm die Sonnenbrille ab. Er wirkte nervös.

Endlich setzte er sich ans andere Ende der Couch und trank einen großen Schluck Kaffee.

»Was ist mit Cleo?«, fragte ich.

Aidan nickte. »Oh, sie versucht, etwas Gutes zu tun. Das ist doch eine schöne Nachricht.«

»Ich verstehe nicht ...«

»Das Geld war für eine Gruppe von Umweltaktivistinnen und -aktivisten, der sie angehört«, teilte Aidan mir mit einer wegwerfenden Handbewegung mit.

»Umweltaktivisten?«, fragte ich. Ich gab mir keine Mühe, meine Skepsis zu verbergen. »Im Ernst?«

»Ja.« Aidan wirkte ausgesprochen selbstzufrieden – keine Ahnung, ob es daran lag, dass er mir eine Erklärung präsentieren konnte oder dass diese mit seiner eigenen Arbeit verzahnt war. »Cleo versucht, etwas zu verändern.

Und das möchte sie wohl auf ihre persönliche Art und Weise tun.«

»Warum kostet es *zweitausend* Dollar, Mitglied bei einer Umweltgruppe zu sein?«

»Komm schon, Kat, deren Aktivitäten kosten Geld.« Er lehnte sich ein kleines Stück zurück und verschränkte die Arme. »Das solltest du doch wissen.«

Ich hatte wieder vor Augen, wie Cleo diese Treppe hinuntergeeilt war. War es möglich, dass sie dort unten an einem Treffen von Umweltaktivistinnen und -aktivisten teilgenommen hatte?

»Kommt es dir denn nicht verdächtig vor, dass Cleo plötzlich in einer *Umweltgruppe* aktiv ist?«, wollte ich wissen.

»Verdächtig? Wieso? Weil das ein Thema ist, mit dem ich mich auch befasse? Im Ernst, Kat, das ist ...« Aidan schüttelte den Kopf. »Du hältst Cleo tatsächlich für *so* berechnend?«

»Sie hat mit Drogen gedealt, Aidan.«

Er seufzte dramatisch. »Tut mir leid, Kat, aber es ist echt traurig, dass du so wenig Vertrauen in deine Tochter hast. Allerdings ... wenn man bedenkt, woher du kommst, ist es verständlich, dass es dir schwerfällt, anderen zu vertrauen. Hast du mal überlegt, selbst in Therapie zu gehen? Ich meine, wir schicken Cleo zu einer Therapeutin ...«

Ich ballte die Hände so fest zu Fäusten, dass ich überzeugt war, meine Fingernägel würden die Handflächen durchbohren. Wortlos stand ich auf.

»Was hast du vor?«, fragte Aidan.

»Ich gehe.«

»Du kannst jetzt nicht gehen. Wir müssen über das Geld reden.«

»Nein«, sagte ich ruhig. »*Wir* müssen nicht über Geld reden. *Du* willst darüber reden, und ich muss los.«

»Ich habe mit einem Anwalt gesprochen, Kat«, sagte Aidan, als ich die Hand nach dem Türknauf ausstreckte. »Ich werde die Scheidung einreichen.«

Bastard. Ich drehte mich um. »Wir warten bis zum Ende des Semesters, darin waren wir uns einig. Es ist nur noch ein Monat.«

»Nein«, sagte er. Sein Ton war jetzt eiskalt. »*Du* hast das beschlossen, und ich hab mal wieder gehorcht. Das Mindeste, was du tun kannst, ist, mich fair zu behandeln. Ich will nicht, dass unser Leben vor Gericht auseinandergenommen wird, Kat, aber ich werde auch nicht tatenlos zusehen, wie du mich übervorteilst.«

»Tu das nicht«, erwiderte ich, um eine ruhige Stimme bemüht. »Tu das nicht.« Es klang wie eine Drohung. Es fühlte sich an wie eine Drohung.

»Oder was, Kat?«, fragte er mit einem spöttischen Lachen. »Oder was? Du hast mich doch schon verlassen.«

Oder ich bringe dich um. Aber das war bloß in meinem Kopf.

»Tu es nicht, Aidan«, sagte ich ein letztes Mal, bevor ich die Tür öffnete. »Oder du wirst es bereuen.«

Als ich bei dem Gebäude in der Christopher Street im West Village ankam, wo ich Cleo am Abend zuvor die Treppe zum Basement hatte hinuntergehen sehen, rasten meine Gedanken noch immer. Was, wenn meine Vergangenheit während eines langwierigen Scheidungsverfahrens ans Licht geriet? Aidans Anwalt würde mit Sicherheit versuchen, so viel wie möglich über mich auszugraben, und wenn er sich nur genug Mühe gab, würde er auf Gold stoßen. Je mehr ich darüber nachdachte, desto deutlicher lag auf der Hand, dass es sich bei dem Absender der mysteriösen Nachrichten um die Person handeln musste, die Daitch in der Mordnacht geholfen hatte. Männlich, da war ich mir ziemlich sicher, außerdem hatte ich natürlich auch eine Ahnung, um wen es ging. Aidans Anwalt musste ihn nur aufspüren und seinen Preis herausfinden, und ich wäre geliefert.

Mein Handy klingelte. Marks Name auf dem Display holte mich ins Hier und Jetzt zurück. Ich hatte einen Job. Einen zeitaufwendigen, bei dem viele Mandantinnen und Mandanten um meine Aufmerksamkeit buhlten. Die letzten vierundzwanzig Stunden hatte ich damit verbracht, Anrufe zu verschieben und mir dadurch Zeit zu verschaffen. Mark hatte mir heute am frühen Morgen eine Nachricht hinterlassen, noch bevor ich zu Advantage Consulting gefahren war, doch ich war so abgelenkt gewesen, dass ich sie noch nicht einmal abgehört hatte. Ich überlegte, seinen neuerlichen Anruf an den AB gehen zu lassen, aber es war nicht Marks Art, mich ohne guten Grund zu belästigen.

»Tut mir leid, ich war mit einer anderen Angelegenheit befasst«, log ich. Ein Vorteil meiner »Frag nichts, sag nichts«-Übereinkunft mit Mark bestand darin, dass er nicht wusste, wie ich meine Arbeitszeit nutzte. Außerdem erfolgte fast alles, was ich tat – heimliche Befragungen, geheime Treffen – außerhalb des Büros und fernab neugieriger Blicke. »Wenn es um Vivienne geht, versichere ich dir, dass ich ...«

»Es geht nicht um Vivienne.« Mark klang untypisch gestresst. »Schaust du heute noch mal in der Kanzlei vorbei?«

Sein Ton klang nicht gerade so, als hätte ich eine Wahl.

»Ich bin spätestens um fünf da«, sagte ich, als hätte ich das von Anfang an vorgehabt. »Soll ich direkt in dein Büro kommen?«

»Gern. Danke, Kat«, sagte er. »Bitte entschuldige die Dringlichkeit, aber ich möchte den zuständigen Stellen versichern können, dass wir uns um die Angelegenheit kümmern werden. Du weißt schon, der neue Mandant. Und dass die Situation – vor allem das Ausmaß der Klage und das Drumherum – ein wenig ... ungewöhnlich ist. Du solltest die Sache prüfen, bevor wir zustimmen.«

Mark versicherte mir stets, dass ich nicht jeden Auftrag übernehmen musste. Natürlich sagte ich üblicherweise Ja – um die Mandanten zufriedenzustellen und somit auch Mark. Ich hatte nur einmal abgelehnt – als ein Chief Operating Officer mit einer minderjährigen Prostituierten erwischt worden war. Der Mandant behauptete, er habe nicht gewusst, dass sie minderjährig war, doch wenn man sich das Mädchen ansah, war das nur schwer vorstellbar. Ich wollte nicht Teil von dieser widerwärtigen Angelegenheit sein, und Mark hatte, ohne zu zögern, abgelehnt. Daraufhin wechselte der Mandant wutschnaubend die Kanzlei und entzog uns sämtliche Firmenmandate.

»Du weißt, wie sehr ich das schätze«, sagte ich zu Mark. »Ich komme so schnell wie möglich.«

Während ich mein Handy wieder in der Handtasche verstaute, gellte ganz in der Nähe eine Hupe. Ein riesiger Sattelzug versuchte, sich an einer schwarzen Limousine vorbeizuquetschen, die in zweiter Reihe parkte. Ich blickte mit zusammengekniffenen Augen hinüber und konnte im Wagen die Umrisse von zwei Personen ausmachen. Die offenbar direkt in meine Richtung blickten. Als ich auf die Limousine zuging, wurde der Motor angelassen, und der Wagen schoss an mir vorbei, so schnell, dass ich das Nummernschild nicht lesen konnte.

New York war voller ungeduldiger Arschlöcher und grauenhafter Autofahrer, ganz zu schweigen von schwarzen Limousinen, dachte ich gereizt, machte kehrt und stieg die Stufen zu den ominösen Räumlichkeiten im Basement hinunter. Die anonymen Textnachrichten hatten mich nervös gemacht, doch es war ein Fehler, sich von imaginären Bedrohungen ablenken zu lassen, die vermeintlich hinter jeder Ecke lauerten. So verpasste man unweigerlich die, die wichtig waren.

Im Untergeschoss befand sich ein schickes Boutique-Fitnessstudio, das sich »The Box« nannte. Die Ausstattung war zweckmäßig und gewollt retro, kombiniert mit edgy High-class-Design – alles in Schwarz-Grau. Der einzige Farbtupfer stammte von Stapeln mit flauschigen zitronengelben Handtüchern, die überall verteilt waren. Es war nur eine Frau mit einem hohen blonden Pferdeschwanz da – sehr groß, sehr dünn, vom Typ Supermodel –, die an einem Steppbrett trainierte, nur dass es sich dabei, anders als bei den Brettern aus meinem Aerobic-Step-Kurs, um ein Modell aus Holz handelte, eine Art Holzkiste.

»Kann ich Ihnen helfen?« Ein feingliedriger, sehr gut aussehender Mann in den Zwanzigern saß hinter einem eleganten Empfangstresen aus Eschenholz auf einem runden braunen Lederhocker mit aufwendigen Nähten. Er musterte mich von oben bis unten. »Haben Sie einen Termin?«, fragte er und wandte sich seinem Computer zu. Anscheinend war er überzeugt davon, dass ich keinen hatte.

»Nein, ich war ... Meine Tochter war gestern Abend hier«, fing ich an. »Aber sie geht auf die NYU, deshalb glaube ich nicht, dass sie es sich leisten kann, hier zu trainieren.«

»Da haben Sie recht.« Seine Augen waren noch immer auf den Bildschirm geheftet.

»Also bieten Sie den Studierenden der NYU keine Sonderkonditionen an?«

Seine Augen blitzten. »Sehen wir aus wie ein Studenten-Turnverein?« Ich starrte ihn ausdruckslos an. »Die Mitgliedschaft bei uns erfolgt ausschließlich auf Einladung und beginnt bei achttausend Dollar im Jahr.«

Für eine Holzkiste?

»Haben Sie gestern Abend gearbeitet?«

»Ja, ich habe gearbeitet«, leierte er, offenbar gereizt. »Ich arbeite *immer*.«

Ich rief ein Foto von Cleo auf dem Handy auf. »Das ist meine Tochter. Haben Sie sie gesehen?«

Er warf einen Blick aufs Display, bereit, mir eine Abfuhr zu erteilen, bevor er überhaupt genauer hingeschaut hatte. Doch ich sah genau, dass er Cleos Gesicht erkannte. Er wusste, wer sie war, und er *tat* definitiv nur so, als wäre dies nicht der Fall.

»Tut mir leid, ich kann Ihnen nicht helfen«, sagte er, schärfer jetzt. Er beugte sich vor, um die Kendall-Jenner-Doppelgängerin anzulächeln, die hinter mir hereingekommen war. »Wenn Sie mich jetzt bitte entschuldigen, ich muss ein Mitglied einchecken.« In diesem Moment bemerkte ich, dass seine Hände leicht zitterten. Schweißperlen standen auf seiner Stirn, und er kratzte sich innen an seinem linken Unterarm. Gut möglich, dass er ein Kunde von Kyle war, den Cleo belieferte.

Ich trat zur Seite, doch ich ging nicht. Ich wartete, bis er die Frau mit großem Hallo begrüßt und ihr ein leuchtend gelbes Handtuch gereicht hatte. Als er dann sah, dass ich immer noch dort stand, runzelte er die Stirn. Ich näherte mich wieder dem Empfangstresen. Diesmal beugte ich mich vor und brachte mein Gesicht dicht an seins heran.

»Sagen Sie mir, was meine Tochter hier gemacht hat, oder ich erzähle Ihrem Arbeitgeber, dass Sie drogenabhängig sind.«

»Wovon zur Hölle reden Sie?« Seine Oberlippe zuckte nervös. Er nahm definitiv was, so viel stand fest.

»Ihr Arbeitgeber ist verpflichtet, Sie einem Drogentest zu unterziehen, denn Sie haben Zugang zu den Mitgliederdaten, den Spinden ...«

Er funkelte mich an.

»Ich muss wissen, was meine Tochter hier gemacht hat. Niemand wird erfahren, dass Sie mit mir geredet haben.«

Er lehnte sich zurück und verschränkte die Arme.

»Sie wollte, dass ich ein Päckchen im Spind eines Mitglieds hinterlege«, sagte er schließlich leise. »Und bevor Sie mir wieder mit meinem Arbeitgeber drohen – ich habe das Mitglied zuvor angerufen und mich erkundigt, ob das in Ordnung ist. Er hat bejaht – sie sollte das Päckchen dalassen. Ich würde niemals ohne Erlaubnis den Spind eines Mitglieds öffnen.«

»Welches Mitglied?«

»Das darf ich Ihnen nicht sagen ...«

»Welches Mitglied?« Ich beugte mich noch weiter vor.

»Kyle Lynch«, erwiderte er. »Ich habe das Päckchen in seinen Spind gelegt. Darum hat er mich gebeten. Mehr nicht.«

EIN TAG ZUVOR

> Kannst du mir noch einmal schreiben,
> was genau sie gesagt hat?

Wieso?

> Weil ich nicht schlafen kann und mir Sorgen mache.

Sie hat gesagt, dass Fotos auf
seinem Handy sind, das ist alles.

> Was für Fotos? Von wem?

Keine Ahnung.

> Kannst du das herausfinden?

Dürfte nicht leicht sein.

> Bitte frag.

Hör auf, dir Sorgen zu machen.

> Du hast gut reden.

So meine ich es nicht. Du weißt, dass ich für dich da bin.

> Dann hilf mir. Bitte.

CLEO

Dreizehn Stunden danach

Ich sitze auf einer der Bänke in dem kleinen grünen Dreieck auf der Straßenseite gegenüber von Laurens Wohnhaus, das Gehirn in einer Endlosschleife: *Mein Dad hatte eine Affäre, er hat mir ins Gesicht gelogen, meine Mom ist verschwunden, mein Dad hatte eine ...* Diese Fakten passen nicht zusammen, ganz gleich, aus welchem Blickwinkel ich sie betrachte, und ich habe jeden einzelnen ausprobiert.

Detective Wilson wird diese Affäre sicher für verdächtig halten. *Ich* halte sie für verdächtig. Denke ich wirklich, dass mein Dad meiner Mom etwas angetan hat? Nein. Das denke ich nicht. Doch ich habe die Möglichkeit in Erwägung gezogen. Habe mir diese Frage gestellt. Und das hat ein Loch gerissen.

Ausgerechnet Bella. Die unerträgliche Assistentin meines Vaters, die – wie alt ist? *Fünf* Jahre älter als ich?

Ich öffne auf meinem Schoß Moms Laptop. Um einen überzeugenden alternativen Verdächtigen zu finden. Ja, genau das sollte ich versuchen.

Ich rufe die Dating-Seite auf, all die kleinen Quadrate von suboptimalen Männern, die wahrscheinlich ständig nichts ahnende Frauen entführen. Wenn ich sie betrachte, fühle ich mich besser und schlechter zugleich. Besser, weil die Wahrscheinlichkeit, dass einer dieser Typen meiner Mutter etwas angetan hat, größer ist als die, dass mein Vater dahintersteckt. Aus genau demselben Grund fühle ich mich auch schlechter.

Ich verfasse eine Nachricht, kopiere sie und füge sie in

jeden der Chats ein: *Hey! Wie geht es dir?* Ich tippe schnell, damit ich mein Vorhaben gar nicht erst infrage stellen kann. Schnell zu handeln bewahrt mich außerdem davor, die unangenehmen Gespräche noch einmal zu lesen, mir noch einmal klarzumachen, dass meine Mom sich auf dieses Niveau herablässt. Aber vielleicht tut man das, wenn der eigene Ehemann einen mit jemandem betrügt, der halb so alt ist wie man selbst. Und wenn die eigene Tochter sich aufführt, als wünschte sie sich, man wäre tot.

Anschließend schickte ich Moms Assistentin Jules eine Nachricht: *Kannst du mich anrufen? Es geht um Mom.* Es ist noch nicht mal halb neun. Aber Jules wird das verstehen. Sie ist ein guter Mensch, und sie liebt meine Mom. Sie macht sich bestimmt ebenfalls Sorgen.

Cleo, hi! Schön, von dir zu hören! Ich rufe dich gleich an.

Gleich? Wann ist das? *Schön, von dir zu hören?* Nicht gerade das Maß an Fürsorge und Anteilnahme, das ich erwartet hatte.

Prima, schreibe ich zurück. *Ruf mich an, sobald du Zeit hast.*

»Ich hätte dich nicht für einen so frühen Vogel gehalten.«

Als ich aufblicke, steht Detective Wilson vor mir und beäugt mich mit gefurchten Augenbrauen. *Shit.* Der verräterische Laptop meiner Mom liegt gut sichtbar direkt neben mir auf der Bank. Detective Wilson setzt sich auf die andere Seite und blickt den Broadway hinauf, der sich bei der kleinen Grünfläche gabelt. Instinktiv stecke ich das Handy in die Bauchtasche meines Hoodies, doch ich widerstehe dem Drang, auch den Laptop irgendwo zu verbergen.

»Woher wollen Sie wissen, dass ich ein früher Vogel bin?« Die Frage kommt schroffer als beabsichtigt über meine Lippen. »Sind Sie mir gefolgt?«

»Hm«, murmelt sie und blickt erneut den Broadway hinauf, der um diese Uhrzeit noch nicht viel befahren ist. »Ich war bei deinem Wohnheim, aber es war noch so früh, und ich wollte dich nicht wecken – dachte, ich warte noch ein bisschen, bis ich zu dir gehe. Dann habe ich dich das Wohnheim verlassen sehen. Und bin dir gefolgt.«

»Oh ...«

»Du scheinst nicht glücklich darüber zu sein.«

»Was haben Sie erwartet? Mein Mom ist *verschwunden!* Auf unserem Fußboden war *Blut!* Und jetzt folgen Sie mir, anstatt sich darauf zu konzentrieren, sie zu finden?«

»Verständlich.« Sie deutet ein Lächeln an. »Ich wollte dir die Gelegenheit geben, allein mit mir zu sprechen. Bei euch zu Hause hatte ich den Eindruck, dir würde etwas auf dem Herzen liegen, was du mir nicht unbedingt in Anwesenheit deines Vaters mitteilen wolltest.«

»Keine Ahnung, was Sie meinen.«

»Wenn du das sagst ...« Sie wirkt skeptisch, hält die Augen immer noch auf den Broadway geheftet.

»Haben Sie irgendeinen Anhaltspunkt dafür, was meiner Mom zugestoßen sein könnte?«, frage ich. »Ich meine, so läuft das doch normalerweise, oder? Sie finden irgendwas heraus und teilen es den Angehörigen mit.«

Sie nickt. »Nun, das Blut vom Fußboden stimmt mit der Blutgruppe Ihrer Mutter überein. Die DNA-Analyse dauert länger. Es ist jedoch anzunehmen, dass es von ihr stammt. Die Fingerabdrücke auf dem Glas sind leider nicht im System. Was mich nicht überrascht, aber man hofft ja immer, dass man einen Glückstreffer landet. Wir können von jedem, den wir befragen und der sich als Verdächtiger herausstellt, vergleichende Fingerabdrücke nehmen. Außerdem läuft der Abgleich der DNA von dir und deinem Vater. Der Vollständigkeit halber.« Liegt da etwa eine Spitze gegen

meinen Vater in ihrer Stimme? Ich bin mir nicht sicher.
»Hat Lauren Pasternak, die Freundin deiner Mom, etwas gesagt, was uns weiterhelfen könnte?«
Natürlich weiß sie, dass ich bei Lauren war. Wir sind nur wenige Schritte von ihrem Apartment entfernt, auf die Adresse ist Detective Wilson bei ihren Ermittlungen sicher längst gestoßen. Trotzdem fühle ich mich unbehaglich. Vielleicht verdächtigt sie ja auch mich. Zuzugeben, dass ich den Dates meiner Mutter Nachrichten geschickt habe, war vermutlich keine gute Idee. Vielleicht kann ich anders auf das Thema zu sprechen kommen.
»Meine Mom war auf einer Dating-Seite unterwegs, die sich ›Hitch‹ nennt. All diese Typen da … Ich meine, wer weiß schon, wer die in Wirklichkeit sind?«
»Das ist ungewöhnlich für ein verheiratetes Paar«, stellt Detective Wilson fest.
Ich zucke die Achseln, aber ich weiche ihrem Blick aus. »Ich wusste nicht, dass sie getrennt sind, aber das werden Sie mittlerweile wohl auch in Erfahrung gebracht haben. Mein Dad hat seine Sachen mitgenommen.«
Sie nickt. »Das ist uns aufgefallen. Was hat er dir erzählt?«
»Dass keiner von beiden die Schuld an der Trennung trägt. Dass nichts in Stein gemeißelt ist.« Jetzt drehe ich mich zu ihr um und sehe sie offen an. Sie soll wissen, dass ich keine Idiotin bin. »Er hat nicht von sich aus über die Trennung gesprochen. Davon hat er mir erst erzählt, als ich ihn nach seinen Klamotten gefragt habe. Angeblich war es Moms Idee, die Trennung geheim zu halten.« Ich klinge, als würde ich ihn verteidigen. »Sie hat versucht, mich zu beschützen, nehme ich an, denn genau das tut sie immer.«
Detective Wilson nickt erneut. »Wir können uns dieses Onlinedating mal vornehmen, aber bei Vorfällen wie die-

sem ist fast immer jemand verantwortlich, den das Opfer gut kennt.«

»Opfer«, wiederhole ich, als könnte das Wort durch lautes Aussprechen an Bedeutung verlieren.

»Ich will damit sagen, dass es sich nur um *eine* Option handelt«, erklärt sie, jetzt sanfter. »Mehr nicht.«

Sie denkt, dass meine Mom tot ist, begreife ich. Aber sie soll sich darauf konzentrieren, meine Mutter *lebend* zu finden! Ich bin sicher, dass sie noch lebt. Und dass keine Zeit zu verlieren ist.

»Es sieht so aus, als wäre eine Scheidung deiner Eltern wahrscheinlicher, als dein Dad zugibt. Laut eurer Nachbarin Janine hat er bereits einen Scheidungsanwalt engagiert, der um irgendein Erbe prozessieren soll.«

»Wie bitte?«

»Überrascht dich das?«

»Nein. Ich meine, das stimmt nicht!«, widerspreche ich. »Ich habe keine Ahnung, wo Janine das aufgeschnappt haben will, aber sie irrt sich. Er möchte alles wieder ins Lot bringen.«

»Deine Mom hat es ihr erzählt.«

»Meine Mom?«, wiederhole ich ungläubig. »Sie sind doch gar nicht mehr befreundet.«

»Laut Janine war deine Mutter überrascht und aufgebracht darüber, dass dieser Anwalt eingeschaltet wurde. Es könnte zu einem Konflikt zwischen deiner Mom und deinem Vater gekommen sein. Eins führte zum anderen. Möglicherweise ist die Situation aus dem Ruder gelaufen ...«

Eilig blinzle ich die Tränen weg. Mein Hals fühlt sich rau an. »Das glaube ich nicht.«

Ich denke an seine Affäre mit Bella. Mag mir nicht vorstellen, was Detective Wilson schlussfolgern würde, wenn sie davon erführe.

»Du sollst wissen, dass dein Dad mich angerufen hat, um mir einige Informationen zu geben.« Jetzt sieht mich Detective Wilson auf eine Art und Weise an, die mir gar nicht gefällt. Als empfände sie Mitleid mit mir.

»Tatsächlich?«

»Er hat mir erzählt, dass die Beziehung zwischen dir und deiner Mutter nicht einfach ist. *Volatil* war das Wort, das er benutzt hat.«

Das Wort hallt in meinen Ohren wider. *Volatil?*

»Okay«, sage ich, denn es ist klar, dass sie auf eine Reaktion von mir wartet. Bestimmt hatte mein Dad nicht vor, mit dem Finger auf mich zu zeigen, auch wenn genau das das Ergebnis ist. Es muss einen Grund geben, warum er der Ermittlerin davon erzählt hat. Vielleicht hat sie seine Worte auch aus dem Kontext gerissen.

»Er ist speziell auf den aktuellen Konflikt wegen eines Jungen zu sprechen gekommen«, fährt sie fort, »Details hat er keine genannt. Klingelt da etwas?«

Ich umklammere die Seitenlehne der Bank. Dad hat der Polizistin gegenüber von *Kyle* gesprochen? Will er, dass sie mich verhaftet?

»Welchen Konflikt?«, frage ich vorsichtig. Ich muss genau wissen, wie viel er ihr erzählt hat.

»Er sagte, deine Mom wollte nicht, dass du dich mit diesem Jungen triffst, und das Ganze hat in einem Streit geendet. Angeblich habt ihr monatelang nicht miteinander gesprochen. Stimmt das?«

Wenigstens hat er wohl die Drogen nicht erwähnt.

»Ja, wir hatten vor einer Weile einen Riesenstreit. Gestern Abend bin ich deshalb zum Essen nach Park Slope gefahren – als eine Art Friedensangebot«, antworte ich. »Meine Mom – sie treibt mich mitunter in den Wahnsinn. Sie kann sehr voreingenommen sein.« Ich verschränke die

Arme, obwohl ich mir fest vorgenommen habe, dies nicht zu tun. »Also ja, wir streiten wegen vieler Dinge.«

Detective Wilson nickt. Ihr Gesichtsausdruck ist nicht zu deuten. »Eine Mutter-Tochter-Beziehung ist immer kompliziert«, sagt sie. »Das verstehe ich. Ich selbst habe allerdings keine Tochter, keine Kinder. Kinder großzuziehen zählt nicht unbedingt zu den Lebenserfahrungen, die ich machen möchte, zumindest nicht im Moment. Ich habe einen ausgesprochen unreifen Ehemann und einen außergewöhnlich anhänglichen Hund. Aber ich habe auch eine Mutter. Eine sehr meinungsstarke Mutter. Meine Mutter und ich ...« Ihre Fäuste prallen gegeneinander wie zwei zusammenstoßende Autos. Dann räuspert sie sich, offenbar auf der Suche nach einem weniger drastischen Vergleich. »Wie Öl und Wasser. Da kann es ziemlich heiß hergehen.« Sie sieht mich direkt an. »In der Hitze des Gefechts passieren manchmal Dinge, die man nicht beabsichtigt hat. Wir alle sind nur Menschen. Wir bauen ab und zu mal so richtig Mist.«

»Fragen Sie mich etwa gerade, ob ich meiner Mom etwas angetan habe?«

»*Wurde* deiner Mom etwas angetan, Cleo?« Ihrem Gesichtsausdruck kann ich nicht entnehmen, ob sie mit einem Ja rechnet – oder ob sie fragt, weil es zum Prozedere gehört. Vielleicht muss sie diesen Punkt einfach nur offiziell von ihrer Liste streichen, jetzt, da mein Dad ihn dort aufgeführt hat.

»Ich *weiß* nicht, ob meiner Mom etwas zugestoßen ist.« Ich sehe ihr direkt ins Gesicht. »Ich war nicht dabei. *Sie* sind diejenige, die sagt, dass das Blut auf dem Fußboden von ihr stammt. Klingt also durchaus so, als wäre sie verletzt, richtig?«

Detective Wilson überlegt sich ihre Antwort gut. »Wie ich schon sagte: Welche Tochter gerät nicht mal mit ihrer

Mutter aneinander? Nur fürs Protokoll, Cleo, ich denke nicht, dass du etwas damit zu tun hast. Allerdings war ich ein wenig verwundert, dass dein Vater mir diese Information hat zukommen lassen. Irgendwie hatte es den Anschein, als wollte er den Fokus auf dich lenken. Ich denke, es ist wichtig, dass wir darüber reden. Wichtig, dass du davon erfährst – vielleicht ist es so besser formuliert.«

Mein Mund ist staubtrocken, meine Lippen kleben zusammen. »Ja, natürlich«, murmele ich kaum hörbar.

»Wie dem auch sei ...« Sie steht auf und streicht die dunkelblauen Hosenbeine glatt. »Wir ermitteln in alle Richtungen, Cleo, und wir nehmen uns auch die Typen vor, die sie gedatet hat. Wenn du jedoch so lange in diesem Job bist wie ich, stellst du irgendwann fest, dass die simpelste Erklärung für gewöhnlich die richtige ist.«

»Und was ist die simpelste Erklärung für das, was meiner Mom zugestoßen ist?«

»Die Sache mit deinem Dad.«

Als ich aus dem Aufzug steige, stelle ich fest, dass die Tür zu den Räumlichkeiten von Veritas ein kleines Stück offen steht. Einen kurzen Moment verharre ich im Eingangsbereich. Ich bin hier, weil ich etwas erklärt bekommen will. Aber was ist, wenn mein Dad keine Entschuldigung dafür hat, mich dranzuhängen? Dafür, dass er einer Polizistin erzählt hat, meine Mom und ich hätten ein »volatiles« Verhältnis? Ich kann nicht so tun, als würde ihn das nicht noch schuldiger erscheinen lassen. Als würde es mir nicht das Herz brechen.

Die Räume von Dads Firma liegen still und dunkel da. Nirgendwo eine Spur von ihm. Weder im Konferenzraum noch in seinem Büro. Der Schreibtisch im Vorzimmer, Bellas Schreibtisch, ist leer. Ich gehe hin und ziehe ein paar

Schubladen auf. Leer. Sieht nicht so aus, als würde sie noch hier arbeiten. Ich frage mich, ob es tatsächlich möglich ist, dass die beiden ein Verhältnis hatten. Haben? Würde es das besser machen? Man hat keinen Einfluss darauf, zu wem man sich hingezogen fühlt – das weiß ich besser als jeder andere Mensch.

Wo bist du?, texte ich meinem Dad. *Bin in deinem Büro. Hast du nicht gesagt, du würdest zur Arbeit fahren?*

Oh, antwortet er umgehend. *Ich bin bei einem Frühstück mit HBO.* Gefolgt von einer Reihe von Emojis – müde, mit heraushängender Zunge und explodierendem Gehirn –, vielleicht ganz witzig, wäre meine Mom nicht verschwunden und womöglich sogar tot. *Ist es dringend? Ich kann sofort kommen, wenn du mich brauchst ...*

Ich starre auf seine Textnachricht. Frage mich, ob Bella und er in diesem Moment Sex haben.

Schon okay. Wir können später reden, schreibe ich zurück – später, also sobald ich Beweise dafür habe, dass jemand anders als er für das Verschwinden meiner Mutter verantwortlich ist.

Bist du dir sicher?
Ich muss eh los.

Ich will tatsächlich gehen, doch dann schlendere ich wie von selbst zu seinem Schreibtisch hinüber. Lasse mich auf seinen Chefsessel fallen, strecke die Hand nach der Maus aus. Ich weiß, dass ich das nicht tun sollte. Dass es riskant ist. Trotzdem hoffe ich, dass mich die Schnüffelei ein bisschen beruhigen wird. Der Computer erwacht zum Leben, passwortgeschützt – so blöd ist selbst mein Mit-Details-hab-ich-wenig-am-Hut-Dad nicht. Allerdings gehe ich davon aus, dass es nicht besonders schwierig ist, sein Passwort zu knacken. Ich versuche es mit seinem Geburtstag, und schon bin ich drin.

Der Posteingang öffnet sich. Eine Betreffzeile sticht mir ins Auge: *Gute Neuigkeiten!!!!* Ich klicke die E-Mail an. Sie ist von Javier Jameson, dem Co-Produzenten meines Dads. Es handelt sich um eine Antwort, wird mir schnell klar, um die Antwort auf eine E-Mail, die ihm mein Dad vor ein paar Stunden unter ebendiesem Betreff geschickt hat.

Was könnte es im Augenblick für gute Neuigkeiten geben?

Ich scrolle zu der ursprünglichen Nachricht von meinem Vater, die er um fünf Uhr fünfundvierzig abgeschickt hat: *Kat ist eingeknickt. 2,75 Millionen! Ich wusste, dass sie überweisen würde. Das Geld fließt in diesem Moment auf mein Konto. Und jetzt: Volldampf voraus!*

Fünfzehn Minuten später bin ich im Hudson River Park und blicke auf das stahlgraue Wasser, immer noch zitternd. Erst meine Mom – und jetzt ist es so, als hätte ich auch meinen Dad verloren. Die Welt ist grau und nass, die Luftfeuchtigkeit drückt auf meinen Schädel. Ich erinnere mich nicht mal daran, dass ich zum Fluss gegangen bin.

Lauren hat behauptet, meine Mom wollte meinem Dad das Geld nicht geben, worüber er stinksauer war. Und jetzt ist sie verschwunden, und er hat das Geld? So viel Geld. Ich bin mir ziemlich sicher, dass dies ein Detail ist, das ihm Handschellen einbringen würde.

Ich ziehe mein Handy hervor und texte Will: *Können wir uns treffen?*

Eine Sekunde später antwortet er: *Klar. Wo?*

Ich schicke ihm meinen Standort. *Danke.*

Alles okay?

Leider nicht.

Okay. Bin gleich da.

Erst jetzt bemerke ich den Anruf in Abwesenheit und die

eingegangene Sprachnachricht. Eine Nummer mit der Vorwahl 212. New York. Manhattan. Ich tippe auf den Pfeil, um sie abzuspielen.

»Hi, Cleo, hier spricht Mark Germaine.« Seine Stimme klingt tief und warm. Tröstlich. »Könntest du mich zurückrufen, wenn du einen Moment Zeit hast? Ich würde gern wissen, ob es etwas gibt, womit wir dich unterstützen können.« Er zögert, räuspert sich. »Ruth und ich denken dauernd an dich und deine Mom ... Ich nehme an, du weißt, wie viel sie uns bedeutet.«

Weil ich damit beschäftigt war, mich darüber aufzuregen, dass meine Mutter so wenig Facebook-Freunde hat, habe ich ihre Kolleginnen und Kollegen – oder soll ich »Arbeitsfreunde« sagen? – ganz vergessen. Sie ist in ihrer Kanzlei ausgesprochen beliebt, es gibt keine Hochzeit, keine Baby-Shower-Party, keinen Geburtstag, zu dem sie nicht eingeladen wird. Die Kanzlei, in der meine Mutter Partnerin ist, zählt zu den größten und einflussreichsten der ganzen Welt – also ja, ich möchte Unterstützung von Blair & Stevenson, und zwar sofort.

Ich wähle Marks Nummer und werde direkt an den Anrufbeantworter weitergeleitet. »Ich ... Hier spricht Cleo McHugh. Ich brauche Hilfe, meine Mom zu finden. Können Sie mich zurückrufen? Bitte.«

REDDIT

05.02.2024
SAMMELKLAGE GEGEN XYTEK? HILFE!

TeresaB.1987
Meine zweijährige Tochter hat schwere neurologische Schäden infolge von Komplikationen durch meine Einnahme von Xytek während der Schwangerschaft davongetragen. Unser Arzt ist bereit auszusagen. Ich habe einen Anwalt konsultiert – er meint, wir haben gute Chancen. Das Medikament sollte nur meine Symptome lindern, und mein Arzt dachte: Hey, warum nicht, wenn es sicher ist? Meine Tochter hat so viele Probleme: Asthma, einen Herzfehler, kognitive Verzögerungen. Ich weiß, dass dies auf Xytek zurückzuführen ist. Ich weiß es einfach, auch wenn mein Anwalt behauptet, dass es schwer wird, einen Nachweis dafür zu erbringen. Jedenfalls hat mich jemand angerufen, jemand, der anonym bleiben wollte, und hat behauptet, dass Darden Pharmaceuticals die Klägerinnen und Kläger bedroht – ich solle vorsichtig sein. Mein Ehemann geht davon aus, dass es sich um jemanden von Darden handelt. Er denkt auch, dass unser Anwalt ein geldgieriger Scheißkerl ist und dass es besser für uns wäre, wenn wir einem Vergleich zustimmen, statt uns dieser Sammelklage anzuschließen. Mir geht es allerdings weniger ums Geld: Ich will Gerechtigkeit für meine Tochter. Hat jemand einen ähnlichen Anruf bekommen? Danke!

Lenny12654
Hör auf deinen Mann. All diese Anwälte sind nur auf ihren eigenen Vorteil bedacht.

RebeccaCartwright
Ich schließe mich der Sammelklage nicht an, denn es war mein Ehemann, der nach der Einnahme von Xytek gestorben ist, nicht das Baby. Er war Marathonläufer und Feuerwehrmann. Er war erst fünfunddreißig. Meine drei Kinder sind unter fünf Jahren, und ich kann sie kaum durchbringen. Ich habe eine GoFundMe-Seite, die ich verlinken werde. Mein Mann hatte eine Lebensversicherung, aber das Geld daraus reicht nicht, um zu überleben. Ich habe keine Ahnung, um welche Summen es geht, aber ich empfehle, dass ihr euch der Sammelklage anschließt. Wenn ich könnte, würde ich es auf jeden Fall tun. Es ist immer besser, wenn man nicht alles allein durchstehen muss.

NYCMaMa
Wendet euch bloß nicht an Darden Pharmaceuticals, um einen Vergleich zu erzielen. Schließt euch der Sammelklage so schnell wie möglich an. Nur wenn ihr an die Öffentlichkeit geht und im Klägerinnen-und-Kläger-Register eingetragen seid, könnt ihr davon ausgehen, dass ihr euch in Sicherheit befindet. Wenn nicht, ist es gut möglich, dass sie hinter euch her sind. Diese Leute sind gefährlich.

TeresaB.1987
Gefährlich? Okay, jetzt machst du mir Angst.

NYCMaMa
Du solltest auch Angst haben. Wie wir alle. Darden wird vor nichts zurückschrecken, um sich zu schützen. Vor gar nichts. Das habe ich mit eigenen Augen gesehen.

KATRINA

Vier Tage zuvor

Schokoladentrüffel. Ein dankbarer Mandant hatte sie mir geschenkt. Damals, als Vosges ihren ersten Laden in New York eröffnet hatten, schickte er mir eine Schachtel mit ihren Trüffeln in einer eleganten purpurfarbenen Schachtel, die schicker war als die Schatulle mit meinem Verlobungsring. Cleo war dabei gewesen, als ich die Schachtel öffnete, und stieß einen entzückten Schrei aus. Sie war damals sieben und hatte ständig Heißhunger auf Süßes, was ihr den Spitznamen »Snack Attack« einbrachte.

»Darf ich die haben?«, hatte sie gefragt. Damals hatte meine Antwort stets Ja gelautet – Cleo bekam alles, was sie haben wollte, alles, was ich ihr geben konnte. Oftmals um Dinge wettzumachen, die ich ihr, so fürchtete ich, nicht in ausreichender Menge gab: Zuwendung, Wärme, Umarmungen.

Diesmal jedoch musste ich zu einem Arbeitsessen. Ich war bereits fertig angezogen und geschminkt, die Babysitterin traf gerade ein. Aidan war wieder einmal unterwegs. Es war spät für Schokolade, und vermutlich enthielten einige der Trüffel Alkohol. Ich hatte keine Zeit, genau nachzusehen. Ich war vielleicht keine Meisterin im Wärmespenden, aber ich las *immer* sorgfältig die Etiketten.

»Heute Abend nicht. Morgen, Süße«, hatte ich sie vertröstet und sie auf den Scheitel geküsst.

Als ich Stunden später nach Hause kam, ging ich sofort in Cleos Zimmer, um nach ihr zu sehen. Und stand dann panisch vor ihrem Bett und starrte auf meine schlafende Tochter. Mein erster Gedanke war, dass es sich bei den schmierigen Streifen auf ihrem Gesicht und auf den Laken um Blut handelte, doch als ich das Licht anmachte, bemerkte ich meinen Irrtum: Sie hatte die Trüffel mit ins Bett genommen und war eingeschlafen, nachdem sie alle aufgegessen hatte. Die ganze Schachtel.

Ich werde nie vergessen, wie ich mich fühlte: starr vor Schreck.

Es war zu erwarten gewesen, dass Cleo sich mir widersetzte: Sie war ein Kind. Trotzdem wusste ich in diesem Moment, dass ich die Grauzone der Adoleszenz nicht überleben würde – die Jahre, in denen sie mich provozieren würde, indem sie absichtlich schreckliche, gefährliche Dinge tat. Am Ende hatte ich natürlich recht behalten. Ich hatte nicht überlebt. Cleo und ich hatten *beide* nicht überlebt.

Ein paar Blocks von The Box entfernt blieb ich stehen und ließ mich auf die Treppe vor einem stattlichen Brownstone-Haus in der Nähe des Waverly Inn sinken.

Es führte kein Weg daran vorbei – Cleo hatte sich wieder mit Kyle eingelassen, und die Übergabe war vermutlich aus dem einzigen Grund im Fitnessstudio erfolgt, damit Cleo nicht in seinem Apartment gesehen wurde. Und das, obwohl ich Kyle höchstpersönlich und unmissverständlich klargemacht hatte, dass er Cleo nie wiedersehen würde.

Ich war damals nicht allein zu ihm gegangen, um ihn unter Druck zu setzen, ihn zu warnen, denn dann hätte er mich leicht nur für Cleos nervende, aber harmlose Mutter halten können. Sergeant Mitch McKinney hatte sich bereit erklärt, mich zu begleiten, allerdings nicht in Uniform. Natürlich nicht. Und er kam auch nur mit, weil Cleo möglicherweise in Gefahr schwebte. Einen hinreichenden Grund, in offizieller Funktion aufzutreten, gab es nicht. Er wollte nicht einmal die Details erfahren, und er war auch nicht glücklich über die Aktion. Allerdings hatte ich ihm die Empfehlung geschrieben, die zu seiner Aufnahme an der Fordham Law School, wo er Abendkurse belegte, geführt hatte. Er war mir also äußerst gewogen. Allerdings war es einem Hundert-Dollar-Schein zu verdanken, dass wir unbehelligt an dem Portier in Kyles noblem Apartmentgebäude vorbeischlendern konnten.

»Fuck, wo bist du gewesen, Tebow?«, schnauzte Kyle, als er die Tür aufriss. Als er uns sah, schnitt er eine Grimasse. »Wer zur Hölle seid ihr denn?«

»Halte dich von Cleo McHugh fern«, sagte ich.

Kyles Gesichtsausdruck wechselte von verwirrt zu abweisend. Seine Augen zuckten in McKinneys Richtung, vollkommen unbeeindruckt. »Verpisst euch.«

Ich trat näher. »Wenn du noch einmal in die Nähe von Cleo kommst«, drohte ich, »landest du im Gefängnis.«

Mit zusammengekniffenen Augen musterte Kyle mein Gesicht.

»Heilige Scheiße, bist du ihre Mom?« Lachend zog er eine Schachtel Zigaretten aus der Hemdtasche, steckte sich eine in den Mund und zündete sie an.

»Ja, ich bin ihre Mom.«

»Und du glaubst allen Ernstes, dass es Cleo interessiert, was du willst?« Er nahm einen tiefen Zug, dann blies er mir den Rauch direkt ins Gesicht. »Cleo hasst dich. Sie hält dich für eine beschissene Bitch ...«

Mit einer fließenden Bewegung packte Sergeant McKinney Kyle am Kragen und drückte ihn gegen die Wand.

»Hör zu, du kleiner Scheißkerl«, sagte ich. »Halte dich von ihr fern, oder wir kommen zurück und sorgen mit anderen Mitteln dafür.«

Damals hatte ich den Eindruck, dass die Drohung wirkte – Kyle ließ Cleo fortan in Ruhe. Ich war ihr ein paarmal gefolgt, doch sie hatte sich nie wieder auch nur in der Nähe seines Apartments aufgehalten. Noch eine ganze Weile nachdem wir gegangen waren, verfolgte mich der Ausdruck in Kyles Augen: als wollte er mich tot sehen. Als hätte er mich am liebsten mit eigenen Händen umgebracht. Jetzt fragte ich mich, ob ich die Gefahr unterschätzt hatte, die von ihm ausging. Möglicherweise hatte er auf Zeit gespielt und Cleo nun erneut für seine Zwecke eingespannt – diesmal, um sich zu rächen.

Ich musste einen Weg finden, sie zu warnen. Musste es zumindest versuchen. Ich zog mein Handy aus der Tasche.

Wie geht's?, tippte ich.

Drei kleine Pünktchen. Ich blinzelte, aber sie waren immer noch da. Cleo hatte mir so lange nicht geantwortet, und diesmal schrieb sie sofort zurück?

Okay.

Können wir uns auf einen Kaffee treffen?, schrieb ich.

Warum?

Weil ich dich so gern sehen würde. Wie selbstverständlich. Nicht so, als hätten wir uns schon vor Monaten entfremdet.

Es folgte eine lange Pause. Vielleicht war das *so gern* zu viel gewesen.

Eventuell nächste Woche.

Geht es nicht früher? Ich muss dir was sagen.

Sag es mir jetzt.

Persönlich. Ich will persönlich mit dir sprechen. Das entsprach der Wahrheit. So viel ließ sich nicht in einer Textnachricht erklären.

Im Ernst?

Ich könnte zu dir ins Wohnheim kommen.

Nein.

Wollen wir uns in Brooklyn treffen?

NEIN.

Bitte, Cleo, ich muss wirklich mit dir reden. Ich verstehe, dass du eigentlich nicht nach Hause kommen möchtest, und das ist okay. Aber würdest du bitte trotzdem kommen? Ich nerve dich auch nicht, versprochen.

Das war definitiv gelogen. Aber dass nur Cleo genervt sein würde, war sogar noch das Best-Case-Szenario.

Das glaub ich dir nicht. Wie wäre es mit kalter, harter Währung? Ich gehe davon aus, dass ich über PayPal zahlen kann?

Ein Scherz – und doch nicht.

Ich schaue gleich in meinen Kalender. Melde mich dann.

Okay! Großartig! Hab dich lieb!

Ich hoffte, sie würde etwas Nettes erwidern, aber das tat sie nicht. Natürlich nicht. Im Grunde war es auch egal: Es war meine Aufgabe, Cleo zu lieben, ganz gleich, was passierte. Cleo dagegen hatte keinen anderen Job, als sie selbst zu sein.

Das Handy vibrierte in meiner Hand.

Wenn du willst, dass ich dich in Ruhe lasse, musst du bezahlen. In mehr als nur einer Hinsicht.

Hin- und hergerissen starrte ich auf die neue Nachricht meines anonymen Freundes. Situationen wie diese mussten sorgfältig durchdacht werden. Im Allgemeinen war es keine gute Idee, einen Menschen, der eine konkrete Geldforderung gestellt hatte, zu ignorieren. Es handelte sich dabei definitiv um einen Bestechungsversuch, womit die Person sich strafbar machte. Nicht darauf einzugehen, führte oft zu weiterer Eskalation.

Wer sind Sie?

Jemand, der weiß, was du getan hast, Bitch.

Wenn mich meine Erinnerung nicht täuschte, hatte Silas alle Frauen und Mädchen als Bitches bezeichnet. Aber er

hatte vieles gesagt und getan. Trotzdem kam er mir als Erstes in den Sinn. Er hatte in jener Nacht Dienst. Er war einer von Daitchs Handlangern gewesen. Also hatte Silas mir die Nachrichten geschickt. Er *musste* der Absender sein. Ich straffte die Schultern, bevor ich meine Antwort eintippte.
Ich habe keine Ahnung, wovon Sie reden.
Was würde die Kanzlei davon halten? Oder die Polizei? Du hast jemanden abgestochen, und Haven House hat dir geholfen, deine Tat zu vertuschen. Ich weiß alles darüber.

Sehr viel später als geplant traf ich in der Kanzlei ein. Mark hatte noch einmal nachgefragt, um sich zu vergewissern, dass ich unterwegs war. Er zeigte Verständnis, als ich familiäre Probleme erwähnte, aber er klang immer noch gestresst. Ich hatte versucht, Jules zu erreichen, um herauszufinden, ob sie eine Ahnung hatte, worum es ging, aber mein Anruf wurde direkt an ihre Voicemail weitergeleitet. Was keine Überraschung war – um diese Zeit brachte sie für gewöhnlich ihre Tochter ins Bett. Während ich ihrer Stimme auf dem AB lauschte, dachte ich an unser seltsames Telefonat, das sie so abrupt beendet hatte. Sie hatte mich bis jetzt nicht zurückgerufen. Wenn ich es mir recht überlegte, hatte sie sich auch heute den ganzen Tag über nicht gemeldet.

Auf der Fahrt zu Blair & Stevenson überlegte ich, ob ich Haven House kontaktieren sollte, um herauszufinden, wie ich Silas aufspüren konnte. Auch ich wusste, wie man Drohungen aussprach, und meiner Erfahrung nach waren Drohungen am effektivsten, wenn sie den Adressaten überraschten. Allerdings wollte ich nicht riskieren, nach all den Jahren auf dem Radar von Haven House aufzutauchen. Immerhin war es ansonsten nicht leicht, mich ausfindig zu machen. Ich hatte das Internet im Laufe der Jahre sorgfältig nach Hinweisen auf meinen Mädchennamen durchforstet – vor allem bei der Juristischen Fakultät der Columbia University stieß man immer wieder darauf. Es war jedoch überraschend einfach, Dinge entfernen zu lassen, man musste nur hartnäckig genug sein.

An der Tür zu Marks Büro blieb ich stehen. Ich sah ihn an seinem Schreibtisch sitzen und etwas von dem riesigen Monitor ablesen, der ihm laut eigener Aussage dabei half, so zu tun, als bräuchte er keine stärkere Lesebrille. Der Bildschirm passte zu seinem großen Eckbüro, dem größten des gesamten Stockwerks. Als ich anklopfte, drehte er sich um und blickte über den Rand seiner Drahtgestell-Lesebrille hinweg in meine Richtung. Sofort entspannten sich seine Gesichtszüge.

»O Kat, ich bin so froh, dass du da bist«, sagte er.

»War Jules heute hier?« Ich deutete mit dem Kopf auf den sogenannten Assistenzpool, die Schreibtische der Assistentinnen und Assistenten, die zu dieser Uhrzeit unbesetzt waren.

»Nein, vielleicht hatte sie außerhalb zu tun«, antwortete Mark. »Stimmt etwas nicht?«

»Gewiss ist alles in Ordnung«, versicherte ich ihm hastig.

»Nun, leider haben wir es mit einer Situation zu tun, die absolute Priorität erfordert.«

Mark stand auf. Er war ein ausgesprochen attraktiver, wenngleich sehr kleiner Mann, dennoch ging ich davon aus, dass er in seiner Blütezeit ein echter Fang gewesen war. Mit fünfundsechzig wirkte er noch immer jugendlich und charismatisch, wie jemand, der nach wie vor mit seinen Bandkollegen aus Collegetagen jammte und jeden Tag im Park laufen ging. Seine schöne, liebenswerte Frau kämpfte mit Brustkrebs, der bereits gestreut hatte. Jetzt, da ihre drei Kinder erwachsen waren, lebten die beiden allein in einem prächtigen Brownstone-Haus in der Upper West Side, das mit atemberaubenden Kunstwerken und wunderschönen Antiquitäten gefüllt war. Und mit Liebe – sehr viel Liebe. Es war das Leben, das ich mir für Aidan und mich ausgemalt hatte, damals, als ich noch glaubte, wir wären glücklich.

Mark deutete auf zwei Barcelona-Sessel.

»Tut mir leid, dass ich so schwer zu erreichen war«, sagte ich, während ich mich auf die weiche Ledersitzfläche sinken ließ. »Ich musste etwas mit Cleo regeln.«

Mark nickte. Er wusste, dass Aidan und ich getrennt waren, und er wusste von den Spannungen zwischen Cleo und mir, obwohl ich ihm nicht erzählt hatte, wie schlimm es in letzter Zeit wirklich geworden war. Im Allgemeinen war er unglaublich verständnisvoll, wenn es um Familienangelegenheiten ging. Man musste nur ein krankes Kind oder ein angeschlagenes Elternteil erwähnen oder dass man zu einer Schulaufführung eingeladen war, und Mark bestand darauf, dass dies Priorität hatte. Heute Abend jedoch schien die Erwähnung von Cleo nichts in ihm hervorzurufen. Was auch immer ihn umtrieb – es musste ernst sein.

»Diese Angelegenheit ist etwas anders als die, mit denen du dich für gewöhnlich befasst.« Er verstummte, als wartete er auf meine Erlaubnis fortzufahren.

»Kannst du etwas genauer werden?«

»Natürlich.« Er räusperte sich. »Ein Mandant hat einen hochrangigen Mitarbeiter, den er illegaler Aktivitäten verdächtigt. Illegale Aktivitäten, die möglicherweise seine Arbeitsleistung beeinträchtigt haben, wofür der Arbeitgeber haftbar gemacht werden könnte.«

»Das klingt genau wie alle *Angelegenheiten*, mit denen ich zu tun habe.«

Mark lächelte. »Guter Punkt«, räumte er ein. »Nur dass in diesem Fall der Mitarbeiter vor Kurzem verstorben ist. Sein Arbeitgeber vermutet, dass sein Tod mit persönlichen

Problemen zusammenhängt. Er ist mit seinem Wagen gegen einen Telefonmast gerast. Offenbar war dieser Mitarbeiter in der Zeit davor bei der Arbeit so unkonzentriert, dass ihm Fehler unterlaufen sind. Fehler, die möglicherweise zu Produktmängeln führten, die Schäden bei den Verbrauchern hervorgerufen haben.«

Ich räusperte mich ebenfalls. Zwang mich, nicht überzureagieren. Es handelte sich hier ganz offensichtlich um einen Zufall. Dennoch zitterten meine Hände, als ich Block und Kugelschreiber aus meiner Arbeitstasche zog, um mir Notizen zu machen. »Wer ist der Arbeitgeber?«

»Darden Pharmaceuticals.«

Ich hielt die Augen aufs Papier gerichtet.

»Und wie heißt der Mitarbeiter?«, erkundigte ich mich in der Hoffnung, Mark würde mir die Unsicherheit in der Stimme nicht anhören.

»Doug Sinclair, stellvertretender Sicherheitsbeauftragter für Medizinprodukte.« Mark rückte seufzend seine Brille zurecht. »Darden kennt seine privaten Probleme nicht. Die muss die Unternehmensleitung aber kennen, um angemessen auf diese Situation reagieren zu können. Und da kommst du ins Spiel.«

Ich hätte Mark von Doug und mir erzählen sollen, und zwar auf der Stelle. Das wäre die einzige Möglichkeit gewesen, ethisch verantwortungsvoll zu handeln. Andererseits – was machte das jetzt noch für einen Unterschied?

»Es tut mir leid, aber was genau erwartet Darden von uns in Bezug auf diese persönlichen Stressfaktoren?«, fragte ich mit gepresster Stimme.

»Tragödie hin oder her – das Unternehmen möchte, dass die Wahrheit aktenkundig wird. Der betreffende Mitarbeiter war für die Sicherheit eines Medikaments zuständig, das offenbar für Probleme gesorgt hat. Anscheinend wurde er von einem Arzt kontaktiert – einem Arzt aus einer Gruppe von Gynäkologinnen und Gynäkologen, die sich auf einer Konferenz kennengelernt haben. Der Arzt hat einen potenziellen Zusammenhang zwischen der Einnahme von Xytek und negativen Auswirkungen auf schwangere Patientinnen festgestellt. Allerdings hat Doug Sinclair der Arzneimittelzulassungsbehörde diese möglichen Nebenwirkungen nie gemeldet. Hätte er dies getan, wäre das Medikament vermutlich sofort vom Markt genommen oder zumindest eine entsprechende Warnung herausgegeben worden, bis man diesbezügliche Untersuchungen eingeleitet und abgeschlossen hätte. Wenn nun Dougs persönliche Probleme so schwerwiegend waren, dass er Selbstmord begangen hat ...« Mark schüttelte bedauernd den Kopf.»Dann haben ihn vielleicht genau diese Probleme davon abgehalten, die Behörde zu informieren.«

»Was ist mit den Menschen, die unmittelbar an der Herstellung oder am Zulassungsprozess beteiligt waren? Tragen sie nicht die eigentliche Schuld?«

»Doug war natürlich kein Chemiker. Tatsächlich kam er erst zu Darden Pharmaceuticals, als Xytek bereits auf dem Markt war. Tatsache ist jedoch, dass Komplikationen bei verschreibungspflichtigen Medikamenten oft erst später auftreten, mitunter bei einer unerwarteten Patientengruppe. Sobald ein Unternehmen davon Kenntnis erlangt, ist es dazu angehalten, die Arzneimittelbehörde zur informieren. Diese nimmt das Medikament entweder vom Markt oder verpflichtet den Hersteller zu einem entsprechenden Warnhinweis auf dem Beipackzettel, einer sogenannten Black-Box-Warnung. Für ein pharmazeutisches Unternehmen ist es das Beste, umgehend auf bekannte Risiken zu reagieren. Doug Sinclair war jedoch der Einzige, der von der Warnung der Gynäkologinnen und Gynäkologen wusste, denn er war derjenige, an den sie telefonisch herangetreten sind. Und es handelte sich keineswegs um leichte Nebenwirkungen – es sind *Todesfälle* bei Säuglingen aufgetreten.« Mark rang sichtlich um Fassung. »Zumindest geht das aus den in der Anklageschrift erhobenen Anschuldigungen hervor. Soweit mir bekannt ist, handelt es sich um eine riesige Sammelklage. Tausende von Klägerinnen und Klägern. Wir werden die Verteidigung von Darden Pharmaceuticals übernehmen, ein gewaltiges Upgrade für unsere bisherige Zuständigkeit im M-&-A-Business, das wir ebenfalls erst vor Kurzem übernommen haben. Geht dieser Rechtsstreit im Sinne des Pharmaunternehmens aus, überträgt man uns vielleicht eine spartenübergreifende Beraterrolle. Finanziell gesehen wäre das äußerst hilfreich. Wie du weißt, hat die Kanzlei einige herausfordernde Jahre hinter sich.«

Blair & Stevenson hatte zwei große Mandanten verloren, als diese aufgrund der Rezession bankrottgingen. Und dann hatte auch noch J. P. Morgan wegen eines unbedeutenden Konflikts zwischen ihrem Chefjuristen und unserem leitenden Merger-&-Acquisitions-Berater den Großteil der Geschäfte anderswo abgewickelt. Es gab sogar Gespräche über eine Fusion und darüber, dass unsere Kanzlei möglicherweise aufgekauft werden würde – Optionen, die keiner der Partner wollte.

»Persönliche Probleme ... Und Darden weiß wirklich nicht mehr?«, fragte ich drängend. »Das kommt mir doch sehr ... vage vor.«

»Laut der internen Untersuchung bei Darden Pharmaceuticals sieht es so aus, als sei Sinclair wegen einer Verwicklung in einen College-Zulassungsskandal erpresst worden«, erläuterte Mark. »Gerüchten zufolge hat er sich von seiner Tochter entfremdet, und seine Frau ist tot. In den Wochen vor dem Unfall hat er angeblich unter Depressionen gelitten. Vermutlich hat der Erpressungsversuch das Fass zum Überlaufen gebracht. Darden möchte diese Fakten bestätigt wissen, das ist alles.«

Das war absurd. Selbst wenn Doug tatsächlich das »Zusatzangebot« von Advantage Consulting angenommen hatte, selbst wenn er mich belogen und den Studienplatz am Amherst College gekauft und Angst vor den Konsequenzen hatte – er hatte nicht unter Depressionen gelitten.

»Dann war vor dem Anruf des Arztes also niemand von der Unternehmensleitung über die Probleme mit diesem Medikament informiert? Ist es das, was Darden behauptet?« Meine Worte kamen etwas schärfer heraus als beabsichtigt.

»Erscheint dir das nicht plausibel?«

»Nicht ganz angesichts der strengen Auflagen für Arzneimittelsicherheit. Es hat doch sicher jede Menge Testreihen und Kontrollen gegeben.«

»Ich kenne mich nicht genug mit dem Prozess der Arzneimittelentwicklung aus, um einschätzen zu können, wie wahrscheinlich dies ist.« Mark zuckte die Achseln, dann sah er mir in die Augen. »Und du, ehrlich gesagt, auch nicht.«

Ah, jetzt wurde Marks Ton schärfer. Er hatte recht. Ich war nicht vertraut mit den Details von Dougs Job oder der Herstellung verschreibungspflichtiger Medikamente, doch mein Bauchgefühl sagte mir, dass an dieser Sache etwas faul war.

»Trotzdem glaube ich nicht, dass Darden sich Sorgen machen muss«, erwiderte ich. »Ich meine, selbst wenn diese Details über Doug Sinclairs Privatleben ans Tageslicht kommen, ist es unwahrscheinlich, dass die Öffentlichkeit die Verbindung zu Xytek herstellt. Warum belässt das Unternehmen es nicht einfach dabei?«

Sag ihm, dass du Doug kennst. Es war noch nicht zu spät.

»Oh, nein, nein. Tut mir leid. Ich habe mich scheinbar nicht klar ausgedrückt«, entgegnete Mark. »Darden macht sich keine Sorgen, dass diese Fakten ›ans Tageslicht kommen‹ könnten – das Unternehmen *will* Doug Sinclairs persönliche Situation, *die Wahrheit,* öffentlich machen. So soll gezeigt werden, dass man sofort reagiert hätte, hätte man gewusst, dass es Probleme mit Xytek gibt.«

Mit anderen Worten: Darden wollte Doug – der tot war und sich daher nicht verteidigen konnte – zum Bauernopfer machen. Und ich musste mir die Frage stellen, ob ich ihn nach drei Wochen tatsächlich gut genug gekannt hatte, um mit Bestimmtheit sagen zu können, dass er nicht in irgendeiner Weise für das verantwortlich war, was man ihm vorwarf. Meine Antwort lautete Nein.

Für gewöhnlich durchschaute ich, wenn man mir etwas vormachte, und das hier sah mir stark nach einem Ablenkungsmanöver aus.

»Verstehe«, sagte ich. Mark sah mich an, als wartete er darauf, dass ich weitersprach.

»Ist alles okay, Kat?«, erkundigte er sich schließlich. Offenbar spürte er, dass etwas nicht stimmte.

»Oh, ja, natürlich ... Es ist nur wieder das Übliche, mit Cleo. Aber mach dir keine Sorgen. Ich kümmere mich um die Darden-Sache.«

Und das wollte ich tatsächlich tun, bis ich eine Möglichkeit fand, mich auf elegante Weise aus der Sache zurückzuziehen.

Mark nickte. »Danke, Kat. Ich weiß es wirklich zu schätzen, dass du den Fall in die Hand nimmst«, versicherte er mir. »Es ist entscheidend, Darden Pharmaceuticals bei Laune zu halten. Allein die Kosten, die wir Darden für die Vertretung in diesem Rechtsstreit in Rechnung stellen, werden dazu beitragen, dass die Kanzlei weiterläuft, und wenn wir das Unternehmen in allen Bereichen vertreten können, ist unsere Zukunft für Jahre gesichert. Doch bevor es dazu kommt, müssen wir die Sinclair-Geschichte klären – das hat uns Dardens Chefjurist mehr als deutlich zu verstehen gegeben. Auf privater Ebene ist Phil Beaumont gleichzeitig ein alter Freund, und ehrlich gesagt habe ich ihn noch nie so aufgewühlt gesehen. Er ist zutiefst bestürzt über das, was den von den Nebenwirkungen des Medikaments betroffenen Familien widerfahren ist, genau wie die gesamte Führungsetage von Darden. Das Unternehmen ist aufrichtig daran interessiert, die Sache aufzuklären.«

»Verstehe.« Ich nickte, steckte meinen Notizblock ein und stand auf.

»Warte, Kat«, sagte Mark, als ich zur Tür ging. »Noch mal wegen Cleo ... Ist alles in Ordnung mit ihr?«

»Vermutlich ja. Du kennst Cleo – sie hat schon immer gern ihre Grenzen ausgetestet.« In diesem Moment wünschte ich mir so sehr, ich hätte mich Mark wegen Kyle anvertrauen können. Am liebsten hätte ich ihm auch von den anonymen Drohnachrichten erzählt. Doch das hätte bedeutet, dass ich ihm auch anvertrauen musste, was ich vor so langer Zeit getan hatte. Und trotz aller Geheimnisse, die wir miteinander teilten, hätte dies eine Grenze überschritten. »Ich hoffe nur, dass sie mich nicht irgendwann zu Tode beunruhigt.«

Mark lächelte.

»Cleo kann sich sehr glücklich schätzen, dass du auf sie aufpasst, so viel steht fest. Irgendwann wird sie das begreifen. Irgendwann begreifen sie es alle.«

CLEO

Siebzehn Stunden danach

»Es tut mir leid wegen deiner Mom«, sagt Will, nachdem wir schweigend eine Weile am Hudson River entlanggeschlendert sind. Er hat seine breiten Schultern gegen den kalten Wind vorgebeugt. »Ich weiß, dass es zwischen euch beiden nicht zum Besten steht, und ich bin mir sicher, dass das alles nur schlimmer macht. Zumindest komplizierter. Wenn man gemischte Gefühle gegenüber jemandem hat und dann etwas Schreckliches passiert, fühlt man sich zu allem Überfluss auch noch schuldig.«
Genau.
Mit Will läuft es vielleicht nicht perfekt, aber er kann Dinge auf eine Weise ausdrücken, wie es mir niemals gelingen würde. Meine Gefühle waren immer ein einziges großes Durcheinander. Als ob sie mitunter mein Gehirn nicht passieren könnten. Meine Therapeutin Evie hat mir geholfen zu verstehen, dass das nicht bedeutet, dass mit mir etwas nicht stimmt, doch es tut gut, es von jemandem zu hören, der nicht von meiner Mom bezahlt wird.

»Du hast recht«, sage ich zu Will, während ich einem Kind ausweiche, das schlingernd in meine Richtung radelt. »Es ist kompliziert. Ich mache mir schreckliche Sorgen, aber gleichzeitig bin ich immer noch verletzt und wütend, weil ich gar nicht genau weiß, auf wen ich eigentlich sauer bin.«

»Wie meinst du das?«, fragt Will und richtet seine strahlend blauen Augen auf mich. Manchmal sind diese Augen alles, was ich sehen kann.

»Keine Ahnung ... Die Sachen, die ich über sie erfahre, passen so gar nicht zu ihr.«
»Du meinst Sachen wie das Dating?«
»Und ihre Kindheit.«
Eine Weile sagt keiner von uns ein Wort. Wir beobachten die Jogger, die Radfahrer, die Familien mit Kinderwagen. Ich mag es, mit Will hier zu sein. Weg von der Uni, weg von allem.
»Außerdem, eine Entführung ohne konkrete Lösegeldforderung ergibt nicht unbedingt Sinn.«
»Was sagt die Polizei?«, erkundigt er sich.
»Ich denke, mein Dad steht ganz oben auf ihrer Liste der Tatverdächtigen. Und gleich danach komme ich.«
»Na, dann laufen die Ermittlungen ja ganz hervorragend.«
»Mein Dad hat Detective Wilson anscheinend erzählt, dass meine Mom und ich wegen Kyle gestritten haben.«
Will zieht die Augenbrauen hoch. »Warum sollte er das getan haben?«
»Keine Ahnung.« Ich spüre, wie ich mich verspanne – wenn ich zu viel über den Verrat meines Vaters rede, verliere ich noch die Fassung.
»Tut mir leid.« Will nimmt meine Hand und legt seine starken, Sicherheit gebenden Finger fest um meine. »Tut mir leid«, sagt er noch einmal.
»Bei meinem Vater geht es außerdem um Geld.«
Wir bleiben an der Stelle stehen, wo der Hudson Walkway bei City Vineyard, einer Weinwirtschaft, vorbeiführt. Zur Linken ragt ein Pier ins Wasser, zur Rechten zieht sich der Wanderweg noch meilenweit am Fluss entlang. Wir biegen nach links ab, auf den menschenleeren Pier. Will lehnt sich an mich, sein warmer Körper gibt mir das Gefühl, wieder klein und sicher zu sein. Es ist so schön, mit ihm an der frischen Luft spazieren zu gehen!

»Es geht um Geld ... Das klingt nicht gut.«

»Nein.« Meine Kehle fühlt sich rau an, als ich an den Rest denke. Vielleicht sollte ich es laut aussprechen. Es jemandem anvertrauen. Vielleicht wirken die Worte nicht mehr so erstickend, wenn sie erst einmal heraus sind. »Mein Dad hat außerdem eine Affäre mit seiner Assistentin«, stoße ich hervor. »Er hat mir deswegen ins Gesicht gelogen.«

Will zieht die Augenbrauen zusammen, dann entspannen sich seine Züge.

»Okay ...«, sagt er schließlich. *Viele Männer haben Affären* – das ist es, was er damit meint.

»Er wollte wohl auf das gemeinsame Vermögen zugreifen, das eigentlich meine Mom geerbt hatte, darum geht es. Um damit einen seiner Filme zu finanzieren. Es geht um sehr viel Geld. Meine Mom hat Nein gesagt.« Ich sehe Will durchdringend an. »Und jetzt hat er das Geld plötzlich trotzdem – wie von Zauberhand.«

»Oh ... wow.« Will schneidet eine Grimasse. »Aber das heißt nicht zwangsläufig, dass ...«

»Ich weiß. Nicht *zwangsläufig*. Aber es sieht auch nicht besonders gut aus.«

»Nein, das stimmt«, pflichtet er mir bei. Der Wind frischt auf und weht ihm die Haare in die Augen.

»Die Polizei geht definitiv nicht davon aus, dass sie sich einfach aus dem Staub gemacht hat. Wegen des ...« Ich bringe es nicht über mich, das Wort »Blut« auszusprechen. »Ich glaube auch nicht, dass sie das getan hat.«

»Vielleicht ein Raubüberfall?«

»Es wurde nichts gestohlen. Und es standen Gläser rum, als hätte sie jemandem etwas zu trinken angeboten.«

»Jemandem, den sie kannte?«

»Jemandem, den sie gut genug kannte, um ihn hereinzubitten. Sie hat mehrere Typen gedatet, die sie online kennengelernt hat«, füge ich hinzu. »Es gibt also einige Möglichkeiten.«

Will stützt die Unterarme aufs Geländer und dreht sich zu mir, um mich anzusehen. Seine strahlend blauen Augen sind so voller ... Liebe? Möglich. »Wenn ich irgendwie helfen kann ... ich meine, wirklich helfen. Ganz gleich, wie.«

Ich lege meine Hand auf seine. »Ich denke, spazieren gehen ist sehr gut.«

»Absolut.« Will nickt und hakt sich bei mir unter, obwohl wir das sonst nie tun.

»Ich fühle mich so schuldig.«

»Schuldig?«

»Ich wusste von einigen Dingen aus dem Leben meiner Mom«, sage ich. »Aber ich habe mir nie die Mühe gemacht, sie nach den Details zu fragen. Um ehrlich zu sein, bin ich mir nicht sicher, ob sie mich überhaupt interessierten. Also bin ich doch ein schlechter Mensch, findest du nicht?«

Will zuckt die Achseln. »Ich denke, du bist einfach ein Mensch, der noch eine Mutter hat. Meine ist vor ein paar Jahren an Krebs gestorben.«

»Oh, das tut mir leid.«

Er lächelt. »Danke ... Eine ganze Weile lang sah es so aus, als würde sie wieder gesund werden. Eines Tages hatten wir einen Riesenstreit, und das nur, weil ich mit meinen schmutzigen Sneakers in die Küche gekommen bin. Sie hat mich angeschnauzt, wahrscheinlich weil sie wegen ihrer Erkrankung gestresst war. Ich habe sie ein Miststück genannt. Habe ihr das direkt ins Gesicht geschrien. Und dann hat sie mir mitgeteilt, dass der Krebs wieder da ist. Überall gestreut hatte. Ihr blieben nur noch ein paar Wochen.«

»Das ist ja grauenhaft.« Ich drücke seinen Arm.

»Richtig, und ich habe mich sehr lange Zeit schrecklich schuldig gefühlt«, sagt er. »Aber bevor sie gestorben ist, hat

sie mir ausdrücklich gesagt, ich solle mir deshalb keine Vorwürfe machen – sie wisse, dass ich es nicht so gemeint hatte. Deine Mom weiß das ebenfalls.«
»Hoffentlich.«
»Wenn sie auch nur annähernd so aufmerksam und großherzig ist, wie du es bist, bin ich davon überzeugt.«

Später, im Wohnheim, versuche ich, die Erinnerung von Wills Körper an meinem festzuhalten und wie meine Finger durch seine Haare strichen. Ganze neunzig Minuten lang habe ich mir weder Sorgen um meine Mom noch um meinen Dad noch um die Polizei gemacht. Und auch jetzt fühle ich mich immer noch ruhiger, mein Kopf ist klarer.

Ich schließe Moms Laptop und greife nach meinem Handy. Seltsam, dass ich bislang nichts von Jules gehört habe. Vielleicht vermeidet sie es, mit mir in Kontakt zu treten, weil sie etwas weiß, was sie mir nicht sagen möchte – etwas über meine Mom und diese Dating-Seite? In gewisser Hinsicht weiß Jules mehr über das Leben meiner Mutter als jeder andere Mensch auf der Welt – sie hat Zugang zu all ihren Nachrichten und Kontakten, kennt ihre Termine. Meine Mom scherzte häufig, man könnte meinen, sie wäre in Wirklichkeit mit Jules verheiratet.

Jetzt frage ich mich, ob das tatsächlich scherzhaft gemeint war oder ob es ausdrücken sollte, wie sich meine Mom fühlte: einsam. Mein Dad war derjenige, der eine Affäre hatte. Er stritt sich mit Mom um *ihr* Geld. Okay, um das gemeinsame Geld, aber es war *ihr* Erbe. Und 2,75 Millionen waren definitiv mehr als »seine« Hälfte. Und dann ist da noch die Tatsache, dass sie an diesem grauenhaften Ort aufgewachsen war, allein. Mein Dad hatte wenigstens meine Großmutter und Onkel Robert sowie Tante Alice gehabt. Meine Mutter hatte keine Familie. Sie hatte nicht sehr viele

Facebook-Freunde. Am Ende hatte sie nicht einmal mehr mich.

Es tut mir leid, dass ich dich noch mal belästige, Jules, aber wir müssen wirklich reden.

Drei Pünktchen flackern auf. Gott sei Dank.

Sorry, Cleo. Bei der Arbeit ist superviel los. Ich rufe dich an, sobald es mir möglich ist.

Im Ernst? Sie ist zu *beschäftigt*?

Ich wüsste gern, ob du IRGENDEINE Idee hast, was meiner Mom zugestoßen sein könnte.

Weitere drei Pünktchen, die wieder verschwinden. Dann: *Ich mache mir wirklich Sorgen, Jules. Bitte. Ich fahre jetzt zur Kanzlei. Können wir uns dort sehen? Ich verspreche dir, es geht ganz schnell.*

Ich starre aufs Display, als würde ich Jules so zum Antworten zwingen. Die Pünktchen erscheinen zum dritten Mal, dann ... nichts.

Jetzt bin ich überzeugt davon, dass Jules etwas weiß.

Die Lobby des Gebäudes, in dem die Kanzlei meiner Mutter untergebracht ist, hat eine neun Meter hohe Decke, einen makellos polierten Marmorboden und eine schicke Sicherheitsschleuse. Es sieht dort noch großartiger aus, als ich es in Erinnerung habe – es ist einige Jahre her, seit ich meine Mutter zum letzten Mal zur Arbeit begleitet habe. Als ich klein war, habe ich mich immer riesig gefreut, wenn ich mitdurfte. Ich fand es immer wunderbar, meiner Mom bei ihrem Job zuzusehen. Mit ihr zusammen zu sein. Es ist verblüffend, dass ich das vergessen habe. Als ich jünger war, standen wir einander sehr nah. Sicher, mein Dad war immer cooler, wenn es um Spiel und Spaß ging, auch damals schon, aber ich habe meine Mutter vergöttert. Sie war meine Bezugsperson.

»Kann ich Ihnen helfen?«, fragt der Sicherheitsmann hinter seinem Schreibtisch, noch bevor ich bei ihm ankomme. Er mustert mich, als wäre ich hier, um den Leuten die Geldbörsen zu klauen.

»Meine Mom ist Partnerin bei Blair & Stevenson«, sage ich.

»Und wer ist Ihre Mom?« Scheinbar bezweifelt er, dass ich eine Mutter habe, noch dazu eine, die in einer so schicken Kanzlei arbeitet. Er greift auf eine Weise zum Telefonhörer, die offenbar nahelegen soll, dass er meinen Bluff durchschaut hat.

»Nein, nein, sie ist nicht hier. Sie ist verschwunden. Ist offiziell als vermisst gemeldet. Ihr Name ist Katrina McHugh. Die Polizei weiß Bescheid. Das ist alles ganz schrecklich.« Ich setze auf sein Mitleid, was, seinem Stirnrunzeln nach zu urteilen, nicht funktioniert. »Ich muss mit ihrer Assistentin sprechen. Sie heißt Jules Kovacis.«

»Hm.« Er wirft einen Blick auf seine altmodische Uhr, dann hält er den Hörer ans Ohr. »Die meisten Angestellten machen bis vierzehn Uhr Mittagspause.«

Er zuckt leicht zusammen, als sich am anderen Ende der Leitung nahezu unmittelbar jemand meldet. »Ah, ja, eine Cleo McHugh ist hier unten bei mir. Sie möchte mit einer Jules Kovacis über eine Katrina McHugh sprechen.« Seine Augen zucken zu mir. »Oh. Nun, okay. Dann schicke ich sie direkt rauf.« Er deutet mit dem Zeigefinger auf mich. »Hinterster Aufzug rechts. Sechsundvierzigster Stock.«

Eine ältere Frau mit einem kantigen Gesicht und einem silbernen Bob steht im Eingangsbereich, als die Aufzugtüren auseinandergleiten. Sie ist nicht Jules.

»Cleo?«, fragt sie. Als ich nicke, macht sie einen Schritt auf mich zu und umarmt mich, als würden wir einander kennen. Ihre Haare duften nach Lavendel und Vanille, ihre Arme sind warm. Ich möchte sie nicht mehr loslassen. »Ich bin Diana Perlstein, Leiterin Personalwesen. Es tut uns allen so leid wegen Ihrer Mom.«

»Danke«, sage ich in ihren silbernen Bob.

Sie löst die Umarmung, lässt die Hände auf meinen Unterarmen liegen und sieht mir in die Augen. »Bestimmt kommt alles wieder in Ordnung, Cleo. Ganz bestimmt.«

Ich nicke und presse die Lippen zusammen, als sich das inzwischen vertraute Brennen in meiner Kehle bemerkbar macht. Ich wünschte wirklich, die Leute würden aufhören, so einen Unsinn zu erzählen, wenn sie doch keinen blassen Schimmer haben, ob ihre Behauptung wahr ist. »Ähm, wo ist Jules?«

»Oh, tut mir leid, Jules ist nicht hier.« Diana Perlstein deutet ein Lächeln an, das zu einer Grimasse gerät.

»Wissen Sie, wann sie zurückkommt?« Ich versuche, nicht gereizt zu klingen. Der Typ unten an der Sicherheitsschleuse hätte mir ruhig sagen können, dass Jules nicht da ist, dann wäre ich gar nicht erst nach oben gefahren.

Diana Perlstein zieht Luft zwischen ihre sehr gleichmäßigen, sehr weißen Zähne. »Tut mir leid, aber Jules arbeitet nicht mehr für die Kanzlei.«

»Wie bitte? Wurde sie gefeuert?«, frage ich überrascht. Hat Jules sich deshalb so seltsam verhalten?

»Oh, nein, nein, nichts dergleichen«, antwortet Diana. »Ich weiß, dass Mark Germaine, einer der geschäftsführenden Partner, darauf brennt, Sie zu sehen. Er war so froh, als er hörte, dass Sie gekommen sind! Sie wissen sicher, dass er und Ihre Mutter sich sehr nahestehen. Er würde gern wissen, was die Kanzlei tun kann, um bei der Suche nach ihr zu helfen. Darf ich Sie stattdessen zu ihm bringen?« Sie deutet den Gang entlang.

»Okay.« Ich nicke. »Das wäre schön.« Während sie mir vorangeht, vibriert mein Handy. »Entschuldigung«, sage ich, ziehe es aus meiner Gesäßtasche und werfe einen Blick darauf.

Eine Textnachricht von Jules.

Hau ab, wenn du bei Blair & Stevenson bist. Es ist nicht sicher dort. Hastig schalte ich das Handy aus. Das Blut rauscht in meinen Ohren.

»Sorry, das war … mein Dad.« Hoffentlich fällt dieser Diana nicht auf, dass das gelogen ist. »Er ist draußen. Können Sie Mark bitte ausrichten, dass ich gleich zurückkomme? Er kann mich auch gern anrufen, wenn er die Zeit dafür findet.«

Sie tätschelt meine Schulter. »Selbstverständlich, Liebes«, sagt sie freundlich. »Tun Sie, was immer nötig ist. Sie können jederzeit wiederkommen. Ich bin überzeugt, dass Mark sich Zeit für Sie nehmen wird.«

Ich fahre mit dem vollen Aufzug wieder hinunter in die Lobby. Mein Kopf brummt, während ich auf die Wand aus marineblauen und kakifarbenen Anzügen vor mir blicke. Verstohlen sehe ich mich um. Bevor ich Jules antworte, muss ich mich vergewissern, dass mich niemand beobachtet.

Was geht hier vor? Wie meinst du das – es ist dort nicht sicher?

Hast du das Gebäude verlassen?

Ich bin noch im Aufzug nach unten.

Draußen sind zwei Männer in einem schwarzen Wagen. Ich war vor einer Minute dort. Ich habe sie gesehen.

Was? Wer sind sie?

Begib dich an einen sicheren Ort. Sorg dafür, dass sie dir nicht folgen. Du wirst beobachtet, Cleo.

Die Aufzugtüren öffnen sich, doch es gelingt mir nicht,

mich in Bewegung zu setzen. Ich werde *beobachtet?* Das klingt paranoid. Trotzdem ... Meine Mom ist verschwunden. Die Türen beginnen sich zu schließen. In letzter Sekunde springe ich aus der Kabine, durchquere die Lobby und trete durch eine der Drehtüren hinaus auf den Gehweg. Ich wappne mich, doch nirgendwo ist ein schwarzer Wagen mit zwei Männern darin zu sehen. In zweiter Reihe steht ein Kastenwagen. Die Fahrerkabine ist leer. Auch die übrigen parkenden Fahrzeuge sind allesamt leer.

Jules, hier ist niemand. Was hat das zu bedeuten?

»Cleo, was ist los?« Als ich mich umdrehe, sehe ich Mark auf mich zulaufen, das Gesicht gerötet vor Sorge. Bei seinem Anblick verspüre ich Erleichterung. »Warum bist du so überstürzt aufgebrochen? Diana hat mir erzählt, dass du zu Jules wolltest. Es tut mir leid, dir das sagen zu müssen, aber wir haben sie entlassen. Es ging nicht anders.«

Ja, Jules und meine Mom stehen sich nahe, doch Mom hat auch zu Mark ein enges Verhältnis. Ich kenne Mark seit Jahren. Er und seine Frau Ruth schicken mir seit meiner Kindheit zum Geburtstag eine Karte, waren bei meiner Highschool-Abschlussparty.

»Oh«, sage ich. »Die Dame meinte, Jules sei nicht gefeuert worden.«

»Wir versuchen diese Angelegenheit vertraulich zu behandeln – Jules zuliebe. Sie hatte eine manische Phase. Deine Mutter wusste davon und hat versucht zu helfen. Zum Wohle der anderen Angestellten mussten wir Jules aber gehen lassen.« Er tritt näher. »Es tut mir leid. Damit solltest du dich jetzt nicht auch noch befassen müssen.«

Jules' Textnachrichten klingen tatsächlich irgendwie wahnhaft. Vor dem Gebäude warten keine Männer auf mich. Außerdem hat sie nicht auf meine letzte Nachricht reagiert. Ich schlucke schwer. Ich möchte wirklich nicht weinen, aber je länger Mark mich ansieht, desto enger wird meine Kehle.

Unbeholfen legt er einen Arm um meine Schulter. »Komm wieder rein, Cleo«, sagt er sanft. »Oben gibt es heiße Schokolade.«

Ein paar Minuten später sitze ich in Marks Büro. Seine Assistentin Geraldine reicht mir einen Becher Kakao. Ich komme mir vor wie ein kleines Mädchen, was eine riesige Erleichterung ist.

»Bist du sicher, dass du nicht noch etwas anderes möchtest, Süße?«, fragt Geraldine. Als ich den Kopf schüttele, legt sie mir die Hand auf die Schulter. »Wir alle haben deine Mom sehr gern, und wir machen uns schreckliche Sorgen. Aber bestimmt geht es ihr gut. Ich *weiß* einfach, dass es ihr gut geht.«

Aus irgendeinem Grund trösten mich ihre Worte.

Mark setzt sich mir gegenüber, und Geraldine verlässt das Büro und zieht die Tür hinter sich zu. »Hat die Polizei schon etwas in Erfahrung bringen können? Die Kanzlei kann die Detectives sicherlich in vielerlei Hinsicht unterstützen, allerdings möchte ich die Ermittlungen nicht behindern oder irgendwem auf die Zehen treten.«

»Bislang wissen sie noch nichts«, antworte ich, dann füge ich genervt hinzu: »Sie konzentrieren sich in erster Linie auf meinen Dad und mich.«

Wenn ich ehrlich bin, denke ich schon, dass sich Detective Wilson alle Mühe gibt. Vielleicht wünsche ich mir im Augenblick einfach nur Mitgefühl und Trost von einer Vaterfigur, die nicht *mein* Vater ist. Von jemandem, der wirklich bereit ist zu helfen.

»Sie konzentrieren sich auf *dich*?« Mark lacht.

Ich zucke die Achseln. »Weil meine Mom und ich uns

häufig gezofft haben, nehme ich an. Ich glaube nicht, dass sie mich tatsächlich für verdächtig halten. Bei meinem Dad bin ich mir nicht so sicher ...« Ich möchte meinen Vater nicht dranhängen, andererseits könnte ich einige Informationen gebrauchen. »Ich würde dir gern etwas erzählen, aber du müsstest es vertraulich behandeln.«

»Selbstverständlich. Schließlich gehörst du beinahe zur Familie«, sagt er. »Außerdem bin ich Anwalt. Und von diesem Moment an bist du meine Mandantin.«

»Mein Dad hatte eine Affäre, und er wollte, dass Mom ihm Geld gibt. Sie hat abgelehnt – aber jetzt hat er das Geld trotzdem«, sprudle ich hervor.

»Verstehe.« Mark wirkt besorgt. »Dafür gibt es bestimmt eine Erklärung.« Er zögert. »Das denkst du doch auch, oder? Dass es eine Erklärung dafür gibt?«

»Ich weiß nicht mehr, was ich denken soll.«

»Ja ...«, erwidert Mark gedehnt. »Das ist verständlich.«

»Könnte irgendwer aus der Kanzlei herausfinden, wie er an das Geld gekommen ist? Womöglich hat sich meine Mom am Ende doch freiwillig dazu entschieden, es ihm zu geben.«

»Das können wir versuchen«, räumt Mark ein. »Ich werde mich an unsere Finanzsachverständigen wenden – sie sind sehr, sehr gut.«

»Okay«, sage ich.

Mark steht auf und öffnet die Tür. »Geraldine!«, ruft er hinaus. »Würden Sie bitte Ross Jenkins bei Digitas anrufen und ihm Bescheid geben, dass wir dringend Unterstützung benötigen? Die Sache hat oberste Priorität. Notfalls rufe ich ihn persönlich an.«

Geraldine antwortet, aber ich kann sie nicht richtig verstehen.

»Okay«, sagt Mark, offenbar erfreut, etwas tun zu können. »Was noch?«

»Meine Mom hat nicht zufällig an etwas gearbeitet, was ... ich weiß nicht ...«

»... gefährlich sein könnte?«, bringt Mark meine Frage zu Ende.

Ich nicke. Laut ausgesprochen, klingt diese Überlegung ziemlich albern.

Mark verzieht nachdenklich das Gesicht. »Deine Mom ist auf Patentstreitigkeiten spezialisiert – Fälle, in die große Unternehmen verwickelt sind und die in der Regel nicht vor Gericht verhandelt werden. Keine besonders aufregenden Sachen. Und ganz sicher nicht gefährlich.« Er überlegt einen Moment lang. »Was ist mit diesem Heim, in dem sie aufgewachsen ist? Ein ziemlich seltsames Internat, wenn du mich fragst ...«

»Was meinst du damit?«

»Ich weiß nichts Genaues, doch für mich klang es so, dass es dort von üblen Typen nur so wimmelte. Deine Mutter ist heutzutage ausgesprochen erfolgreich, da ist es nicht ganz unwahrscheinlich, dass plötzlich jemand aus der Vergangenheit auftaucht und ihr Übles will. Darüber sollten wir nachdenken. Verzweifelte Menschen können ein sehr langes Gedächtnis haben.«

KATRINA

Drei Tage zuvor

Ich wartete schon über eine Stunde am Rand des Spielplatzes gegenüber von Kyles Wohnung. Marks beiläufige Bemerkung beim Abschied hatte mich dorthin geführt: »Cleo kann sich sehr glücklich schätzen, dass du auf sie aufpasst.« Konnte sie das wirklich? Was, wenn ich sie durch meinen Auftritt bei Kyle vor einigen Monaten in Wirklichkeit in noch größere Gefahr gebracht hatte? Also war ich hier und tat das Einzige, was mir einfiel: Ich stürzte mich erneut ins Gefecht.

Es war fast Mitternacht, als Kyle endlich das Gebäude verließ, stehen blieb und sich eine Zigarette anzündete. Er strich sich das sandblonde Haar aus den Augen und stellte den Kragen seiner wattierten weißen Jacke auf, um sich vor der abendlichen Kälte zu schützen. Er sah gut aus, auf diese kaputte Art, die auf Mädchen so unwiderstehlich wirkt. Vorausgesetzt, sie fallen auf seine aufgesetzte Gangsta-Maske rein, die besonders lächerlich wirkt, wenn man an die Hegdefonds-Villa in Greenwich denkt, in der er aufgewachsen ist.

Allerdings war Aidan vermutlich genauso leicht zu durchschauen gewesen. Er hatte nicht gerade zu übertünchen versucht, dass er ein Taugenichts war, schien sich seines Platzes in der Welt so sicher, dass er sich nicht die Mühe machen musste, etwas zu beweisen. Schon bevor Cleo zur Welt kam, wusste ich, dass dies ein Problem darstellte. Allerdings hatte ich selbst so viele Probleme, dass ich nicht in der Lage war abzuschätzen, was dies konkret bedeutete.

Also bekam ich ein Baby mit ihm. Und blieb zwei Jahrzehnte lang mit ihm zusammen, obwohl ich unglücklich war. Aber ich wollte Cleo doch unbedingt die stabile Familie geben, die ich nie gehabt hatte. Vielleicht hatte ich ihr damit jedoch etwas anderes mitgegeben: eine Lektion in Sachen Kompromissbereitschaft der schlimmsten Art.

Mit großen Schritten überquerte ich die Straße und fing Kyle am anderen Ende des Blocks ab.

»Wollen Sie mich verarschen?«, sagte er und wedelte verärgert mit der Hand in meine Richtung. »Ich habe mit dem Anwalt meiner Eltern gesprochen – wir können Sie wegen Belästigung verklagen.«

»Du solltest dich von meiner Tochter fernhalten.«

»Ich habe Cleo seit Monaten nicht mehr gesehen.«

»Das glaube ich dir nicht«, sagte ich mit einem aufgesetzten Lächeln. »Erinnerst du dich an mein Versprechen – dass ich dich ins Gefängnis schicke, solltest du jemals wieder in ihre Nähe kommen? Es war mir ernst damit.«

Er sah aus, als wollte er mich erneut anschnauzen, doch stattdessen grinste er selbstgefällig, trat einen Schritt auf mich zu und blies mir den Rauch seiner Zigarette direkt ins Gesicht. »Na los, renn zur Polizei. Aber wenn du das tust, geht Cleo mit mir unter.« Er hielt sein Handy in die Höhe. »Ich habe Fotos von ihr, beim Kaufen, Verkaufen und *Konsumieren*. Ich speichere Fotos von all meinen Kurieren. Genau wie von meinen Kundinnen und Kunden. Das ist meine Versicherung: Man weiß nie, wann man sie mal braucht. Außerdem gibt es jede Menge Leute, die bereit sind zu bezeugen, dass sie für mich arbeitet. Und die meisten sind momentan ziemlich sauer auf sie.« Er ließ die Zigarette fallen und trat sie mit dem Absatz seines Air Jordans aus. »An deiner Stelle würde ich daher verdammt noch mal mit diesen beschissenen Drohungen aufhören.«

Damit schlenderte er davon, drückte das Handy ans Ohr und überquerte die Straße.

Und ich schickte Aidan eine Textnachricht.

So viel zum Thema Vertrauen. Kyle hat Fotos von Cleo. Fotos, auf denen sie zu sehen ist, wie sie für ihn Drogen verkauft, und sogar welche, wo sie selbst konsumiert. Er hat auch Fotos von seinen anderen Kurieren und den Leuten, die bei ihm kaufen. Ich werde versuchen, mir das Handy zu besorgen und die Fotos zu löschen. Wie schön, dass du sie für ihre Lügen auch noch mit zweitausend Dollar belohnt hast.

Am nächsten Morgen lag ich noch im Bett, als eine Textnachricht von Mark einging. Ich musste ein paarmal blinzeln, um sie lesen zu können. *Bitte gib mir ein Update, sobald du etwas über Sinclair hast. Darden setzt mir ziemlich zu.*

Es war erst sieben Uhr fünfzehn. Mark übte nie Druck auf mich aus, schon gar nicht nach weniger als zwölf Stunden. Dass das Pharmaunternehmen so reagierte, überraschte mich allerdings nicht – und Mark musste bei einem Unternehmen solcher Größenordnung natürlich sofort handeln. Sie waren daran gewöhnt, dass sie bekamen, was sie wollten, wann man wollte. Und im Augenblick wollten sie Doug Sinclair den Wölfen zum Fraß vorwerfen, um Xytek zu schützen. Mir war klar, dass ich die Sache nicht lange hinauszögern konnte.

Ich bin dran. Melde mich so bald wie möglich.

»Hey, habt ihr schon Douglas Sinclairs Handy gefunden?«, erkundigte ich mich, als ich ein paar Minuten später Detective Larry Cross vom Police Department in Bronxville anrief, mit dem ich wegen Dougs Unfall gesprochen hatte.

»Nope«, sagte Cross. »Die Jungs von der Spurensicherung suchen noch danach, aber es sieht nicht gut aus. Muss

bei dem Unfall draufgegangen sein – wahrscheinlich in tausend Stücke zerschmettert, die wer weiß wo liegen.«
»Könnt ihr bestätigen, dass es sich um Suizid handelt?« Cross murmelte etwas Unverständliches.
»Wie bitte?«, hakte ich nach.
»Ein Zeuge hat sich gemeldet.«
»Was für ein Zeuge?«
»Ein Zeuge, der sagt, eine schwarze Limousine habe Sinclair kurz vor dem Aufprall verfolgt. Sieht so aus, als wäre es möglicherweise doch kein Unfall oder Selbstmord gewesen.«
»Sondern?«
»Mord.«

Zügig ging ich die Fifth Avenue hinauf in Richtung Advantage Consulting und schlängelte mich durch die Passantinnen und Passanten auf dem Gehsteig – Mütter mit Kinderwagen, gut gekleidete Damen auf dem Weg zu ihrem überteuerten Vier-Gänge-Lunch, vormittägliche Hundeausführer.

Sieht so aus, als würde es sich weder um Suizid noch um einen Unfall handeln, schrieb ich Mark. Das war zumindest ein Update.

Was meinst du damit?, kam es umgehend zurück.

Die Polizei von Bronxville sagt, dass Sinclairs Wagen möglicherweise von der Straße gedrängt wurde. Ein Zusammenhang mit der Bestechung/Erpressung ist nicht ausgeschlossen. Ich bin dabei, dies zu überprüfen.

Genauso wenig ausgeschlossen war jedoch, dass Darden Pharmaceuticals etwas damit zu tun hatte. Immerhin schienen sie ganz versessen darauf, Dougs Tod zu ihrem Vorteil zu nutzen. Was, wenn sie auch dafür *verantwortlich* waren? Aber es war noch viel zu früh, Mark eine derartige Überlegung zu unterbreiten. Erst brauchte ich Beweise.

Okay, danke. Gute Arbeit. Ich gebe Darden Bescheid.

Ich war nur noch einen Block von Advantage Consulting entfernt, als mein Handy klingelte. Vivienne Voxhall rief an. Ich konnte sie nicht länger ignorieren.

»Hi, Viv...«

»Wo zur Hölle waren Sie?«, schnauzte sie. »Hat Mark Ihnen nicht gesagt, dass Sie mich zurückrufen sollen? Es geht um Anton, dieses Arschloch von Senior Executive Manager.«

Es reichte mir. »Wenn Sie mich noch einmal anschreien, lege ich das Mandat nieder, verstanden?«

Sie holte hörbar Luft.

»Wir bekommen die Situation in den Griff«, fuhr ich fort. »Ich habe dieser *Times*-Reporterin eine Nachricht hinterlassen, aber wir müssen behutsam vorgehen. Zunächst einmal brauche ich etwas Munition. Ich habe einige glaubwürdige Hinweise, warum Anton seinen vorherigen Job aufgegeben hat. Anscheinend haben sich zahlreiche Frauen über verbale Übergriffe beschwert.« Weil ich nicht schlafen konnte, hatte ich endlich Zeit gehabt, mir die Ermittlungsakte vorzunehmen, die hereingekommen war. »Das ist keine Rechtfertigung für Ihre Morddrohung, aber es ist möglicherweise ein Ansatz, um das Gleichgewicht wiederherzustellen. Ich muss noch ein paar Nachforschungen anstellen. *Das* ist der Grund, warum ich Sie nicht zurückgerufen habe – weil ich an der Sache *arbeite*. Im Augenblick ist es wichtig, dass Sie ruhig bleiben. Wenn Sie etwas Unüberlegtes tun, wird Anton noch mehr Einfluss bekommen, als er ohnehin schon hat.«

»Ich habe ebenfalls Einfluss.« Sie klang wie ein trotziges Kind.

»In dieser speziellen Situation haben Sie keinen Einfluss, Vivienne. Nicht angesichts der strengen Prüfung, die der Börsengang mit sich bringt. Sie können nicht einfach damit drohen, Untergebene umzubringen, ganz gleich, wie schrecklich sie sind. Normalerweise gibt man einfach in der Personalabteilung Bescheid und feuert sie.«

»*Sie* sind diejenige, die dafür sorgen soll, dass das Problem aus der Welt geschafft wird.«

»Ich bin diejenige, die Ihnen hilft, damit *umzugehen*«, korrigierte ich sie. »Nach bestem Wissen und Gewissen.«

»Bringen Sie das in Ordnung, Kat«, sagte Vivienne mit gesenkter Stimme. »Bitte.«

Diesmal huschte ich mit einem selbstbewussten Winken am Portier des Gebäudes vorbei, in dem Advantage Consulting seine Räumlichkeiten hatte. Ich war fest entschlossen herauszufinden, was Doug zugestoßen war; anschließend wollte ich entscheiden, was ich mit dieser Information anfangen würde. Vielleicht würde ich sie Darden zukommen lassen, vielleicht würde ich sie für immer totschweigen. Mein Instinkt tendierte nach wie vor dazu, Doug zu schützen. Doch was, wenn er gelogen und Advantage Consulting einen Aufpreis gezahlt hatte? Angesichts der zerrütteten Beziehung zu seiner Tochter verstand ich, wie es dazu gekommen sein konnte. Genau deshalb musste ich die Wahrheit erfahren, die ganze Wahrheit.

»Oh!«, rief die Assistentin, als ich hereinstürmte. »Verzeihung, aber Sie benötigen einen Termin.«

»Ich muss mit Brian sprechen«, entgegnete ich und marschierte schnurstracks zu seinem Büro, noch bevor sie mir den Weg abschneiden konnte.

»Hallo? Sie dürfen da nicht einfach rein!«, rief sie mir nach. »Das können Sie nicht machen!«

Aber ich öffnete bereits die Tür. Brian Carmichael saß an seinem Schreibtisch und telefonierte. Er sah auf und erkannte mich. Seine Augen waren kalt, nicht die eines warmherzigen Jungen aus Montana, wenngleich er das Gespräch ausgesprochen charmant beendete. »Wie gut, dass wir geredet haben, Roger! Grüßen Sie Lisa von mir!«

Der Kontrast zwischen seinem Blick und seiner Stimme war verstörend. Ich wappnete mich, als Carmichael auflegte, sich zurücklehnte und die Arme verschränkte.

»Es ... es tut mir schrecklich leid, Brian«, stotterte die Assistentin, die hinter mir hergeeilt kam. »Sie ist einfach an mir vorbeigerannt. Ich konnte sie nicht aufhalten.« Sie klang ernsthaft verängstigt.

Brian wedelte gereizt mit der Hand. »Schon gut, Bethany. Lassen Sie uns allein, und schließen Sie die Tür.«

Bethany kam seiner Anweisung umgehend nach. Ihr hastiger Rückzug war mein Stichwort.

»Sie haben Doug Sinclair erpresst.« Ich gab mich keineswegs der Illusion hin, dass Carmichael die Drecksarbeit selbst erledigt haben würde – ich tippte noch immer auf einen Mitarbeiter oder Teilhaber von Advantage Consulting, jemanden, der meinte, noch mehr von Carmichaels gut geölter Maschinerie profitieren zu können.

»Ich habe keine Ahnung, wovon Sie reden«, erwiderte er leichthin und stützte das Kinn in die Hand. Er wirkte gelangweilt und leicht genervt, wenngleich nicht im Mindesten besorgt. »Hören Sie, Ms Thompson oder wie immer Sie heißen, ich schlage vor, Sie verlassen auf der Stelle mein Büro.«

»Und wenn nicht?«, fragte ich unaufgeregt. »Bringen Sie mich dann ebenfalls um, genau wie Doug Sinclair?«

Carmichael lachte. »Wovon reden Sie?«

»Doug Sinclair ist tot«, sagte ich. »Er wurde von der Straße abgedrängt und hatte einen tödlichen Verkehrsunfall.«

»Und was hat das mit mir zu tun?«, erkundigte sich Carmichael herablassend.

»Sie haben ihn erpresst. Haben Druck auf ihn ausgeübt. Und dann ist das Ganze aus dem Ruder gelaufen.«

Er lehnte sich zurück, legte die Hände auf die Armlehnen seines Schreibtischsessels und sagte: »Bis gerade eben wusste ich nicht einmal, dass er tot ist.«

Ich zuckte die Achseln. »Ist aber ein ziemlich großer Zufall, finden Sie nicht?«

»Nennen Sie es, wie Sie wollen.« Jetzt war sein Gesicht angespannt. »Mit einem Autounfall habe ich nichts zu tun.«

»Mit der Erpressung aber schon, oder?«

Carmichael schüttelte den Kopf, dann tat er so, als würde er über die Anschuldigung nachdenken.

»Womit genau hätte ich ihn erpressen sollen?«, fragte er schließlich und verschränkte die Hände im Schoß.

»Sie haben ihm gegen einen Aufpreis geholfen, einen Platz für seine Tochter am Amherst zu erschleichen.«

»Das habe ich ganz sicher nicht getan.«

»Genau solch ein Vorgehen haben Sie bei unserem letzten Termin angedeutet, erinnern Sie sich nicht? Sie sprachen von einer ›beträchtlichen zusätzlichen Investition‹. Ich habe das Gespräch aufgezeichnet.«

»Aufgezeichnet.« Carmichael grinste verächtlich. »Was Sie auf Band haben, ist die älteste Upselling-Strategie der Welt«, entgegnete er. »Doug Sinclair hat für nichts bezahlt, was Sie nicht auch bekommen können. Leiten Sie juristische Schritte ein, verlangen Sie Einsicht in die Akte von Ella Sinclair – und Sie werden feststellen, dass Ella lediglich beim Lernen für den Hochschulzulassungstest, der Erstellung ihres Lebenslaufs und dem Verfassen der Motivationsschreiben ein klein wenig Unterstützung bekam. Alles im Rahmen einer absolut *legalen* Studienberatung. Es gab nichts, womit ich Doug Sinclair hätte erpressen können, denn er hat nichts auch nur ansatzweise Verwerfliches getan.« Carmichael stand auf. »Und jetzt verlassen Sie bitte auf der Stelle mein Büro, bevor ich die Polizei rufe.«

Ich überquere die Fifth Avenue und ging mehrere Blocks in nördlicher Richtung am Central Park entlang, verwirrt und gleichzeitig erleichtert. Doug hatte den Studienplatz für seine Tochter nicht unrechtmäßig erschlichen – was bedeutete, dass er mir die Wahrheit gesagt hatte. Allerdings war das nicht zwingend die Auskunft, die sich Darden Pharmaceuticals erhoffte. Da man Doug kein Fehlverhalten im Zusammenhang mit Advantage Consulting nachweisen konnte, war er nicht länger der passende Sündenbock – und damit auch nicht länger erpressbar. Laut Darden hatte die Erpressung die Depression ausgelöst, die zu den Versäumnissen in Zusammenhang mit Xytek geführt hatte. Allerdings war Doug tatsächlich erpresst worden – das wusste ich aus erster Hand.

Inzwischen war es wärmer geworden, ein Anflug von Frühling lag in der Aprilluft. Ich kam an einem Kirschbaum vorbei und ließ mich in der Nähe auf eine Bank fallen. Das Wasser des Springbrunnens vor der Met hob und senkte sich in einem hypnotisierenden Rhythmus. Es erinnerte mich an das Gedicht von T. S. Eliot, »Dry Salvages«, über das wir in Reeds Schreib-AG diskutiert hatten: »Not fare well / But fare forward, voyagers« – Schaut nicht zurück, schaut nach vorn, Reisende.

»Auch ihr seid Reisende«, hatte Reed gesagt und eine ausladende Handbewegung durch den riesigen, zugigen Raum gemacht, dessen Fenster sich nicht vollständig schließen ließen, weshalb es im Winter selbst drinnen empfindlich kalt war. »Dieser Ort ist lediglich der, an dem ihr euch im Augenblick befindet.« Und dann legte er mir im Vorbeigehen die Hand auf die Schulter – nur für eine Sekunde. »Du hast grenzenloses Potenzial.«

Der tanzende Springbrunnen fiel abrupt in sich zusammen, er hatte sein Programm absolviert. Und ich hatte freien Blick auf die Straße. Auf die schwarze Limousine, die neben dem Hotdog-Stand parkte. Sie sah genauso aus wie der Wagen im Village, der mit hoher Geschwindigkeit davongefahren war, als ich darauf zuging. Wie der Wagen, der Doug Sinclair von der Straße gedrängt hatte? Oder einfach nur wie eine ganz normale schwarze Limousine, die man millionenfach auf den Straßen fand?

Ich stand auf. Ging auf den Wagen zu. Und wie beim letzten Mal fuhr er los und verschwand aus meinem Sichtfeld.

24. November 1992

Ich schrieb über ein verliebtes Mädchen zu Zeiten der Französischen Revolution. Eine Zeile lautete: »Sie liebte ihn, wie junge Mädchen es tun, ohne Sinn und Verstand und voller Mut.«

Ich war schon auf dem Weg zur Tür hinaus, als er mir meine Geschichte zurückgab. »Das ist mutig«, sagte er. »Absolut mutig.«

In dieser Sekunde war ich mir sicher, dass wir über ein und dasselbe redeten. Dass unsere Geschichte bereits geschrieben war. Und dass sie genauso enden würde, wie ich es mir erhoffte.

Natürlich rempelte Olivia mich an, kaum dass ich draußen auf dem Flur war, und ruinierte den Moment. »Oh, Katrina hält sich für Shakespeare!« Und dann schubste sie mich, heftig. So heftig, dass ich gegen die Wand prallte. Mit dem Gesicht voran. Olivia bekam einen Lachanfall. Manchmal frage ich mich, ob ich sie umbringen würde, wenn ich die Chance dazu bekäme. Könnte ich mir sicher sein, dass niemand herausfinden würde, dass ich es war, würde ich es tun.

Ja. Selbstverständlich würde ich es tun. Ich würde Olivia umbringen, und ich würde Silas umbringen. Zwei auf einen Streich. Ohne die beiden wäre die Welt besser dran.

CLEO

Zweiundzwanzig Stunden danach

In der U-Bahn-Station West Fourth Street nehme ich den nördlichen Ausgang und gehe in Richtung Washington Square Park, anstatt direkt ins Wohnheim zurückzukehren. Nur für den Fall, dass mir jemand folgt. Als ich die Kanzlei meiner Mutter zum zweiten Mal verlassen habe, war abermals keine Spur von dem Wagen oder den Männern zu sehen, vor denen Jules mich gewarnt hatte. Dass sie auf meine Bitte um eine Erklärung nicht reagiert hat, ist allerdings nicht gerade beruhigend. Vielleicht ist es jedoch lediglich der Beweis dafür, dass sie tatsächlich eine manische Phase durchmacht.

Erst als ich im Caffè Reggio in der hintersten Ecke an einem kleinen runden Tisch sitze, fühle ich mich etwas besser. Ich bestelle einen Cappuccino und warte darauf, dass sich mein Herzschlag beruhigt. Als sich eine Sekunde später die Tür öffnet und ein hagerer Typ mit einer riesigen Brille und einem vollgestopften Rucksack hereinkommt, zucke ich erschrocken zusammen. Ich sollte wirklich wieder runterkommen.

Ich stehe auf und trete ans Fenster, um die vorbeischlendernden Passanten ins Auge zu fassen, jeder mit seinen eigenen Angelegenheiten beschäftigt. Keine verdächtigen Männer. Kein Wagen.

»Entschuldigung?« Der hagere Typ setzt sich an den Fenstertisch, sozusagen direkt unter mich. »Nichts für ungut, aber musst du unbedingt hier stehen?«

»Oh, tut mir leid.«

Ich kehre an meinen kleinen Tisch zurück und starre auf den geschlossenen Laptop meiner Mom. Am liebsten würde ich nachsehen, ob eines ihrer Dates auf die Nachricht reagiert hat, die ich definitiv nicht hätte abschicken sollen. Es geht mir gar nicht gut damit, also stelle ich den Laptop auf den Tisch und ziehe stattdessen ihr Tagebuch aus der Tasche, um die Sache noch etwas hinauszuzögern.

28. November 1992
Silas hat mir eine Ratte ins Bett gelegt, in einer Klebefalle, zwischen das Bettzeug. Ich musste mein Laken wegwerfen, weil überall RATTENKÖTEL darauf waren.

1. Dezember 1992
Wir sind die einzigen drei, die Silas noch nicht gefickt hat. Wir sind alle dreizehn oder jünger. Vielleicht ist dreizehn seine Grenze. Falls das stimmt, droht mir Schreckliches. Mein Geburtstag ist in zwei Wochen. Manchmal flüstert er mir »Ticktack, ticktack« ins Ohr, wenn er an mir vorbeigeht. Vielleicht bringe ich Silas vorher um.

Ob dieser Silas Mom wirklich etwas angetan hat? Ich blättere ans Ende des Tagebuchs. Zum letzten Eintrag.

26. Dezember 1992
Direktor Daitch hat mich achtunddreißig Stunden lang in dieses Zimmer gesperrt – zumindest meine ich, dass ich so lange dort drin war. Es ist schwer, das Zeitgefühl zu bewahren, wenn man in einer fensterlosen gefliesten Zelle festsitzt. Ich war schon mehrmals eingesperrt, oft genug, um ein paar Tricks gelernt zu haben. Alle dreißig Minuten erfolgt ein Kontrollgang, um Punkt acht, eins und sechs gibt es etwas zu essen. Daran erkennt man, wie spät es ist,

doch wenn mehr als ein Tag verstreicht, verliert man dennoch den Überblick.
Ich wurde schon mehrfach eingesperrt, völlig grundlos natürlich. Das hatte ich Silas, diesem kranken Arschloch, zu verdanken.
Diesmal jedoch habe ich es verdient.
Die Kälte macht es mir schwer nachzudenken. Es ist immer eiskalt – dieses verfluchte alte Gebäude mit seinen Dampfheizkörpern, die so laut zischen und knacken und scheppern, dass sie mit Sicherheit über kurz oder lang explodieren.
Hier drinnen gibt es keine Heizung. Nur mich. Und ich bin bereits explodiert.

Vermutlich hat sie in einem weiteren Eintrag Näheres erklärt, aber nach dem 26. Dezember fehlen die restlichen Seiten. Jemand hat sie herausgerissen. Ich blättere das Tagebuch erneut durch und stelle fest, dass auch weiter vorn Seiten fehlen. Wodurch Löcher in der Geschichte entstanden sind. Wer hat sie entfernt – meine Mom oder jemand anders? Ich klappe das Tagebuch zu. Lege die Handflächen auf den Einband. Spüre, wie meine Hände zittern.

Meine Mom hat mir einiges über Haven House erzählt – ein Angebot an mich, mich nach ihrem Leben, ihrer Kindheit zu erkundigen. Jetzt wünschte ich, ich hätte nachgefragt oder zumindest besser zugehört, aber das hatte ich nicht getan. Und zwar nicht, weil ich Angst vor den schlimmen Geschichten hatte oder zu erschüttert war – nein, einzig und allein aus dem Grund, weil es mich nicht besonders interessierte. Ich habe meine Mom nie unabhängig von meiner eigenen Person betrachtet, als eigenständigen Menschen, und weil sie jetzt verschwunden ist, bekomme ich vielleicht nie mehr die Gelegenheit dazu.

Ich schließe die Augen und bin wieder am Strand. An dem Tag, an dem meine Mom sagte, ich solle *ins Wasser gehen und aufhören, mich aufzuführen wie ein Baby.* Nein, das hatte sie nicht wirklich gesagt, oder? Die Worte waren bloß in meinem Kopf, weil ich wieder einmal am Ufer des Ozeans stand, die Zehen umspült vom Salzwasser, die Haut feucht von der Seeluft, und mich selbst hasste.

»Tut mir leid, wir kommen nicht alle als Fisch zur Welt, so wie du«, hatte ich geknurrt und ihr einen bösen Blick zugeworfen, obwohl sie gar nichts gesagt hatte.

Ich erinnere mich, dass meine Mom zusammenzuckte, dann wandte sie sich ab und schaute in die Sonne.

»Das erste Mal, als ich ein Schwimmbecken sah, war ich schon im College«, erzählte sie mir. »Erst während meiner Zeit an der Juristischen Fakultät lernte ich schwimmen. Und das war nicht leicht.«

Vom Strand hörte ich Gelächter und drehte mich um. Annie saß mit Janine und meinem Dad in einem Kreis aus Liegestühlen und sah so glücklich und sorglos aus. Annie konnte natürlich mühelos im Ozean schwimmen.

Ich watete bis zu den Schienbeinen ins Wasser. »Du musst mit reinkommen und aufpassen, dass mir nichts passiert«, sagte ich zu meiner Mom. »Versprich mir, dass du die ganze Zeit über bei mir bleibst.«

»Okay«, willigte Mom, ohne zu zögern, ein. »Ich verspreche es.« Und so wütend und frustriert ich auch war, ich zweifelte keine Sekunde daran, dass sie es tun würde.

Mom hielt meine Hand, als wir weiter hineingingen, hinter die Wellen, und Wasser traten. Sie half mir, so lange dort draußen zu bleiben, bis ich mich beruhigt hatte und ihre Hand loslassen konnte. Bis ich sie nicht mehr anflehte, an den Strand zurückkehren zu dürfen. Bis ich endlich lernte, im Ozean zu schwimmen.

Danach rannte ich ihr voran durch den Sand, ohne mich noch einmal umzudrehen. Ich wollte Dad unbedingt von meinem Erfolg berichten.

Endlich öffne ich den Laptop. Alle Männer, denen ich eine Nachricht geschickt habe, haben geantwortet. *Hey! Und: Großartig, von dir zu hören! Und: Wow! Wie geht es dir?* Nur die Nachricht von einem Randy sticht aus all den höflichen Floskeln heraus. Randy ist offenbar sauer.

Dann bist du also nicht tot.

Ich zucke zusammen. Nehme mir Randys Profil vor. Auf dem ersten Foto steht er auf einem Felsbrocken auf dem baumbestandenen Gipfel eines Hügels. Fit und attraktiv. Zumindest nicht vollkommen unattraktiv. Obwohl ... das lässt sich gar nicht mit Sicherheit sagen. Er trägt eine Baseballkappe und Sonnenbrille. Auf dem zweiten Bild ist er ebenfalls mit Kappe und Sonnenbrille zu sehen. Er steht auf einem Boot und hält einen großen Fisch in die Höhe ... den er gefangen hat? Auf dem letzten Foto ist er ohne Kappe und Sonnenbrille samt einem kleinen Hund mit lockigem Fell abgebildet.

Hm. Mom, du könntest echt Bessere haben als diesen Randy.

Kann es sein, dass ihr das nicht bewusst ist? Schließlich sieht sie umwerfend aus. Die Leute sagen, dass wir uns wie aus dem Gesicht geschnitten sind, aber das wirkt nur aus der Ferne so – wir haben die gleiche Kieferpartie, die gleiche Gesichtsform. Von Näherem betrachtet, ist jedoch nur eine von uns beiden eine wahre Schönheit: meine Mom.

Hast du Lust, ins Caffè Reggio zu kommen? Im Village?, schreibe ich Randy. *Würde mich gern mit dir treffen. Ich bin bis 18:00 Uhr hier.*

Drei Pünktchen erscheinen, dann: *Nur wenn du versprichst, dass du diesmal wirklich da bist!*

Anscheinend hat meine Mutter Randy geghosted. Gut gemacht, Mom.
Ich bin hier!
Natürlich wird mir erst jetzt klar, dass ich mir keine Strategie für ein Treffen mit einem dieser Männer zurechtgelegt habe. Ich will lediglich herausfinden, ob sie etwas wissen – das ist das Entscheidende. Ich erinnere mich an etwas, was meine Mutter einmal gesagt hat: »Die Leute müssen nicht mit der ganzen Wahrheit herausrücken, um den Teil preiszugeben, der wichtig ist.«

Damals hatte ich die Augen verdreht. Sie nutzte wirklich jede Gelegenheit, um mich zu belehren. »Und du bist Expertin auf diesem Gebiet, weil du Anwältin bist?«, hatte ich schnippisch gefragt.

Trotzdem hörte ich zu, denn ich hatte kurz zuvor erfahren, dass Annie an der Beacon Highschool hinter meinem Rücken schlecht über mich redete. Sie hatte es geleugnet, als ich sie darauf ansprach, aber ich musste der Sache auf den Grund gehen, und dafür nahm ich sämtliche strategischen Tipps an, die ich kriegen konnte.

»In gewisser Hinsicht schon«, hatte meine Mom geantwortet.

»Schön, dann erklär's mir.«

»Es gibt zwei Möglichkeiten, jemandem die Wahrheit zu entlocken: zum einen die Kunst des Schweigens«, erwiderte sie mit einem wissenden Lächeln, »und zum andern die Kunst, offen zu fragen.«

Schließlich gab sie die Yoda-Nummer auf und erklärte, was genau sie meinte, nannte sogar Beispiele. Und tatsächlich: Bei Annie funktionierte es. Sie gab zu, dass sie hinter meinem Rücken etwas Gemeines über mich verbreitet hatte. Ich kann mir gut vorstellen, dass es bei Randy ebenfalls funktioniert.

Trotzdem wäre es besser, es wäre noch jemand hier. Jemand, der mir Rückendeckung gibt. Detective Wilson kommt dafür eher weniger infrage. Ich könnte Mark anrufen und ihn bitten herzukommen. Oder Lauren. Allerdings bin ich mir ziemlich sicher, dass sie das Ganze nicht gutheißen werden. Sich mit einem fremden Mann zu treffen, der meiner Mutter möglicherweise etwas angetan hat, ist in der Tat eine bescheuerte Idee.

Ich wünschte, Will wäre bei mir. Er würde mir Sicherheit geben, ohne sich einzumischen. Ich kann allerdings unmöglich verlangen, dass er sein Eliot-Seminar sausen lässt, das in zehn Minuten beginnt. Also sende ich ihm nur eine Textnachricht.

Ich habe das Tagebuch von meiner Mom gelesen.

Pünktchen. Mein Herz macht einen Satz, genau wie jedes Mal, wenn er sich meldet.

Hat sie etwas über deinen Dad geschrieben?

Es dauert einen Moment, bis mir klar wird, was er meint.

Oh, nein, nein. Das Tagebuch hat sie als Kind geführt. Sie ist in einer Art Heim aufgewachsen. Es steht echt viel krankes Zeug darin.

Ein Teil von mir fühlt sich furchtbar, weil ich die Geheimnisse meiner Mutter so beiläufig ausplaudere, doch andererseits frage ich mich, ob sie sie überhaupt wirklich für sich behalten wollte.

Was für Zeug?

Ratten im Bett. Sexueller Missbrauch. Dinge, die ich mir nicht einmal vorstellen möchte.

Das ist grauenvoll.

Ich hab das nicht gewusst. Weil ich ein Arschloch bin.

Es ist nicht deine Schuld, dass sie es dir nicht erzählt hat.

Vielleicht hat sie es versucht, und ich habe ihr nicht zugehört.

Du musst aufhören, dich selbst zu zerfleischen ... Es tut mir schrecklich leid, aber gleich beginnt mein Seminar. Soll ich später vorbeikommen?
Das wäre großartig.
Sei tapfer. xx

Ich konzentriere mich wieder auf den Laptop, auf die anderen Männer, die auf meine Nachricht reagiert haben – William, Jack und Cory. Alle drei haben überraschte, höfliche Antworten geschickt. Keine fünfzehn Minuten später habe ich auch sie ins Caffè Reggio bestellt, zu entsprechend gestaffelten Zeiten.

»Hey.« Ich blicke auf. Da steht doch tatsächlich Annie vor mir! Eilig klappe ich den Laptop zu.

»Wow, das war subtil«, spöttelt sie.

»Was willst du, Annie?«, blaffe ich. Ich habe keine Geduld mehr mit ihr, keine Lust auf ihre Spielchen.

»Du sollst meine Mom zurückrufen«, sagt sie. »Sie hat versucht, dich telefonisch zu erreichen, hat dir getextet, aber du hast nicht reagiert. Jetzt flippt sie völlig aus vor Sorge. Das ist unhöflich und selbstsüchtig. Immerhin warst du diejenige, die bei uns zu Hause aufgekreuzt ist und um Hilfe gebeten hat, schon vergessen?«

Ich schaue mich übertrieben um. »Hast du mich gestalkt, um mir das mitteilen zu können?«

Annie schnaubt. »Tatsächlich bin ich hier, um mit meinem *Freund* zu lernen.« Erst als sie hinter sich deutet, sehe ich Geoff an einem Tisch in der Nähe des Fensters sitzen. Er wirft einen Blick in unsere Richtung, dann wendet er sich ab.

»Du *datest* Geoff?«, frage ich und füge im Stillen hinzu: *Geoff, den Drogensüchtigen?* Ich fasse es nicht.

»Als hättest ausgerechnet du das Recht, die Freunde von anderen zu verurteilen«, sagt sie. Anscheinend hat Geoff ihr von Kyle erzählt. »Ach übrigens, wie laufen die Geschäfte?«

»Würde mich interessieren, ob du Geoff erzählt hast, dass ich in derselben Straße wie du aufgewachsen bin, direkt gegenüber. Vielleicht hat er ja wegen meiner ›Geschäfte‹ bei uns vorbeigeschaut und ist mit meiner Mom aneinandergeraten.«

»Nein«, sagt sie entschieden. »Wir haben Besseres zu tun, als uns mit Mitgliedern deiner kaputten Familie zu befassen.«

»Meiner *kaputten Familie?*«

»Deine Mom ist ganz okay«, lenkt sie ein.

»Mensch, danke, ich meine, in Anbetracht dessen, dass sie vielleicht gerade irgendwo verblutet, ist das ausgesprochen großzügig von dir.«

Sie scheint mir nicht zuzuhören. »Du und dein Dad, ihr macht, was ihr wollt. Ganz gleich, wem ihr damit wehtut.«

»Richtig«, sage ich, weil ich will, dass Annie weggeht.

»*Meine* Mom kümmert sich wirklich um andere Menschen. Und sie war immer nett zu dir.« Annie sieht bei diesen Worten so aus, als sei sie nicht gerade glücklich darüber. »Und jetzt ist sie so freundlich, sich zu erkundigen, ob es dir gut geht, dabei ist es dir scheißegal, ob sie sich Sorgen macht. Du bist selbstsüchtig. Genau wie dein Dad.«

Damit dreht sie sich um und kehrt an ihren Tisch zurück. Ich sehe, wie sie etwas zu Geoff sagt, dann setzt sie sich ihm gegenüber. Er beugt sich vor und schaut zu mir herüber. Blöderweise nicke ich.

Janine hat mir tatsächlich mehrmals geschrieben. Es war unhöflich von mir, ihr nicht zu antworten, doch ihre Nachrichten klangen so besorgt, dass ich Angst hatte, ich würde noch nervöser, wenn ich mit ihr rede.

Es tut mir leid, tippe ich jetzt. *Es geht mir gut. Ich will nicht, dass du dir Sorgen machst.*

Oh, ich bin so froh, von dir zu hören, Cleo!, antwortet Janine umgehend. *Ich hatte tatsächlich Angst. Natürlich ist dein Dad für dich da, aber manchmal braucht man eine Mutter! Gibt es schon etwas Neues?*

Nein, noch nichts.

Versuch, dich nicht allzu sehr aufzuregen. Ich weiß, das ist nahezu unmöglich ... Sag Bescheid, wenn ich irgendetwas für dich tun kann. Ganz gleich, was.

Meine Wangen werden rot. Ich muss mir alle Mühe geben, nicht loszuheulen, jetzt, da Annie mich von dem Tisch am Fenster aus beobachtet.

Ich sag dir Bescheid. Versprochen.

Die Tür zum Café schwingt auf. Ein Typ im Daddy-Alter kommt herein. Er trägt Baseballkappe, T-Shirt, ausgesprochen hässliche Sneakers und eine Pilotenbrille. *Randy.*

Ich hebe die Hand. Er nimmt die Sonnenbrille ab und dreht sich kurz um, als wolle er sich vergewissern, dass ich wirklich ihm winke. Schließlich tritt er an meinen Tisch und mustert mich von oben bis unten. Ein interessierter Ausdruck tritt auf sein Gesicht. Ekelhaft.

»Randy?«, frage ich lächelnd, zumindest hoffe ich, dass ich ein Lächeln und nicht nur ein Zähnefletschen zustande bringe. »Sind Sie wegen Kat hier?«

Ich strecke ihm selbstbewusst die Hand entgegen und halte Blickkontakt, so wie meine Mom es mir beigebracht hat. Augenkontakt halten und Hände schütteln habe ich unzählige Male gemacht, aber noch nie zuvor musste ich dabei an sie denken.

»Und wer bist du?«, fragt er, als ich meine Hand aus seinem klammen Griff befreie.

»Kats Tochter.« Ich deute auf den Stuhl gegenüber.

Randy sieht mich perplex, aber noch immer hoffnungsvoll an. »Ah, das erklärt die Ähnlichkeit«, sagt er bedächtig. »Stecke ich in Schwierigkeiten?« Er hebt die Hände und wiehert wie ein Esel. »Worum auch immer es geht, Officer, ich bin unschuldig!«

»Kat, meine Mutter, ist verschwunden.« *Offene Fragen. Nichts als offene Fragen.*

»Verschwunden? Wie meinst du das?«, fragt er.

»Sie ist weg – wie vom Erdboden verschluckt.« Er runzelt die Stirn. Eine seltsame Reaktion. »Interessant«, sagt er schließlich. »Das passt nicht zu ihr.«

»Wie meinen *Sie* das?«, gebe ich die Frage zurück. Ich dachte, er kennt sie kaum ...

Er schüttelt den Kopf. »Nun, wir haben uns nur ein paarmal getroffen, aber sie kam mir vor wie ein sehr verantwortungsvoller Mensch.«

»Allerdings.«

»Abgesehen davon, dass sie nicht ganz so gut darin zu sein scheint, bei der ›Arbeit‹ Grenzen zu setzen.« Er deutet mit den Fingern Anführungszeichen an.

»Und wie ist ›das‹ gemeint?« Ich male ebenfalls Anführungszeichen in die Luft.

»Keine Ahnung – ich hatte den Eindruck, dass bei ihrem Job irgendwas Seltsames im Gange ist«, antwortet Randy. »Vielleicht ist *seltsam* das falsche Wort, aber merkwürdig war es schon. Sie hat unser erstes Date ganze vier Mal aus beruflichen Gründen verschoben. Keine Ahnung, ob es all diese Notfälle wirklich gab oder ob sie aus irgendeinem Grund log. Ich meine, welche Patentanwältin hat so viele Notfälle? Irgendwas stimmte da nicht.« *Vielleicht weil sie selbst nicht mehr verstand, warum sie mit dir ausgehen sollte*, hätte ich gern geantwortet, aber dieser Gedanke scheint Randy nicht gekommen zu sein. »Als wir dann endlich mal zusammensaßen«, fährt er fort, »hat sie einen Anruf bekommen – angeblich von einer Mandantin. Sie hat draußen vor dem Restaurant geschlagene zwanzig Minuten telefoniert! Deine Mom kann von Glück sagen, dass sie so eine Süße ist!«

Ich nicke. »Stimmt.«

Randy kaut nachdenklich auf dem Gestell seiner Pilotenbrille, jetzt voll im Detektivmodus. »Wenn sie wirklich verschwunden ist, solltest du vielleicht diese Frau unter die Lupe nehmen, mit der sie an dem Abend gesprochen hat. Das Telefonat wirkte ziemlich ... hitzig.«

»Hat sie den Namen der Frau erwähnt?«

»Nein.« Er wendet den Blick ab. »Aber sie hat ihr Telefon liegen lassen, als sie sich ein Glas Wasser geholt hat. In dem Restaurant gab es auch so eine Station wie die da drüben.« Er deutet auf eine große Karaffe mit Pappbechern auf der Theke. »Und zufälligerweise habe ich mitbekommen, dass eine Textnachricht einging. Da stand: *Wenn Sie das vermasseln, bringe ich Sie um.*« Er zieht eine Augenbraue in die Höhe.

»Heilige Scheiße«, flüstere ich.

»Nett, nicht wahr?«

»Konnten Sie sehen, wer ihr die Nachricht geschickt hat?«

»Ja, das konnte ich tatsächlich«, erwidert er mit einem Grinsen. »Vivienne Voxhall. Nicht gerade ein Name, den man schnell vergisst.«

ABSCHRIFT DER AUFGEZEICHNETEN SITZUNG

DR. EVELYN BAUER
3. SITZUNG

EVELYN BAUER: Heute siehst du ... glücklich aus.

CLEO McHUGH: Tue ich das? Nun, vermutlich *bin* ich glücklich.

EB: Möchtest du darüber reden? Es ist bestimmt schön, mal über etwas Gutes zu sprechen.

CM: Der Typ, mit dem ich mich treffe, wir ... Er ist gestern zum ersten Mal über Nacht geblieben. Ich ... ich hatte mir Sorgen gemacht, dass es mir gehen würde wie immer. Sie wissen schon, als wäre es mir egal, ob er hinterher abhaut oder bei mir bleibt, aber ...

EB: Entschuldige, wir reden von ...

CM: Will. Wir daten seit ein paar Monaten. Ich war Single, und zwar ganze sechs Wochen, nachdem es mit Kyle aus war. Will ist ... Ich mag ihn wirklich.

EB: Das ist dir seit Charlie nicht mehr passiert, oder? Du musst erleichtert sein.

CM: Das bin ich. Seit Charlie habe ich mich in so vielen Menschen verloren. Aber das hier … das mit Will … Ich kann immer noch ich sein …

EB: Wow, das ist großartig.

CM: Wollen Sie wissen, was das Traurige daran ist?

EB: Was denn?

CM: Der einzige Mensch, dem ich davon erzählen möchte, ist meine Mom. Obwohl ich davon ausgehe, dass sie mir ein schlechtes Gewissen deswegen macht.

EB: Vielleicht auch nicht. Du könntest …

CM: Oh, das wird sie tun. Definitiv.

EB: Trotzdem. Dass du ihr davon erzählen möchtest, ist ein Zeichen, dass noch Hoffnung für euch besteht.

CM: Ich weiß nicht … vielleicht. Diese neuen Umstände, dass ich mit Will zusammen bin, zeigen deutlich, wie verkorkst meine Beziehung mit Kyle war.

EB: Wegen der Drogen, meinst du?

CM: Nein. Obwohl die Drogen das Einzige waren, worüber sich meine Mutter Sorgen machte. In meiner Beziehung mit Kyle gab es ... hm ... Nun, es gab noch andere Probleme. Große.

EB: Möchtest du über diese Probleme reden?

CM: Nicht unbedingt.

EB: Wenn man sich unwohl fühlt, über eine Sache zu sprechen, ist es oftmals ein Zeichen dafür, dass man genau das tun sollte. Dass es das ist, was man jetzt braucht.

CM: Ja ... ich weiß. Aber es ist so schlimm und dumm. So offensichtlich. Ich meine, ich hätte es kommen sehen müssen.

EB: Klingt, als wärst du ziemlich hart zu dir selbst. Beziehungen sind kompliziert. Ein Mensch zu sein, ist ... kompliziert.

CM: Keine Ahnung ... Es gab Warnsignale. Dinge, die ich ignoriert habe. Kyle ist wegen jedem Scheiß ausgerastet. Einmal, als er sauer auf seinen Dad war, hat er sogar gegen die Wand geboxt.

EB: Ist Kyle dir gegenüber jemals körperlich gewalttätig geworden, Cleo? Denk daran, hier ist ein sicherer Ort. Hier wirst du niemals verurteilt, ganz gleich, worum es geht.

CM: Ähm ... ja. Er ... ähm ... er hat mich ins Gesicht geschlagen. Nein, eigentlich eher geboxt. Mit geballter Faust. Wir hatten uns einen Zeichentrickfilm angesehen, diese Cartoons für Erwachsene, und ich sagte: »Wie kannst du dir bloß diesen Müll reinziehen?« Es war ein Scherz. So wie man jemanden neckt, den man kennt. Der weiß, dass man es nur lustig meint. Kyle jedoch fand das gar nicht witzig …

EB: Das tut mir leid, Cleo. Das muss sehr aufwühlend und beängstigend gewesen sein. Ganz zu schweigen von dem körperlichen Schmerz.

CM: Wollen Sie wissen, was das Schlimmste daran war?

EB: Was?

CM: Es passierte, Wochen bevor meine Mom mir ein Ultimatum gestellt hat, ihn zu verlassen. Ich bin bei ihm geblieben, obwohl er mich geschlagen hat. Und ich bin mir nicht einmal sicher, ob ich gegangen wäre, wenn er es noch einmal getan hätte. Meine Mutter hat ihn von Anfang an richtig eingeschätzt. Warum bin ich dann immer noch so wütend auf sie?

EB: Vielleicht weil es einfacher ist, wütend auf sie zu sein als auf dich selbst.

KATRINA

Zwei Tage zuvor

Nachdem der schwarze Wagen weggefahren war, setzte ich mich wieder auf die Bank. Wenigstens konnte ich hier, direkt vor der Metropolitan Opera, meine Umgebung im Blick behalten. Zunächst einmal musste ich mich sammeln, mir einen Überblick verschaffen. Ließ Carmichael mich beobachten? Möglich. Wahrscheinlicher war jedoch, dass Darden Pharmaceuticals jemanden beauftragt hatte, mich zu überwachen. Ich beschloss, Mark anzurufen – er musste dem einen Riegel vorschieben.

In diesem Moment summte mein Handy. Lauren.

»Warum reagierst du weder auf meine Anrufe noch auf meine Textnachrichten?« Sie klang leicht außer Atem, als wäre sie während des Telefonierens in Bewegung. »Ich habe mir solche Sorgen um dich gemacht wegen dieser Sache mit Doug. Wie schrecklich! Ihr hattet euch zwar gerade erst näher kennengelernt, aber ich weiß, dass du ihn wirklich mochtest.«

»Stimmt. Tut mir leid, dass ich abgetaucht bin, aber irgendwie ist mir alles auf einmal um die Ohren geflogen. Auch bei der Arbeit war es im Moment ziemlich … kompliziert.« Selbstverständlich konnte ich Lauren nicht in die Details in Bezug auf Doug oder Darden einweihen. Ich hatte ihr nie erzählt, welche Aufgabe ich in der Kanzlei tatsächlich innehatte. Immerhin war Lauren Staatsanwältin, noch dazu eine mit hohen ethischen Standards. Ich wollte sie nicht in den Konflikt bringen, mehr zu wissen, als sie wissen wollte.

»Außerdem will Aidan wieder einmal Geld von mir.«

Lauren war stets die beste Ansprechpartnerin, wenn ich mich wieder einmal über Aidan beschweren wollte.

»Aidan.« Sie schnaubte wie erwartet. »Ich hoffe, du hast ihn zum Teufel gejagt.«

»Leichter gesagt als getan angesichts der Lage zwischen Cleo und mir.«

»Du darfst dich von ihm nicht unter Druck setzen lassen«, drängte Lauren. »Das ist gar nicht gut.«

»Cleo trifft sich wieder mit Kyle.« Laut ausgesprochen, kam es mir noch schrecklicher vor.

»Oh, das tut mir leid ...« Sie klang mitfühlend, aber ich konnte mir ihren entsetzten Gesichtsausdruck nur allzu gut vorstellen. »Nun, ich habe keine Ahnung, wie so etwas ist. Meine Mädchen sind erst zehn. Cleo trifft mittlerweile Entscheidungen, die du nicht kontrollieren kannst, was hart sein muss. Als deine Freundin weiß ich, dass du alles in deiner Macht Stehende getan hast.«

»Habe ich das wirklich?«, fragte ich. »Alles?«

Lauren wusste nicht, was ich wirklich meinte. Dass ich mühelos jemanden aus dem Hut hätte zaubern können, der sich um Kyle kümmerte. Aber so ein Mensch war ich nicht. Außerdem wusste ich, wie schnell ein solches Unterfangen aus dem Ruder laufen konnte. Was, wenn Cleo dabei zu Schaden kam? Wenn ich allerdings an Kyles Handy kam und dann die Fotos mit Cleo löschen könnte – diesbezüglich sah ich eine Chance.

»Welche Mutter hat je das Gefühl, *alles* getan zu haben?«, sagte Lauren, gerade als ich mich fragte, ob sie noch dran war. »Als Mutter hast du immer die schlechteren Karten. Keine Chance zu gewinnen. Und anscheinend wird es immer schwieriger, je älter die Kinder werden. Obwohl: Ich bin älter als du, Kat, und in zehn Minuten findet ein Elterngespräch mit der Lehrerin meiner Töchter statt, die erst in der *fünften* Klasse sind. Was habe ich mir nur dabei gedacht? Zwillinge mit dreiundvierzig? *Zwillinge!* Ich hatte doch schon ein erfülltes Leben, Kat!«

»Komm schon, du vergötterst die Mädchen«, sagte ich, obwohl ich wusste, dass Lauren nicht nur so tat, als hätte sie die Nase voll. Sie war stets brutal ehrlich, ganz besonders, wenn es um das Dasein als Mutter ging, das ihr sehr schwerfiel.

»Selbstverständlich liebe ich die zwei, aber irgendwie hasse ich es, Mom zu sein. Warum sagt einem nie jemand, dass so etwas vorkommen kann? Dass man seine Kinder lieben und die Mutterrolle gleichzeitig verabscheuen kann?« Sie lachte, dabei fand sie das ganz und gar nicht lustig.

»Bist du sicher, dass es dir gut geht?«, hakte Lauren jetzt noch einmal nach. »Ich habe den Eindruck, du verschweigst mir was, Kat. Du weißt, dass ich es nicht ertrage, wenn du so nervös bist.«

»Mir geht es gut«, log ich. »Ich versuche lediglich herauszufinden, wann genau sich mein Leben in dieses Chaos verwandelt hat.«

»Alle leben im Chaos, Kat«, sagte Lauren leise. »Das kann ich dir versichern. Genau wie ich dir versichern kann, dass du eine gute Mutter bist. Nein, du bist eine *großartige* Mutter. Vor allem, wenn man bedenkt, woher du kommst. Ich sage das nicht oft, weil ich fürchte, dass ich dir damit zu nahe trete. Aber es ist die Wahrheit. Keine eigene Mutter zu haben, macht es doch noch schwieriger herauszufinden, was zur Hölle man tun soll. Trotzdem machst du deine Sache so gut. Kinder sind nun mal nicht wie Kuchen – man kann all die richtigen Zutaten zusammenfügen, den Küchen-Timer mit Adleraugen im Blick behalten, trotzdem ist es nicht ausgeschlossen, dass im Ofen noch jede Menge schiefgeht. Dinge, über die du null Kontrolle hast.«

Das stimmte: Alles, was mit Cleo zu tun hatte, konnte ich nur begrenzt kontrollieren. Aber den Schlamassel mit Darden und Doug? Mit Situationen wie dieser hatte ich es ständig zu tun, und für gewöhnlich gelang es mir, eine Lösung zu finden. Allerdings musste ich dabei methodisch vorgehen.

Gleich nachdem Lauren und ich unser Telefonat beendet hatten, rief ich Mark an. »Unter Umständen besteht die Möglichkeit, dass ich an Doug Sinclairs Anrufliste herankomme, zumindest an die der letzten Tage«, sagte ich, nachdem ich ihm eine kurze Zusammenfassung meines Gesprächs mit Carmichael gegeben hatte. Ich teilte ihm mit, dass die Erpressung unter falschen Voraussetzungen erfolgt war und dass Doug niemanden bestochen hatte. Es war wichtig, dass Darden dies zur Kenntnis nahm. »Sobald es mir möglich ist, gehe ich seine Textnachrichten durch und schaue, ob ich darin etwas über die Erpressung finde.«

»Das klingt nicht sonderlich ...«

»Legal?«, fragte ich. »Willst du diese Diskussion tatsächlich führen?«

Das waren mehr Worte, als Mark und ich je über die unschönen Details meines Jobs gewechselt hatten.

»Nein«, ruderte er eilig zurück. »Will ich nicht.«

»Verstehst du, was das bedeutet?«, hakte ich nach. »Es bedeutet, dass Doug Sinclair ein Opfer ist.«

»Möglich«, räumte Mark ein. »Es schließt jedoch nicht aus, dass dieser Erpressungsversuch – wenngleich ungerechtfertigt – ihn von seiner Aufgabe in Bezug auf Xytek abgelenkt hat.«

»Es schließt genauso wenig aus, dass Darden Pharmaceuticals versucht, ihn für ein Ablenkungsmanöver zu missbrauchen.« Ich wollte nicht zulassen, dass Mark sich dumm stellte.

»Ich verstehe, was du sagst. Warten wir ab, was du herausfindest – kommt Zeit, kommt Rat. Du und ich wissen beide, dass wir in dieser Sache nichts Unmoralisches oder Unangemessenes unternehmen werden. Es wäre jedoch ideal, wenn wir Darden so lange bei Laune halten könnten, bis wir auch in anderen Unternehmensbereichen einen Fuß in die Tür bekommen haben. Ich habe nämlich gern eine Krankenversicherung.«

Ruth. Marks Frau starb an Krebs, und seine Tochter heiratete, sodass er sich in letzter Zeit deutlich um seine finanzielle Sicherheit zu sorgen schien.

»Ach, noch eine Sache: Ein Wagen ist mir gefolgt. Eine schwarze Limousine. Genauso eine Limousine, wie sie an der Unfallstelle gesehen wurde.«

»Wie bitte?« Mark klang alarmiert. »Dir ist aber nichts passiert, oder?«

»Nein, nein. Mir geht's gut. Aber ich habe den Wagen schon zweimal gesehen – gestern Abend und heute.«

»Willst du … Sollen wir Schritte einleiten?«

»Der Wagen ist jetzt weg«, versicherte ich ihm. »Allerdings solltest du dich vergewissern, dass nicht Darden dahintersteckt. Denn dann würde ich mich ausgesprochen unwohl fühlen.«

»Selbstverständlich. Ich hoffe, dass das nicht der Fall ist.« Mark klang immer noch erschüttert. »Ich werde noch heute mit Phil telefonieren und ihn darauf ansprechen. Und Kat – bitte sei vorsichtig.«

Nachdem Mark und ich das Gespräch beendet hatten, wählte ich eine weitere Nummer.

»Ahmed, gut, dass ich Sie erwische«, sagte ich.

Ahmed arbeitete bei Digitas Data, der Cyber-Ermittlungsfirma, auf die ich mich bei der Informationsbeschaffung für meine Kunden verließ. Ahmed war mein Ansprechpartner bei Digitas – schnell, effizient, und ich vertraute ihm. Ich hatte dafür gesorgt, dass er in der Hälfte der üblichen Zeit zum stellvertretenden Geschäftsführer bei Digitas aufgestiegen war. Im Gegenzug behandelte Ahmed meine Anliegen immer mit oberster Priorität, war sogar bereit, gewisse Grenzen zu überschreiten, wenn ich ihm klarmachte, wie wichtig das war.

Er seufzte gutmütig. »Lassen Sie mich raten ... Das Handy haben Sie zwar nicht, aber es ist ein Notfall, denn warum sollte jemals etwas einfach sein?«

»Genau. Ich brauche sämtliche Textnachrichten, außerdem das Anrufprotokoll. Der Besitzer des Handys ist tot, falls das eine Rolle spielt.«

»Nur wenn es bedeutet, dass ich mir Sorgen machen muss, das nächste Opfer zu sein.« Er lachte. Ich erwiderte nichts. »Moment mal, ich muss mir doch keine Sorgen machen, oder?«

»Ich glaube nicht«, sagte ich, denn mehr konnte ich im Augenblick nicht versprechen.

»Okay, aber ohne das Handy bekomme ich im Höchstfall die Nachrichten der letzten Tage zusammen.«

»Das ist alles, was ich brauche.«

Es war nicht leicht, Jimmy Ahearn aufzuspüren. Ihn dazu zu bringen, mit mir zu reden. Es dauerte ewig, und weitere Stunden verbrachte ich damit, die Dalton School davon zu überzeugen, vom Rauswurf des Sohns eines unserer Mandanten, der in der Umkleide der Schule randaliert hatte, Abstand zu nehmen. Ich lud den Lehrer, der ihn dabei erwischt hatte, zu einem endlos langen Mittagessen bei Le Bernardin ein, um ihn davon zu überzeugen, dass er ein guter Mensch war, wenn er das Geld nahm, das ich ihm anbot, anstatt den Jungen dranzuhängen. »Sie wollen das

Leben dieses Kindes doch nicht ruinieren«, sagte ich. »Menschen machen nun mal Fehler.« Ich konnte schon gar nicht mehr zusammenzählen, wie oft in meinem Leben ich diese Phrase benutzt hatte. Zum Glück handelte es sich im aktuellen Fall um einen anständigen Jungen, dessen Eltern seine Angstzustände nicht angemessen behandeln ließen – was zu seinem aggressiven Verhalten führte.

Jimmy und ich trafen uns um achtzehn Uhr am Rand von Chelsea, in einer Bar, die auch bei Polizistinnen und Polizisten ein beliebter Treffpunkt war – holzvertäfelte Decken und Wände, irischer Touch, mit gemütlichen Sitznischen an einer Seite des Gastraums. Jimmy hatte die Bar ausgesucht, und ich fand seine Wahl ziemlich gewagt, aber egal. Er arbeitete gelegentlich als Informant für mich, seine Spezialgebiete waren Einbruch und unbefugtes Betreten – Fähigkeiten, von denen er angeblich schon seit Langem keinen Gebrauch mehr machte, außer sie dienten »einem guten Zweck«. Was im Klartext bedeutete, dass er einen exorbitanten Preis dafür verlangte. Die Polizei war bereit, ein Auge zuzudrücken, vielleicht weil auch sie seine Dienste gelegentlich in Anspruch nahm.

Eins musste man Jimmy lassen: Er war sein Geld wert. Binnen Minuten konnte er unbehelligt jeden erdenklichen Ort aufsuchen und wieder verschwinden – und alles herausholen oder hinterlassen, was man wollte. Er hatte große Angst vor der Vorstellung, ins Gefängnis zu kommen, deshalb nahm er nie einen Job an, bei dem er sich nicht hundertprozentig sicher war, dass er ihn erfolgreich ausführen konnte. Ich hatte Jimmys Namen vor Jahren von einem Bewährungshelfer bekommen, den ich kannte. Ich hatte ihn ein paarmal engagiert: einmal, um Schlüssel aus einem Apartment zu holen, die jemand voreilig einer neuen Geliebten mit aufbrausendem Temperament gegeben hatte, ein andermal, um vor einer Razzia Drogen aus einem Wohnheimzimmer zu entfernen.

Jimmy hatte kaum Platz genommen, als ich ihm auch schon ein zusammengefaltetes Blatt Papier mit Kyles Adresse über den Tisch zuschob. Ich konnte Cleo und die Entscheidungen, die sie traf, nicht kontrollieren, aber ich konnte Kyle die Möglichkeit nehmen, weiteren Schaden anzurichten.

»Ich brauche sein Handy. Das Arbeitshandy. Wahrscheinlich besitzt er mehr als eins. Er dealt.«

Jimmy runzelte die Stirn. »An ein Handy zu gelangen, ist, als würde man jemandem den Ring vom Finger ziehen. Ich vermeide engen Kontakt.«

Ich musterte ihn durchdringend. »Er wird irgendwann schlafen müssen.«

Jimmy nahm das Blatt, faltete es auseinander und überflog es eilig. »Wer ist das?«

»Ein College-Student. Kind reicher Eltern. Harmlos, die Dealerei beschränkt sich auf die NYU.«

Jimmy schüttelte den Kopf und schob das Blatt zu mir zurück. »Nee, ich passe. Typen wie der sind bekannt dafür, völlig durchzuknallen. Wahrscheinlich hat er eine Waffe im Nachttisch liegen, mit der er nicht mal umgehen kann.«

»Bitte«, sagte ich, und es klang genauso verzweifelt, wie ich mich fühlte. »Sie tun es für meine Tochter. Sie ist ...« Meine Stimme brach. »Ich brauche das Handy.«

Jimmy schien sich wegen meines emotionalen Ausbruchs unwohl zu fühlen. Mit ernstem, verkniffenem Gesicht blickte er in den Spiegel über der Bar, dann trank er einen großen Schluck Bier. Anschließend stand er auf und rutschte aus der Nische. Schon im Gehen streckte er die Hand nach dem Blatt Papier aus und stopfte es in die Brusttasche seiner Windjacke. »Beim leisesten Hinweis darauf, dass die Sache schiefgehen könnte, bin ich raus.«

Zu meiner Überraschung war Aidan bereits da, als ich in der Bar Six eintraf. Er hatte sich nicht einmal ein kleines bisschen verspätet. Er saß an einem Tisch im hinteren Bereich, zwei Gläser Rotwein vor sich, was ... seltsam war. Schließlich hatten wir kein Date. Als er mich sah, winkte er und lächelte strahlend. Das Geld. Er würde mich erneut darauf ansprechen, davon war ich überzeugt.

»Kyle und Cleo sind wieder zusammen«, sagte ich, darum bemüht, so schnell wie möglich zum Punkt zu kommen, damit Aidan uns nicht mit seiner eigenen Agenda aus der Bahn warf. »Das hat er mir bestätigt.«

Er zuckte die Achseln. »Das hätten wir wohl kommen sehen müssen.« Als hätte er nicht die ganze Zeit über behauptet, ich wäre paranoid! Das, was er hier abzog, war schlichtweg Gaslighting.

»Wie auch immer ... Kyle hat Beweise auf seinem Handy, dass Cleo Drogen verkauft.« Es war hart, die Worte laut auszusprechen, aber ich zwang mich fortzufahren. »Beweise, die er jederzeit der Polizei übergeben kann.«

»Tatsächlich?« Endlich zeigte sich ein Anflug von Sorge in Aidans Blick.

»Ich kümmere mich darum.«

Aidan schnitt eine Grimasse. »Und wie?«

»Ich besorge das Handy«, sagte ich. Was hoffentlich eins von diesen Wegwerfdingern war, denn dann würden die Fotos nur darauf und nicht längst in einer Cloud sein.

»Wie meinst du das?« Aidan sah mich fragend an. Es gab nicht viele legale Möglichkeiten, an ein Telefon zu gelangen, das einem nicht gehörte.

»Die Details lass meine Sorge sein«, erwiderte ich. »Bis morgen früh sollte ich es haben. Trotzdem müssen wir sie dauerhaft von Kyle fernhalten, Aidan.«

»Ich werde dich dabei auf jede erdenkliche Weise unterstützen, das meine ich ernst, Kat«, sagte er, anscheinend aufrichtig. »Mir ist bewusst, dass ich ... Ich versuche, mein Bestes zu geben.«

»Ich weiß.« Ich stand auf, nahm einen Schluck Wein, dann stellte ich das Glas zurück auf den Tisch. Ich wollte die Bar verlassen, bevor er auf das Geld zu sprechen kommen konnte und die Lage angespannt wurde. Bislang war unser Gespräch nahezu angenehm verlaufen.

»Willst du schon gehen?« Aidan wirkte verletzt.

»Ja«, sagte ich. »Ich muss noch woandershin.«

Der Punkt für Cleos Live-Standort auf meinem Handy bewegte sich in Richtung Osten über den Campus der NYU. *Bitte mach, dass sie keine Lieferung austrägt.* Ich glaubte nicht, dass ich noch einmal zusehen konnte. Als der Punkt an der Bobst Library stehen blieb, verlangsamte ich meine Schritte auf der Sixth Avenue und lockerte den Griff um mein Handy.

Entspannen konnte ich mich allerdings erst, als ich Cleo hinter der Glasfassade der Bibliothek entdeckte. Sie war zusammen mit ihrer Freundin Nadine dort, beide trugen Kopfhörer und beugten sich über ihre Bücher wie ganz normale College-Kids. Gelegentlich schauten sie auf, tauschten einen wissenden Blick oder deuteten auf etwas auf einem ihrer Handys. Ich mochte Nadine. Sie war ein gutes Mädchen, auf das man sich verlassen konnte. Ich vermochte mir nicht vorzustellen, dass sie jemals einen Drogendealer daten, geschweige denn selbst mit Drogen handeln würde.

Als ein Junge mit einer schwarzen Baseballkappe und einer wattierten weißen Jacke an Cleos und Nadines Tisch trat, war alles, was ich denken konnte: *Nein!*

Ich trat näher. Ja, es war definitiv Kyle. Er klopfte auf den Tisch. Cleo hob den Kopf und blickte in seine Richtung – weder überrascht noch ängstlich. Aber auch nicht erfreut.

Eher so, als hätte sie ihn erwartet. Kyle sagte etwas, dann drehte er sich um und ging. Es kümmerte ihn einen Scheißdreck, wie oft ich ihn gewarnt hatte. Er würde ihr weiterhin nachstellen, für immer.

Cleo wandte sich wieder ihren Büchern zu. Nadine starrte Kyle nach. Als er außer Sichtweite war, beugte sie sich zu Cleo, um sie etwas zu fragen, vielleicht etwas wie: *Was war das denn?* Aber Cleo sah nicht mal auf und schüttelte bloß den Kopf.

Einen Augenblick später flog die Tür der Bibliothek auf, und Kyle sprang die Stufen herunter, die Hose lächerlich tief auf der Hüfte, die Baseballkappe schräg auf dem Kopf. Lässig schlenderte er an mir vorbei, als hätte er keinerlei Sorgen. Und was tat ich? Ich folgte ihm erneut. Wütend, weil ich wusste, dass das eine schlechte Idee war. Was genau hatte ich eigentlich vor?

Ich dachte an das Messer in meiner Tasche. Ich wusste, dass ich lieber nicht daran denken sollte, doch ich tat es, während ich Kyle folgte, als hätte ich eine bestimmte Absicht, eine Art Endspiel vor Augen. Meine Schritte wurden schneller, als er links in Richtung Downtown abbog, in die Mercer Street, statt nach Westen zu seinem Apartment. Für einen Moment fragte ich mich, ob Kyle wusste, dass ich hinter ihm war, ob er mich bewusst hinters Licht führte. Und dann blieb er stehen, vor einem Wohnheim an der Ecke Third Street und LaGuardia Place. Ich flitzte über die Straße und sah, wie er seinen Ausweis hervorholte und dem Wachmann zeigte, doch der schüttelte den Kopf und hob abweisend die Hand, bevor er ins Gebäude zurückkehrte. Ob er speziell Kyle zurückgewiesen hatte oder ob es jedem so erging, der nicht hier wohnte, konnte ich nicht sagen.

Kyle rief dem Mann wütend etwas nach und zog sein Handy aus der Tasche, um eine Nachricht einzutippen. Für einen kurzen Moment schien er auf eine Antwort zu warten, dann schrieb er erneut. Kurz darauf setzte er sich wieder in Bewegung und bog in die dunkle, ruhige Seitenstraße neben dem Gebäude ein. Ich hätte dem Ganzen ein Ende bereiten können, auf der Stelle, ohne dass irgendwer etwas davon mitbekommen hätte. Die Welt wäre ohne Kyle besser dran, daran bestand kein Zweifel. Aber was wäre dann aus mir geworden?

Das hier war etwas völlig anderes als damals. Damals war ich noch ein Kind. Ich hatte solche Angst, solche Schmerzen, war so verwirrt, als ich am nächsten Morgen im Badezimmer stand, nach der schrecklichen Nacht. Als ich das Blut an meinen Beinen betrachtete und dachte: *Du wolltest das*. Und dann dachte ich: *Nein, das wolltest du nicht*. Ich wusste nicht einmal genau, was *das* eigentlich sein sollte. Da waren nur er und seine Drohungen und ich und all der Zorn. Und das Messer auf dem Nachttisch, mit dem er eine Limette geschnitten hatte.

Hier und jetzt jedoch ging es um Kalkül, denn anders als damals hatte ich Zeit zum Nachdenken.

Ich beobachtete, wie Kyle sich eine Zigarette anzündete und sich gegen die Gebäudewand lehnte. Einen Moment später kam ein Pärchen aus dem Haus, die Arme verschränkt, bibbernd – er ein bisschen abgerissen, aber süß, sie hübsch und blond und seltsamerweise barfuß. Erst als der Typ einen Faustcheck mit Kyle machte, erkannte ich das Mädchen: War das Annie, Janines Tochter? Ja, sie war es, definitiv. Ich verfolgte den schnellen Wortwechsel zwischen ihr und Kyle, dann blickte ich wieder auf ihre nackten Füße.

Annie kaufte bei Kyle Drogen.

Annie war ein gutes Mädchen, und sie war offensichtlich überfordert. Ich musste sie vor Kyle warnen. So konnte ich zumindest *etwas* Gutes tun.

Der Wachmann, der Kyle so energisch abgewiesen hatte, schien zusammenzuzucken, als ich, mehrere Minuten nachdem Annie wieder rein- und vermutlich hinauf in ihr Zimmer gegangen war, das Gebäude betrat, doch dann machte er auf lässig und tat so, als würde er mich erst jetzt bemerken. Schüchterne Jungfrau in Nöten – so kam ich wohl am besten zum Ziel. Ich lächelte scheu und rang die Hände. »Entschuldigung, könnten Sie mir vielleicht behilflich sein?«

Ohne zu zögern, rief er oben an und teilte Annie mit, dass sie runterkommen solle. Er nickte wissend, als ich den Kopf schüttelte, anstatt ihm meinen Namen zu nennen – *Verstehe*, schien er zu sagen.

»Hier ist jemand, der dich sprechen möchte«, teilte er ihr kurz angebunden mit. »Nein, nicht dieser Junge. Hier steht eine *Erwachsene*. Du solltest dich besser beeilen, wenn du nicht möchtest, dass ich der Campus-Polizei von deinem letzten Besucher erzähle. Die stehen darauf, Wohnheimzimmer zu durchsuchen.«

Er legte auf, zog seine Jacke zurecht und nickte mir dienstbeflissen zu. »Sie ist unterwegs.«

»Ich danke Ihnen vielmals«, sagte ich. »Ich weiß Ihre Hilfe wirklich zu schätzen.«

»Diese jungen Leute ... Irgendwer muss ihnen schließlich ein bisschen Respekt beibringen, wenn die Eltern das schon nicht tun.« Ich lächelte, sagte aber nichts. Hoffentlich war Annie unten, bevor er den Mut aufbrachte, mich anzumachen.

»Ich warte da drüben«, sagte ich rasch und deutete auf die gegenüberliegende Wand, »dann stehe ich nicht im Weg.«

Einen Moment später trat sie aus dem Aufzug. Sie wirkte aufgedreht und gleichzeitig erschöpft, als würde sie high sein. Allerdings war ich keine Expertin in solchen Dingen. Sie fuchtelte vorwurfsvoll mit den Armen in Richtung Wachmann. »Um was für einen Scheiß geht es denn eigentlich?«

Sie war so anders als das süße, stille Mädchen, das ich in Erinnerung hatte. Das Mädchen, das pastellfarbene Pullis und Stirnbänder trug, noch lange nachdem sie in der Schule angesagt gewesen waren. Das Mädchen, das nie so ausfallend und zornig geworden war wie Cleo. Jetzt sah Annie noch umwerfender aus als früher – aber auch härter. Auf eine andere Weise als Cleo. Cleos toughe äußere Erscheinung – das schwarze Make-up, die vielen Piercings, der Goth-Style – kam mir vor wie eine Rüstung. Bei Annie dagegen hatte ich den Eindruck, dass die Härte nicht äußerlich war, sondern von innen kam.

»He, beruhige dich«, sagte der Wachmann, dann deutete er in meine Richtung.

Es dauerte einen Moment, bis Annie registrierte, wer ich war. Mit finsterem Blick kam sie auf mich zu.

»Was machst du denn hier?«

»Annie, Kyle ist kein guter Mensch«, sagte ich. »Ich dachte, das solltest du wissen.«

»Wow, im Ernst?«, fragte Annie gleichgültig. »Wie furchtbar.«

»Er speichert Fotos von seinen Kunden auf seinem Handy«, erklärte ich. »Sozusagen als Versicherung. Also ist es ... riskant.«

Ihr Blick wurde noch finsterer. »Riskant?«

»Riskant, zu seinen Kunden zu gehören«, fügte ich hinzu. Sie tat so, als hätte sie keine Ahnung, wovon ich redete. Oder dass es ihr egal war. »Er könnte die Aufnahmen gegen dich verwenden.«

»Und deshalb rufst du mich runter? Um mir *das* zu sagen?«

»Ich versuche nur, dir zu helfen.« Ich wartete darauf, dass ihr dämmerte, woher ich über Kyle und sie Bescheid wusste. Dass ich sie beobachtet haben musste, aber ihr Gesicht verriet nichts außer unverhohlenem Zorn. »Deine Mom würde wissen wollen, wenn es dir schlecht geht. Sie könnte dir helfen. Sie *würde* dir helfen, davon bin ich überzeugt.« Das hatte ich nicht beabsichtigt. Meine Worte klangen wie eine Drohung – sprich mit deiner Mutter, sonst tue ich es.

Annie malmte mit dem Kiefer. »Meine Mom hält sich aus meinen Angelegenheiten raus, denn sie vertraut mir«, entgegnete sie. Ganz kurz flackerte in ihren Augen etwas auf, vielleicht ein Anflug von Scham? »Bevor du *mich* nervst, solltest du dir vielleicht mal Gedanken darüber machen, was deine eigene Tochter so abzieht. Wen sie vögelt zum Beispiel.«

»Entschuldige?« Meine Stimme blieb ruhig, doch meine Gedanken rasten. Cleo dealte nicht nur für Kyle, sie war wieder mit ihm *zusammen*? Natürlich war sie das.

Annie wusste, dass sie mich am Haken hatte, das konnte ich ihrem angedeuteten Grinsen entnehmen. »Ja. Ich hab's mit eigenen Augen gesehen. Habe Cleo gesehen. Der Typ hatte mir den Rücken zugedreht. Die zwei haben wie wild miteinander rumgemacht, an der Seite eines Gebäudes neben dem Radweg am West Side Highway. Dachten wohl, niemand würde sie sehen, dabei kommen da ständig Leute vorbei, auch wenn das Gelände außerhalb des Campus liegt. Ein weiterer brandneuer Boyfriend, der Cleo förmlich in aller Öffentlichkeit fickt. Du musst so stolz sein.«

CLEO

Vierundzwanzig Stunden danach

Ich habe mich passend gekleidet. Zumindest habe ich es versucht. Ich meine, was zieht man an, wenn man einer einflussreichen CEO gegenübertritt, die möglicherweise der eigenen Mutter etwas angetan hat? Man braucht ein Outfit, das elegant genug ist, um sich damit vor dem schicken Gebäude herumzudrücken, ohne vom Pförtner oder Sicherheitsdienst verscheucht zu werden. Allerdings habe ich nicht wirklich viele Optionen für »anständige junge Dame aus der Upper West Side«, nicht zuletzt deshalb, weil ich mir nicht sicher bin, was der perfekte Look dafür überhaupt ist. Upper East Side? Kein Problem. Sogar ich weiß, dass in dem Fall irgendwas von Chanel angemessen ist. Die Upper West Side ist kniffliger. Dieser Stadtteil ist bodenständiger, aber noch lange nicht so bodenständig wie Brooklyn, das ein bisschen (aber nur ein kleines bisschen) cooler ist. Für die Upper West Side gilt: *Ich habe nicht gespart, das habe ich nicht nötig. Ich habe allerdings auch nicht unüberlegt Geld ausgegeben, denn das passt auch nicht zu mir. Ich bin reich, aber ich bin eine gute Demokratin beziehungsweise ein guter Demokrat.* Sogar meine Mom hält sich an die Uniform, die man in unserer Gegend von New York City trägt, hat voll und ganz den Berufstätige-Mom-aus-Park-Slope-Stil verinnerlicht. Sneakers von Think Vince für zweihundert Dollar. Nie Gucci, obwohl sie es sich leisten könnte, denn das würde nicht gerade von gutem Geschmack zeugen. Ihre Ballerinas von Chloé sind genau richtig, so wie die grauen aus Leinen, die sie ständig trägt ... trug.

Und jetzt bin ich hier, an der Seite des Dakota Buildings am Central Park West, in dem gelben Rüschensommerkleid von Free People, das so gar nicht zu mir passt. Meine Mom hatte darauf bestanden, es mir zum achtzigsten Geburtstag von Grandma Nell zu kaufen. Ich komme mir ziemlich albern darin vor, genau wie damals bei der Feier.

Ich warte auf Vivienne Voxhall – eine Frau, die bekannt ist für ihre zahlreichen wilden Drohungen und die aussieht wie eine sehr große, sehr dünne Anna Wintour. Zum Glück lässt sie sich leicht googeln. Artikel über Artikel – über einen hochkarätigen Job nach dem anderen. Kürzlich wurde sie vom Vorstand wegen Sanierungsmaßnahmen verklagt, die sie trotz fehlender Genehmigung hatte vornehmen lassen. Über die Klageschrift gelangte ich an ihre Privatadresse – das Dakota Building Ecke 72nd Street und Central Park West –, außerdem fanden sich darin die altbekannten Drohungen wieder sowie ein Protokoll über eine körperliche Auseinandersetzung zwischen Vivienne und einem Vorstandsmitglied. Sie hatte ihn zwar nur geschubst, in einem der schicken Aufzüge, doch das genügt, um Vivienne ganz oben auf meine Verdächtigenliste zu setzen – das und ihre kleine Morddrohung.

Ich stehe nahe genug am Eingang, um die Leute kommen und gehen zu sehen, gleichzeitig hoffe ich, dass ich weit genug weg bin, um in meinem dämlichen gelben Kleid kein Aufsehen zu erregen. Zum Glück geht bereits die Sonne unter, und der Portier, der um neunzehn Uhr angefangen hat, scheint mehr daran interessiert zu sein, sich heimlich zum Vapen davonzustehlen, als mich zu belästigen. Er zieht gerade seine E-Zigarette aus der Tasche, als Vivienne Voxhall die Straße überquert. Sie ist sogar noch dünner als auf den Fotos. In ihrem engen schwarzen Kleid sieht sie aus wie eine riesige Gottesanbeterin in einem Stützstrumpf. Sie trägt Earbuds, hält ihr Handy in der Hand und schreit auf irgendwen am anderen Ende der Leitung ein.

Hör auf zu telefonieren! Hör auf zu telefonieren, sonst habe ich keine andere Wahl, als dich zu unterbrechen, und das kommt bestimmt gar nicht gut. Ich höre, wie sie blafft: »Du hast ganz genau verstanden, was ich gesagt habe, Bob! Und ich weiß, dass *du* weißt, was passiert, wenn du nicht auf mich hörst.« Jetzt ist sie fast am Eingang des Gebäudes angekommen. »Also steh jetzt verdammt noch mal deinen Mann, auch wenn du nur einen winzigen Schwanz hast, und lass uns ...«

»Entschuldigung? Vivienne?«, sage ich und wappne mich gegen den Aufprall, wenn ich mich ihr in den Weg stelle. »Ich bin Kat McHughs Tochter.«

Vivienne beäugt mich, als wäre ich eine außerirdische Lebensform. Ihre Mundwinkel heben sich, wenn auch nicht unbedingt zu einem Lächeln.

»Bob, du hast mich verstanden. Tu einfach, was ich dir sage!«, zischt sie, dann tippt sie aufs Display und beendet das Gespräch. Ohne meinen Blick loszulassen, versenkt sie das Handy in ihrer Handtasche. »Jetzt zu Ihnen ... *Wer* sind Sie?«

Ich komme mir vor wie in der Falle.

»Ich bin Kat McHughs Tochter«, wiederhole ich. Meine Stimme zittert leicht. »Meine Mutter ist Anwältin bei ...«

»Oh, ich weiß, wer Kat ist«, sagt sie. »Ich kann nur nicht glauben, dass sie ihre Tochter schickt. Das ist ...«

»Sie hat mich nicht geschickt. Ich ...«

»*Mutig*«, beendet sie ihren Satz, die Augen weit aufgerissen wegen meiner Unterbrechung. »Großer Gott, Sie sehen genauso aus wie sie. Das hat sie mal erwähnt.« Sie beugt sich so weit vor, dass ich schon denke, sie will an mir schnuppern. »Allerdings sollten Sie niemals vorgeben, jemand zu sein, der Sie nicht sind.« Sie deutet abschätzig auf mein Kleid. »Das ist wirkungslos. Zudem untergräbt es Ihre Glaubwürdigkeit.«

Meine Augen fangen an zu brennen. Ich bin mir nicht sicher, warum. Ich blinzle ein paarmal, aber das scheint es nur noch schlimmer zu machen.

Vivienne wendet den Blick ab, verlagert das Gewicht und räuspert sich. »Lassen Sie mich raten: Sie möchten ein Praktikum bei uns machen.«

»Ein Praktikum?«

»Ihre Mom hätte Sie nicht herschicken sollen – Sie weiß, dass ich nicht glücklich mit ihr bin. Und jetzt posaunen Sie bloß nicht herum, dass ich gemein bin, junge Frauen nicht unterstütze oder ein Drache bin.« Sie reckt herausfordernd das Kinn vor. »So entstehen Gerüchte. Außerdem sollte Ihre Mutter mich dringend zurückrufen. Ich bin ihre *Mandantin*. Sie kann mich nicht einfach ignorieren, bloß weil ich manchmal ein wenig ausfallend werde.« Sie zuckt mit den Achseln. »Ich habe ein Recht, meine Gefühle zu zeigen, genau wie jeder andere auch.«

»Sie haben ihr eine Textnachricht geschickt, in der steht, Sie würden sie *umbringen*.«

»Das ist Wochen her! Außerdem war das vertraulich!«, brüllt Vivienne. »Wieso lesen Sie die Mandanten-Korrespondenz? So etwas fällt unter das Anwaltsgeheimnis!« Ihre Augen werden schmal. »Oh, Moment, Sie versuchen doch nicht etwa, mich zu erpressen? Ihre Mom weiß gar nicht, dass Sie hier sind. Sind Sie süchtig nach Oxycodon, Fentanyl, Badesalz oder irgendeinem Scheiß?«

»Nein!«, schreie ich zurück, etwas lauter als beabsichtigt. Ich sehe, dass uns der Portier aus dem Augenwinkel beobachtet.

Vivienne hört nicht zu. Sie durchwühlt ihre Tasche, wobei sie »Scheißanwälte, die immer alles besser wissen« vor sich hin murmelt. Endlich hat sie das Handy gefunden, tippt darauf ein und hält es sich ans Ohr. »Ihre Mutter kann nur hoffen, dass Sie die Nachrichten unerlaubt gelesen haben, denn sonst werde ich dafür sorgen, dass man ihr die Zulassung entzieht, das schwöre ich bei Gott!«

»Sie wird nicht drangehen«, sage ich.

»Das werden wir ja sehen.«

»Sie wird vermisst. Ihr Handy ist ausgeschaltet. Sie *kann* nicht drangehen.«

Ohne das Handy sinken zu lassen, sagt Vivienne: »Wovon reden Sie? Ich habe doch gerade noch mit ihr gesprochen!« Schlagartig weicht die Farbe aus ihrem Gesicht. Ich kann mir nicht vorstellen, dass sie mir etwas vormacht. Sie wusste bis jetzt nicht, dass meine Mom verschwunden ist.

»Nein, nicht *gerade* – aber gestern!«

»Sie ist gestern Abend verschwunden. Die Polizei ermittelt.«

»Die Polizei?« Ich höre, wie der Anrufbeantworter anspringt: Die Stimme meiner Mom klingt leise und sehr weit weg. Vivienne legt auf und steckt das Handy wieder weg. »Sie wird *vermisst*? Was genau ist denn passiert?«

Ich zucke mit den Achseln. »Das wissen wir nicht.«

»Das wissen Sie nicht?« Sie klingt noch immer gereizt, doch zudem wirkt sie jetzt besorgt. »Bisher hat die *Times* den Artikel noch nicht gebracht. Seit etwa achtundvierzig Stunden habe ich nichts mehr von dieser Reporterin gehört. Hm ... Ihre Mutter hätte sich wenigstens bei mir melden und mir bestätigen können, dass sie sich darum gekümmert hat, anstatt mich auf so unschöne Weise im Unklaren zu lassen.«

»Haben Sie gehört, was ich gesagt habe?«, schnauze ich sie an. »Sie gilt als *vermisst!* In unserem Haus war Blut ...

und ein zerbrochenes Glas. Wir haben einen blutigen Schuh gefunden. Meine Mom ist *weg!* Was stimmt nicht mit Ihnen?«

Sie wirft mir einen wütenden Blick zu und macht sich stirnrunzelnd an ihrer Handtasche zu schaffen. Erst nach einer ganzen Weile schaut sie zur Seite. »Nun, woher hätte ich das wissen sollen?«

»Haben Sie irgendeine Idee, was ihr zugestoßen sein könnte?«

»Sie denken, dass *ich* etwas mit ihrem Verschwinden zu tun habe?« Sie lacht auf – trocken und spöttisch.

Ich zucke erneut mit den Achseln. »Irgendwer muss ja ...«

Eine Sturmwolke zieht über Viviennes Gesicht. »Guter Punkt«, sagt sie dann. »Ich an Ihrer Stelle würde ebenfalls zu mir kommen. Das ist nur ... logisch. Seit wann genau ist sie weg?«

»Seit gestern Abend gegen halb sieben.«

Vivienne zieht ihr Handy hervor und ruft ihren Terminkalender auf. »Zu der Zeit war ich in einer Zoom-Konferenz mit Sydney. Jede Menge Menschen haben mein Gesicht gesehen und können bestätigen, dass ich in meinem Büro war«, teilt sie mir ruhig mit. »Sie sollten wissen, dass ich ständig irgendwelchen Leuten drohe, sie umzubringen, aber alle sind noch am Leben. Zumindest soweit ich weiß. Was immer Ihrer Mom zugestoßen ist, hat nichts mit mir zu tun. Außerdem schadet mir ihr Verschwinden nur. So schnell finde ich niemanden, der solche Dinge erledigt wie Ihre Mom.«

»Was soll das heißen – wovon reden Sie?«

»Sie wissen schon – Problembeseitigung.«

»Bei Patenten?«

»Ha, das ist lustig – Patente!« Vivienne lacht ein weiteres Mal trocken auf.

»Bitte, würden Sie ...« Meine Stimme bricht erneut. Ich kann es nicht ändern. Ich ertrage keine weiteren bösen Überraschungen. »Ich verstehe nicht, wovon Sie reden. Meine Mom ist Patentanwältin bei Blair & Stevenson. Ich verstehe nicht, was daran so lustig sein soll, denn ich finde das alles gar nicht komisch!«

Vivienne mustert skeptisch mein Gesicht. »Ihre Mutter ist keine Patentanwältin. Sie ist als eine Art Mittelsfrau tätig«, sagt sie dann. Die Schärfe ist aus ihrer Stimme verschwunden. »Sie hilft bei Problemen, die nicht vor Gericht gelöst werden sollen. Sie wissen schon: schmutzige Probleme.«

»*Meine* Mutter? Sie würde sich nicht einmal in eine Grauzone vorwagen!« Ich schüttele den Kopf, doch gleichzeitig bin ich verunsichert.

»Ja, Ihre Mom wirkt tatsächlich überkorrekt«, pflichtet Vivienne mir bei. »Genau das machte mir Sorgen, als Mark uns einander vorstellte. Ich dachte: *Diese* Frau soll mir aus der Patsche helfen? Sie sieht aus, als würde sie in Greenwich im Elternbeirat sitzen. Aber Mark versicherte mir, dass mehr in ihr steckt, als man auf den ersten Blick vermutet. Ich wollte ihm nicht glauben, doch ich habe schnell gemerkt, wie gut sie ist. Sie hat mal einen Typen an seinem Arbeitsplatz aufgesucht, um an die Informationen zu gelangen, die wir benötigten. Ein Berg von einem Mann, war im Baugewerbe tätig. Sie hat ihn total eingeschüchtert, keine Ahnung, wie, und plötzlich redete der Kerl wie ein Wasserfall. Hat uns alles erzählt, was wir wissen wollten. Sie hat auch keine Angst vor mir – was ausgesprochen ärgerlich ist. Aber ich respektiere sie. Wie ich höre, hat sie sich auf die eine oder andere Weise mit vielen mächtigen Leuten angelegt – die Liste der Verdächtigen dürfte lang sein.«

»Mit was für mächtigen Leuten?«

»Ich kenne keine *Namen*. Niemand will, dass Dinge wie

diese ans Licht kommen – Sex, Drogen und wer weiß, was sonst noch alles.« Vivienne überlegt einen Moment lang. »Ihre Mom ist stets sehr diskret. Außerdem ist sie unvoreingenommen. Das weiß ich zu schätzen ... An Ihrer Stelle würde ich in Erfahrung bringen, wer sonst noch zu ihren Mandanten zählt. Ich will damit nicht andeuten, dass einer von ihnen gewalttätig ist, aber ausgeschlossen ist es nicht. Vielleicht jemand, den man mit einer minderjährigen Prostituierten erwischt oder der Fahrerflucht begangen hat ...«

»Solche Menschen hat sie unterstützt?«, frage ich ungläubig. Ich kann nicht fassen, dass meine Mom dies geheim gehalten hat. Dass sie sich überhaupt mit so etwas befasst hat. Ich weiß nicht, ob ich beeindruckt oder entsetzt sein soll.

»Noch einmal: Ich habe keine Ahnung, was genau die anderen Mandantinnen oder Mandanten angestellt haben«, betont Vivienne. »Ich sage bloß, dass diese Leute Geld und Macht und *viel* zu verlieren haben.«

»Ihr Vorgesetzter ist ein sehr netter Mann. Er versucht zu helfen, aber davon hat er nichts erwähnt. Im Gegenteil: Er hat mich belogen, als ich mich nach Moms Job erkundigt habe. Er hat definitiv von Patenten gesprochen.«

»Nun, für das, was Ihre Mutter tut, verleiht die Anwaltskammer nicht gerade Auszeichnungen.«

»Und ausgerechnet jetzt rutscht ihre Assistentin in eine manische Phase ab und ...«

»Eine manische Phase?« Viviennes Augenbrauen wandern in die Höhe. »Sie meinen Julia? Wovon reden Sie?«

»Jules, ja. Sie mussten sie feuern.«

»Hm.« Vivienne lässt diese Information sacken, den Blick zum Himmel gerichtet. »Das ist seltsam. Ich habe noch vor Kurzem mit Jules gesprochen, und sie kam mir völlig normal vor.«

»Und jetzt ist ihr Handy ausgestellt. Ich habe versucht, Jules zu erreichen, und ich habe keine Ahnung, wie ich sie ausfindig machen soll.«

Vivienne beugt sich wieder ein Stück zu mir vor. »Nun, das ist tatsächlich etwas, wobei ich behilflich sein kann.«

Ich sitze auf der Kante des dick gepolsterten auberginefarbenen Sofas in Viviennes Wohnzimmer. Mit dem großen Sessel, den Flauschdecken und den riesigen Sitzkissen auf dem Fußboden, die die gleiche Farbe haben wie die leuchtend orangefarbenen Mohnblumen auf der Tapete, erinnert es ein wenig an ein Spieleland. Mehrere große Fenster blicken auf den Central Park West.

Viviennes Finger fliegen über die Tastatur. Dann schnaubt sie leise und schüttelt den Kopf. »Man sollte meinen, dass Anwaltskanzleien es besser wüssten. Die Personalakten liegen mehr oder weniger offen herum.« Sie notiert etwas auf einem Blatt Papier. »Jules Kovacis. Hier sind ihre Privatnummer und ihre Adresse.«

Ich nehme das Blatt, werfe einen Blick auf die Adresse und nicke. Washington Heights. »Danke«, sage ich.

»Ich weiß, dass ich es Ihrer Mutter nicht immer leicht gemacht habe. Aber ich habe sie stets bewundert. Sie ist eine Kämpferin. Wenn Sie mich fragen: Es gibt nicht genügend Frauen, die wissen, wie man kämpft.« Vivienne schweigt für einen Moment. »Wie dem auch sei – rufen Sie mich an, wenn Sie sonst noch etwas brauchen. Ich bin sehr gut darin, fast jede Firewall zu umgehen.«

Der schöne, von Bäumen gesäumte Block, in dem Jules wohnt, erinnert mich an unsere Straße in Park Slope. Nur dass in Washington Heights die Gehsteige ein bisschen breiter sind, genau wie die Brownstone-Häuser. In Washington Heights ist alles ein bisschen größer. Und es ist *richtig* still hier. Zu still. Weit und breit ist keine Menschenseele zu sehen.

Als ich vor Jules' Wohngebäude stehe, eines der gepflegtesten des ganzen Blocks, bin ich ziemlich nervös. Draußen ist ein ZU-VERKAUFEN-Schild aufgestellt. *Luxuriöse Wohneinheit mit zwei Schlafzimmern,* steht darauf. *Bei Interesse wenden Sie sich bitte an ...,* gefolgt von einer Telefonnummer.

Ich schaue an der Fassade hinauf und drücke auf Jules' Klingel. Apartment 3F. Keine Antwort. Ich klingele erneut und lehne mich ein bisschen zurück, um nachzusehen, ob Licht hinter den Fenstern brennt.

»Sie haben sie verpasst.« Ich wirbele herum und stehe einem kleinen Mann mit einem sehr üppigen Schnäuzer und einem eng anliegenden cremeweißen Unterhemd gegenüber. Er hält einen Besen in der Hand. Wahrscheinlich der Hausmeister.

»Wissen Sie, wann sie zurückkommt?«, erkundige ich mich.

»In ein paar Tagen? In ein paar Wochen?« Er zuckt mit den Achseln. »Sie ist gerade erst weg.«

»Gerade erst?«, wiederhole ich und schaue noch mal zu dem dunklen Fenster hoch. »So plötzlich?«

Er fegt betont fleißig weiter. »Das hab ich nicht gesagt.« Seine Stimme klingt jetzt misstrauisch.

»Machte sie denn einen ... ängstlichen Eindruck?«, frage ich.

Er hört auf zu fegen und sieht mich an. »Und Sie sind wer?«

Als er den Besen in den Händen dreht, höre ich ein Klimpern wie von einem Schlüsselbund. Gut möglich, dass er die Schlüssel zu Jules' Apartment hat.

»Ich bin die Babysitterin«, sage ich. Meine Stimme schnellt in die Höhe, als würde ich eine Frage stellen. *Mist.* »Ich habe ein Buch vergessen, das ich unbedingt für eine wichtige Prüfung brauche ... morgen.«

Sogar ich selbst glaube mir nicht.

»Tatsächlich?«

Kehrtwende, höre ich die Stimme meiner Mom sagen. *Mach eine Kehrtwende, und sag ihm die Wahrheit. Das ist die einzige Möglichkeit, zum Ziel zu kommen.* Das ist genau das, was Mom tun würde, davon bin ich überzeugt.

»Tut mir leid, das stimmt nicht. Ich bin keine Babysitterin. Jules hat mit meiner Mom zusammengearbeitet«, erzähle ich dem Mann. »Und nun ist meine Mutter verschwunden, und ich mache mir schreckliche Sorgen um sie. Dann hat Jules mir eine Textnachricht geschickt – ich würde möglicherweise in Gefahr schweben, angeblich würde ich von Männern in einem schwarzen Wagen verfolgt. Sie kam nicht dazu, mir Näheres zu erklären, deshalb muss ich sie unbedingt sprechen!«

»Wer ist Ihre Mom?« Er klingt noch immer skeptisch.

»Kat McHugh.«

»Ah. Kat. Ja. Sie ist eine Nette. Jules sagt immer, sie würde alles für Kat tun.« Er beugt sich zu mir und senkt die Stimme. »Es war heute ein Wagen hier. Zwei Männer saßen darin. Sie haben nach Jules gefragt. Deshalb ist sie abgehauen.«

Plötzlich fällt es mir schwer zu atmen.

»Ich mache mir schreckliche Sorgen um meine Mom«, krächze ich. »Würden Sie mir bitte helfen?«

Eine Minute später stapfe ich hinter ihm die Treppe hinauf. Er schließt die Tür zu Jules' Wohnung auf und tritt zurück.

»Nehmen Sie sich Zeit. Ich bin unten, bei meiner Frau. Klopfen Sie, wenn Sie fertig sind, dann schließe ich wieder ab.«

Ich mache Licht. Die Räume in Jules' Wohnung liegen hintereinander. Die Möbel im Wohnzimmer sind zusammengewürfelt und schon in die Jahre gekommen – mein Blick schweift über eine hellgelbe Couch mit einer zusammengefalteten Häkeldecke über der Rückenlehne und zwei hellbraune, verschossene Ohrensessel aus Kunstleder. Es sieht nett aus, gemütlich. An den Wänden hängen gerahmte Fotos von Jules, ihrer Tochter und anderen Familienmitgliedern, Momentaufnahmen von Urlauben und Feiertagen.

Im Esszimmer entdecke ich unter den hohen Fenstern einen Aktenkarton, versehen mit der Aufschrift *Blair & Stevenson*.

Ich setze mich davor auf den Boden und nehme den Deckel ab.

In dem Karton befinden sich Aktenordner, alle mit schwarzem Filzstift sauber und sorgfältig beschriftet: *Recherche, Verträglichkeitsprüfungen, Expertenberichte, Gerichtsakten: Musterfrau u. a. gegen Darden Pharmaceuticals*. Der letzte Ordner enthält Kopien der Klageschrift in einem Rechtsstreit, bei dem es um irgendein Medikament geht. Der Name meiner Mutter wird nicht erwähnt, ihre Kanzlei scheint nicht mit der Verteidigung für das beklagte Pharmaunternehmen befasst zu sein. Aber dann stoße ich auf einen Ordner, auf dem »Zulassungsprüfung« steht. Bei der Kanzlei, die in diesen Unterlagen erwähnt wird, handelt es sich tatsächlich um Blair & Stevenson.

Ganz unten in dem Karton liegt ein Ordner mit Korrespondenz. Darin sind E-Mails von einem Darden-Mitarbeiter abgeheftet, der behauptet, dass das Unternehmen von den Problemen mit dem Medikament wusste. Es sieht nicht gut aus für Darden Pharmaceuticals – aber wie passt Jules ins Bild?

Und dann schlage ich die letzte E-Mail in dem Ordner auf.

Sie ist an meine Mom adressiert, geschrieben vor ein paar Wochen. Genauer gesagt, handelt es sich lediglich um den Anfang einer E-Mail. *Liebe Kat, wo soll ich beginnen?* Mehr nicht. Das ist die ganze Nachricht.

Von unten ist plötzlich ein lautes Geräusch zu vernehmen, als würde jemand gegen die Haustür hämmern. Ich erstarre, dann lege ich den Deckel auf den Karton und hebe ihn hoch. Plötzlich wird mir bewusst, dass ich ganz allein in Jules' Apartment bin. Ein mulmiges Gefühl macht sich in mir breit.

Nervös schleiche ich aus der Wohnung und stütze den Karton mit der Hüfte ab, damit ich die Tür hinter mir zuziehen kann. Am Treppenabsatz bleibe ich stehen und horche. Alles still. Vielleicht habe ich mich getäuscht, und das Geräusch, das ich gehört habe, war gar kein Hämmern. Vielleicht ist bloß die Tür zugefallen.

Vorsichtig gehe ich ein Stockwerk tiefer, dann noch eins. Erst als ich den Fuß auf die oberste Stufe der letzten Treppe setzen will, entdecke ich unten eine Gestalt, die an der Wand neben dem Eingang lehnt. Detective Wilson.

Sie sieht gar nicht glücklich aus. »Würdest du mir bitte verraten, was zur Hölle du da oben zu suchen hast?« Sie beäugt den Karton.

»Ungern«, erwidere ich.

»Das kann ich mir vorstellen.« Sie öffnet die Tür und bedeutet mir vorauszugehen. »Na dann ...«

Wir sitzen in ihrem zivilen Polizeiwagen. Ich erkläre ihr, so viel ich kann, wobei es sich um eine willkürliche Ansammlung von Fakten handelt. Ein Überblick über die Orte, an denen ich gewesen bin, erweist sich als überflüssig – Wilson ist mir gefolgt, seit ich das Wohnheim verlassen habe. Sie hat mich vor Vivienne Voxhalls Apartmentgebäude beobachtet, und es ist ihr gelungen, mich in Washington Heights aufzuspüren. Ich berichte ihr, was ich über den Job meiner Mutter in Erfahrung gebracht habe und warum ich bei Jules gelandet bin.

»Ich habe nichts über die anderen Leute rausbekommen, für die meine Mom als *Problemlöserin* tätig war. Doch wie ich schon sagte: Jules war wirklich außer sich. Vielleicht ist sie tatsächlich psychisch krank – vielleicht auch nicht. Jedenfalls bin ich auf jede Menge Unterlagen gestoßen.« Ich deute auf den Karton auf dem Rücksitz. »Allerdings weiß ich nichts damit anzufangen.«

Wilson wirft einen Blick nach hinten. »Wo hast du die Unterlagen entdeckt?«

»In Jules' Wohnung.«

Sie hebt die Hand. »Das heißt, du hast sie einfach mitgehen lassen?«

»Ich habe mir die Akten ausgeliehen«, rechtfertige ich mich. »Außerdem bin ich nicht eingebrochen – der Hausmeister hat mir die Tür geöffnet.«

»Was er nicht hätte tun dürfen.« Sie mustert mich durchdringend. »Weißt du, was das für Unterlagen sind?«

Ich zucke die Achseln. »Es geht darin um eine Klage gegen einen Arzneimittelhersteller«, antworte ich zögernd. »Den die Kanzlei, für die meine Mom tätig ist, verteidigt. Es sind auch E-Mails von einem Mitarbeiter dabei, der damit droht, mit der Tatsache, dass das Unternehmen gelogen hat, an die Öffentlichkeit zu gehen. Außerdem hat er meiner Mutter eine E-Mail geschickt, aber es stand kaum was drin, eigentlich nur ihr Name, kein Text – was ich ziemlich komisch finde.«

»Okay, ich schaue mir das alles an. Doch zunächst einmal sollte dir klar sein, dass du nicht gegen Gesetze verstoßen darfst, wenn du versuchst, bei diesem Fall zu ›helfen‹. Alles, was du mit derartigen Aktionen bewirkst, ist, dass Beweise möglicherweise vor Gericht nicht zugelassen werden. Wenn du noch einmal auf so etwas stößt, Cleo, musst du mich umgehend anrufen!«

»Ich weiß, ich ...«

»Nein, anscheinend wusstest du das nicht – obwohl ich dich von Anfang an darum gebeten hatte. Du denkst, dein größtes Problem ist, dass du die Person nicht finden kannst, die für all das hier verantwortlich ist. Aber weißt du, wann du möglicherweise ein sehr viel größeres Problem bekommst? Wenn du diese Person tatsächlich findest.« Sie deutet auf das Gebäude. »Allein in einem Apartment, wo dich niemand suchen wird? Hast du das Blut auf dem Fußboden in eurem Haus vergessen? Glaubst du wirklich, die Person wäre glücklich, wenn du herausfindest, wer sie ist?«

Meine Kehle wird rau. Es macht mir nichts aus, wenn Wilson mich weinen sieht – vielleicht rudert sie dann ein klein wenig zurück. Allerdings fürchte ich, dass ich nie mehr aufhören kann, wenn ich einmal angefangen habe zu weinen.

»Ich kann nichts tun«, sage ich, »und fühle mich furchtbar schuldig. Ich hab so vieles falsch verstanden ... und ich war lange Zeit echt gemein zu ihr. Was ... was, wenn das das Letzte ist, woran sie sich erinnert, wenn sie an mich denkt?«

Detective Wilson seufzt tief. »Deine Mom weiß, dass du sie liebst. Von einer undankbaren Tochter zur anderen: Mütter wissen immer, wie wir empfinden, sogar dann, wenn wir es nicht einmal selbst tun.« Sie tippt mit dem Zeigefinger gegen das Lenkrad. »Hör zu, Cleo ... eigentlich wollte ich zu dir, weil ich eine Bestätigung deiner Zeitangaben zu dem Abend, an dem deine Mutter verschwunden ist, von dir benötige. Also: Du bist um halb sieben zu Hause eingetroffen. Ist das korrekt?«

»Meinen Sie das ernst?« Ich werfe ihr einen empörten Blick zu. »Sie denken immer noch, dass ich es war?«

»Nein.« Sie sieht mir direkt ins Gesicht. »Das habe ich nie getan. Trotzdem muss ich wissen, wann genau du dort angekommen bist.«

»Wie ich schon sagte: gegen halb sieben«, antworte ich.

»Dein Vater sagt, du hättest ihn gegen sechs Uhr fünfundfünfzig angerufen?« Ihre Stimme klingt zögernd. Fragend. »Trifft das zu?«

»Ich habe nicht auf die Uhr geschaut, aber ich war um achtzehn Uhr dreißig mit meiner Mom verabredet. Möglicherweise war ich etwas spät dran – wie immer. Weil sie nicht aufgemacht hat, hab ich sie im Haus gesucht und dann den Schuh und ... alles gefunden. Ja, sechs Uhr fünfundfünfzig könnte passen.«

Wilson nickt, doch sie runzelt die Stirn. »Wir haben bei der Fluggesellschaft nachgefragt. Die Maschine, in der dein Vater saß, ist planmäßig um sechzehn Uhr dreißig gelandet.«

Es dauert einen kurzen Moment, bis einsickert, was sie da sagt. Hat mein Dad nicht behauptet, er wäre gerade erst von Bord gegangen, als ich ihn angerufen habe? In Wirklichkeit lagen fast zwei Stunden zwischen der Landung und meiner Ankunft zu Hause – er war also schon in New York, als meine Mom verschwand.

»Okay«, erwidere ich vorsichtig. »Die Flugzeiten kenne ich nicht.«

»Ein Nachbar gibt an, er habe dich gegen siebzehn Uhr dreißig das Haus betreten sehen. Kann es sein, dass du dich mit der Zeit vertust?«

»Dass ich eine ganze Stunde *zu früh* dran war? Ich war noch nie im Leben zu früh dran, und schon gar nicht eine ganze Stunde«, entgegne ich. »Wer erzählt denn so was?«

»Ein älterer Herr. Wohnt rechts nebenan. Er sagt, er habe dich die Stufen hochgehen sehen, und er hat deine Kleidung beschrieben.«

»Oh, Sie meinen *George*? George hat die meiste Zeit über keine Ahnung, wo er ist. Ich meine, das tut mir leid für ihn, und er ist ein guter Mensch und so, aber man kann sich nicht darauf verlassen, was er sagt. Er beschwert sich ständig darüber, dass der Müll nicht abgeholt wird, auch wenn die Müllabfuhr am Vortag da war. Meine Mom sagt, so wurde man darauf aufmerksam, dass er Alzheimer hat. Ihm fehlen oft ganze Tage.«

Wilson zuckt die Achseln. »Er schien nicht gerade erfreut, von uns belästigt zu werden. Allerdings kam er mir durchaus klar vor.«

»So ist das bei George – manchmal ist er da, und dann ist er wieder komplett weg. Er war früher mal ein berühmter Arzt. Erst nach dem Tod seiner Frau ist er krank geworden. Wenn sie die Zeit dazu findet, kümmert sich meine Mom an den Wochenenden um ihn. Seine Feindseligkeit macht ihr nichts aus. Denn so ist Mom nun mal: ein durch und durch liebenswürdiger Mensch. Vielleicht ist das auch der Grund, warum sie mich so überbehütet – vielleicht will sie mir auf diese Weise einfach nur zeigen, wie sehr sie mich liebt. Aber noch mal wegen George: Er tut im Gegenzug einige Kleinigkeiten für Mom, fegt ungefragt unsere Einfahrt und so weiter. Das ist meistens sehr angenehm, doch manchmal ist er auch ... aggressiv. Seine Kinder wollen deshalb nichts mehr mit ihm zu tun haben. Es ist übrigens gut möglich, dass er um halb sechs meine Mom hat heimkommen sehen – wir sind uns äußerlich wirklich sehr ähnlich.«

Detective Wilson schnalzt mit der Zunge. »Das könnte natürlich sein. Gibt es sonst noch etwas, was du mir nicht erzählt hast?«

Ich versuche, ihrem strengen Blick standzuhalten, ohne mich zu winden. Mir ist bewusst, dass ich ihr die Wahrheit sagen muss. Ein einziges Mal in meinem ganzen bescheuerten Leben ist es noch nicht zu spät dafür.

»Dieser Typ, Kyle, den ich gedatet habe ... Er ist ... er ist nicht unbedingt ein freundlicher Mensch. Meiner Mom gefiel es gar nicht, dass wir zusammen waren. Er wusste, dass sie der Grund dafür war, warum ich mit ihm Schluss gemacht habe. Allerdings ist das schon Monate her, deshalb glaube ich nicht, dass ...«

»Wie viele Monate?«

»Ungefähr sechs.«

»Sechs Monate?« Detective Wilson zieht ein Notizbuch aus dem Handschuhfach. »Und ihr habt nach wie vor Kontakt?«

»Nein.«

»Ganz sicher nicht?«, hakt sie nach

»Ganz sicher nicht.« Ich hasse meinen defensiven Ton.

»Hm. Okay. Wie heißt er mit Nachnamen?«

»Lynch.«

»Und du kennst diesen *Kyle Lynch* woher?«

»Von der NYU. Er studiert dort.«

»Ein Student? Hm.« Sie klingt skeptisch.

»Ja, aber er ... er macht noch anderes.«

»Was genau?«

»Er dealt. Nicht im großen Stil, nur auf dem Campus.« Ich rutsche unbehaglich auf dem Sitz hin und her. »Ich habe ihm manchmal dabei geholfen.«

»Verstehe.« Wilsons Augenbrauen wandern leicht in die Höhe. Sie macht sich weitere Notizen.

»Vielleicht sollten Sie ihn überprüfen, aber es wäre gut, wenn er nicht erfährt, dass ich dahinterstecke. Das würde mir das Leben ziemlich ... schwer machen.« Ich zögere, doch ich weiß, dass ich ihr auch noch den Rest sagen muss, alles. »Und noch was«, setze ich daher erneut an. »Mein Dad hat oder hatte ... eine Affäre.«

»Verstehe«, sagt sie erneut. Diesmal leise.

»Ich glaube aber nicht, dass er meiner Mom jemals etwas antun würde«, füge ich eilig hinzu. Das entspricht der Wahrheit, auch wenn es sich diesmal anders anfühlt, als ich es ausspreche.

»Aha«, sagt Detective Wilson, und ich bin mir ziemlich sicher, dass Mitleid in ihrer Stimme mitschwingt.

Ich denke wieder an den Strand, aber nicht an den Tag, an dem ich schwimmen gelernt habe, sondern an die Zeit Jahre zuvor, als ich beinahe ertrunken wäre. Ich erinnere mich nur an Bruchstücke: daran, wie der Sand meine Füße aufschürfte, an die Wellen, die wie ein donnernder Zug über mich hinwegrollten. An das Entsetzen – die Welt, die plötzlich kopfstand, den brennenden Schmerz. An das Wasser in meiner Nase, an die Felsen, an denen ich mir die Knie aufschlug. An das grauenhafte Gefühl, durchs Wasser geschleudert zu werden. *Das ist der Tod,* dachte ich. Ich hatte gerade erst erfahren, was das Wort bedeutete. Und es war so viel schlimmer, als man mir gesagt hatte.

Jetzt macht mir etwas zu schaffen, woran ich mich aber absolut nicht erinnern kann – dass mich niemand davon abhielt, ins Wasser zu rennen. Dass niemand *Halt!* oder meinen Namen rief. Dass mir niemand nachlief. Das Einzige, was sich mir ins Gedächtnis eingebrannt hat, ist, wie ich mich ganz allein mit dem Kopf voran in die tosende See stürze.

Ein Rettungsschwimmer zog mich an Land. Seine blonden Haare, die vor meinen Augen hingen, waren alles, was ich registrierte, als ich wieder zu mir kam. Und den Geruch von Kokosnuss-Sonnencreme. Meine Brust schmerzte tagelang von der Herzdruckmassage. Später beugte sich mein Vater zu mir und nahm mir das Versprechen ab, niemals meiner Mom davon zu erzählen, als wäre dies ein ganz besonderes Geheimnis, das wir teilten.

»Mein Dad wollte, dass meine Mom ihm Geld gibt, für seinen Film.« Und da ist es: das letzte seiner Geheimnisse, die ich für mich behalten hatte. »Sie hat Nein gesagt.«

Ich sehe Detective Wilson in die Augen, und für einen Moment habe ich das Gefühl, sie würde mich am ausgestreckten Arm in der Luft halten.

»Und jetzt – jetzt hat mein Dad das Geld trotzdem. Ihr Geld.«

»Oh«, sagt sie. »Nun, das ist doch etwas.«

»Ja«, pflichte ich ihr bei. »Das könnte etwas sein.«

1. Dezember 1992

Er hat mich gefragt, ob wir draußen einen Spaziergang machen wollen, wenn die Schreib-AG vorbei ist. Wir dürfen das Gebäude nicht verlassen, nur zu ganz bestimmten Zeiten und nur um uns an ganz bestimmte Orte zu begeben. Aber Haven House ist kein Gefängnis, es ist eine Schule, ein Internat. Das betonte er – aber nicht um mich unter Druck zu setzen, sondern weil er es nicht richtig fand, dass wir nicht rausdurften. Behauptete er zumindest.

Draußen war es so kalt, dass unser Atem in schweren weißen Wolken vor unseren Gesichtern hing, als wir den Hof in Richtung der Bäume überquerten.

Und in diesem Moment fühlte ich mich nicht mehr wie jemand, der zu einem Leben in Haven House verdammt ist. Ich fühlte mich wie ein ganz normales Mädchen, das mit einem Jungen, den sie mag, einen Spaziergang macht. Normal – ich war mir nicht sicher, ob ich mich je zuvor so gefühlt hatte.

Ich dankte Reed, weil er mir das ermöglichte. Und weißt du, was er gesagt hat? Dass er es auch für sich selbst getan hat.

Und dann, als wir zwischen die Bäume traten, ist es einfach so passiert. Er hat mich endlich geküsst.

KATRINA

Zwei Tage zuvor

Zurück in Park Slope, entdeckte ich einen an mich adressierten Umschlag, den jemand durch den Briefschlitz geschoben hatte. Ich schloss die Haustür hinter mir, setzte mich auf einen Hocker an der Kücheninsel und öffnete ihn. Darin befanden sich Dougs Nachrichten, um die ich Ahmed von Digitas gebeten hatte. Zögernd blickte ich auf den Message-Stapel – so viele, und das waren nur die der letzten fünf Tage. Es würden sich auch welche von mir darunter befinden. Konnte es sein, dass ich ein klein wenig Sorge hatte, auf Nachrichten von anderen Frauen zu stoßen? Ja, vielleicht. Doug und ich hatten noch kein Gespräch darüber geführt, ob wir offiziell ein Paar sein wollten, doch die Vorstellung, dass er sich mit anderen Frauen getroffen haben könnte, machte mich traurig.

Es stellte sich jedoch heraus, dass es schwer war zu erkennen, wer was geschickt hatte. Es gab nur Telefonnummern zu den Nachrichten, keine Namen. Anhand der Vielzahl der Messages sowie des durchweg schnippischen Tons gelang es mir, einer der Nummern seine Tochter zuzuordnen. Schnippisch, aber nicht unfreundlich. Man konnte die Liebe spüren, die sich hinter den Worten verbarg – zumindest meinte ich, das zu können. Ich glaubte nicht, dass Doug wusste, wie sehr Ella ihn liebte, und das war vermutlich das Schlimmste von allem. Dass er sterben musste, ohne zu ahnen, dass er seine Tochter womöglich hätte zurückgewinnen können.

Vielleicht hatte auch ich bei Cleo noch eine Chance, vielleicht sogar eine größere, als ich dachte. Ich würde es einfach weiter versuchen, mit offenem Herzen und Behutsamkeit. Und zur Abwechslung einmal mit Aufrichtigkeit. Ich musste Cleo erzählen, dass ich Kyle bei mehr als einer Gelegenheit gedroht hatte. Ich musste einräumen, dass mein Handeln sie möglicherweise noch mehr in Gefahr gebracht hatte.

Wie wär's mit Abendessen?, schrieb ich ihr. Ich wollte, dass sie zusagte. *Würdest du nach Hause kommen? Bitte.*

Beinahe sofort erschienen drei Pünktchen, die wieder verschwanden. Ich umklammerte mein Handy. Wartete. Hoffte.

Ich weiß, dass du nicht kommen möchtest, fügte ich hinzu. *Das verstehe ich, Cleo. Ich habe viele Fehler gemacht. Ich bitte dich keineswegs, nicht wütend auf mich zu sein. Auch nicht, mir zu vergeben. Ich versuche nicht, dir vorzuschreiben, wie du dich zu fühlen hast. Ich bitte dich nur, zum Essen zu kommen. Ich muss dir etwas sagen.*

Ich starrte aufs Handy. Endlich kam eine Antwort: *Okay. Abendessen. Sonntag. 18:30 Uhr. Zu Hause.*

Mein Herz hüpfte vor Erleichterung, aber ich wusste, dass ich mir nicht zu viel davon versprechen durfte. Aidan lag in vielen Dingen daneben, aber in einem hatte er recht: Cleo war kein kleines Mädchen mehr. Ich konnte sie zu nichts zwingen, hätte es gar nicht erst versuchen sollen.

Großartig!

Ich wandte mich wieder den Ausdrucken von Dougs Textnachrichten zu. Es waren so viele Seiten, die ich durchgehen musste ... Irgendwann stieß ich auf die mit der Drohung wegen der vermeintlichen Vorteilsnahme über Advantage Consulting: Die Erpresser verlangten fünfhunderttausend Dollar, genau wie Doug gesagt hatte. Eine unglaublich große Geldsumme. Das war die Handschrift von Amateuren. Oder von Menschen, denen es gar nicht um Geld ging. Erleichtert stellte ich fest, dass sich auch Dougs Antworten auf die Forderungen – drei insgesamt, in zunehmend eindringlicher werdendem Ton, alle abgeschickt innerhalb weniger Tage – mit dem deckten, was er mir erzählt hatte. Die letzte Nachricht klang wie eine Drohung: *Du hast 24 Stunden, um das Geld zu besorgen. Das ist die letzte Warnung.* Nur Stunden später hatte Doug einen tödlichen Autounfall. War das Timing wirklich Zufall? Durchaus möglich. Aber unwahrscheinlich.

Und dann war da noch eine Nachricht unter den letzten, die er empfangen hatte, die ich absolut nicht zuordnen konnte. Von einer 917-Vorwahl für Manhattan, Teile der Bronx, Brooklyn, Queens und Staten Island: *Doug, ist es möglich, dass wir uns treffen? Ich weiß, dass es spät ist, bitte entschuldigen Sie. Aber es ist wichtig. Wir müssen reden. Das wissen Sie.*

Darauf folgte Dougs Antwort, die letzte Nachricht, die er verschickt hatte: *Wo und um welche Uhrzeit?*

Jetzt wäre es am besten. Nepperhan Avenue 126. 23:00 Uhr.

Die Adresse in Yonkers gehörte zu einem kleinen, heruntergekommenen Einkaufszentrum – laut Google Maps bestehend unter anderem aus Spirituosenmarkt, Nagelstudio und Reinigung. Sämtliche Läden waren um die genannte Uhrzeit geschlossen. Ein spontan anberaumtes spätabendliches Treffen wäre mir unter allen Umständen suspekt erschienen, in Anbetracht der Lage und der Tatsache, dass Doug auf dem Weg dorthin ums Leben gekommen war, kam es mir vor wie eine Falle.

Ich rief Ahmed an.

»Mein Job ist erledigt«, sagte er freundlich.

»Ich weiß, vielen Dank. Ich brauche nur noch eins: eine umgekehrte Nummernsuche. Den Namen, der zu einer Handynummer gehört.«

»Keine gute Tat bleibt ungestraft, oder? Okay, na gut. Geben Sie mir die Nummer.«

Ein paar Minuten später schrieb er zurück. Vermutlich hatte er den Mitarbeiter einer Telefongesellschaft bezahlt, denn das war der schnellste Weg, um an Informationen zu kommen.

Die Nummer gehört einem Phil Beaumont, Corporate Account. Darden Pharmaceuticals.

Nach einer unruhigen Nacht schickte ich Mark gleich am nächsten Morgen eine Textnachricht. *Wir müssen über Phil reden.*

Mein Handy klingelte beinahe sofort. Gut. Ein Anruf war weitaus effizienter.

»Was gibt's?« Er klang angespannt, aber nicht alarmiert.

»In der Nacht, in der Doug Sinclair ums Leben kam, war er auf dem Weg zu einem Treffen mit Phil Beaumont.« Ich wartete darauf, dass meine Worte einsickerten. Mit Sicherheit würde Mark selbst eins und eins zusammenzählen.

»Ja«, sagte er.

»Wie meinst du das, *ja*?« Ich klang schärfer, als ich beabsichtigt hatte. »Das wusstest du bereits?«

»Ja«, wiederholte er. »Doug Sinclair hatte Probleme bei der Arbeit – wie schon erwähnt: Kompetenzprobleme.«

»Dann hat ihn der Chefjurist von Darden also um dreiundzwanzig Uhr abends in ein Einkaufszentrum in Yonkers bestellt, und auf dem Weg dorthin kommt er bei einem Unfall ums Leben?«

»Offensichtlich«, sagte Mark mit einem Anflug von Verzweiflung in der Stimme.

»Was zur Hölle soll das?« Das war mir so herausgerutscht. Mark war kein zimperlicher Mensch, aber für gewöhnlich fluchte ich nicht in seiner Gegenwart.

»Hör mal, Kat, es ist furchtbar, was dem Mann zugestoßen ist. Er hatte eine Tochter. Phil fühlt sich so schlecht deswegen. Das ist eine schreckliche, bedauernswerte Tragödie. Aber Doug Sinclair ist nicht unser Mandant, Kat – Darden Pharmaceuticals ist unser Mandant. Wie du weißt, sind wir verpflichtet, im Interesse des Unternehmens zu handeln.«

»Richtig«, pflichtete ich ihm bei, denn tatsächlich hatte Mark recht. Damit, dass Darden unser Mandant war, nicht Doug. Trotzdem wollte ich nicht seiner Einschätzung folgen, dass es sich um einen Zufall handelte: zuerst die ominöse Aufforderung zu diesem Treffen und dann der Unfall auf dem Weg dorthin. Das war kompletter Unsinn.

»Klingt so, als wärst du mittlerweile an die Anrufliste gekommen. Ich vermute, daher stammt die Information über Phil. Lassen sich denn auch irgendwelche Schlüsse auf diese Erpressung daraus ziehen?«

»Ich habe nichts Auffälliges bemerkt«, log ich reflexartig. Langsam fragte ich mich, ob Marks Freundschaft mit Phil oder die finanzielle Situation der Kanzlei sein Urteilsvermögen trübten. »Aber ich muss sie noch genauer durchgehen.«

»Prima. Komm ins Büro«, schlug Mark vor. »Das können wir doch zusammen erledigen.«

Ich verschränkte die Arme, obwohl ich allein in meinem Haus war und von niemandem beobachtet wurde. Obwohl ... Wurde ich wirklich nicht beobachtet? Ich fragte mich, ob vielleicht draußen vor der Tür eine schwarze Limousine parkte. Das alles war plötzlich meiner Privatsphäre viel zu nahe gekommen.

»Okay«, stimmte ich zu – eine weitere Lüge. »Ich komme, so schnell ich kann.«

Nachdem ich den ganzen Tag über unterwegs gewesen war, war ich zu Cleos Wohnheim gefahren und hatte eine ganze Weile mit der Ich-bin-eine-besorgte-Mutter-Maske auf den Sicherheitsmann eingeredet, nur damit er mir bestätigte, dass sie das Gebäude gegen neunzehn Uhr betreten und eine Stunde später noch nicht wieder verlassen hatte. Mittlerweile senkte sich die Dunkelheit herab. Ich saß auf einer Bank auf dem Gehweg am ruhigen Ende des Washington Square Park, neben einem der Geißblattsträucher, mit denen man in New York City so gar nicht rechnet und die mich stets gedanklich und emotional in ein idyllisches Städtchen im Norden des Landes versetzten. Ich behielt Cleos Wohnheim auf der gegenüberliegenden Straßenseite im Auge, um mich zu vergewissern, dass sie weiterhin an Ort und Stelle blieb, in Sicherheit war, doch ich wartete auch auf Janine. Sie hatte mich angerufen, als ich auf dem Weg nach Manhattan gewesen war. Sie hatte nicht gesagt, warum sie mich sprechen wollte, nur dass es okay für sie war, wenn wir uns am Campus trafen – zum Glück fragte sie nicht nach, warum wir nicht in Park Slope etwas ausmachten.

Ich zermarterte mir das Hirn, was Janine von mir wollen konnte. Nach diesem anstrengenden Tag, an dem ich die Federn schlecht gelaunter Mandanten geglättet hatte, war ich mir nicht sicher, ob ich die Kraft für weitere Dramen aufbrächte. War es möglich, dass sie von Annie und Kyle wusste? Ich fragte mich, ob ich ihr sagen sollte, dass Annie Drogen konsumierte. Was, wenn sie das bereits wusste und beschlossen hatte, dass es für sie in Ordnung war? Schließlich war sie eine coole Mom.

»Kat!« Janine kam mit großen Schritten auf mich zu. Sie trug Jeans und rote Plateausandalen und hatte ein lässiges rot-gelbes Tuch um die Haare gebunden. Alles an ihr strahlte Boheme aus.

»Warum drückst du dich denn hier in der Dunkelheit herum?«, fragte sie lachend, als sie bei mir ankam, doch dann folgte sie meinem Blick. »Oh, verstehe.« Sie setzte sich auf die Bank und stellte ihre Balenciaga-Tasche zwischen uns. »Ich habe mich schon gewundert, warum du dich mit mir hier treffen willst. Welches Fenster ist Cleos?«

Janines Gesicht war weicher geworden. Sie wusste genau, was ich tat: Ich stalkte meine eigene Tochter.

»Von der Ecke aus das zweite.«

»Wenigstens ist das Licht an«, stellte Janine fest. »Leider können wir nicht mehr sehen. Woher wissen wir, dass sie tatsächlich da ist?«

Wir – eine Kleinigkeit, und doch zeigte mir dieses eine Wort, dass ich in dem Augenblick nicht allein mit der Sorge um meine Tochter war.

Ich räusperte mich. »Ich bin mir ziemlich sicher, dass sie in ihrem Zimmer ist.«

»Nun, das ist doch schon mal etwas«, sagte Janine gelassen, als wäre diese Situation völlig normal. »Achtzig Prozent dessen, was gefährlich ist, spielt sich draußen ab. Okay, vielleicht sechzig Prozent.« Sie warf einen Blick auf ihre Armbanduhr. »Ich habe Annie versprochen, mich mit ihr und ein paar Freundinnen zum Essen zu treffen. Sie will mir unbedingt ein kleines thailändisches Restaurant zeigen, das sie entdeckt hat.«

Ich schüttelte bedauernd den Kopf. »Cleo würde mich *nie* fragen, ob ich mit ihr und ihren Freundinnen zum Essen gehe.«

»Na ja, immerhin bin ich diejenige, die die Rechnung übernimmt.«

»Cleo würde mich eher dafür bezahlen, dass ich *nicht* mit ihr zu Abend esse.«

»Ha, Annie zieht ebenfalls alle möglichen gemeinen

Dinge mit mir ab. Keine Sorge: Jede Tochter ist auf ihre ganz eigene Weise ein Monster.«

War das ein Hinweis auf das Thema Drogen? Ich hoffte nur, es war kein Test, um herauszufinden, ob ich ihr sagte, was ich wusste. Ich beschloss abzuwarten, ob Janine mir eine konkrete Frage stellte.

»Annie und du ... Ihr seid wie beste Freundinnen. Im Ernst – das ist unglaublich!«

Janine zuckte mit den Achseln. »Manche Leute behaupten, ich würde damit so einige Linien überschreiten. Angeblich behandle ich Annie viel zu sehr wie eine Freundin, was ›unangemessenen Druck‹ auf sie ausübt und mich zur schlechtesten Mutter der Welt macht.«

»Ach, komm schon«, antwortete ich ungläubig. »So etwas würde doch niemand sagen!«

»Doch! Würde man und hat man!« Sie lachte. »Mitten ins Gesicht! Sowohl Annies als auch meine Therapeutin haben sich da ganz klar ausgedrückt.«

»Oh«, erwiderte ich, und dann lachten wir beide.

»Sei's drum. Bei anderen ist das Gras nun mal immer grüner. Dabei geben wir alle unser Bestes.«

»Du warst immer so gelassen«, sagte ich. »Sogar als die beiden noch klitzekleine Babys waren. Als könnte dich nichts aus der Fassung bringen.«

»Ha! Du solltest die Fähigkeit, ruhig zu wirken, nicht damit verwechseln, tatsächlich ruhig zu sein. In den ersten Wochen ging es mir gar nicht gut. Mir war lediglich klar, dass es mir nur noch schlechter gehen würde, wenn ich mir dies eingestand.«

»Nun, du warst gut darin, so zu tun, als ob«, sagte ich, dann schwiegen wir beide für einen Augenblick. Und ich fragte mich, ob sich das Muttersein vielleicht nicht wie ein unablässiger Kampf anfühlen würde, könnte ich offener darüber sprechen, wie schwer es mir fiel – damals und heute. »Danke, dass du nicht nachgefragt hast, was mir heute Abend bei Cleo solche Sorgen bereitet.«

Janine lächelte. Ihre Augen wurden leicht glasig. »Du bist Cleos Mutter. Sie ist deine Tochter. Du liebst sie. Du wirst tun, was du tun musst, um sie zu beschützen – ganz gleich, was.« Sie nahm meine Hand und drückte sie kurz. »Ich möchte übrigens um Entschuldigung bitten wegen neulich, im Restaurant.«

»Was meinst du?«

»Ich hätte das mit Kyle nicht sagen sollen. Ich würde gern behaupten, dass ich nicht vorhatte, dich aufzuregen. Es ist nur so ... ich mache mir in letzter Zeit solche Sorgen um Annie! Ich weiß nicht, was los ist, aber sie wirkt furchtbar distanziert. Und wenn ich mir Sorgen mache, deute ich gern mit dem Finger auf die Probleme anderer, denn dann fühlt sich ein kleiner, niederträchtiger Teil von mir ein bisschen besser. Das ist aber keine Entschuldigung. Tut mir leid. Trotzdem möchte ich dich fragen, ob du weißt, wo ...«

In diesem Moment klingelte mein Handy. Eine unbekannte Nummer. »Entschuldige, Janine, macht es dir etwas aus, wenn du ...« Ich deutete auf Cleos helles Fenster. »Ich muss hier drangehen.«

Janine sah mich leicht verdattert an, aber sie nickte. »Ich werde aufpassen wie ein Luchs.«

Ich ging Richtung Straße, dann nahm ich den Anruf entgegen.

»Hier spricht Tim Lyall«, verkündete die Stimme am anderen Ende der Leitung. Als würde er mich zurückrufen. Bei mir klingelte nichts. Wer war dieser Tim Lyall? Und dann fiel es mir ein – ein Juniorpartner in der Kanzlei. Er hatte das Büro um die Ecke von meinem; seine Assistentin saß im selben Assistenzpool wie Jules, auch wenn wir nie zusammenarbeiteten. »Jules hat mich gebeten, Sie wegen Darden anzurufen?« Am Ende des Satzes hob sich seine Stimme zu einem Fragezeichen. Er klang zerstreut, vielleicht sogar genervt. Schwer zu sagen.

»Oh. Ja. Danke. Ich ... ich hoffe, wir können uns diesbezüglich austauschen. Wenn Sie möchten, komme ich zu Ihnen ins Büro. Wann würde es Ihnen denn passen?« Meine Stimme klang gepresst, doch ich hoffte, dass Tim Lyall das nicht auffallen würde.

»Ich bin nicht in der Kanzlei«, erwiderte er. Sein Ton war noch immer nicht zu deuten. Er zögerte eine Sekunde, dann sagte er: »Ich war zu Hause und muss jetzt einen Flieger nach Zürich erwischen. Ich bin jetzt schon knapp dran. Eine Telefonkonferenz steht auch noch an. Ich melde mich, sobald ich gelandet bin, dann habe ich ein größeres Zeitfenster.«

»Das ist gut«, sagte ich so sachlich, wie ich konnte in Anbetracht der Tatsache, dass ich keinen blassen Schimmer hatte, warum Jules ihn gebeten hatte, mich anzurufen. »Das wäre sehr freundlich.«

»Perfekt. Wir hören uns später.«

Ich war mir sicher, dass Tim Lyall sich nicht noch einmal bei mir melden würde. Und als ich erneut versuchte, Jules zu erreichen, diesmal mit dem Ziel, mir das erklären zu lassen, wurde mein Anruf direkt an ihre Voicemail weitergeleitet. Plötzlich hatte ich einen Geistesblitz. Ich rief in der Kanzlei an.

»Hier spricht Kat McHugh«, sagte ich zu der Telefonistin, die am Wochenende Dienst hatte. »Ich muss Tim Lyall einige Dokumente zu Hause vorbeibringen«, flunkerte ich. »Könnten Sie mir bitte seine Adresse heraussuchen?«

Janine stand auf, als ich zu der Bank am Parkrand zurückkehrte. »Ist alles okay?«

»Leider nicht«, antwortete ich. »Es tut mir so leid, aber ich muss so schnell wie möglich in die Upper East Side und etwas abholen. Arbeitsbezogen. Glaubst du, du könntest hier warten, bis ich wieder zurück bin? Ich weiß, dass du mit Annie verabredet bist und dass das eine große Zumutung ist, aber ...«

»Das kann ich machen.« Janine legte eine warme Hand auf meinen Unterarm. »Ich sehe doch, wie besorgt du bist. Ich übernehme das für dich.«

»Danke! Ich muss wissen, ob Cleo das Wohnheim verlässt oder ...«, ich scrollte durch mein Handy, bis ich auf das Foto von Kyle stieß, das ich auch Jimmy gezeigt hatte, »... ob dieser Typ reingeht.«

Janines Stirn kräuselte sich, als sie einen Blick auf das Foto warf. »Ich bleibe, solange es nötig ist. Das ist doch selbstverständlich. Ich schicke Annie eine Textnachricht. Aber könntest du mir bitte ... Kat, was geht hier vor? Wer ist das?«

»Das ist Kyle«, antwortete ich. Ich zögerte, dann stürzte ich mich ins kalte Wasser. »Du solltest Annie nach ihm fragen, Janine. Ich glaube, sie kennt ihn auch ... besser, als sie sollte. Besser, als du dir wünschen würdest.«

ABSCHRIFT DER AUFGEZEICHNETEN SITZUNG

DR. EVELYN BAUER
4. SITZUNG

CLEO McHUGH: Fast hätte ich meiner Mom nach unserer letzten Sitzung eine Textnachricht geschickt. Einfach nur um Hi zu sagen. Nicht weil ich ihr plötzlich verziehen habe ... Es ist nur so, dass ich sie zum ersten Mal seit langer Zeit vermisse.

EVELYN BAUER: Das hört sich an, als hättest du eine ganz besondere Beziehung zu ihr gehabt, als du noch jünger warst. Das hat nicht jeder.

CM: Ich dachte tatsächlich, wir hätten eine besondere Verbindung. Dass sie etwas Besonderes für mich ist. Aber das war vor Charlie. Damals war ich noch klein. Als ich an die Junior High wechselte, war es ... Es war, als würde sie sich langsam von mir zurückziehen. Manchmal träumte ich, sie würde im Weltall in ein schwarzes Loch gesaugt. Das hatte ich ganz vergessen, es ist mir erst vor Kurzem wieder eingefallen ...

EB: Weißt du, wie die Kindheit deiner Mom war? Manchmal besteht ein Zusammenhang zwischen den Umständen, unter denen man groß geworden ist, und wie man seine eigenen Kinder großzieht.

CM: Sie wurde adoptiert, von einer Frau, die sie aufrichtig geliebt hat. Viel mehr weiß ich nicht. Sie spricht nicht gern darüber.

EB: Ich nehme an, dass ihre eigene Kindheit tatsächlich Einfluss auf ihr jetziges Verhalten nimmt.

CM: Ich verstehe nicht, inwiefern.

EB: Diese Dinge stehen nicht immer in einem unmittelbaren Zusammenhang. Ich vermute, du hast ihr neulich keine Textnachricht geschickt?

CM: Nein. Weil ich an Will gedacht habe. Und weil sie mir womöglich wieder ein schlechtes Gefühl seinetwegen gibt. Ich möchte einfach nur glücklich sein, verstehen Sie das? Ich will nicht, dass sie mir das kaputt macht.

EB: Ich verstehe dich. Aber was genau befürchtest du? Wie sollte sie die Sache mit Will kaputt machen?

CM: Meine Mom betrachtet die Welt auf eine ganz bestimmte, konservative Weise. Für sie gibt es nur gut oder schlecht.

EB: Und Will ist anders?

CM: Ja. Er ist ein ganz normaler Mensch.

EB: Verstehe. Du hast gesagt, ihr habt euch auf dem Campus kennengelernt?

CM: Genau. Meine Mom hat diese ganzen willkürlichen Regeln aufgestellt: wann man seine Jungfräulichkeit verlieren sollte, wie man sich kleiden sollte – sie ist total verklemmt! Und die Sache mit Will ist das komplette Gegenteil davon.

EB: Besteht ein Risiko für dich bei »dieser Sache mit Will«, Cleo?

CM: Um Gottes willen, nein! Ganz und gar nicht! Warum fragen Sie das?

EB: Ehrlich gesagt wirkst du ein wenig angespannt, wenn du über ihn sprichst.

CM: Ich habe Angst, etwas zu verlieren, was mir viel bedeutet. Will ist lieb und süß – er ist nicht wie Kyle. Sie wissen, dass Charlie und ich uns getrennt haben, nachdem ich diesen Streit mit meiner Mom hatte. Ich konnte das schlechte Gefühl, das sie mir vermittelte, einfach nicht abschütteln. Ich würde Will gern lieben, ohne dass meine Mom es mir versaut.

EB: Das ergibt Sinn.

CM: Warum habe ich den Eindruck, dass Sie das Gegenteil denken?

EB: Ich versichere dir, dass das nicht der Fall ist, Cleo. Ich glaube jedoch, dass du dir die Frage stellen solltest, ob dieses Fokussiertsein auf das, was andere denken – ich, deine Mom –, wohl mehr damit zu tun hat, wie *du* dich tief im Innern fühlst.

CM: Dass *ich* diejenige bin, die denkt, es gibt ein Problem mit Will?

EB: Ich halte das zumindest für eine Möglichkeit, Cleo.

CLEO

Achtundzwanzig Stunden danach

Ich bin mir schmerzlich des Gewichts von Moms Laptop in meiner Tasche bewusst, als ich aus dem Zivilfahrzeug steige und mich von Detective Wilson verabschiede. Nachdem sie mir noch einmal eingeschärft hat, mich nicht einzumischen und vorsichtig zu sein »mit allem anderen, was ich vorhabe«.

Ich muss aussteigen, bevor ich von Schuldgefühlen überwältigt werde. Ich hatte jede Menge Zeit, ihr von dem Laptop zu erzählen, während sie mich nach Hause fuhr, nach Park Slope, doch der Laptop kommt mir vor wie die letzte Verbindung zu meiner Mutter. Wenn ich ihn abgebe, so fürchte ich, gebe ich gleichzeitig meine letzte Hoffnung ab. Ich werde meine Mom aber auf keinen Fall loslassen. Vor allem, weil ich den Eindruck habe, ich sehe sie gerade eben zum ersten Mal richtig.

Vor den Stufen der Eingangstreppe bleibe ich stehen, zögernd, voller Furcht. Ganz ähnlich wie gestern, als ich nach Hause gekommen bin, um mich mit meiner Mom zu treffen.

Mein Dad ist wahrscheinlich noch nicht da. Ich habe ihm getextet und ihn gebeten, sich mit mir zu Hause zu treffen. Es ist eine Sache, Detective Wilson von dem Geld und seinen Affären zu erzählen – das vor ihm zu verheimlichen, eine andere. Verheimliche ich es oder streite es ab, bin ich eine Lügnerin, nicht besser als er.

»Ach, du bist das!«, ruft eine Stimme, als ich gerade die Stufen hinaufsteigen will. Ich drehe mich um und sehe

George am Gartentor nebenan stehen, eine alte Yankees-Kappe tief in die Augen gezogen. In seinem Ton liegt etwas Vorwurfsvolles. Als wäre er verärgert. Er muss den Tumult gestern mitbekommen, die Polizeiwagen gesehen haben. Ich weiß, dass Wilson ihn befragt hat. George hat eine Schwäche für meine Mom, aber George ist nun mal ... George.

»Entschuldigen Sie den ganzen ... Wirbel«, sage ich, obwohl ich genervt bin.

»So kann man es auch ausdrücken«, sagt er und deutet über die Schulter auf seine Eingangstreppe, auf der er so oft sitzt. Ich frage mich, ob er das mittlerweile für eine Art offizielle Nachbarschaftswache hält – eine Verpflichtung, die ihn eigentlich nicht glücklich machen kann, hat er doch schon genug damit zu tun, dafür zu sorgen, dass jeder seine Mülltonnen zurückstellt, kaum dass die Müllabfuhr da war.

»Ähm, ja?«, sage ich, weil er mich immer noch ungehalten anstarrt.

»Kinder«, murmelt er, dann entfernt er sich Richtung Seventh Avenue, die Zeitung unter den Arm geklemmt, als wäre es früher Morgen und nicht bald Mitternacht.

Ich betrete das dunkle Haus, schließe von innen ab und lehne mich mit geschlossenen Augen gegen die Tür. Wappne mich. Der Geruch, das Blut, der schrillende Rauchmelder – sämtliche grauenhaften Details kehren auf einen Schlag zurück. Als ich es endlich wage, tief Luft zu holen, riecht es zum Glück süß, nach zu Hause, nach dem Gardienduft, den meine Mom so liebte – *liebt*.

Ich öffne langsam die Augen und blinzle vorsichtig – ich habe noch immer ein bisschen Angst vor dem, was ich gleich womöglich sehen werde.

Erleichtert stelle ich fest, dass das Haus blitzblank ist. Die

Küche wurde aufgeräumt und geputzt, das Blut und das zerbrochene Glas sind nicht mehr da. Als wäre nie etwas passiert.

Mein Dad muss sich darum gekümmert haben, auch wenn er vermutlich nicht selbst sauber gemacht, sondern jemanden dafür bezahlt hat. Was, wenn ich darüber nachdenke, fast ein bisschen unheimlich ist. Vielleicht war er deshalb so darauf bedacht, weil er wollte, dass sämtliche Beweise seiner Schuld weggewaschen wurden?

Ich setze mich auf einen der Hocker an der Kücheninsel, streiche mit den Händen über den porösen Marmor und sehe meine Mom vor mir, die darauf besteht, dass unter jeden Teller, jede Tasse, jede Schüssel ein Tischset, Untersetzer oder eine Zeitung gelegt wird. Erneut schließe ich die Augen und bin wieder sieben oder acht. Meine Mom flitzt im weichen Morgenlicht durch die Küche, macht mir Toast mit Ei und packt mein Mittagessen ein, während sie gleichzeitig E-Mails beantwortet, mich anlächelt und plaudert, als wäre sie vollkommen unbeschwert, als gäbe es keine Sorgen auf der Welt. Jetzt, da ich weiß, welche Fälle sie bearbeitet hat, frage ich mich, mit was für Leuten sie damals zu tun hatte, ob sie nicht sehr viel gestresster war, als ich ahnte.

Ich habe nie etwas bemerkt. Sie hat mir stets das Gefühl gegeben, dass ich das Wichtigste für sie bin.

»Geh nicht zur Arbeit, Mommy«, hatte ich sie an jenem Morgen gebeten. »Bleib bei mir. Dann kannst du dich ausruhen.«

Sie hatte gelächelt und erwidert: »Das würde ich liebend gern tun, Baby, aber du musst doch auch zur Schule.«

»Nein, muss ich nicht.«

»Mommy muss zur Arbeit, Baby.«

Ich war nicht wütend auf sie oder eifersüchtig auf ihre Arbeit. Nicht an jenem Morgen. Auch sonst nicht, damals.

Weil ich nie ein Bedürfnis hatte, das ungestillt blieb. Als ich klein war, war meine Mom immer da, wenn ich sie brauchte, ganz gleich, wann und worum es ging. Und ich wusste immer, *immer,* dass ich geliebt wurde.

Wo zur Hölle bist du, Mom?

Ich ziehe die Klage mit den handgeschriebenen Notizen, die ich in Jules' Apartment gefunden habe, aus meiner Tasche und fange an zu lesen. Dieses Dokument habe ich nicht an Detective Wilson weitergegeben, was mir als vernünftiger Kompromiss erscheint. *ENTWURF* ist in die obere rechte Ecke gestempelt. Bei den ersten Absätzen handelt es sich um reine Formalitäten: Benennung der gegnerischen Parteien und des angeblichen Gesetzesverstoßes (Fahrlässigkeit, Produkthaftung), außerdem ein Abschnitt zur Gerichtsbarkeit. Auf der zweiten Seite befindet sich eine Zusammenfassung der Anklagepunkte – das, was der Frau, die die Klage eingereicht hat, angeblich widerfahren ist.

Die Zusammenfassung erstreckt sich bis auf Seite drei, nach ein paar Zeilen hören die handschriftlichen Notizen auf und werden durch Anmerkungen über die »Änderungen nachverfolgen«-Funktion ersetzt – allesamt verfasst von Jules Kovacis. Allerdings handelt es sich um ein Dokument, das vom Anwalt der Klägerpartei stammt, während Jules für die Verteidigung, die Blair & Stevenson übernommen hat, arbeitet. Wie also konnte sie Änderungen an den *Anklagepunkten* vornehmen? Moment, geht es hierbei etwa um Jules' Geschichte? Einige der Details über die Tochter der Frau kommen mir bekannt vor. Jules ist *Klägerin* in diesem riesigen Rechtsstreit? Damit kann die Kanzlei Blair & Stevenson auf keinen Fall einverstanden sein. War die Klage der Grund für Jules' Entlassung? Dafür, dass sie so panisch ist? Hat meine Mutter versucht, Jules zu schützen, und hat man ihr deshalb etwas angetan?

Ich öffne Moms Laptop und tippe »Xytek« und »Jules Kovacis« ein, lande aber keinen Treffer. Obwohl ... Das hier ist ihr privater Computer, es ist also kein Wunder, dass nichts über den Fall erscheint.

Nachdenklich blicke ich auf den Bildschirm. In diesem Moment geht eine Benachrichtigung ein – ein versäumter Zahnarzttermin. Der gestern fällig gewesen wäre. Ich wusste nicht, dass sie ihre Textnachrichten mit ihrem Laptop verlinkt hat. *Heilige Scheiße.*

Die Haustür öffnet sich, mein Dad tritt ein und stellt sich zu mir an die Kücheninsel. Instinktiv klappe ich den Laptop zu. *Ich muss meine Mom beschützen.*

»Huch!«, ruft er gespielt empört. »Ich störe doch nicht etwa?«

»Du hast mich erschreckt«, sage ich vorwurfsvoll. »Warum klingelst du nicht?«

»Falls du es vergessen hast: Das hier ist immer noch *mein* Haus.« Er bläht die Brust, während er das sagt.

Es war nie dein Haus. Sie hat alles bezahlt.

»Wenn du meinst.« Ich verstaue den Laptop in meiner Umhängetasche.

»Den hast du immer noch?«, fragt er ungläubig und deutet mit dem Finger darauf. »Darüber wird Detective Wilson aber gar nicht glücklich sein.«

»Und du scheinst ja ziemlich eng mit Wilson zu sein ...«

»Wow, Cleo.« Ich spüre, dass er sich um einen scherzhaften Ton bemüht, auch wenn er in Wirklichkeit sauer ist. »Woher die plötzliche Feindseligkeit?«

»Ich bin nicht feindselig«, behaupte ich und wende den Blick ab. Ich überlege, ob ich eine Erklärung verlangen soll, warum er so viele Lügen in die Welt setzt. Andererseits ... Was sollte das bringen, wenn ich ihm ohnehin nicht mehr glaube?

»Detective Wilson hat mich angerufen.«

Ich wappne mich gegen das, was als Nächstes kommen wird: *Wie konntest du ihr nur solche Lügen über mich erzählen, Cleo? Ich habe Wilson die Wahrheit gesagt, das ist alles.*

»Hm«, erwidere ich unverbindlich.

»Sie sagte, du hättest ihr erzählt, dass deine Mom in der Kanzlei ganz bestimmte Aufgaben übernommen hat?«

Ich zucke mit den Achseln, habe das Gefühl, gerade einer Kugel ausgewichen zu sein. »Sie ist offenbar eine Art Problemlöserin, eine Mittelsfrau. Ich habe mit einer der Personen gesprochen, denen sie hilft – einer Mandantin oder wie immer man dazu sagt.«

»Einer Mandantin?«

»Das ist eine lange Geschichte.« Ich habe nicht die Absicht, mich in ein Gespräch darüber verwickeln zu lassen, wie ich durch Randy auf Vivienne gestoßen bin. In meinen Augen geht die Sache mit Randy nur Mom etwas an. »Diese Mandantin, diese Frau, hat Mom gedroht, sie umzubringen ... irgendwie. Deshalb dachte ich, es wäre gut, wenn ich mit ihr rede.«

»Sie hat gedroht, Mom *umzubringen,* und deshalb hast du dich mit ihr *getroffen?* Was hast du dir nur dabei gedacht, Cleo?«

»Ich denke, dass ich Mom unbedingt finden möchte!«, schreie ich ihn an.

»Ich etwa nicht?«

»Das weiß ich nicht, Dad«, sage ich. »Im Grunde weiß ich gerade gar nichts mehr.«

Er sieht aus, als wollte er mich anschnauzen, doch stattdessen blinzelt er nur und wendet den Blick ab. Als hätte er keine Lust mehr, sich zu verteidigen. Das Schweigen ist unerträglich.

»Egal. Ich habe sie vor dem Dakota Building getroffen«,

fahre ich fort. »Was hätte sie schon tun können? Sich vor den Augen all der Moms mit Tausend-Dollar-Kinderwagen auf mich stürzen? Also ... sie sagt, dass sie ständig Leuten damit droht, sie umzubringen. Anscheinend ist das so ihr Ding.«

»Cleo, was soll das?«, fragt mein Dad ruhig. Und jetzt wirkt er aufrichtig besorgt.

»Was das soll?«, wiederhole ich. »Ich *tue* etwas! Irgendwer muss schließlich was unternehmen.«

»Das ist wirklich gefährlich. Ich mache mir Sorgen um dich, Cleo.«

»Willst du wissen, worüber ich mir Sorgen mache?«

»Worüber?«, fragt er mit einer nervigen, ganz besonders geduldigen Dad-Stimme, die er noch nie zuvor benutzt hat.

»Ich mache mir Sorgen über die Tatsache, dass du Mom betrügst«, antworte ich.

Sein Gesicht bleibt vollkommen reglos. Es sieht unheimlich aus, wie eine Maske. »Wovon redest du?«

»Ich weiß Bescheid, Dad. Mom hat Lauren von Bella erzählt. Das ist echt gruselig.«

Er schüttelt den Kopf. »Es ist nicht so, wie du denkst ... Ich bin nicht mit Bella zusammen.«

»Okay, dann vögelst du sie eben.« Mein Gesicht fühlt sich heiß an. »Es ist ziemlich gruselig, dass du jemanden vögelst, der nur ein paar Jahre älter ist als ich.«

»Herrgott, Cleo!« Er sieht mich mit einem Blick an, als wäre *ich* diejenige, die widerlich ist. »Ich habe ... ich habe einen Fehler gemacht«, räumt er ein. »Wenn auch nicht mit Bella. Das macht es nicht wieder gut, ich weiß, und ich möchte mich auch nicht entschuldigen, aber du sollst wissen, dass es nicht ganz so schlimm ist.«

Ich bin erstaunt, wie eng meine Kehle wird. »Was ist mit dem Geld, Dad? Lauren hat mir erzählt, dass Mom dir nichts geben wollte. Als ich in deinem Büro war, habe ich E-Mails gesehen, in denen steht, dass du die Summe mittlerweile trotzdem hast.«

Mein Dad klappt den Mund auf, dann schließt er ihn wieder, als wäre er ein riesiger, sprachloser Fisch. Er steht auf und tigert im Zimmer hin und her.

»Die Sache mit dem Geld ist kompliziert«, sagt er schließlich und reibt sich die Stirn.

»Wie meinst du das?«

»Ich meine, dass ich leider einige gewagte Entscheidungen getroffen habe – weil dieser Film so wichtig ist und so kurz vor der Fertigstellung steht.«

»Anstatt dir zu überlegen, wie du die Kosten dafür selbst bestreiten kannst, hast du dir einfach Moms Geld unter den Nagel gerissen?«

Er schließt einen Moment lang die Augen. »*Unser* Geld«, korrigiert er, dann sieht er mich endlich wieder an. »Aber ich habe einen neuen Kredit in Aussicht. Mein Plan war, das Geld wieder einzuzahlen, bevor deine Mutter überhaupt merkt, dass ich es genommen habe.« Er schneidet eine Grimasse. »Vielleicht habe ich auch einfach gehofft, dass sie ihre Meinung ändert. Es gibt immer ein erstes Mal, nicht wahr?« Er lacht kurz auf, als wollte er sagen: *Komm schon, du weißt doch, wie sie ist.*

»Das ist nicht komisch.« Ich greife nach meiner Tasche. »Nichts davon ist auch nur ansatzweise lustig.«

»Cleo, bitte«, sagt er. Ein scharfer Ton schleicht sich in seine Stimme. »Niemand behauptet, dass das lustig ist.«

»Aber du bist auch nicht gerade am Boden zerstört, weil sie nicht mehr da ist, oder?«

»Cleo, deine Mutter hat mich *verlassen*! Ich hege zwar gerade nicht unbedingt die allerwärmsten Gefühle für sie, aber im Grunde liebe ich sie. Ich wünsche mir sehr, dass sie unbehelligt nach Hause kommt, und zwar so bald wie möglich.«

»Du liebst sie?« Ich verschränke die Arme. »Bezieht sich das auf die Zeit vor *und* nach deiner Affäre?«

Die Augen meines Dads werden so kalt, wie ich sie noch nie gesehen habe. Anscheinend spürt er, dass er mich nicht länger manipulieren kann. »Ich habe die Affäre zugegeben, Cleo, und ich übernehme die volle Verantwortung dafür. Allerdings wäre es gar nicht gut, wenn die Polizei davon erfährt – auch nicht, dass ich ohne ihre Zustimmung Geld von dem gemeinsamen Konto genommen habe. Detective Wilson scheint mich ohnehin schon zu verdächtigen. Du weißt genauso gut wie ich, dass deine Mom nicht gerade ein warmherziger, emotional zugänglicher Mensch war. Sicher, sie hatte ihre Gründe, sich verschlossen zu geben, aber das machte es nicht leicht, mit ihr verheiratet zu sein.«

Sein Gesichtsausdruck – hochgezogene Augenbrauen, leicht schief gelegter Kopf – scheint zu sagen: *Komm schon, lenk ein,* denn das tat ich am Ende immer. Doch diesmal halte ich seinem Blick stand, sehe ihn einfach nur an.

»Nun, wenigstens hat sie nicht vorgegeben, etwas zu sein, was sie nicht ist.« Ich springe vom Hocker.

»Aber ich etwa?«, fragt er entrüstet.

»Nein, du bist bloß ein Lügner.« Ich drehe mich um und gehe zur Haustür, doch bevor ich zum Türknauf greife, werfe ich noch einen Blick über die Schulter. »An deiner Stelle würde ich mir überlegen, wie ich Detective Wilson die Affäre erkläre. *Und* die Sache mit dem Geld.«

»Warum sollte ich ihr davon erzählen?«, fragt er.

»Weil sie es bereits weiß. Ich habe es ihr gesagt. Und nur fürs Protokoll: Das war kein ›Fehler‹. Ich habe es mit Absicht getan. Weil ich dich nicht länger schützen will.«

In der U-Bahn auf dem Rückweg nach Manhattan muss ich weinen. Ich kann nicht anders. Dabei bin ich mir nicht einmal sicher, worüber ich weine – eigentlich über alles. Als ich endlich im Wohnheim bin, schicke ich Will eine Textnachricht – auch wenn es schon spät ist, auch wenn ich weiß, dass ich dadurch bedürftig wirke. Jämmerlich. *Könntest du zu mir kommen?*
Sofort?
Normalerweise mache ich so etwas nicht, aber jetzt möchte ich, dass er bei mir ist. Jetzt brauche ich Will. Ich möchte, dass er seine Arme um mich schlingt und mir sagt, dass alles wieder gut wird. Und ich möchte ihm glauben können.
Ja, sofort. Bitte.
Natürlich. Bin in ein paar Minuten da.

Während ich auf Will warte, nehme ich mir erneut den Laptop meiner Mom vor und rufe die Textnachrichten auf, die ich vorhin lesen wollte, bevor mein Dad mich unterbrochen hat. Und tatsächlich stoße ich hier auf ihre Dating-Konversation, zumindest mit dem einen Typen, den Lauren erwähnt hat, dem, der gestorben ist. Sie hat auch viel mit meinem Dad getextet, doch was mir ins Auge sticht, ist ihre Antwort an eine unbekannte Nummer etwas weiter unten. *ICH HABE GESAGT, DASS ICH BEZAHLE.*

Ich tippe darauf, und mir wird schlecht, als ich sehe, wie lang der Chatverlauf ist – mindestens zehn Nachrichten. In einer der letzten, die meine Mom geschickt hat, reagiert sie auf ein Foto von einer Reihe parkender Autos. Ich überfliege die anderen Nachrichten. Sie klingen alle ziemlich ähnlich: Eine Person, wer auch immer, setzt meine Mom wegen »einer schrecklichen Sache« unter Druck, die sie angeblich vor langer Zeit getan hat. Und meine Mutter wiederholt immer wieder eine Version von: *Ich habe keine Ahnung, wovon Sie reden.*

Egal, wie viele hochgestochene Abschlüsse du machst oder wie toll dein Haus ist – wir wissen beide, dass du nie mehr als eine White-Trash-Schlampe sein wirst.

Was zur Hölle hat das zu bedeuten? Es folgt eine weitere Nachricht:

Ich wette, deine Tochter hat keine Ahnung, wer du wirklich bist. Wozu du fähig bist. Aber ich weiß es – ich weiß alles. Und ganz bald werde ich dafür sorgen, dass alle wissen, was du getan hast. Du wirst den Rest deines Lebens im Knast verbringen.

Im Knast? Meine Mom?
Ich klicke durch die Nachrichten, aber ich kann mich nicht richtig konzentrieren. Meine Augen springen von einer Message zur nächsten, ohne die Reihenfolge zu beachten. Ich denke an den letzten Tagebucheintrag meiner Mutter. Was meint sie damit, sie sei *explodiert*? Was hat sie getan?

Es klopft an der Tür, und ich schrecke zusammen.
Eilig springe ich auf und öffne. Will schlüpft ins Zimmer. Er trägt ein lässiges blaues Button-down-Hemd und Jeans, dazu ein legeres Leinenjackett. Cool, locker. Seine Wangen sind leicht gerötet von der frischen Luft, was seine blauen Augen noch intensiver strahlen lässt als sonst.

Er lächelt liebevoll und legt den Kopf schräg. »Geht es dir gut?«

Anstatt ihm zu antworten, strecke ich die Hand nach

ihm aus. Ich möchte in ihm verschwinden – sicher sein, hoffnungsvoll und frei. Das ist es, was ich brauche. Ich drücke meine Lippen fest auf seine. Spüre seine Bartstoppeln an meiner Wange, als ich meine Zunge in seinen Mund schiebe. Will zögert kurz – normalerweise bin ich nicht so aggressiv. Doch dann kommt er mir entgegen. Er ahnt wohl, dass es das ist, was ich im Augenblick brauche. Eine Sekunde später streift er mir das Oberteil ab und schiebt mich rückwärts zum Bett, doch so weit schaffen wir es nicht, nur bis zur nächsten Wand. Ich ziehe ihm das Hemd aus, streife meine Jeans ab. Und dann stößt er in mich, und ich verliere mich in der Hitze unserer Körper, die zu einem verschmelzen.

Als es vorbei ist, schnappe ich nach Luft. Will atmet sogar noch schwerer als ich. Er lacht. »Du bist mein Todesurteil, Cleo, und zwar im wahrsten Sinne des Wortes.«

Ich zwinge mich ebenfalls zu einem Lachen, doch das, was wir miteinander haben, fühlt sich ernst an. Und im Augenblick fühlt es sich an wie das einzig Gute in meinem Leben.

»Willst du mir erzählen, was los ist?«, fragt Will, als wir uns eng umschlungen unter die Bettdecke kuscheln. Er schlingt einen Arm um meine Taille und drückt seinen Mund zärtlich in meinen Nacken.

»Ja«, sage ich und ziehe seinen Arm noch enger um mich. »Aber nicht jetzt. Jetzt ist das hier alles, was ich will.«

THE WALL STREET JOURNAL

UNTER DRUCK GERATENER DARDEN-
PHARMACEUTICALS-MITARBEITER SORGT
FÜR PROBLEME BEI DER ARZNEIMITTELSICHERHEIT

Die Ergebnisse einer Untersuchung bei Darden Pharmaceuticals legen nahe, dass einem Mitarbeiter des Pharmaunternehmens Fehler unterlaufen sind, die möglicherweise Gegenstand eines milliardenschweren Rechtsstreits werden. Der Mitarbeiter war für die Kontrolle des Medikaments Xytek, eines Antiepileptikums, zuständig. Hausinternen Ermittlungen zufolge ignorierte der inzwischen verstorbene Doug Sinclair in seiner Eigenschaft als stellvertretender Sicherheitsbeauftragter für Medizinprodukte die Warnungen der Ärzte vor unerwarteten und unerwünschten Nebenwirkungen bei schwangeren Patientinnen. Außerdem versäumte er es, den erforderlichen Bericht über Behandlungsschäden bei der Arzneimittelzulassungsbehörde einzureichen. Die Ergebnisse der Untersuchung müssen noch von einer unabhängigen Stelle bestätigt werden, obwohl die Angelegenheit inzwischen an die Arzneimittelzulassungsbehörde weitergeleitet wurde. Ein Unternehmenssprecher teilte mit, dass Darden Pharmaceuticals zu uneingeschränkter Kooperation bereit ist. Nach Angaben von Kollegen, die anonym bleiben wollen, war Doug Sinclair im Allgemeinen hoch angesehen, doch in letzter Zeit gab es offenbar Berichte darüber, dass er Probleme hatte, den Leistungsanforderungen gerecht zu werden. Der Fall wurde zur Untersuchung an das FBI weitergeleitet.

KATRINA

Einen Tag zuvor

Eine Suche in der Datenbank von Blair & Stevenson ergab, dass Tim Lyall in der Kanzlei nicht nur irgendein Juniorpartner war. Mein Verdacht, der mir während unseres rätselhaften Telefonats gekommen war, schien sich zu bestätigen: Anscheinend hatte auch Lyall besondere Aufgaben übernommen. Dies war ganz sicher nicht für jeden offensichtlich – ich jedoch kannte die verräterischen Zeichen, die kryptischen Bezeichnungen der jeweiligen Angelegenheiten, die Spesenabrechnungen, die direkt an die »Zentrale« gingen. Allerdings hatte es den Anschein, dass Tim Lyall, anders als ich, ein wirklicher Mittelsmann für unlautere Unternehmensgeschäfte war – er handelte im Auftrag der Unternehmen selbst, war nicht wie ich für die Fehltritte ihrer Mitarbeiter und Mitarbeiterinnen zuständig. Mark hatte nie erwähnt, dass es mehrere von uns gab, doch ich war mir auch nicht sicher, ob ich davon hätte wissen wollen.

In Anbetracht dessen, was Doug zugestoßen war und dass Darden ihn offenbar zum Sündenbock machen wollte, war ich nun jedoch gezwungen, mich auf mein Bauchgefühl zu verlassen, und das sagte mir, dass die Sache so heiß wurde, dass Tim Lyall dabei war, Hals über Kopf die Staaten zu verlassen. Für gewöhnlich nahm man in einem solchen Fall belastendes Material als eine Art Lebensversicherung mit. Lyall war aber bereits auf dem Weg zum Flughafen gewesen, daher ging ich davon aus, dass sich dieses Material – wenn es denn überhaupt existierte – nicht in seinem Büro, sondern in seiner Wohnung befand. Bei unserem Telefonat hatte er erwähnt, er wäre zu Hause gewesen.

Mein Uber fuhr gerade an der 61st Street vom Franklin D. Roosevelt Drive ab, nur noch ein paar Blocks von Tim Lyalls Apartment entfernt, als eine Textnachricht von Mark auf meinem Handy einging.

Kleine Vorwarnung, dass das Journal mit einem Artikel über Sinclair und Darden für die morgige Printausgabe online gegangen ist, gefolgt von einem Link. *Das musste ja rauskommen. Bei den anonymen Quellen handelt es sich definitiv um andere Mitarbeiter, die eine CYA-Strategie verfolgen. Ändert nichts an der Arbeit, die getan werden muss.*

»Das musste ja rauskommen«? »CYA« – Cover-Your-Ass- bzw. Rette-deinen-Hintern-Strategie? Darden hatte sich ganz offensichtlich selbst an das *Journal* gewendet. Mark konnte ruhig so tun, als wäre er blind – ich wusste, dass er kein Idiot war. Ich tippte eine entsprechende Antwort, zögerte aber, sie abzuschicken. Ich wollte herausfinden, was Tim Lyall in der Hand hatte, bevor ich irgendetwas unternahm. Vielleicht hatte ich Angst vor Marks Reaktion, vielleicht hatte ich auch nur ein schlechtes Gefühl, auf jeden Fall löschte ich meine Antwort wieder.

Okay, schrieb ich stattdessen. *Danke, dass du mir Bescheid gegeben hast.*

»Ich arbeite für Tim Lyall«, teilte ich dem Portier mit, der hinter dem kleinen Empfang in dem offensichtlich hochpreisigen Apartmentgebäude in der Upper West Side hockte, und zeigte ihm meinen Arbeitsausweis.

»Er ist nicht ...«

»Er ist nicht da, ich weiß. Er ist auf dem Weg nach Zürich. Aber er hat einige Mandantenunterlagen in seinem Apartment liegen lassen, die ich ihm zum Flughafen bringen soll.«

»Die Bewohner müssen eine schriftliche Genehmigung und ihre Schlüssel hinterlassen, wenn sie gestatten, dass jemand während ihrer Abwesenheit die Wohnung betritt«, sagte der Portier und lehnte sich ein kleines Stück zurück. »So lauten die Regeln.«
»Nun, mein Vorgesetzter braucht die Unterlagen. Wenn Sie möchten, können wir ihn anrufen, aber er ist schon ausgeflippt, als er die Kanzlei verlassen hat. Hat wie verrückt herumgeschrien.« Ich kramte mein Handy aus der Tasche und streckte es ihm entgegen. »Vielleicht möchten Sie ihm selbst sagen, dass Sie eine schriftliche Genehmigung brauchen, bevor ich die Dokumente holen darf ...«

Tim Lyalls Apartment war eine postmoderne Schachtel mit Parkettböden und neutralen Mid-Century-Möbeln, ohne jegliches persönliche Element. Ohne einen Hinweis darauf, dass hier jemand lebte. Wie ein Firmen-Airbnb. Es gab kein einziges Foto, keine Geburtstagskarte, nichts, was auf Tim Lyalls Existenz hindeutete.

Ich brauchte nur kurze Zeit, bis ich den Aktenschrank in einer fast leeren Abstellkammer entdeckte. Das, was Tim Lyall an privaten Dingen entbehrte, machte er durch Mandantenakten wett, die er zu Hause aufbewahrte – sehr viel mehr, als selbst der gewissenhafteste Partner jemals mitnehmen sollte. Ich konnte mein Glück kaum fassen. Diese Akten waren wohl seine persönliche Versicherungspolice, und ich war gespannt, worauf ich darin stoßen würde.

Die Unterlagen umfassten eine ganze Reihe von Angelegenheiten, doch alle hatten mit irgendeinem unternehmensinternen Problem zu tun: einem Verstoß gegen die Behördenauflagen, einem dringend benötigten Eilverfahren, einem vertuschten Buchhaltungsfehler. Tim hatte nur wenige Dokumente pro Fall aufbewahrt, gerade genug, um sie als

Druckmittel einsetzen und sich gleichzeitig absichern zu können. Ganz hinten in dem Aktenschrank entdeckte ich einen dickeren Hängeordner, der mit *Darden* beschriftet war.

Darin befanden sich Dutzende Aktendeckel mit einer ganzen Reihe von Unterlagen – Studien, Daten, Korrespondenz mit der Arzneimittelzulassungsbehörde, interne Dokumente im Zusammenhang mit dem schon Jahre zurückliegenden Zulassungsverfahren für Xytek. Forschungsergebnisse sowie die Ergebnisse von Testreihen waren dort abgeheftet, außerdem hausinterne Mitteilungen und E-Mails.

Außerdem stieß ich auf einen versiegelten Umschlag, unbeschriftet.

Er enthielt Ausdrucke weiterer E-Mails jüngeren Datums, von Doug an Phil Beaumont, Dardens Unternehmensjustiziar. Abgeschickt vor sechs Monaten. Sie machten Dougs Position unmissverständlich klar, und zwar auf hochformelle, offizielle Art und Weise.

Phil,

um zu wiederholen, was ich in unserem heutigen Gespräch gesagt habe: Wir müssen über diesen Anruf reden. Dr. D'Angelo ist Leiter der Station für Geburtshilfe und Gynäkologie im Vanderbilt University Hospital. Er ist ein hoch angesehener Mediziner, und er behauptet, er habe schon VOR JAHREN mit verschiedenen Leuten bei Darden gesprochen. Es wurde nie eine Meldung über Behandlungsschäden gemacht. Ich bin mir sicher, dass das ein Versehen war. Aber wir müssen zumindest einen Blick darauf werfen.

Mit freundlichen Grüßen
Doug Sinclair

Phil,

ich verstehe die Haltung des Unternehmens – D'Angelo wurde wegen eines Kunstfehlers angeklagt und versucht nun möglicherweise, die Schuld auf Xytek zu schieben. Doch unabhängig davon müssen die Vorwürfe, die er erhebt, gemeldet werden. Die Arzneimittelzulassungsbehörde muss von potenziellen Behandlungsschäden sowie dem Zeitpunkt von D'Angelos erstem Anruf bei Darden Pharmaceuticals in Kenntnis gesetzt werden, der übrigens lange vor der Klage erfolgte. Es handelt sich definitiv um ein Versehen. So etwas kommt vor. Der einzige Weg nach vorn ist absolute Transparenz.

Mit freundlichen Grüßen
Doug Sinclair

Und dann kam eine E-Mail, die er erst vor ungefähr einem Monat geschrieben hatte. Nach Einreichung der Sammelklage.

Phil,

ich werde dazu nicht schweigen. Wenn nötig, werde ich selbst aktiv. Werde mich an die Presse wenden und die Wahrheit sagen.

Mit freundlichen Grüßen
Doug Sinclair

Es folgte eine letzte Seite. Der Entwurf einer E-Mail, an mich, datiert vor einer Woche: *Liebe Kat, wo soll ich beginnen?*

Das war alles. Aber da stand glasklar meine E-Mail-

Adresse in der Adresszeile – einer E-Mail, die ich nie erhalten hatte. Lange Zeit starrte ich darauf, das Blatt zitterte in meiner Hand. Darden hatte von Doug und mir gewusst und ganz offensichtlich auch Tim Lyall. War das der Grund, warum sie mich auf diesen Fall angesetzt hatten? Die E-Mail war nicht ohne Grund gespeichert und an Tim Lyall weitergeleitet worden, wenn auch vermutlich nicht an Mark. Wenn Tim ähnlich vorging wie ich, würde er Mark nicht mit Details belasten, was mir entgegenkam. Hatte Darden darauf gezählt, dass ich tun würde, was sie verlangten, und zwar umgehend, weil sie davon ausgingen, dass ich meine Beziehung mit Doug geheim halten wollte? Dass ich wegen unserer firmenpolitisch nicht ganz einwandfreien privaten Beziehung dabei mitspielen würde, wenn sie Doug an den Pranger stellten, um einen Schuldigen für das Xytek-Desaster zu präsentieren? Hatte das Pharmaunternehmen Tim Lyall signalisiert, dass Blair & Stevenson in mehr als einer Hinsicht in die Angelegenheit verstrickt und ich womöglich zum Problem geworden war?

Ich starrte noch immer auf die ausgedruckte E-Mail, als das Handy in meiner Tasche pingte. *Shit* – Janine! Wie lange war ich schon in Tim Lyalls Apartment?

Aber die Nachricht kam nicht von Janine. Sondern von derselben unbekannten Nummer wie die anderen anonymen Drohungen. Nur dass diese Nachricht keine Worte benötigte.

Sie enthielt lediglich ein Foto. Von Cleo.

Es war auf der Straßenseite gegenüber von ihrem Wohnheim aufgenommen worden und zeigte sie im Profil beim Betreten des Gebäudes. In der Dämmerung. Eine zweite Nachricht folgte:

Drei Millionen. Das kostet es, wenn ich deine Geheimnisse für mich behalte. Du hast 24 Stunden, oder sie wird bezahlen.

Einverstanden, tippte ich. *Sagen Sie mir, wo. Bitte lassen Sie sie da raus.* Damit warf ich sämtliche Ratschläge, die ich meinen Mandantinnen und Mandanten über die Jahre gegeben hatte – »Spielen Sie auf Zeit«, »Reagieren Sie nicht«, »Haben Sie Geduld«, »Halten Sie sich zurück« –, einfach über Bord.

Ich umklammerte das Handy und betete um eine Antwort, die nicht kam. Es war durchaus möglich, dass man mir später detaillierte Anweisungen erteilen würde. Es sei denn, derjenige, der mir die Nachrichten schickte, hatte es gar nicht auf das Geld abgesehen und es ging bei dem Erpressungsversuch in Wirklichkeit um etwas ganz anderes, genau wie bei Doug. Allerdings unterschieden sich diese Messages von denen, die man ihm gesendet hatte. Trotzdem war es nicht ausgeschlossen, dass es sich ebenfalls um einen Trick handelte.

Eilig machte ich Fotos von sämtlichen Unterlagen einschließlich der E-Mails, dann schrieb ich Sergeant McKinney. *Könnten Sie mich bitte anrufen? So schnell wie möglich.*

Fast sofort klingelte mein Telefon. »Was gibt's?«

»Sie müssen Cleo im Auge behalten. Könnten Sie zu ihrem Wohnheim fahren und ihr folgen, wenn sie es verlässt? Dafür sorgen, dass sie in Sicherheit ist?«

»Geht es wieder um diesen Jungen?«

»Das weiß ich nicht mit Bestimmtheit«, antwortete ich, denn ich konnte auf keinen Fall riskieren, Darden Pharmaceuticals ins Spiel zu bringen. Noch nicht. »Aber ich mache mir Sorgen. Große Sorgen.«

CLEO

Sechsunddreißig Stunden danach

Es ist früh, als ich vorsichtig aus dem Bett steige, nicht mal sieben Uhr morgens, doch ich liege schon seit Ewigkeiten mit offenen Augen da. Ich will Will nicht wecken, will nicht, dass er geht, noch nicht. Ich fühle mich so viel besser, wenn er hier ist, bei mir.

Aber jetzt ist es hell, und die Realität schleicht sich langsam zurück. Ich kann an nichts anderes denken als an die verstörenden Messages, über die ich gestern Nacht auf dem Laptop meiner Mom gestolpert bin. Ich versuche, die Vorstellung zu verinnerlichen, dass meine Mutter etwas Furchtbares getan hat, denn darauf lassen ihr Tagebuch, die Drohnachrichten und ihre Zusage, das Geld zu übergeben, definitiv schließen.

Es war das Foto von den Autos, das meine Mom dazu gebracht hat zu bezahlen. Aber warum? Ich setze mich auf den Fußboden, den Rücken gegen das Bett gelehnt, den geöffneten Laptop auf den Knien. Anschließend rufe ich das Foto erneut auf, um es mir genauer anzusehen.

Als ich es vergrößere, erkenne ich mein Wohnheim im Hintergrund. Und mich, vor den Eingangstüren, auf dem Weg hinein. Unmittelbar danach folgt die erste Geldforderung. Die Erpresser haben nicht nur meine Mom bedroht, sondern auch mich in Gefahr gebracht.

Ich schließe die Textnachrichten und fange an, nach Informationen über Haven House und einem Jahre zurückliegenden Vorfall zu suchen, irgendetwas Schlimmem. Ich probiere es mit allen möglichen Varianten vom Namen meiner Mom, dann tippe ich bloß »weiblich« und »Mädchen« ein, aber für den infrage kommenden Zeitraum liegen keine Berichte über konkrete Vorfälle im Zusammenhang mit Gewalt oder einem Verbrechen und einer Teenagerin vor. Was ich dagegen finde, ist ein Wirrwar an Informationen über Haven House. Haven House ist immer noch in Betrieb und scheint dank einer großzügigen Zuwendung der Gladys-Greene-Stiftung finanziell gut gestellt zu sein. Es hat eine vorzeigbare Website und bietet sogar eine virtuelle Tour an. Doch dann stoße ich auf eine Enthüllungsstory, vor fünf Jahren erschienen im *Connecticut Magazine*. HORRORHAUS: JAHRELANGER ZÜGELLOSER MISSBRAUCH VON MÄDCHEN DURCH LEHRKRÄFTE UND PERSONAL IN HAVEN HOUSE. Anscheinend hatte der Direktor, ein gewisser Robert Daitch, der die Einrichtung von Anfang der 1980er- bis Ende der 1990er-Jahre leitete, die Mitarbeiter nicht ausreichend kontrolliert und Beschwerden über sexuelle und verbale Belästigung seiner ausschließlich weiblichen Schützlinge unter den Teppich gekehrt. Nur um den »herausragenden Ruf« des Hauses aufrechtzuerhalten – als hätte sich auch nur eines der Mädchen freiwillig dafür entschieden, in Haven House zu leben! – und sich selbst eine lukrative Stelle an einem Privatinternat zu sichern. Bis zu seinem Tod 2012 war er als Direktor an der Sloan Prep tätig, wo man ihn offenbar zu schätzen wusste. Als die Story veröffentlicht wurde, war Daitch bereits tot, sodass es nicht zu einer strafrechtlichen Verfolgung kam, obwohl eine Flut weiterer Opferberichte einging.

»Hey«, murmelt Will verschlafen. »Was machst du da auf dem Fußboden?«

»Ich lese die Textnachrichten meiner Mutter«, antworte ich. »Jemand hat sie bedroht.«

»Bedroht?«

»Genauer gesagt, hat jemand Geld von ihr verlangt. Sie wurde erpresst.«

»Und das hast du jetzt erst entdeckt?«

»Ja, ich wusste nicht, dass die Textnachrichten auch auf ihrem Computer eingehen.«

»Womit hat man sie denn erpresst?«

Will richtet sich im Bett auf und lehnt sich mit dem Rücken gegen die Wand, an die ich all meine Lieblingszitate geklebt habe – über Liebe und Hoffnung und Freiheit. Was hat meine Mom damals getan, was schlimm genug war, um sie jetzt noch damit unter Druck zu setzen? Sie muss einen Grund dafür gehabt haben, davon bin ich überzeugt. Ich habe vieles über sie erfahren, was ich nie für möglich gehalten hätte, aber eines weiß ich ganz bestimmt: Sie ist kein schlechter Mensch.

Will schnipst mit den Fingern vor meinem Gesicht. »Hey, alles okay?«

»Oh, sorry, ja«, sage ich. Das Schnipsen nervt mich. Mir ist klar, dass ich überempfindlich reagiere, aber ich bin so aufgewühlt. »Sie hat wohl irgendwas Schlimmes gemacht, aber es steht nirgendwo, was.«

»Von wem sind die Nachrichten?«

»Keine Ahnung. Ich glaube, meine Mutter wusste es auch nicht. Vermutlich von irgendwem, der sie von früher kannte. Ich habe dir erzählt, dass sie in einer Art Internat aufgewachsen ist, einer ziemlich fragwürdigen Institution ...« Ich versuche, den Druck auf meiner Brust zu ignorieren. »Ich denke, ich muss da hinfahren und mich umhören.«

»Bist du dir sicher?« Ein besorgter Ausdruck tritt auf Wills Gesicht. »Das klingt ziemlich ... gefährlich.«

Möchte ich, dass er mir anbietet, mich zu begleiten? Irgendwie schon. Vielleicht. Aber das ist keine gute Idee.

»Ich bin vorsichtig.«

Er lacht. »Das behauptest du, Cleo. Aber du hast doch keine Ahnung, in was du dort hineingerätst!«

Das ist leider wahr. Was es nicht weniger nervig macht. »Mir bleibt keine Wahl.«

»Selbstverständlich bleibt dir eine Wahl, Cleo«, widerspricht er mit weicherer Stimme und legt seine Hand an meine Wange.

In dem blassen Morgenlicht sieht er so attraktiv aus wie immer. Ich weiß nicht, ob es daran liegt, dass er in meinem schmalen Bett liegt, oder daran, dass ich von unten zu ihm aufblicke, aber plötzlich komme ich mir ungeheuer jung vor. Und naiv.

»Dort ist meiner Mutter etwas passiert – vielleicht ist auch irgendwas mit meiner Mutter passiert –, was zu dem geführt hat, was sie angeblich gemacht hat«, sage ich. »Bevor ich die Polizei einschalte, muss ich herausfinden, was.«

»Aber nichts davon ist relevant, wenn dir etwas zustößt, Cleo. Ich mache mir Sorgen deswegen«, sagt Will. »Ich mache mir Sorgen um dich. Bitte fahr nicht.«

Wills Ton ist so süß, seine Hand warm, als ich sie sanft von meiner Wange schiebe und den Laptop schließe. Vielleicht hat er recht: Nach Haven House zu fahren, ist eine verrückte Idee. Meine Schultern sind verspannt. Ich weiß, dass ich ihn auf meine Seite ziehen muss.

»Das ist mir bewusst«, sage ich, »und ich verstehe dich. Aber ich muss dorthin. Ich ... ich sollte mich jetzt fertig machen. Es ist eine lange Zugfahrt.«

»Ah, okay. Der berühmte Wink mit dem Zaunpfahl.« Er wirkt verletzt, als er aus dem Bett steigt und anfängt, sich anzuziehen.

»Es tut mir leid, ich ...« Vielleicht will ich nur, dass er geht, weil ich weiß, dass er recht hat.

»Schon okay«, sagt er, aber er scheint sauer zu sein. »Ich versuche nur, dir zu helfen, Cleo. Denn du bedeutest mir etwas.«

Als die Tür hinter ihm zufällt, mache ich mich auf eine Welle des Bedauerns gefasst, auf den Drang, ihm nachzulaufen. Aber die Welle kommt nicht. Jetzt gibt es nur noch mich, allein in meinem stillen, leeren Wohnheimzimmer.

Auf der Fahrt vom Bahnhof nach Haven House löchert mich der Uber-Fahrer mit Fragen: woher ich komme; was ich in New Haven mache; was ich davon halte, dass man in Lebensmittelläden künftig für Tragetaschen bezahlen muss; warum in New York niemand grüßt, wenn man sich auf dem Gehsteig begegnet.

»Weil dort einfach zu viele Menschen sind«, sage ich, während ich aus dem Fenster die trostlose Innenstadt betrachte. »Sie würden dort die ganze Zeit über Hi sagen.«

Ich versuche, die Textnachricht auszublenden, die Wilson mir geschickt hat, während ich im Zug saß. *Ich denke, wir sollten noch mal reden, Cleo. Ich mache mir Sorgen – um dich.*

Ich habe nicht geantwortet. Ich will nicht wissen, weshalb sie sich Sorgen macht, weil ich mir selbst so viele mache. Ob es wirklich eine kluge Entscheidung war, ganz allein nach New Haven zu fahren? Ich habe Screenshots von den Droh-Messages an meine Mom gemacht. Und ich habe wirklich überlegt, ob ich sie Wilson schicken soll.

Wir gleiten durch die menschenleeren Straßen, vorbei an mit Brettern vernagelten Häusern und stillgelegten Autos – Lichtjahre von Yale mit seinen efeubewachsenen Steinmauern entfernt. Ich kann mir nicht vorstellen, dass es einen Ort wie diesen nach wie vor gibt, und erst recht kann ich mir nicht vorstellen, wie es sein muss, hier aufzuwachsen.

»Es kann auf einem Gehsteig nie zu viele Menschen für ein simples Hallo geben«, widerspricht der Fahrer. Diesmal schwinge ich mich nicht wie sonst zur vehementen Verteidigerin der Großstadt auf. Soll er ruhig mäkeln. Hauptsache, er spricht weiter. Ich kann beinahe so tun, als wäre alles normal, solange ich nicht mit meinen Gedanken allein bin.

Als Haven House endlich in Sicht kommt, hätte ich den Fahrer fast gebeten, umzudrehen und mich zurück zum Bahnhof zu bringen. Das in die Jahre gekommene Backsteingebäude ragt klotzig und düster vor dem grauen Himmel auf. Ein bedrohlich wirkender Zaun umgibt das Gelände. Ein Gefängnis. Meine Mom ist in einem Gefängnis aufgewachsen.

Und zum ersten Mal bin ich mehr als nur nervös. Ich habe Angst. Große Angst. Ich schicke Wilson rasch die Screenshots von den anonymen Drohnachrichten. Es ist nicht dasselbe, wie ihr zu sagen, dass ich in New Haven bin und vielleicht Hilfe brauche – aber es ist auch nicht nichts.

Als ich das Gebäude betrete, bedaure ich, dass ich den Uber-Fahrer nicht gebeten habe zu warten. Drinnen ist es kalt, die Steinfußböden und die hohen Bogenfenster lassen mich an eine alte Kirche denken. Es riecht sogar nach Kirche.

»Vergiss es!«, ruft eine verärgerte Stimme, als hinter mir die Türen mit einem Unheil verkündenden dumpfen Geräusch zufallen.

Ich drehe mich um und entdecke eine Frau mit lockigen, roten Haaren und rundem Gesicht, die hinter einem kleinen Schreibtisch sitzt. Sie trägt einen Rollkragenpullover unter einer hellblauen Strickjacke, die sie bestimmt zwanzig Jahre älter aussehen lässt, als sie ist.

Ich hebe abwehrend die Hände. »Oh, ich bin nur ...«

»Lass mich raten: Du bist hier, um dich mit unserer Claudia zu treffen, stimmt's?« Sie verschränkt die Arme und schiebt die Unterlippe vor. Jetzt sieht sie aus wie ein trotziges Kleinkind. »Du bist genau ihr Typ.«

»Ich denke nicht, dass ...«

»Claudia denkt auch nicht. Sie geht in die Stadt, trifft irgendwen, der ihr gefällt, und redet sich ein, sie dürfe eine Freundin hierher einladen – als wäre das ihre ganz private Junggesellinnenbude.« Die Frau schüttelt den Kopf. »Das Mädchen hat jede Menge Schrauben locker. An deiner Stelle würde ich einen großen Bogen um sie machen.«

»Ich bin nicht wegen Claudia hier«, sage ich.

»Nun, wegen wem auch immer ... das geht mich nichts an. Ich mische mich nicht in die Sexualität anderer ein. Es gibt jede Menge Leute hier, die nicht so denken wie ich, aber das ist mir gleich. Männlich, weiblich, divers. Was sollte ich ...«

»Ich bin wegen meiner Mutter hier«, falle ich ihr ins Wort. »Sie hat vor Jahren hier gewohnt.«

Die Frau verengt die Augen. »Was ist mit ihr?«

»Sie ist verschwunden«, antworte ich.

»Nun, hier ist sie nicht.« Sie schnaubt. »Wir beherbergen keine Erwachsenen. Und bei uns gibt es auch keine Ehemaligen-Wochenenden.«

»Ich weiß. Aber ich denke, was immer ihr zugestoßen ist, könnte etwas mit der Zeit zu tun haben, die sie hier verbracht hat«, sage ich. »Sie wissen schon, damals, als all diese Dinge passiert sind ...«

»Aber *ich* habe nichts damit zu tun!« Diesmal ist sie es, die mir abwehrend die Handflächen entgegenhält. »Das war lange vor meiner Zeit.«

»Ich habe ein paar Fragen. Gibt es jemanden, der sie mir möglicherweise beantworten kann?«

Sie mustert mich für einen langen Moment, als hoffe sie, dass ich einen Rückzieher mache. Schließlich wendet sie den Blick ab, seufzt theatralisch und deutet mit dem Zeigefinger ins Innere des Gebäudes. »Folge dem Gang dahinten bis zur Verwaltung, und frag dort nach. Ich an deiner Stelle würde mir allerdings keine allzu großen Hoffnungen machen.«

Ich wappne mich gegen einen weiteren abweisenden Empfang, doch als die steinalte Dame in der Verwaltung von den Unterlagen auf ihrem Schreibtisch aufblickt, hellt sich ihr Gesicht auf. Als hätte sie den ganzen Tag darauf gewartet, dass ich durch diese Tür schreite.

»Kenne ich dich von irgendwoher?« Sie wirkt gebrechlich, als sie aufsteht und gebückt an den Empfangstresen tritt. Ich versuche, nicht auf ihre knochigen Arme in dem Kleid mit Blumenmuster zu starren. Sie beugt sich zu mir vor und mustert mich mit schmal gezogenen Augen. »Du kommst mir so bekannt vor.«

»Meine Mom hat hier gelebt. Wir sind uns ziemlich ähnlich.«

»Meine Güte!« Sie schlägt die Hand vor den Mund. »Du siehst genauso aus wie sie! Das ist verblüffend.«

Und zum ersten Mal in meinem ganzen Leben lösen diese Worte keinen Groll in mir aus.

»Ihr Name war ...« Ich stocke.

»Katrina Horning, ich weiß. Sie kam schon als kleines Mädchen her. Mit vierzehn hat sie uns wieder verlassen, daran erinnere ich mich noch genau. Selbstverständlich erinnere ich mich!« Sie lächelt. »Ich glaube, sie wurde von Gladys Greene adoptiert. Ich heiße übrigens Rose, und ich bin fast so lange hier, wie es diese Einrichtung gibt.«

»Cleo.« Ich deute auf mich selbst.

»Nun, während meiner Zeit hier habe ich viele Überraschungen erlebt, aber Gladys ...« Sie verdreht gutmütig die Augen. »Gladys war eine ganz liebe Frau, auch wenn sie nicht besonders helle war, wenn du verstehst, was ich meine. Jahrelang kam sie jeden Samstag her, präzise wie ein Uhrwerk. Ein Fahrer hat sie gebracht. Sie hat ein bisschen Zeit mit den Mädchen verbracht, den jüngeren vorgelesen und ihnen Spiele, Bücher und Kleidung geschenkt. Als würde sie ihre Enkelinnen besuchen oder Welpen im Tierheim. Sie war sehr auf deine Mom fixiert, betonte immer wieder, wie sehr sie sie an ihre jüngere Schwester erinnerte, die früh gestorben war. Wenn du mich fragst, ich nehme an, Gladys hielt deine Mutter tatsächlich für ihre kleine Schwester. Um ehrlich zu sein, hätte ich nie gedacht, dass man ihr je erlauben würde, Katrina zu adoptieren, aber man kann sich nun mal täuschen. Anschließend hat Gladys dem Internat Geld hinterlassen. Ich habe mich immer gefragt – nicht ohne Sorge –, was wohl aus deiner Mom geworden ist. Allerdings wäre sie kaum besser dran gewesen, wann man sie hierbehalten hätte. Heute ist hier auch nicht alles perfekt, aber damals ...« Sie schnalzt mit der Zunge, dann zwingt sie sich zu einem Lächeln. »Offenbar ist alles gut gegangen, denn du bist da – und genauso schön wie deine Mutter.«

»Das stimmt ... danke. Aber ... aber jetzt ... jetzt ist meine Mom verschwunden. Und ich nehme an, das könnte etwas mit ihrer Zeit in Haven House zu tun haben.«

»Verschwunden?« Rose wird blass. »Wie meinst du das?«

Ich presse die Lippen zusammen, bis ich mich so weit gefasst habe, dass ich sprechen kann. »Sie ist weg, und die Polizei geht davon aus, dass ihr etwas zugestoßen ist. Noch wissen wir nichts Genaueres. Aber irgendwer aus ihrer Vergangenheit hat sie bedroht, und ich glaube, dass er ebenfalls hier war.«

Rose kommt mit erstaunlichem Schwung hinter dem Tresen hervor, greift nach meiner Hand und umschließt sie mit ihren zarten, knochigen Fingern. »Setz dich doch, und erzähl mir genau, was los ist.« Sie deutet auf eine Bank an der Wand. Seite an Seite nehmen wir Platz.

»Das ist es ja«, sage ich. »Ich weiß es nicht. Ich bin auf mehrere Textnachrichten gestoßen, in denen steht, dass etwas Schlimmes passiert ist, während meine Mom hier war. Wissen Sie, was damit gemeint sein könnte?«

»Ich fürchte, damals sind eine ganze Menge schlimme Dinge in Haven House passiert.«

»Es klingt so, als hätte meine Mom etwas Furchtbares getan ...«

»*Deine* Mom soll etwas Furchtbares getan haben?«, fragt sie. »Oh, das kann ich mir nicht vorstellen ... Ich habe Mitleid mit jedem Mädchen, das hier landet, auch wenn viele Unruhestifterinnen darunter sind. Deine Mom war keine Unruhestifterin. Ich sehe mal in ihrer Akte nach. Sollte es tatsächlich einen Vorfall gegeben haben, müsste er dort vermerkt sein.« Sie steht auf und schreitet eine lange Reihe von Aktenschränken an der gegenüberliegenden Seite des Raumes ab. »Vor zehn Jahren haben wir angefangen, alles zu digitalisieren. Aber die älteren Akten sind noch hier drin.«

»Danke«, sage ich, als sie eine Schublade öffnet.

»Horning ... Horning ... Sieht so aus, als hätte jemand beschlossen, dass H nach I kommt. Ah, hier ist die Akte ja. Oh, die ist ...« Sie verstummt, dreht sich um und hält mir einen leeren Aktendeckel entgegen. »Anscheinend wurden die Unterlagen ... verlegt.«

»Verlegt?«, frage ich und trete näher, obwohl es nichts zu sehen gibt. »Kommt das oft vor?«

Eine ganze Weile betrachtet Rose wortlos den leeren

Ordner. Dann sagt sie: »Nein. Aber Direktor Daitch ... Es gab Dinge, die er loswerden wollte. Also ist er sie losgeworden.«

»Wissen Sie etwas über einen gewissen Silas, der hier gearbeitet hat?«, erkundige ich mich. »Natürlich ist es sehr lange her, aber dieser Name ist ...«

»Ich kenne Silas.« Sie sieht mich an und hält meinen Blick für einen Moment fest, dann wendet sie sich ab. »Es gab Zeiten, in denen ich damit haderte, hier zu arbeiten, weil es irgendwie zugleich bedeutete, dass ich die Dinge, die in diesem Internat vor sich gingen, billigte. Doch dann dachte ich, dass es vielleicht noch schlimmer wäre, wenn ich kündigte. Wenn ich blieb, war wenigstens eine Person hier, an die die Mädchen sich wenden konnten ... Mehr als einmal habe ich bei der Polizei anonym Anzeige erstattet, aber es wurde nie etwas unternommen. Die Polizei rief an, stellte ein paar Fragen, kam zu dem Schluss, dass alles in Ordnung war, und beließ es dabei. Daitch war mit allen befreundet, die Einfluss hatten: dem Polizeichef, dem Bürgermeister, dem Leiter des Krankenhauses. Wenn du mich fragst, hat ihm das viel zu viel Macht gegeben.«

»Haben Sie vielleicht eine Telefonnummer oder eine aktuelle Adresse von Silas? Ich muss versuchen, ihn ausfindig zu machen.«

»Oh, du brauchst keine Adresse«, sagt sie. »Silas ist hier. Der neue Direktor ist besser. Er hat gründlich aufgeräumt und einen Großteil der alten Belegschaft gefeuert. Aber Silas und ein paar andere haben gedroht, wegen ungerechtfertigter Kündigung vor Gericht zu gehen. Ich schätze, die Anwälte sind zu dem Schluss gekommen, dass er Aussicht auf Erfolg hat, denn er arbeitet immer noch in Haven House.«

Vor dem Gemeinschaftsraum im ersten Stock, wo Silas laut Rose gerade die Kunst-AG beaufsichtigt, bleibe ich stehen und betrachte einen Moment lang die geschlossene Tür, während ich den Stimmen lausche, die von der anderen Seite des Türblatts zu mir dringen. Ich denke an das, was Detective Wilson gesagt hat: *Glaubst du wirklich, die Person wäre glücklich, wenn du sie findest?* Ganz sicher nicht. Aber nun bin ich hier, nur durch die Tür von diesem Silas getrennt. Entschlossen klopfe ich an und trete ein.

Der Raum ist fast so groß wie die Cafeteria meiner ehemaligen Highschool. Auch der Linoleumboden ist gleich, genau wie die hohen Decken und die Kälte. Offenbar ist es in Schulen immer kalt. Allerdings ist hier alles sehr viel düsterer und schäbiger – trübes Licht, und auf allem liegt ein gräulicher Schmutzfilm.

Zwei Dutzend Mädchen im Teenageralter sitzen an den runden Tischen im rückwärtigen Teil des Raumes, die niedrigen Sofas in der Nähe der Tür sind unbesetzt. Vor einer weiteren Flügeltür stehen ein grimmig aussehender Mann und eine ebenso grimmig dreinblickende Frau, beide vielleicht Mitte zwanzig. Von den Mädchen unterscheiden sie sich lediglich durch ihre grauen Uniformen. Sie blicken in meine Richtung, dann setzen sie ihre Unterhaltung fort. Ein sehr viel älterer Mann – ein großväterlicher Hipster-Typ – sitzt an einem der Tische und plaudert mit den Teenagerinnen, während er zeichnet. Er trägt einen dieser angesagten Seemannspullis mit Zopfmuster, hochgekrempelte Jeans, stylische Slip-on-Sneakers und einen karierten Schal, den er sich lässig um den Hals geschlungen hat. Die Mädchen an seinem Tisch lachen und hängen an seinen Lippen.

Silas? So hatte ich ihn mir nicht vorgestellt. Aber er ist die einzige Person im Raum, die mir alt genug erscheint.

»Wer zur Hölle bist du?« Die Stimme hinter mir ist tief und unfreundlich. *Shit.*
»Oh, hi«, sage ich, nachdem ich mich umgedreht habe.
»Ich bin eine Freundin von Silas.« Ich deute in Richtung des Hipster-Typen.
Der Mann vor mir ist älter und um einiges einschüchternder. Er trägt ebenfalls eine graue Uniform, ist größer als mein Dad – mindestens eins neunzig, wenn nicht gar noch größer – und muskelbepackt. Sein Gesicht ist wettergegerbt und sieht ziemlich ramponiert aus, auf seiner rechten Wange prangt eine auffällige Narbe. Er ist definitiv älter, als sein Körper vermuten lässt – vielleicht schon in den Sechzigern.
»Eine Freundin von Silas? Hm.« Er mustert mich von oben bis unten und verweilt an bestimmten Stellen, was so unangenehm ist, dass meine Haut zu kribbeln anfängt.
Ich werfe einen Blick in Richtung der beiden grau Uniformierten neben der Flügeltür. Die Frau sieht mich direkt an, angespannt. *Gott sei Dank, sie wird mir helfen,* denke ich, doch dann wendet sie sich ab, und mir wird klar, dass ich hier völlig auf mich gestellt bin.
»Ja«, sage ich. Er kommt so nahe, dass ich seine Körperwärme spüren kann. Er riecht medizinisch, nach Menthol. Er könnte definitiv Silas sein. Alt genug ist er. »Es sei denn ... Ich nehme an, Sie sind ...«
»Was willst du?«
»Ich weiß von Ihren Textnachrichten«, stoße ich hervor. Das ist meine Chance, meine einzige.
»Welchen Textnachrichten?«
»Die Sie an Kat McHugh geschickt haben – Sie haben sie erpresst, und jetzt ist sie verschwunden.«
Er funkelt mich an. »Kat *wer?* Wovon zur Hölle redest du?«
»Ich meine Katrina Horning – so hieß sie, als sie hier leb-

te. Vor dreißig Jahren. Sie wurde von einer reichen Dame adoptiert, Gladys Greene, *nachdem* sie Dutzende Male Ihre sexuellen Übergriffe gemeldet hatte. Und jetzt, so viele Jahre später, erhält sie plötzlich Drohnachrichten mit Geldforderungen. Sie ist meine Mutter, und sie sieht genauso aus wie ich. Sie erinnern sich bestimmt an sie.«

Er mustert mich erneut, dann gibt er einen zustimmenden Grunzlaut von sich.

»Ich habe ihr keine beschissene Textnachricht geschickt. Wahrscheinlich hätte ich mich tatsächlich dafür bezahlen lassen sollen, dass ich die Klappe halte, nach dem, was sie getan hat.«

»Und was hat sie getan?«, frage ich, als würde ich ihm kein Wort abkaufen.

»Das weiß ich nicht genau. Das will ich auch gar nicht wissen.« Er lacht. »Aber Daitch ist ausgeflippt, also hab ich getan, was er mir aufgetragen hat. Weil ich meinen Job behalten wollte, hab ich die blutigen Klamotten entsorgt. Ein paar Tage später ist Katrina hier rausspaziert, gesund und munter. Es war also nicht *ihr* Blut. Warte, warum erzähle ich dir das überhaupt?« Er deutet auf die Tür. »Sieh zu, dass du verschwindest, bevor ich dich höchstpersönlich rausschmeiße!«

»Tun Sie das, allerdings muss ich mich dann mit den Textnachrichten an die Polizei wenden.«

»Du kannst gern einen Blick in mein Handy werfen.« Er zieht es aus der Tasche und streckt es mir entgegen. »Du wirst keine Drohnachrichten darauf finden.«

»Was beweist das schon? Es ist doch kein Problem, irgendwelche Secrecy-Apps oder ein Wegwerfhandy zu benutzen«, sage ich. »Was, wenn ich bei der Polizei behaupte, Sie hätten es zugegeben? Wem werden die Ermittler wohl mehr glauben – Ihnen oder mir?«

Die Wut in seinen Augen ist beängstigend. »Was zur Hölle willst du von mir?«

»Ich will wissen, was damals passiert ist. Woher kam das Blut?«

»Ich. Weiß. Es. Nicht.«

»Ich meine es ernst mit der Polizei. Sie müssen etwas wissen – irgendwas. Hat sie sich mit einem anderen Mädchen angelegt? Klingt so, als wäre es hier ziemlich ruppig zugegangen.«

Sein Blick ist finster, als er antwortet: »Alles, was ich weiß, ist, dass es *sehr viel* Blut war. Irgendwer hätte definitiv schwer verletzt sein müssen, aber ich habe nichts bemerkt. Allerdings hat sie sich laut Daitch wohl immer wieder rausgeschlichen.«

»Rausgeschlichen? Aus dem Gebäude? Wohin denn?«

»Scheiße, wenn ich das wüsste ... Wahrscheinlich hat sie sich mit diesem kleinen Wichser vom College getroffen. Der hat hier unterrichtet. Wenn du mich fragst, haben die beiden viel zu viel Zeit zusammen verbracht.«

AM TAG DES VERSCHWINDENS

　　　　　　　　　　　Hast du es bekommen?

Nope. Das ist ein No-Go.
Tut mir leid.

　　　　　　　　　　»Ein No-Go? Tut mir leid?« Im Ernst?
　　　　　　　　　　　Was soll ich denn jetzt machen?

Ich denke, du solltest aufhören,
dir Sorgen zu machen. Vergiss es. Ehrlich.

　　　　　　　　　　　　　Du hast gut reden.

Was soll das heißen?

　　　　　Dass du dir keine Sorgen zu machen brauchst. Keiner
　　　　　erwartet von dir, dass du irgendein Problem löst.
　　　　　Was für ein verdammter Luxus das sein muss!

Whoa! Ich glaube nicht, dass ich das verdient habe!

Hallo? Janine. Komm schon.
Wo bist du?

Hast du noch vor, mir zu antworten?

Halllooo?

KATRINA

Am Tag des Verschwindens

Ich stand auf dem Gehweg vor Marks wunderschönem Limestone-Haus an der West 75th Street und blickte hinauf zu den riesigen, glänzenden Fenstern. Es war Mitternacht, im Haus war es ruhig und dunkel, abgesehen von einer kleinen Lampe im Erdgeschoss – einer Lampe, die Einbrechern signalisierte, dass die Bewohner zu Hause waren und schliefen. Ich zögerte, auf den Klingelknopf zu drücken.

Sicherlich wusste Mark nichts von Dougs E-Mails, genauso wenig wie von den schmutzigen Details, von denen Tim erfahren hatte, redete ich mir ein. Ich konnte mir gut vorstellen, dass man Tim angeheuert hatte, damit er sich um Doug und seine Drohung kümmerte, die Meldungen über durch Xytek hervorgerufene Nebenwirkungen und Behandlungsschäden öffentlich zu machen, sollte das Unternehmen seine Mahnungen weiterhin ignorieren. Vermutlich sollte er sich auch um mich kümmern.

Möglicherweise war Darden ungeduldig geworden und hatte das Problem selbst in die Hand genommen – und Tim konnte eins und eins zusammenzählen und hatte sich für eine Flucht nach Europa entschieden, anstatt als unliebsamer Mitwisser selbst ins Visier zu geraten. Mark würde wie immer dafür gesorgt haben, dass er außen vor blieb – genau wie bei all den Angelegenheiten, um die *ich* mich kümmerte.

Ich nickte, wie um mich selbst zu bestätigen. Mark konnte unmöglich wissen, dass Darden es anscheinend auch auf mich abgesehen hatte – vorausgesetzt, ich deutete die Erpresser-Mails richtig und es steckte nicht wirklich jemand aus meiner Vergangenheit dahinter.

All das musste ich Mark nun unterbreiten: dass Darden Pharmaceuticals Doug hatte *ermorden* lassen, weil das Unternehmen einen Sündenbock brauchte. Darden behauptete, Doug hätte vorsätzlich ein Medikament auf dem Markt gelassen, von dem er wusste, dass es Babys schadete, dabei hatte er in Wirklichkeit alles versucht, um Darden zur Verantwortung zu ziehen. Und nun war Blair & Stevenson möglicherweise über Tim Lyall in die Vertuschung von Dougs Tod verwickelt.

Das Telefon vibrierte in meiner Hand. Sergeant McKinney – der Cleo beobachtete. *Verdammt.* »Ist Cleo …«, stieß ich angespannt hervor.

»Es geht ihr gut, alles okay.« Er ließ mich meine Befürchtungen gar nicht erst aussprechen, was seine Erfahrung im Umgang mit in Panik geratenen Personen aufzeigte. »Aber sie hat das Wohnheim verlassen. Ist jemanden besuchen gegangen. Sie wirkte fröhlich, als sie das Haus betrat – scheinbar aus völlig freien Stücken. Daher denke ich, dass alles in Ordnung ist. Zumindest aber im Rahmen. Allerdings habe ich keine Ahnung, wem das Haus gehört oder wer dort wohnt.«

»Okay«, sagte ich, auch wenn mir das gar nicht gefiel. »Können Sie mir die Adresse schicken? Ich komme, so schnell ich kann.«

Das anstehende Gespräch mit Mark würde unangenehm, aber kurz sein, denn ich hatte vor, direkt zur Sache zu kommen. Mark würde sich zunächst vermutlich defensiv geben – es war nur menschlich, nicht verantwortlich sein zu wollen, und sei es auch nur ansatzweise, wenn etwas so Übles passiert war. Doch Fakten waren nun mal Fakten. Und sie waren nicht gut. Darden hatte etwas Ungeheuerliches getan, und die Kanzlei hatte das Unternehmen dabei unterstützt, ganz gleich, ob wissentlich oder unwissentlich. Die Tatsache, dass Mark die ganze Zeit über die Augen verschlossen hatte, würde ihn nicht vor den Konsequenzen schützen.

Mark sah erschöpft aus, als er aus dem Wohnzimmerfenster spähte. Ich hatte ein paarmal klingeln und ihm außerdem eine Textnachricht schicken müssen, um ihn zu wecken. Als er endlich die Tür öffnete, trug er einen Bademantel, die grauen Haare standen in Büscheln von seinem Kopf ab. Er wirkte sehr viel älter und kleiner als in seinem Büro.

»Kat?«, fragte er. »Was machst du ...« Er schaute an mir vorbei auf die Straße, als könne er die Antwort dort finden. »Was ist los?«

»Es tut mir leid«, sagte ich. »Ich wäre nicht gekommen, wenn es nicht wirklich wichtig wäre.«

»Ist alles okay mit Cleo?«

Ich nickte. »Ja, ja, im Augenblick schon.«

Mark griff nach meinem Arm. »Komm rein.«

Als ich eintrat, erschien Ruth, Marks Ehefrau, in einem ganz ähnlichen Bademantel auf der Treppe, genauso verschlafen und besorgt wie er. Sie wirkte sehr zerbrechlich, von der Krankheit gezeichnet, weit mehr als bei unserer letzten Begegnung.

»Oh, Kat«, sagte sie und blieb auf halber Treppe stehen. »Was ist passiert?«

»Kat hat ein Problem mit einem Fall«, antwortete Mark rasch, der Ruth offenbar nicht beunruhigen wollte. »Es ist alles in Ordnung«, versicherte er ihr. »Geh wieder ins Bett, Liebling. Ich komme gleich nach.«

Mit gerunzelter Stirn blickte Ruth von Mark zu mir und wieder zurück. Sie war keine Frau, die sich so leicht abwimmeln ließ. »Kat sollte nicht mitten in der Nacht arbeiten, Mark. Menschen brauchen Schlaf. Kein Fall oder Mandant ist es wert, dass man sich deswegen krank macht.«

Mark rückte seine Brille zurecht. »Ich weiß, Ruth. Und jetzt geh bitte wieder ins Bett«, sagte er freundlich, aber bestimmt. »Wir dürfen nicht über eine Mandantensache reden, wenn du dabei bist. Und Kat kann erst nach Hause fahren, wenn wir die Angelegenheit geklärt haben.«

Ruth schüttelte den Kopf und seufzte tief, dann machte sie kehrt und stieg die Stufen hinauf. »Schon gut. Aber bitte beeilt euch.«

Mark legte eine Hand auf meine Schulter und deutete mit der anderen Richtung Wohnzimmer.

»Was ist passiert, Kat?«, fragte er, nachdem wir Platz genommen hatten. »Schieß los.«

»Es geht um Darden«, sagte ich und zog mein Handy aus der Tasche, um die Fotos von den Unterlagen, die Tim Lyall bei sich zu Hause aufbewahrte, aufzurufen.

»Um Darden?« Er verzog überrascht das Gesicht. »Das Unternehmen ist momentan voll und ganz zufrieden. Vielleicht ist das eine etwas unpassende Wortwahl, aber hast du den Artikel denn nicht gelesen?«

»Ich hatte noch keine Gelegenheit dazu. Allerdings habe ich deine Textnachricht gelesen.«

»Das *Journal* ist irgendwie an die Informationen über Doug Sinclair gelangt.«

»Du meinst, Darden hat sie absichtlich durchsickern lassen?«

»Oh, nein.« Mark schüttelte den Kopf. »Ganz bestimmt nicht. Zumindest nicht die Unternehmensleitung.« Er schwieg einen Moment lang. »Allerdings ist es nicht ausgeschlossen, dass einer der Mitarbeitenden geplaudert hat – ich bin mir sicher, dass es einige gibt, die ihren Kopf aus der

Schlinge ziehen oder sicherstellen wollen, dass Darden wegen dieser Klage nicht untergeht. Sie machen sich Sorgen um ihr ...«

»Sie *wussten* es, Mark.«

»Wer wusste was?«

»Darden wusste, dass es Schwierigkeiten mit Xytek gab. Bereits unmittelbar nach der Zulassung hat das Unternehmen Anrufe von Medizinern bekommen, die Probleme bei schwangeren Patientinnen meldeten.« Ich sammelte mich. »Dieselben Ärzte haben sich später erneut gemeldet und mit Doug gesprochen, der zu jener Zeit noch relativ neu bei Darden war. Darden hat dennoch nicht die Arzneimittelzulassungsbehörde informiert. Irgendwann hat Doug Sinclair damit gedroht, sich an die Öffentlichkeit zu wenden.«

Mark schwieg erneut, dann strich er sich mit der Hand über den Kopf und versuchte, seine zerzausten Haare zu glätten. »Okay. Und woher weißt du das?«

»Es gibt E-Mails von Doug an Phil Beaumont, in denen er Phil auf den Anruf eines gewissen Dr. D'Angelo vom Vanderbilt University Hospital aufmerksam macht. Angeblich hat sich dieser zusammen mit anderen Ärzten in derselben Sache schon vor Jahren, unmittelbar nachdem Xytek auf den Markt kam, an Darden Pharmaceuticals gewandt – ohne Erfolg. Das Unternehmen machte weder Meldung bei der Arzneimittelzulassungsbehörde, obwohl man von den potenziellen Risiken für schwangere Frauen wusste, noch gab es eine Warnung für Patientinnen oder Medizinerinnen und Mediziner heraus. Du und ich wissen beide, was das im Hinblick auf Strafschadenersatz bedeuten könnte. Tim Lyall wusste von diesen E-Mails *und* von Dougs Drohung.« Mein Blick begegnete seinem: *Ich weiß, dass es nicht nur eine Mittelsfrau – mich – gibt, sondern auch einen Mit-*

telsmann. »Möglicherweise haben wir Darden geholfen, diesen Skandal zu vertuschen.«

Mark schloss die Augen, dann ließ er den Kopf in die Hände sinken. Es verstrichen einige Sekunden, bis er zu mir aufschaute. »Scheiße.«

Gott sei Dank. »Allerdings.«

Mark richtete sich auf, schlug die Beine übereinander und löste sie wieder. »Du kennst meine Regel, mich nicht mit den Details zu befassen«, sagte er. »Sicher kannst du dir denken, dass das auch Tims Arbeit betrifft.« Er sah mich beschwörend an, nahezu flehentlich. Alles lag jetzt offen – was ich wusste, was Mark wusste, was geschehen war –, und Mark wollte, dass ich ihn aus der Verantwortung nahm. Ihm seine vorsätzliche Blindheit durchgehen ließ. Denn das war genau das, was ich immer getan hatte.

Doch das konnte ich nicht tun. Diesmal nicht.

»Darden hat Doug umbringen lassen, Mark«, sagte ich. »Phil Beaumont hat ihn am Abend des tödlichen Unfalls zu einem Treffen bestellt. Wahrscheinlich hat ihn derselbe Wagen, der mir gefolgt ist, von der Straße gedrängt.«

»Ha!« Marks Lachen klang mehr wie ein Bellen, doch als ich nicht reagierte, verfinsterte sich sein Gesicht. »Das kannst du doch nicht ernst meinen.«

»O ja.« Ich nickte. »Ich glaube, Darden wollte Doug zum Schweigen bringen, damit die Probleme mit Xytek nicht publik werden. Ein zusätzlicher Vorteil ist, dass das Unternehmen jetzt Doug für ebendiese Probleme verantwortlich machen kann, denn er ist nicht mehr da, um sich zu verteidigen. Einen Versuch ist so etwas allemal wert, denn ab einem gewissen Punkt werden auch die Ärzte aktiv werden.«

»Du glaubst doch nicht wirklich ...« Mark brachte den Gedanken nicht zu Ende.

»Ich *weiß* es, Mark. Andernfalls wäre ich nicht hier.«

»Hast du schon mit der Polizei gesprochen?«, fragte er. »Oder kommen deine Informationen etwa daher?«

»Bislang habe ich noch nichts unternommen«, sagte ich. »Ich wollte zuerst mit dir reden.«

»Gut.« Mark stand auf und schenkte sich an der Hausbar ein Glas Wasser ein. Nachdem er mehrere Schlucke getrunken hatte, drehte er sich wieder zu mir um. »Das weiß ich zu schätzen.« Sein Ton war ernst. »Was schlägst du vor?«

»Wir wenden uns an die Bundesstaatsanwaltschaft«, antwortete ich. »Ich denke, uns bleibt kaum eine Wahl.«

Mark atmete tief aus. »Das wäre ein ethischer Verstoß«, stellte er fest. »Ich meine, wir können argumentieren, dass das Fehlverhalten von Darden in Sachen Xytek fortbesteht, was die Aufhebung der Schweigepflicht rechtfertigt, aber wir befinden uns hier definitiv in einer Grauzone.«

»Sie haben mir indirekt gedroht, Cleo etwas anzutun, wenn ich nicht in ihrem Sinne handle«, sagte ich und versuchte, die Alarmglocken zu dämpfen, die losschrillten, als ich die Worte laut aussprach. »Ich weiß, dass du mit Phil befreundet bist, aber ...«

»Also bitte, Kat.« Mark wischte meinen Wink beiseite. »Ich kenne den Mann, das ist alles. Was jedoch nicht heißt ...« Zornige Röte stieg in seine Wangen. »Warte ... Cleo? Was genau ist passiert? Bist du dir ganz sicher?«

Er suchte nach einem Ausweg. Ich schluckte meine Verärgerung runter. »Sie haben mir ein Foto von ihr geschickt und Geld verlangt«, antwortete ich. Ich hatte nicht vor, Mark mehr zu erzählen – Cleo war das, was zählte, nicht, was ich in Haven House getan hatte.

»Oh ... eine Geldforderung? Klingt vage. Wieso gehst du davon aus, dass Darden dahintersteckt?«

»Wieso gehst du davon aus, dass es sich um einen Zufall handelt? Mark, du weißt, dass ich seit sehr langer Zeit Situationen wie dieser auf den Grund gehe. Situationen wie diese kläre. Der Wagen, der mir gefolgt ist, ist entweder derselbe oder ein ähnlicher wie der, der Doug Sinclair von der Straße gedrängt hat. Die Drohung wegen Cleo ist ganz ähnlich wie die, die Doug erhalten hat – eine vorgetäuschte Erpressung, um eine falsche Fährte zu legen, sollte mir etwas zustoßen. Bei Doug Sinclair hoffte Darden, einem Verdacht gegen das Unternehmen mit Dougs angeblicher Verwicklung in einen College-Zulassungsskandal zuvorkommen zu können.«

Mark hob die Augenbrauen. »Das Unternehmen hat bekommen, was es wollte: den Artikel im *Journal*. Warum sollte es jetzt noch dich bedrohen? Noch dazu über deine Tochter?«

»Weil ich mit drinstecke. Ich bin ein weiterer Risikofaktor. Ich habe mit Tim Lyall gesprochen. Ich weiß von Doug«, sagte ich. Meine Stimme stockte nur leicht.

»Das tut mir leid, Kat.« Er sah so aus, als würde er seine Worte ernst meinen. »Ich weiß, dass du und Doug ...« Er ließ den Satz verklingen. Hätte sich sein Gesichtsausdruck nicht für den Bruchteil einer Sekunde verändert, hätte ich Letzteres womöglich überhört. »Nun, das alles ist ausgesprochen aufwühlend.«

Ich weiß, dass du und Doug ... Es fühlte sich an, als hätte er mich geohrfeigt. Mark wusste von Doug und mir – von unserer Verbindung. Obwohl ich ihm nichts davon erzählt hatte. Obwohl er noch gerade eben so getan hatte, als hätte er die E-Mails aus Tim Lyalls privatem Aktenschrank noch nie gesehen, auch nicht die, die auf eine heimliche Beziehung zwischen Doug und mir hindeutete. In Wahrheit hatte Mark schon lange von alldem gewusst. Er hatte Darden geholfen, mich zu benutzen.

Ich musste dieses Haus verlassen, und zwar sofort.

»Ich gehe jetzt zu Cleo«, sagte ich ruhig und stand auf. Es war absolut wichtig, in einer Situation wie dieser nach außen hin ruhig zu wirken.

»Bist du dir sicher, dass das nicht gefährlich für dich ist? Allein hinzugehen, meine ich.«

Ich vermied es, Mark anzublicken, da ich befürchtete, sein Gesichtsausdruck würde die unterschwellige Drohung bestätigen. Ich hatte Angst, mir würde übel werden.

»Oh, ich bin nicht allein. Ich habe einen Officer vom NYPD darauf angesetzt, sie im Auge zu behalten. Einen guten Freund von mir.« Ich konnte nur hoffen, dass Mark diese Warnung an Darden weitergab. »Für den Moment ist sie also in Sicherheit, aber danke. Du solltest lieber auf dich selbst achtgeben. So wie es im Augenblick aussieht, ist Darden bereit, seine Netze sehr weit auszuwerfen.«

Ich wartete, bis ich um die Ecke gebogen war, dann wählte ich die Nummer von Emily Trachtenberg, der mutigen *New York Times*-Reporterin, die Vivienne Voxhall das Leben schwer machte. Sie meldete sich beim ersten Klingeln.

»Mit wem spreche ich?« Ihre Stimme klang heiser.

»Mit Katrina McHugh«, antwortete ich. »Es tut mir leid, dass ich so spät anrufe, aber ich habe etwas für Sie. Und das ist um einiges besser als Vivienne.«

Ich öffnete die Tür und stieg in McKinneys Wagen, der auf der Straßenseite gegenüber einer Reihe makellos gepflegter Brownstone-Häuser parkte. Er nahm einen Schluck Kaffee aus einem Pappbecher. Attraktiv wie immer, aber sichtlich müde. Ich fühlte mich schlecht, weil ich ihn zu dieser Uhrzeit aus dem Bett geholt hatte. Seine Frau, die als Krankenschwester auf der Neugeborenen-Intensivstation der New Yorker Uniklinik arbeitete, war schwanger, und die beiden konnten berufsbedingt nicht viel Zeit miteinander verbringen. Ganz zu schweigen davon, dass McKinney für seine Hilfe womöglich Ärger bekommen würde. Eine Entlassung würde ihm nach seinem Abschluss an der Fordham Law School sicher nicht bei seiner Zulassung als Anwalt helfen, ganz gleich, wie glänzend meine Empfehlung gewesen war.

»Danke«, sagte ich und wartete, bis er mich ansah. »Mir ist bewusst, dass das hier nicht gerade ideal ist ...«

Er nickte. McKinney konnte nie lange wütend bleiben. »Es ist die Nummer 243. Welches Apartment, weiß ich nicht, das konnte ich nicht sehen.«

»Noch einmal danke, dass Sie gekommen sind, McKinney. Es tut mir sehr leid, dass ich Sie damit behelligen musste.«

Er richtete den Blick auf das elegante Stadthaus aus dem typischen rötlich braunen Sandstein. »Kommen Sie klar?«

»Ja sicher. Sehen Sie zu, dass Sie zu Ihrer Schicht kommen!«

Ich spürte, wie McKinney mich von der Seite ansah. »Wollen Sie mir nicht sagen, was in Wahrheit los ist?«

Sosehr ich mir auch wünschte, McKinney von Darden zu erzählen – ich konnte nicht riskieren, die Polizei einzuschalten. Noch nicht. Darden konnte das zum Anlass nehmen, schneller zu handeln oder den Druck zu erhöhen. »Es geht um denselben Jugendlichen, bei dem Sie mir schon einmal geholfen haben. Ich weiß, es ist schrecklich, dass es so weit kommen musste, aber ja: Ich überwache meine eigene Tochter. Das ist der Grund, warum ich mich nicht dazu äußern wollte.«

McKinneys Blick wich nicht von meinem Gesicht. »Aha«, sagte er, doch es klang nicht so, als würde er mir glauben. »Möchten Sie, dass während meiner Schicht jemand anders übernimmt?«

Ich schloss für eine Sekunde die Augen. Ich hasste es, McKinney um weitere Unterstützung bitten zu müssen, aber genau die brauchte ich. »Das würde mir wirklich helfen.«

Er griff nach seinem Handy und tippte aufs Display ein. Sekunden später bekam ich eine Textnachricht mit einer Nummer. McKinney tippte weiter, dann sagte er: »Schon erledigt. Ein Freund von mir. Sie müssen ihn nur anrufen.«

CLEO

Fünfundvierzig Stunden danach

Die Frau, die an einem Schreibtisch hinter dem Empfang im Studierendensekretariat der Yale University sitzt, blickt mich über ihre Lesebrille hinweg mit hochgezogenen Augenbrauen an. Es ist mir gelungen, in Tränen auszubrechen, um ihr Mitgefühl zu wecken, doch sie scheint nicht im Mindesten gerührt zu sein.

Dank Rose habe ich den Namen des Tutors erfahren, der damals in Haven House unterrichtete: Reed Harding, ein Student im zweiten Studienjahr. Den Vornamen kenne ich, meine Mom hat einen »Reed« in ihrem Tagebuch erwähnt. Mehr habe ich allerdings nicht in der Hand, und möglicherweise lande ich in einer Sackgasse, aber wenn ich jetzt nach Hause fahre, muss ich mich der Tatsache stellen, dass das, was Detective Wilson gesagt hat, der Wahrheit entspricht: Wenn schlimme Dinge passieren, ist fast immer jemand aus dem näheren Umfeld des Opfers dafür verantwortlich. Jemand mit einem Motiv, sei es, dass es um Geld oder eine Affäre geht.

Die Frau vom Studierendensekretariat erhebt sich zögernd, tritt auf mich zu und verschränkt die Hände auf dem Empfangstresen zwischen uns.

»Und wie kann ich Ihnen helfen?«

»Entschuldigung«, sage ich und wische über meine Augen. »Meine Mom ist verschwunden.«

Sie lehnt sich gegen den Tresen. »Da müssen Sie sich an die Campussicherheit wenden. Aus dem Haupteingang raus und links, dort ist das Büro.«

»Nein, darum geht es nicht.« Meine Stimme bricht. Ich hole Luft. »Sie ist nicht hier verschwunden. Wir leben in New York.«

»Hmmm«, erwidert sie gedehnt.

»Ich benötige Ihre Hilfe, um einen Studenten ausfindig zu machen, der vor langer Zeit an dieser Universität eingeschrieben war. Er weiß etwas, und um meine Mom zu finden, brauchen wir ihn. Ich dachte, seine Adresse ist womöglich in Ihren Ehemaligenakten. Sein Name ist Reed ...«

»Nein. Auf keinen Fall.«

»Aber es handelt sich um einen ...«

»Nein.« Sie wedelt mit dem Zeigefinger vor meinem Gesicht herum. »Ich darf Ihnen nicht einmal sagen, ob er hier studiert hat. Das sind private Informationen, die unter den Datenschutz fallen. Und Datenschutz wird heutzutage sehr wichtig genommen. Da kann ich nicht einfach irgendwelche Privatadressen rausgeben.«

»Aber meine Mom ...«

»Das tut mir leid für Sie. Es klingt wirklich schrecklich.« Sie stößt sich vom Empfangstresen ab und kehrt an ihren Schreibtisch zurück. »Wenn die Polizei mir aufträgt, Ihnen die Information zu geben, werden Sie sie umgehend bekommen. Aber ich werde ganz bestimmt nicht gegen die Vorschriften verstoßen.«

Der Campus von Yale ist schön, nicht nur wegen der gotischen Architektur, sondern auch weil er, anders als der Campus der NYU, so grün ist. Die Studierenden hier wirken um einiges entspannter. Ich setze mich für eine Weile auf den Rasen gegenüber der großen Bibliothek und denke an das letzte Mal, als ich die Bibliothek der New York University aufgesucht habe. An Kyles selbstzufriedenen Gesichtsausdruck, als er mir sagte, dass er das Geld aus seinem

Spind im Fitnessstudio bekommen hatte. Dass wir jetzt quitt waren. Und dann war er abgezogen und hatte mir trotzdem Geoff auf den Hals gehetzt.

Mein Handy summt. Ich sehe zuerst die Nachricht: *Tut mir leid.* Erleichterung durchzuckt mich: mein Dad, der versucht, die Dinge wieder in Ordnung zu bringen. Doch die Entschuldigung ist nicht von meinem Dad, sie ist von Will. Ich wische die Message weg. Bin genervt, auch wenn ich nicht genau weiß, warum. Als ich den Kopf hebe und den Blick über den Campus schweifen lasse, bemerke ich, dass mehrere Leute gleichzeitig stehen bleiben, um Selfies zu machen. Heutzutage kein ungewöhnlicher Anblick. UNow-Fotos, die in einem exakt zweiminütigen Zeitfenster erscheinen, unterlegt mit einem darauf abgestimmten Song. *Vivienne.* Vielleicht bin ich doch nicht in eine Sackgasse geraten.

Zu meiner Überraschung geht Vivienne sofort ans Telefon. »Hast du sie gefunden?«, fragt sie, ohne Hallo zu sagen.

»Nein. Aber um sie zu finden, muss ich jetzt noch jemand anderen finden.« Mich überkommt ein leichtes Schuldgefühl. Eigentlich sollte ich Detective Wilson anrufen, nicht Vivienne. Allerdings weiß ich, dass Wilson meine Aktion niemals unterstützen würde. Vermutlich würde sie sogar jemanden herschicken, der mich abholt. »Er hat vielleicht eine Erklärung für das Verschwinden meiner Mutter. Können Sie sich in die Ehemaligenakten von der Yale hacken? Ich weiß, dass er dort vor ungefähr dreißig Jahren studiert hat. Ich brauche seine aktuelle Adresse, damit ich versuchen kann, mit ihm zu reden.«

»Yale? Ich bitte dich, das ist ein Kinderspiel. Nenn mir seinen Namen und ein Zeitfenster von fünf Jahren, in dem er seinen Abschluss gemacht hat. Sollte nicht lange dauern.«

Tatsächlich rief Vivienne mich in weniger als zehn Minuten zurück. »Es gibt keine aktuellen Unterlagen über den Typen. Er hat keinen Abschluss an der Yale gemacht. Ist im zweiten Studienjahr nach den Weihnachtsferien nicht an die Universität zurückgekehrt. Laut seiner Akte gab es dafür keinen offensichtlichen Grund: Er hatte gute Noten, keine Disziplinarprobleme, die Studiengebühren waren komplett bezahlt. Soll ich dir seine letzte Adresse in New Haven geben? Er hat etwas außerhalb des Campus gewohnt. Vielleicht kann dir dort jemand weiterhelfen. Obwohl ... das war vor dreißig Jahren ...«

»Geben Sie sie mir trotzdem – und ... danke.«

Eine halbe Stunde später stehe ich auf der gegenüberliegenden Straßenseite vor einem heruntergekommenen Haus etwa eine Meile östlich des Campus. Es ist klein und cremeweiß gestrichen. Die Veranda an der Vorderseite hängt durch, was den Anschein erweckt, als würde das Haus langsam im Boden versinken. Die Nachbarschaft ist verlassen, das Haus nebenan mit Brettern vernagelt, ein anderes teilweise von einem Brand zerstört.

Ich fahre zusammen, als hinter mir ein Hund bellt und sich zähnefletschend gegen den windigen Maschendrahtzaun zwischen uns wirft.

»Herrgott«, murmele ich und eile im Laufschritt über die Straße. Die Stufen vor der Eingangstür sind so schief, dass ich abrutsche und nach dem Geländer greife, das nachgibt, als ich mich daran festhalte. Es gelingt mir gerade noch, mich zu fangen.

»Wer zur Hölle ist da?«, ruft ein sehr großer Mann mit Glatze aus einem der vorderen Fenster. Durch das Fliegengitter kann ich seinen Gesichtsausdruck nicht erkennen, aber offensichtlich ist er nicht glücklich über meinen Besuch.

Ich ziehe einen der Zwanziger aus der Tasche, die ich extra zu diesem Zweck mitgebracht habe, und wedele damit durch die Luft wie mit einem Hundeleckerli. Aber ich habe jetzt schon das Gefühl, dass ich die Sache falsch angehe.

»Ich versuche, jemanden zu finden, der früher hier gewohnt hat.«

»Wen?«, brüllt er, aber sein Ton klingt ein kleines bisschen freundlicher. Was am Geld liegen muss.

»Reed Harding. Ähm, es ist ziemlich lange hier, dass er hier gewohnt hat, wahrscheinlich lange vor Ihnen.«

»Ich habe mein ganzes Leben in diesem Haus verbracht, und ich bin 1981 zur Welt gekommen. Davor haben meine Eltern hier gelebt und vor ihnen meine Großeltern.«

Der Mann verschwindet. Kurz denke ich, dass das Thema damit für ihn abgehakt ist, aber dann erscheint er an der Haustür. Er ist sogar noch riesiger, als ich dachte. Mit seinen großen Pranken bedeutet er mir, näher zu treten. Ich mache einen winzigen Schritt nach vorn. Nicht nah genug, dass er mich packen könnte, aber immerhin so nah, dass mich ein mulmiges Gefühl beschleicht.

»Ja?« Es gelingt mir, mir meine Nervosität nicht anmerken zu lassen.

»Gib mir das verdammte Geld«, sagt er.

»Oh, okay.« Ich werfe den Zwanziger vor die Tür und springe zurück.

Er nimmt den Schein an sich und betrachtet ihn.

»Wen genau suchst du?«

»Er war Student an der Yale University, und er ...«

»Ach, du meinst das Apartment. Das haben wir an Studenten vermietet. Wir vermieten übrigens immer noch.«

»Reed Harding hat 1992 an der Yale studiert«, ergänze ich zögernd. »Laut Studienunterlagen hat er hier gewohnt und bis Weihnachten 1992 die Uni besucht.«

»*Weihnachten 1992?*«, fragt er. »Warte mal ... ich erinnere mich an dieses Arschloch. Er hat uns die Hälfte unserer Geschenke abgezockt, unter anderem meine Reggie-Jackson-Baseball-Karte, die ich mir schon seit Ewigkeiten gewünscht hatte.«

»Ich muss in Erfahrung bringen, wo er jetzt ist. Ich muss mit ihm reden.«

»Daraus wird nichts.«

»Ich weiß, es ist lange her, aber ...«

»Der Scheißkerl ist tot.«

»Tot?«

»Exakt – damit hat er uns das Weihnachtsfest versaut. Ist an Heiligabend mitten in der Nacht auf unseren Stufen verblutet. Meine Mom ist total ausgeflippt deswegen, mein Dad hat sich schreckliche Sorgen wegen der Miete gemacht. Und wir Kinder waren die Gearschten.«

»Verblutet?«

»Ja. Erstochen.« Er deutet auf seinen Nacken. »Überall war Blut. Ich nehme an, er hat versucht, sich zum Arzt zu schleppen, und ist auf den Stufen zusammengebrochen. Meine Mom hat sich die Lunge aus dem Hals geschrien, als sie ihn entdeckt hat.«

»Was genau ist passiert?«, frage ich, als hätte ich nicht längst eine Theorie. Am selben Heiligabend, an dem meine Mom laut ihrem Tagebuch »explodiert« ist, wurde der Tutor ihrer Schreib-AG erstochen, mit dem sie angeblich »viel zu viel Zeit verbracht« hatte?

»Woher soll ich das wissen?« Er zuckt die Achseln und deutet auf die Straße. »Ob du's glaubst oder nicht – hier ist es heute um einiges sicherer als früher. Egal. Ein Rettungswagen hat ihn abgeholt. Später kam noch die Polizei. An die Details kann ich mich nicht erinnern. Meine Eltern waren so panisch wegen der ganzen Sache, dass sie uns verboten, jemals wieder darüber zu reden.«

Erst als ich wieder im Zug sitze, texte ich Will: *Danke, dass du für mich da warst. Es tut mir ebenfalls leid.* Nichts von dem, was vorgefallen ist, war seine Schuld, und ich fühle mich erneut nervös und anlehnungsbedürftig. *Ich denke, ich brauche nur ganz, ganz dringend etwas Schlaf.*

Anschließend lese ich im *Connecticut Magazine* noch einmal den Enthüllungsbericht über Haven House. Darin werden auch Direktor Daitchs Beziehungen zu den örtlichen Behörden erwähnt, die es ihm ermöglichten, etliche Verstöße sowie das Fehlverhalten seiner Mitarbeiter zu vertuschen, genau wie Rose es gesagt hatte. Das Letzte, was Daitch gewollt hätte, war, dass man jemanden von Haven House für einen Mord zur Verantwortung zog – und er hatte die Möglichkeit, sämtliche Beweise für einen solchen Vorfall verschwinden zu lassen.

Wilson schickt mir eine Nachricht – natürlich war mir klar, dass sie das tun würde –, sie erkundigt sich nach den Screenshots, die ich ihr geschickt habe.

Cleo, was zur Hölle ist das? Unmittelbar darauf geht eine zweite Nachricht ein. *Wir müssen unbedingt über deinen Freund reden, Cleo. Es ist wichtig.*

Kyle – großartig. War ja klar, dass Wilson sich auf ihn einschießen würde. Ich habe nicht vor, ihr zu antworten, denn sie wird definitiv wissen wollen, wo ich mich gerade aufhalte.

Während ich mein Handy einstecke, drängt endlich der hässliche Gedanke, der während der gesamten Fahrt an mir genagt hat, an die Oberfläche: Was, wenn meine Mom davongelaufen ist? Was, wenn diese Person aus ihrer Vergangenheit ihr damit droht, aller Welt zu verraten, dass sie Reed Harding umgebracht hat? Was, wenn sie untergetaucht ist, damit niemand erfährt, was sie getan hat? Vielleicht möchte sie gar nicht gefunden werden. Ich frage mich, ob ich sie genug liebe, um es dabei belassen zu können. Ich bin mir nicht sicher. Es bei etwas zu belassen, ist viel schwieriger, als man denkt.

Die vier Blocks von der West 4th Street Station zu meinem Wohnheim kommen mir endlos vor. Fast habe ich das Gefühl, durch nassen Sand zu stapfen. Ich biege gerade in meine Straße ein, als mich jemand von hinten anrempelt. Ich taumele gegen eine Hauswand. Mein Kopf prallt gegen den Stein, und ich sehe Sterne. *Wow. Tatsächlich Sterne.* Dann spüre ich einen Unterarm, der gegen meinen Hals drückt. Mein Gehirn versucht zusammenzubekommen, was gerade passiert. Ein Gesicht schiebt sich vor meins.

Kyle.

Über seinem rechten Auge ist ein Schnitt zu erkennen, das linke ist zugeschwollen und dunkellila. Er fletscht die Zähne, und ich kann sehen, dass einer fehlt – eine riesige Lücke. Ganz offensichtlich steht er kurz davor auszurasten.

»Hast du mir die Polizei auf den Hals gehetzt?«, zischt er.

Wilson hat bereits mit ihm gesprochen?

Sein Arm drückt so fest auf meine Kehle, dass ich kaum sprechen kann.

»Was?«, krächze ich.

»Das muss dieser Scheißcop gewesen sein, mit dem deine Mom vor meiner Wohnung aufgekreuzt ist! Er hat mich zusammengeschlagen!«

»Meine Mom ... Was sagst du da?«

»Der Cop, den sie mitgeschleppt hat!«, brüllt er mich an. Speichel sprüht in meine Augen.

»Was für ein Cop und wann?«

»Schon vor Monaten, bevor wir uns getrennt haben!«, schreit er.

Und plötzlich ergibt alles Sinn, plötzlich weiß ich, warum er mich so bereitwillig hat gehen lassen.
»Davon wusste ich nichts!«
»Tja, heute Abend ist er plötzlich wieder aufgetaucht, wie aus dem Nichts, hat mich gepackt und mich verprügelt – angeblich habe ich deiner Mom was angetan. Hast du ihm das eingeredet?«
»Nein!« Mir wird schwindelig. »Ich kenne ihn nicht mal!«
»Scheiße! Wer hat ihn dann geschickt?«
»Lass los, Kyle!« Es fehlt nicht mehr viel, und ich werde ohnmächtig.
»He!« Eine alte Frau schlägt Kyle ihre Handtasche gegen den Kopf. »Lass sie los, oder ich rufe die Polizei!«
Und dann bin ich frei. Der Schlag bringt Kyle so aus dem Konzept, dass er seinen Arm zurückzieht. »Kümmere dich um deinen eigenen Scheiß, Bitch!«, schreit er mir nach, als ich zu meinem Wohnheim renne.
Tyler, der nette Wachmann von der Nachtschicht, kommt heraus.
»Hey, Arschloch!«, brüllt er meinen Ex an. Er ist fast doppelt so groß wie Kyle. »Was zur Hölle soll das?«
»Bitte lassen Sie ihn nicht rein.« Humpelnd haste ich durch die Eingangstür. »Er hat versucht, mich zu erwürgen.«
Tyler nickt und geht auf Kyle zu. »He, wir sollten uns dringend unterhalten, Freundchen!«
»Das ist noch nicht vorbei, Cleo!«, ruft Kyle. »Ich will mein verdammtes Handy zurückhaben!«

KATRINA

Am Tag des Verschwindens

Als Cleo eine halbe Stunde später das Brownstone-Haus verließ – genug Zeit für Sex, aber sonst nicht viel –, war ich nur noch wütend – erst auf sie, dann auf mich. Vor allem, weil ich keine Ahnung hatte, wen sie dort getroffen hatte, geschweige denn, ob Sex tatsächlich eine Rolle dabei spielte. Ich folgte ihr zurück zum Wohnheim, vergewisserte mich, dass sie hineinging, wartete, bis in ihrem Zimmer das Licht an- und später wieder ausging.

Und dann bekam ich eine weitere Textnachricht. Das Handy zitterte in meiner Hand, als ich anfing zu lesen.

Heute Nacht. Drei Millionen Dollar. Informationen zum Übergabeort weiter unten. Es folgte eine Reihe von Zahlen. *Wenn das Geld bis Mitternacht nicht dort ist, wird sie dafür bezahlen.*

Darden drohte mir noch immer? Hielt Mark sie wirklich nicht auf? Oder hatte er es versucht und war gescheitert? Beides erschien mir als denkbare Option.

Auf die Textnachricht folgte ein neues Foto – wieder von Cleo beim Betreten ihres Wohnheims, diesmal aus einem anderen Winkel fotografiert. In einer der Ecken war ein Typ mit einer roten Baseballkappe zu sehen, ein Typ, der – so wurde mir jetzt klar –, gerade erst an mir vorbeigegangen war. Wer immer das Foto gemacht und geschickt hatte, musste sich ganz in der Nähe aufhalten.

Die Sache eskalierte schnell. Ich durfte nicht riskieren, dass Darden den nächsten Schritt machte, durfte nicht darauf vertrauen, dass Mark uns schützte. Durfte nicht einmal davon ausgehen, dass ich Mark wirklich kannte. Ich musste zu einem Präventivschlag ausholen und hoffen, dass ich einen Treffer landete.

Bis zum Morgengrauen blieb ich auf der Bank sitzen, den Blick auf Cleos Wohnheimzimmer geheftet, dann kam ich auf McKinneys Angebot zurück, rief seinen Freund an und bat ihn zu übernehmen. Anschließend schrieb ich Ahmed von Digitas und bat ihn, den Absender der anonymen Textnachrichten zu ermitteln. Bislang hatte ich darauf verzichtet, weil ich nicht wollte, dass jemand, mit dem ich zusammenarbeitete, davon erfuhr, selbst wenn er nicht direkt in der Kanzlei tätig war. Ich wusste, dass ich nicht die einzige Person bei Blair & Stevenson war, die Digitas bei Recherchen unterstützte. In Anbetracht der akuten Drohungen blieb mir jedoch keine andere Wahl. Ich schrieb auch Mark, der sofort vorschlug, dass wir uns in der Kanzlei trafen.

Wenngleich ich Cleo in Sicherheit wusste, konnte ich nicht verhindern, dass mir übel wurde, als ich in der Etage mit den Büros von Blair & Stevenson aus dem Aufzug stieg. So früh an einem Sonntagmorgen war niemand da. Ich ging davon aus, dass Mark diesen Treffpunkt nicht zufällig gewählt hatte.

Schon beim Verlassen des Aufzugs fiel mir auf, dass die Tür zu meinem Büro offen stand.

Diejenigen, die mein Büro durchsucht hatten, waren äußerst gründlich vorgegangen: Schubladen waren aufgerissen, Unterlagen und Akten auf dem Fußboden verstreut. Sogar die abgesperrte Schublade an meinem Schreibtisch war aufgebrochen worden und leer. Es hatte sich auch niemand die Mühe gemacht aufzuräumen, denn Vortäuschungen oder falsche Vorwände waren inzwischen längst nicht mehr nötig.

In dem Eckbüro am Ende des Gangs stieß ich auf Mark. Er stand hinter seinem Schreibtisch, die Augen auf den Computer geheftet. Ein weiterer Mann – grauer Nadelstreifenanzug, perfekt frisiertes grau meliertes Haar, schwarz gerahmte Brille – lehnte an der Fensterbank. Phil Beaumont, Dardens Chefjustiziar. Ich erkannte ihn sofort. Ich hatte ihn im Fernsehen gesehen – Xytek war nicht der erste Skandal, den Darden überstanden hatte.

Ich blieb auf der Schwelle stehen. »Wird irgendwer mein Büro auch wieder aufräumen?«, fragte ich anstelle einer Begrüßung.

Die beiden starrten mich an, und für einen langen Moment war mein Puls, der in meinen Ohren pochte, das einzige Geräusch, das ich hörte.

»Kat. Gut, dass du da bist«, sagte Mark mit gezwungener Heiterkeit, dabei war es längst zu spät, so zu tun, als wäre alles nur ein unglückliches Missgeschick bei seiner Hilfe für Darden Pharmaceuticals gewesen. Es waren Menschen ums Leben gekommen. Dass Mark alles aus dem Darden-Mandat herausholte, was er wirklich wollte – Geld, Prestige, Macht –, war sicherlich keine Entschuldigung für seine fortlaufende Beteiligung an diesem Fiasko.

»Sorg dafür, dass sie Cleo in Ruhe lassen, und zwar auf der Stelle«, sagte ich. Die Augen auf Mark gerichtet, deutete ich mit dem Finger in Phils Richtung. »Sie drohen mir noch immer damit, ihr was anzutun.«

Mark lächelte schwach. »Kat. Bitte. Wir werden das alles klären.«

Phil drehte sich zu mir. Ausdruckslos. »Die Dokumente, die Sie in Ihren Besitz gebracht haben, sind vertraulich und Eigentum von Darden Pharmaceuticals. Geben Sie sie heraus, sonst sorge ich dafür, dass Ihnen die Zulassung entzogen wird.«

Ich sah ihm direkt ins Gesicht. »Sie haben mir Drohungen und Fotos von meiner *Tochter* geschickt«, schoss ich zurück. »*Sie* wandern ins Gefängnis.«

»Wovon reden Sie?« Phil zog ein Gesicht, als hätte er gerade eben auf etwas Saures gebissen, dann wandte er sich an Mark. »Wovon redet sie?«

»Ich habe dir gesagt, dass sie davon gesprochen hat«, erwiderte Mark und warf Phil einen vorwurfsvollen Blick zu. »Ich habe dich davor gewarnt, extreme Maßnahmen zu ergreifen.«

»Niemand hat irgendjemanden bedroht«, sagte Phil zu Mark, dann sah er wieder mich an. »Ich habe keine Ahnung, wovon Sie reden.«

Ich zog mein Smartphone aus der Tasche und rief eins der beiden Fotos von Cleo beim Betreten ihres Wohnheims auf, dann eine der Drohnachrichten mit der Geldforderung. »*Hier*. Hiervon rede ich.« Ich hielt das Handy auf Augenhöhe, damit die beiden einen guten Blick aufs Display hatten. »Außerdem haben mich Männer aus einem Auto heraus beobachtet, und zwar mehr als einmal. Sie haben auch die Aufnahme gemacht. Das muss aufhören.«

»Wir haben nichts damit zu tun.« Phil klang beinahe amüsiert. »Scheint so, als wären Amateure am Werk.«

»Ich habe Ihre Männer *gesehen!*« Ich schrie beinahe. »Sie sind mir gefolgt!«

»Ich bestreite nicht, dass wir Sie haben überwachen lassen«, sagte er. »Das ist Standard bei sensiblen Angelegenheiten wie dieser.«

Mark wollte mir eine Hand auf den Unterarm legen, aber ich machte einen Schritt zurück. »Kat, wenn eine Drohung ausgesprochen wurde, möchte ich mich entschuldigen …«

»*Wofür?*«, schnauzte Phil. »Wir haben sie nicht bedroht! Deine Mitarbeiterin hat *meinen* Mitarbeiter gevögelt und dich belogen! Und jetzt versucht sie, Darden mit vertraulichen Informationen fertigzumachen, *deinen* Mandanten! Das ist sittenwidrig und illegal.«

»Vielleicht können wir auf die Hysterie verzichten und uns an die Fakten halten«, blaffte ich zurück. »Die Fakten sind folgende: Ich habe die Dokumente, die sich in Tim Lyalls Besitz befanden, genau gesagt: Ich habe Fotos davon. Und bevor Sie auf die Idee kommen, sich für eine schnelle Lösung zu entscheiden, sollten Sie wissen, dass diese sicher und gut geschützt an mehreren Orten hochgeladen sind einschließlich der Cloud. Das Gute, wenn man eine so vorsichtige Person wie Tim Lyall engagiert, ist, dass er äußerst gründlich Buch führt. Das Schlechte, wenn man jemanden wie mich bedroht, ist, dass ich stets vorbereitet bin.«

»Sie sollten sich vor Augen halten, wohin diese Unterlagen Doug Sinclair gebracht haben.«

Ich spürte, wie mich ein unangenehmes Kribbeln überlief. Man würde versuchen, mich ebenfalls umzubringen. Aber ich kannte mich gut aus mit Männern, die dachten, sie hätten das Recht, sich von mir zu nehmen, was sie wollten. Ich wusste, wie ich ihnen aus dem Weg gehen konnte. Ich wusste, wie man überlebte.

»Was jetzt passiert, ist Folgendes«, sagte ich mit leiser, ruhiger Stimme. »Ich werde zu dieser Tür dort hinausgehen und ungehindert das Gebäude verlassen. Sobald ich weg bin, pfeifen Sie Ihre Hunde zurück und besorgen mir das Handy, von dem die Drohnachrichten im Zusammenhang mit meiner Tochter verschickt wurden – sozusagen als Zeichen des guten Willens. Wenn Sie dem nicht nachkommen, werde ich dafür sorgen, dass Doug Sinclairs E-Mails, in denen er Sie bezüglich der Gefahren von Xytek warnt, in der *New York Times* veröffentlicht werden. Und bevor Sie jetzt erwägen, mich als potenzielle Bedrohung auszuschalten:

Dafür ist es zu spät. Die Sache ist bereits angelaufen. Sollte mir etwas zustoßen, kann ich sie nicht mehr stoppen, und die Story erscheint in der *Times*.«

»Dafür verlieren Sie die Zulassung.« Phils Gesicht war dunkelrot, aber seine Stimme hatte an Kraft verloren.

»Glauben Sie, das interessiert mich?«, fragte ich. »Sie haben mich bedroht, und Sie haben versucht, mich zu erpressen. Das Wohlergehen meiner Tochter ist das Einzige, das mir wirklich etwas bedeutet.«

»Kat, Darden Pharmaceuticals ist nicht im Besitz dieses Handys«, wandte Mark ein. »Davon wüsste ich. Sie können nicht liefern, was sie nicht haben.«

»Und *warum* sollte ich dir glauben?«

»Ich weiß, dass du enttäuscht von mir bist, Kat, und das ist nur verständlich. Es gibt Dinge ... Ich wollte im Geschäft bleiben, nicht zuletzt, damit für Ruth gesorgt ist. Das ist keine Ausrede, es ist die Wahrheit. Und wenn du bedroht wirst, dann von jemand anderem – auch das ist die Wahrheit.«

Mark war nicht dumm; er musste wissen, dass ich dieses Gespräch aufzeichnen würde. Warum sollte er so vehement darauf beharren, dass ich nicht von Darden bedroht wurde, wenn er alles andere einräumte? Das ergab nur Sinn, wenn er tatsächlich aufrichtig war.

»Schicken Sie diese Unterlagen nicht an die Presse, Kat. Bitte«, fuhr Phil fort. Jetzt klang sein Ton beschwörend, um nicht zu sagen flehentlich. »Offensichtlich wurden bei diesem Medikament Fehler gemacht, aber Darden ist fest entschlossen, Wiedergutmachung zu leisten. Wir werden uns mit den Klägerinnen einigen und würden uns freuen, wenn Sie uns bei der Festlegung einer angemessenen Entschädigung unterstützen.«

»Für die Babys, denen Sie wissentlich Schaden zugefügt

haben? Die, die gestorben sind?«, fragte ich. »Glauben Sie wirklich, so etwas kann man mit Geld wiedergutmachen?«

»Ich bitte Sie«, erwiderte Phil gelassen. »Sie und ich wissen beide, dass es für alles einen Preis gibt. Und für jeden.«

Ich wandte mich zum Gehen. »Warten wir doch erst einmal ab, wie der heutige Abend verläuft – besorgen Sie mir das Handy, um das ich Sie gebeten habe, dann sehen wir weiter.«

24. Dezember 1992

Ich mach's! Ich werde mich rausschleichen. Das ist ein Risiko, ich weiß. Mit einer solchen Aktion kann man seine Wochenendprivilegien dauerhaft verspielen. Doch wie Reed richtig sagte: Sind diese Privilegien überhaupt etwas wert?
Er hat recht: Man lebt nur einmal. Ich muss anfangen, meine eigene Zukunft zu bestimmen. Und ich bin mutig genug, dies zu tun. Reed glaubt daran. Und ich ebenfalls.
Was heute Abend betrifft: Ich muss nur zur Haustür raus, wenn die Aufsicht nicht hinsieht. Sie ist in letzter Zeit ohnehin kaum an ihrem Posten. Ich denke, sie trifft sich mit einem der Lehrkräfte ...
Ich habe es verdient, eine ganz normale Jugendliche zu sein. Spaß zu haben. Ein bisschen zu leben. Mich mit dem Jungen zu treffen, in den ich verliebt bin.
Sei's drum. Was kann schon Schlimmes passieren? Es ist doch Heiligabend.

CLEO

Zweiundfünfzig Stunden danach

Vivienne ist schon da. Sie sitzt in einer der roten Sitznischen im hinteren Bereich des schmalen Diners, als ich eintreffe. Ihre Haare werden von einem breiten weißen Stirnband zurückgehalten, auf ihrer langen, schmalen Nase thront eine große, rote Lesebrille. Sie raucht. Drinnen. Vollkommen auf ihr Handy konzentriert, auf dessen Display sie eintippt, bemerkt sie mich erst, als ich auf die Bank ihr gegenüber gleite.

»Verdammte Idioten. Denken, ein Master of Business Administration macht sie zu Gott.«

»Sie dürfen hier drinnen nicht rauchen«, sage ich und schaue mich nach der Bedienung um, die mit Sicherheit jeden Moment herbeigeeilt kommt, um sie zurechtzuweisen.

Vivienne deutet auf die Köche in der offenen Küche und die Kellnerin, die danebensteht. »Sehen die so aus, als würde die das irgendwie jucken? Ist doch viel zu spät, um sich aufzuregen.« Sie blickt mich über den Rand ihrer Lesebrille hinweg an. »Unsere Büros sind um die Ecke. Wenn es leer ist, darf ich hier immer rauchen. Deshalb komme ich her.« Sie nimmt einen weiteren Zug. Die Kellnerin erscheint und stellt mit grimmigem Gesichtsausdruck einen kleinen Unterteller vor Vivienne hin, auf die sie ihre Asche schnippen kann.

»Hm. Was gibt's?«, erkundige ich mich.

»Ich habe einen Anruf von dieser *New York Times*-Reporterin bekommen.« Viviennes Stimme ist jetzt leise und ernst. »Diesmal hat sie behauptet, sie würde ebenfalls nach deiner Mom suchen. Sie wollte mir nicht sagen, warum, aber sie klang ... besorgt. Aufrichtig besorgt.« Sie zögert, dann sieht sie mich an. »Ich dachte, das solltest du wissen.«

»Was genau hat sie gesagt?«

»Nicht viel.« Vivienne drückt die Zigarette auf dem Unterteller aus. »Anscheinend hat deine Mom ihr Dokumente zukommen lassen – in irgendeiner Sache, die nicht mich betrifft. Laut der Reporterin stand deine Mutter ziemlich unter Druck. Und dann ist sie verschwunden.«

»Warum hat diese Reporterin *Sie* angerufen und nicht Moms Kanzlei? Oder die Polizei?«

»Genau die Frage habe ich ihr auch gestellt, aber sie wollte nicht antworten. Hat einfach aufgelegt.«

»Oh«, sage ich.

»Es ist genauso, wie ich es von Anfang an gesagt habe: Ich denke, ihr Verschwinden hat etwas mit ihrem Job zu tun.« Vivienne nickt, als wolle sie sich selbst beipflichten. »Das ist nichts Neues.«

Aus irgendeinem Grund habe ich das Gefühl, dass das keine gute Nachricht ist. Ich blicke auf die Tischplatte. Spüre, wie Vivienne mich beobachtet.

»Hey, was ist mit diesem Reed Harding?«, will sie wissen. »Hast du ihn ausfindig machen können?«

Ich möchte auf keinen Fall, dass Vivienne Reed Hardings Spur aufnimmt, nicht, solange ich keinen blassen Schimmer habe, wohin sie führt. »Nein, das war eine Sackgasse«, antworte ich daher, hoffentlich überzeugend.

»Ich kann ja noch ein bisschen tiefer graben«, bietet Vivienne mir an. »Irgendwo stößt man immer auf etwas.«

Ich schüttele den Kopf. Ich muss ihre Aufmerksamkeit auf ein anderes Thema lenken. »Das wäre Zeitverschwendung. Ich weiß, dass jemand sie erpresst hat. Wir sollten herausfinden, wer.«

»Erpresst? Womit?«

»Keine Ahnung.« Ich fokussiere den klebrigen Zuckerspender auf dem Tisch zwischen uns. »Angeblich weiß irgendwer etwas über ihre Vergangenheit. Ich habe die Telefonnummer, von der die Textnachrichten verschickt wurden. Glauben Sie, Sie können herausfinden, wem die Nummer gehört?«

»Vielleicht«, antwortet sie. »Zunächst einmal kommt es darauf an, ob es sich um ein Prepaidhandy oder eins mit Vertrag handelt. Aber ich kann – ich *werde* – mein Bestes geben. Möglicherweise bringe ich etwas in Erfahrung.«

»Danke«, sage ich. »Darf ich Sie noch etwas anderes fragen?« Es geht um etwas, was mir durch den Kopf geistert, seit Vivienne angefangen hat, mir zu helfen.

Sie zündet sich eine weitere Zigarette an, inhaliert tief und beäugt mich beim Ausatmen durch eine Rauchwolke. »Sicher.«

»Wenn Sie all das können – sich überall reinhacken und so –, warum brauchen Sie dann eigentlich meine Mom? Warum lösen Sie das Problem nicht selbst?«

Vivienne geht der strenge Blick der Kellnerin jetzt wohl doch auf den Keks. Mit einem betont reuevollen Blick drückt sie ihre Zigarette aus. Dann wischt sie sorgfältig ein paar Aschekrümel vom Tisch und schaut mich an. »Computer, Informationen, *Daten* – all das bringt einen nur bis zu einem gewissen Punkt. Man kann in Erfahrung bringen, was passiert ist, man kann daraus schließen, womit man als Nächstes konfrontiert wird, aber für gewöhnlich schafft man auf diese Weise kein Problem aus der Welt. Ein Problem, das von Menschen gemacht wird, muss am Ende auch von Menschen beseitigt werden. Deine Mom ist gut im Umgang mit Menschen. Sehr gut. Genau wie du.«

»Hey!«, ruft jemand, als ich auf dem Heimweg vom Diner an der Treppe eines Brownstone-Hauses vorbeikomme. Es ist dunkel, die Straße fast leer. In New York City bewirkt ein solcher Ruf in einem für gewöhnlich den Wunsch, schneller zu gehen. »Ey, Cleo!«
Ich drehe mich vorsichtig um. Annie. Sie kommt auf mich zu, taumelnd, aber entschlossen, als müsse sie sich schwer konzentrieren, ihre Mission zu erfüllen. Sie ist definitiv betrunken. Ich habe keine Lust, Annie zu dieser Uhrzeit zu begegnen, noch dazu, wenn sie offenbar wütend und neben der Spur ist. Doch einfach abzuhauen, wird alles vermutlich nur schlimmer machen.

»Was gibt's?«, frage ich, als sie vor mir stehen bleibt.

»Sag deinem Dad, er soll meine Mom in Ruhe lassen.«

»Was meinst du damit?«

»*Dein Daaad.*« Sie zieht das Wort in die Länge und tritt so dicht an mich heran, dass ich den Alkohol an ihr rieche – schal und sauer –, als wäre sie gestern schon betrunken gewesen und hätte sich heute erneut die Kante gegeben.

»Ich habe keine Ahnung, wovon du redest.«

»Klar«, sagt sie. »Dein Dad hört nicht auf, ihr zu texten. Und sie will, dass damit Schluss ist. Obsessiver Freak«, murmelt sie.

»Das stimmt nicht«, halte ich dagegen, doch ich spüre, wie mir das Herz in der Brust hämmert. Die Affäre. Die Affäre.

»Ihr McHughs seid doch alle gleich. Ihr nutzt andere aus, macht alles kaputt und nehmt euch, was ihr wollt. Das Einzige, was euch kümmert, seid ihr selbst.« Sie fuchtelt wild mit den Armen, während sie spricht. »Sieh nur, was du mir angetan hast«, lamentiert sie und tippt sich mit dem Finger auf die Brust.

»Was *ich* dir angetan habe?«, frage ich, obwohl ich mir sofort wünsche, ich wäre gar nicht darauf eingegangen.

»Ja! Wir waren beste Freundinnen – bis du mich komplett fallen gelassen hast!«

»Das ist Jahre her, wir waren *zwölf!* Annie, meine Mutter wird vermisst, und ich bin völlig außer mir vor Sorge. Ich ... ich hab jetzt einfach keinen Nerv für so was. Ich muss los.« Ich will um sie herumgehen, aber sie verstellt mir den Weg.

»Und meine Mom *flippt aus!* Also sag deinem Dad, diesem Wichser mit den schmuddeligen Haaren, er soll sie verdammt noch mal in Ruhe lassen. Sonst sage ich es ihm selbst!« Und damit taumelt sie triumphierend von dannen. Nach ein paar Schritten bleibt sie noch einmal stehen und ruft über die Schulter: »Vielleicht ist es das, was er braucht – jemanden, der ihm sagt, er soll sich verpissen, und zwar endgültig. Wenn man bedenkt, wie toll es mit deiner Mom gelaufen ist ...«

ABSCHRIFT DER AUFGEZEICHNETEN SITZUNG

DR. EVELYN BAUER
5. SITZUNG

CLEO McHUGH: Kyle hat angefangen, mir Kunden zu schicken, damit sie mich fertigmachen. Er behauptet, ich schulde ihm zweitausend Dollar. So viel Geld hat er angeblich verloren, weil ich aufgehört habe, für ihn zu arbeiten, aber das stimmt nicht. Außerdem ist Kyle Geld vollkommen egal, Geld hat er jede Menge. Die Drogen, die Dealerei – das alles ist nur ein Spiel für ihn, etwas, womit er seine Eltern ärgern kann. Sein Dad ist ein absolutes Monster.

EVELYN BAUER: Das klingt verstörend. Aber du scheinst es ziemlich nüchtern zu betrachten.

CM: Wie lustig, genau das hat Will auch gesagt, als ich ihm davon erzählt habe. Er meint, ich würde mich aus der Sache rausnehmen und das sei nicht gut.

EB: Das ist eine kluge Beobachtung ... Wenn wir gerade von Will sprechen – wie habt ihr euch noch mal kennengelernt? Bei der letzten Sitzung sagtest du, ihr wärt euch auf dem Campus begegnet, aber dann sind wir vom Thema abgekommen.

CM: Wir haben uns in einem Seminar kennengelernt. Meinen Sie, Kyle wird sich mit den zweitausend Dollar zufriedengeben? ... Gut möglich, dass ich mich nicht »rausnehmen« kann, denn ehrlich gesagt flippe ich momentan deswegen fast aus.

EB: Du weißt, dass das, was Kyle tut, illegal ist. Du könntest dich an die Polizei wenden oder ihn bei der Universität anzeigen – er ist ein Student, da besteht Handlungsbedarf.

CM: Aber würde ich dann nicht ebenfalls Schwierigkeiten bekommen? Ich habe ihm schließlich geholfen, die Drogen zu verkaufen.

EB: Das ist durchaus möglich. Was ist mit deinen Eltern? Ich denke, du solltest jemandem davon erzählen, Cleo. Du hast einen guten Grund, dir Sorgen um deine Sicherheit zu machen. Kyle hat bereits bewiesen, dass er vor körperlichen Übergriffen nicht zurückschreckt.

CM: Ich habe meinen Dad um das Geld gebeten.

EB: Okay, aber das meinte ich nicht. Du solltest mit jemandem über Kyles Drohungen reden, über die Situation im Allgemeinen. Was hat dein Dad gesagt?

CM: Dass er mir das Geld besorgen wird.

EB: Hast du ihm gesagt, wofür du es benötigst?

CM: Nein, so was will er gar nicht wissen. Er vertraut mir.

EB: Es ist natürlich gut, dass er dir vertraut. Dennoch löst es nicht das Problem, dass dir in dieser Situation keine Erwachsenen zur Seite stehen. Dein Vater sollte Bescheid wissen. Vielleicht könntest du auch deiner Mom eine Nachricht schicken, in der du sie ins Vertrauen ziehst. Möglicherweise bietet euch das eine Gelegenheit, die Tür der Kommunikation wieder zu öffnen.

CM: Ich habe *Sie* eingeweiht.

EB: Ja, aber ich bin an die Schweigepflicht gebunden, und die Vorstellung, dass du in dieser Situation ganz auf dich gestellt bist, gefällt mir gar nicht, Cleo.

CM: Will weiß Bescheid.

EB: Noch einmal: Ein Student ist nicht gerade die Ansprechperson ...

CM: Will ist kein Student.

EB: Entschuldigung, jetzt bin ich verwirrt. Hast du nicht gerade gesagt, ihr habt euch bei einem Seminar kennengelernt?

CM: Ja. Moderne Lyrik ... Es ... ähm ... Ich weiß, wie das aussieht, deshalb möchte ich nicht ...

EB: Cleo, du weißt, dass ich dich nicht gern dazu dränge, über Dinge zu reden, bevor du dazu bereit bist. Doch dein offensichtliches Zögern, mir mehr über Will zu erzählen, bereitet mir zunehmend Sorge.

CM: Das muss es nicht. Es ist nur so …

EB: Was denn, Cleo?

CM: Es ist Wills Seminar.

EB: Ich verstehe nicht …

CM: Will ist nicht *in* meinem Seminar. Er ist der Professor.

KATRINA

Am Tag des Verschwindens

Es dauerte mehrere Stunden, bis Ahmed sich bei mir meldete. *Über den Inhalt der Kurznachrichten verlor er kein Wort, falls er ihn überhaupt zur Kenntnis genommen hatte. Es handelt sich um ein Wegwerfhandy, nicht um eine App. Okay. Dann ist das also eine Sackgasse? Nicht unbedingt. Ich kann noch ein bisschen weiterforschen. Mir kommt da jemand in den Sinn, der sich möglicherweise leichter Zugang verschaffen kann. Melde mich, sobald ich herausgefunden habe, wo das Ding besorgt wurde. Gern geschehen. Sie schulden mir was.*

Ein Wegwerfhandy, gekauft in einem Elektrogeschäft mit Überwachungskameras? Einen solchen Amateurfehler würde Darden Pharmaceuticals niemals begehen, das hatte Phil Beaumont in Marks Büro unmissverständlich klargestellt. Eine einleuchtende Behauptung. Darden hätte auf eine App zurückgegriffen, denn Secrecy-Apps waren sehr viel schwerer zu knacken als ein Handy, da kam so ein Wegwerfding nicht mit.

Was, wenn Phil die Wahrheit gesagt hatte? Wenn die Drohnachrichten nicht von Darden stammten, wer hatte sie mir dann geschickt? Kyle? Er war wütend, aber er verfügte weder über die nötige Sachkenntnis noch über die nötige Entschlossenheit, um so tief in meine Vergangenheit vorzudringen. Damit blieb nur noch mein anfänglicher Verdacht. Es musste jemand sein, der sich an jenem Abend im Wohntrakt von Haven House befunden hatte. Vermutlich Silas. Genau das hatte ich anfangs vermutet. Aber warum jetzt, nach so langer Zeit? Das Timing ergab einfach keinen Sinn.

Nun, vielleicht ergab es doch Sinn – nur nicht für Silas. Für Aidan dagegen schon. Noch eine Möglichkeit. Die ich zu verdrängen versucht hatte. Was für ein Zufall, dass der Erpresser fast genau die Summe forderte, die Aidan benötigte. Und obwohl ich ihn nie in die Details eingeweiht hatte, hatte ich angedeutet, wie man mich klammheimlich aus Haven House hinausgeschmuggelt hatte. Es war nicht allzu schwer, sich auszumalen, wie ein verzweifelter, frustrierter Aidan in meiner Vergangenheit geschnüffelt hatte und auf Silas oder sonst wen gestoßen war, der die Geschehnisse jener Nacht mitbekommen hatte. Möglicherweise kannte er nun meine Geschichte – oder zumindest gut genug, um mich damit unter Druck zu setzen. Er war bequem, doch er konnte überraschend einfallsreich sein, wenn es darum ging, Dinge zu bekommen, die er haben wollte. Aber mich mit Cleos Sicherheit zu bedrohen, auch wenn es nur ein Trick war? Das wäre ein neuer Tiefpunkt.

Ich konnte meine Erleichterung kaum verbergen, als ich das altmodische Wegwerfhandy betrachtete, das Jimmy mir reichte, als er ein paar Stunden später unangekündigt in Park Slope auftauchte. Ein Wegwerfhandy bedeutete keine Cloud, keine Apple-Find-My-App. Genau wie ich gehofft hatte. »Danke. Und danke auch für den Hausbesuch. Das weiß ich wirklich zu schätzen.«

»Es gibt allerdings noch etwas, was du wissen solltest«, sagte er und blieb auf halbem Weg die Eingangstreppe hinunter stehen.

»Irgendwie habe ich das Gefühl, ich würde es lieber nicht wissen.«

»Der Typ ist aufgewacht, als ich mich rausgeschlichen

habe«, sagte Jimmy, der meine Bemerkung ignorierte. »Ich habe eine Maske getragen, aber er hat mich gesehen und ist auf mich losgegangen. Ich habe ihn verprügelt, und er hat gesagt: ›Ich bringe die verdammte Schlampe um.‹«

»Scheiße.« Meinte er mich oder Cleo? Sie war ein sehr viel leichteres Ziel.

»Keine Ahnung, wen er meint oder wovon er geredet hat. Er war ziemlich ausgeknockt«, fuhr Jimmy fort. »Ich hab auch noch ein paar andere Sachen mitgehen lassen – etwas Bargeld und eine Goldkette, die auf seinem Nachttisch lag –, damit er denkt, es wäre ein Einbruch. Aber um ehrlich zu sein: Ich glaube, er ahnte, dass du dahintersteckst.«

Den Nachmittag verbrachte ich beim Central Park Precinct, dem New Yorker Police Department, das vor allem für die Sicherheit und Überwachung des Parks zuständig ist, und versuchte, die zuständigen Officer zu überreden, Ben Bleyer, den Marketingchef von Play Up, gehen zu lassen. Er hatte unbefugt die Entzugsklinik in den Hamptons verlassen und war in die Stadt zurückgekehrt. Dort hatte man ihn wegen Trunkenheit in der Öffentlichkeit (und öffentlichen Urinierens) in der Nähe des John Lennon Memorials im Central Park festgenommen – noch vor elf Uhr morgens. Als ich ihn diesmal sah, wirkte er ganz anders – erschöpft und ungepflegt und traurig. Seine Augen waren rot gerändert, als wir schließlich auf dem Gehweg vor der Polizeistation standen und den Kindern lauschten, die lärmend im Park spielten.

»Danke.« Bleyer klang so aufrichtig reumütig, dass es mir schwerfiel, ihm in die Augen zu blicken. Ich durfte mich nicht emotional involvieren lassen.

»Kein Problem«, erwiderte ich.

»Genau das ist der Punkt«, entgegnete er. »Ich glaube,

ich sehe endlich, wie groß das Problem tatsächlich ist. Was für ein Problem *ich* bin. Ich dachte immer, wenn es schlimmer wird, würde ich eben aufhören zu trinken. Niemand warnt einen, dass das Gegenteil der Fall sein kann, wenn man sich nur genug schämt für die Dinge, die man getan hat.«

»Wissen Sie was, Ben? Ich finde, Sie haben recht«, sagte ich, und es gefiel mir gar nicht, wie trocken mein Mund wurde, als ich mich zum Gehen wandte. »Sie haben vollkommen recht.«

Die Spätnachmittagssonne warf ein warmes, goldenes Licht auf die Dächer, als ich in die Straße zu unserem Block einbog. Für einen Moment fühlte ich mich sicher, beinahe hoffnungsvoll, doch als ich bei meinem Haus ankam, blieb ich zögernd stehen. Wir hatten ein Sicherheitssystem, ein gutes – ich hätte eine Warnung bekommen, wenn jemand unbefugt ins Haus eingedrungen wäre. Trotzdem konnte ich das unbehagliche Gefühl, das mich beschlich, nicht abschütteln.

Ich beschattete die Augen – war da eine Gestalt hinter Cleos Zimmerfenster zu erkennen? Nein, das war nur eine Täuschung durch die Sonne. Dann zuckte ich zusammen, als ich hinter mir ein Geräusch vernahm, und wirbelte herum. Es war George, der ärgerlich die Mülltonnen der Nachbarn zu deren Tor schleifte. Erleichtert atmete ich aus. George mochte nicht der zuverlässigste Wachhund sein, aber er war besser als nichts. Und trotz seines kratzbürstigen Verhaltens mochte ich den armen George, vor allem im Moment. Ich wusste, wie es sich anfühlte, einsam zu sein.

»Hi, George«, sagte ich mit einem freundlichen Lächeln. Er blinzelte, als versuchte er, mich einzuordnen, doch es war nicht zu erkennen, ob er damit Erfolg hatte. »Hallo«, sagte er schließlich misstrauisch und blieb vor seinem eigenen Tor stehen.

»Ich mache mir Sorgen, dass in meinem Haus etwas passiert sein könnte. Ich bin mir nicht sicher, aber könnten Sie ...« Ich zögerte. Mir war bewusst, dass ich meine Bitte so einfach wie möglich formulieren musste, damit George sie verstand, doch gleichzeitig eindringlich genug, um einen Moment geistiger Klarheit auszulösen. Georges Gesicht war vollkommen ausdruckslos – weder besorgt noch interessiert. »Könnten Sie bitte die Augen offen halten?«

George deutete auf mein Haus. »Sollte Gefahr für die Nachbarschaft bestehen«, sagte er leicht aggressiv, »müssen wir umgehend die Polizei informieren.«

Die Polizei zu holen, war eine sehr schlechte Idee. Amateure waren noch gefährlicher, wenn sie in Panik gerieten.

»Nein, nein«, entgegnete ich nervös. »Keine Polizei. Bitte. Auf die Polizei kann man in dieser Situation nicht vertrauen.« Ich fühlte mich schuldig, weil ich Georges paranoide Neigungen ausnutzte, aber ich wusste nicht, was ich sonst tun sollte.

»Hm.« Er nickte, die Augen verschwörerisch zusammengekniffen. »Verstehe. Gut. Keine Polizei.«

Moment. Ich wollte doch, dass er die Polizei rief, sollte mir drinnen irgendeine Gefahr drohen!

»Doch, wenn Sie das Gefühl haben, dass irgendetwas nicht stimmt, sollten Sie unbedingt die Polizei holen, George, aber erst wenn ich ›Feuer!‹ rufe. Okay?«

»Feuer«, wiederholte er, dann sah er am Haus hinauf.

»Ja. Wenn ich ›Feuer!‹ rufe, holen Sie die Polizei«, bestätigte ich.

Er nickte. »Das mache ich.«

»Und sollten Sie etwas anderes hören ... könnten Sie

dann vielleicht kommen und nachsehen?«, fügte ich hinzu, was ich sofort bereute. Ich sah, dass ich ihn damit verwirrte.

»Hmm«, antwortete George, deutlich weniger verbindlich.

»Oh, und bitte reden Sie mit niemandem darüber«, sagte ich eindringlich. »Auch nicht mit Cleo oder Aidan. Ich möchte sie nicht verunsichern.« Das Letzte, was ich wollte, war, Aidan noch mehr Munition für ein Scheidungsverfahren zu liefern. Oder Cleo noch mehr Grund zu geben, wütend auf mich zu sein.

George warf mir einen weiteren ausdruckslosen Blick zu. Mit einem freundlichen Lächeln auf den Lippen drehte ich mich um und ging die Stufen zur Haustür hinauf. Ich wollte die Sache nicht noch komplizierter machen. »Danke, George. Das weiß ich zu schätzen.«

George blieb am Fuß der Eingangstreppe stehen und sah zu, wie ich die Haustür aufsperrte. Ich beschloss, dass das ein gutes Zeichen war.

Drinnen machte ich das Licht an und ging schnurstracks zum Messerblock auf der Küchenanrichte. Dort angekommen, zog ich das größte Tranchiermesser heraus. Seltsamerweise fühlte ich mich mit dem Messer in der Hand noch verletzlicher. Hastig suchte ich zuerst das Erdgeschoss nach einem potenziellen Eindringling ab, warf einen Blick in sämtliche Räume, sah in Schränke, hinter die Türen, unter den Schreibtisch. Sauber. Schon etwas entspannter schaute ich die Treppe hinauf – vor mir lagen noch zwei weitere Stockwerke.

Ich überprüfte den ersten Stock und blickte sogar unter unser Bett – *mein* Bett – und in den begehbaren Kleiderschrank, dann huschte ich nach oben in den zweiten Stock und checkte die Zimmer dort, auch Cleos. Alles sauber. Mein Herzschlag beruhigte sich ein wenig. Nirgendwo war etwas anders, als es sein sollte.

Bist du unterwegs?, textete ich Cleo, als ich wieder unten war.

OMG! Ich gehe gerade zum Zug. KOMM RUNTER!

Ich war noch nie so glücklich, einen Rüffel zu kassieren, wie jetzt. Sie war fast zu Hause! Fast schon in Sicherheit! Alles wäre gut, wenn Cleo nur heil hier ankam.

Okay, bis gleich!

Ich schickte McKinney eine Textnachricht, der Cleo wieder persönlich überwachte. Er versicherte mir, dass er an ihr dranblieb, bis sie zu Hause angekommen war.

Mist. Das Abendessen! Ich hatte Cleo zum Essen eingeladen, denn es würde das, was ich ihr zu sagen hatte, weniger besorgniserregend wirken lassen. *Sieh nur, ich habe für dich gekocht. Dann kann es doch gar nicht so schlimm sein, dass jemand droht, dich zu töten – es sei denn, ich zahle ihm drei Millionen Dollar Schweigegeld, damit er niemandem erzählt, dass ich früher mal jemanden umgebracht habe.*

Eilig durchwühlte ich den Gefrierschrank und förderte ein Brathähnchen und grüne Bohnen zutage. Anschließend setzte ich einen Topf Wasser auf und schnappte mir eine Schachtel Couscous. Gerade als ich sie aufriss, klingelte es. Zu früh für Cleo. Ich stellte die Schachtel auf die Anrichte und trat ans Wohnzimmerfenster. Janine stand vor der Tür.

»Ich habe mir Sorgen gemacht, weil du immer noch nicht zu Hause warst«, sagte sie, als ich ihr öffnete.

»Oh, hi«, sagte ich. »Danke noch mal, dass du so lange auf der Bank ausgeharrt hast. Das war wirklich mehr, als ich hätte verlangen dürfen.«

»Kein Problem«, erwiderte sie, aber sie wirkte gestresst.

»Ist alles in Ordnung?«, erkundigte ich mich, obwohl ich

absolut keine Zeit hatte, mich damit zu befassen, wenn dem nicht so gewesen wäre.

»Hast du vielleicht ... Darf ich reinkommen?«

»Stell dir vor, Cleo kommt zum Essen nach Hause. Sie müsste jeden Augenblick hier sein.« Ich hoffte, Janine würde den Wink verstehen.

»Nur bis sie da ist?« Janine klang aufgewühlt. »Ich kann gerade nicht nach Hause gehen.«

»Was ist los?«

»Das ist eine lange Geschichte ...« Ihre Augen füllten sich mit Tränen. »Ich bleibe auch nur ein paar Minuten, versprochen. Sobald Cleo auftaucht, mache ich mich aus dem Staub.«

Mist.

»Klar«, sagte ich und zwang mich zu einem Lächeln. Sie hatte stundenlang in der Dunkelheit gesessen und mir geholfen, meine Tochter im Auge zu behalten. »Komm rein, und setz dich.« Ich deutete auf die Hocker an der Kücheninsel. »Ich freue mich über Gesellschaft. Aber dürfte ich dich bitten, wirklich zu gehen, wenn Cleo eintrifft? Ich kann sie so selten überreden zu kommen. Ich will sie nicht verärgern.« Zudem durfte ich auf keinen Fall riskieren, dass Janine in Cleos Gegenwart auf unsere Nachtwache vor ihrem Wohnheim zu sprechen kam.

»Du musst dich nicht rechtfertigen. Sobald sie da ist, löse ich mich in Luft auf.« Janine schnipste mit den Fingern. »Und keine Sorge, meine Lippen sind versiegelt.«

Ich atmete lauter aus, als ich beabsichtigt hatte. »Danke«, stieß ich erleichtert hervor. »Kann ich dir etwas anbieten?«

»Ein Glas Wasser wäre großartig«, sagte sie und sah sich um. »Meine Güte, dein Haus ist immer so makellos. Dabei bist du berufstätig. Ich habe keine Ahnung, wie du all das schaffst.«

»Du solltest mal mein Büro sehen«, sagte ich, was lustig war, weil Dardens Männer so ein Chaos hinterlassen hatten.

»Es fällt mir schwer, das zu glauben, aber okay«, erwiderte Janine gepresst.

Mit gequältem Gesichtsausdruck setzte sie sich auf einen der Hocker. Ich hatte den Eindruck, sie bereute, dass sie gekommen war, dass sich das, das wir in der Dunkelheit am Washington Square Park geknüpft hatten, bei Tageslicht auflöste. Freundschaften, die ausschließlich darauf basierten, dass die Beteiligten Mütter waren, waren in der Regel äußerst fragil.

Ich nahm zwei Gläser aus dem Schrank und füllte sie mit Eiswasser. Ich konnte mich nicht mehr erinnern, wann ich das letzte Mal etwas gegessen oder getrunken hatte.

»Tut mir leid. Ich bin wirklich total durch«, sagte Janine, als ich ihr ein Glas reichte. Der gereizte Unterton war aus ihrer Stimme verschwunden, jetzt klang sie traurig und verletzlich. »Die Lage zu Hause ist sehr angespannt ... Liam und ich hatten gerade einen riesigen Streit – der total außer Kontrolle geraten ist.« Sie rutschte unbehaglich auf dem Hocker hin und her. »Er kann furchtbar aufbrausend sein, auch wenn das kaum jemand weiß. Wie dem auch sei, ich habe ihn mit etwas konfrontiert, und er ist komplett ausgerastet.«

»Das tut mir leid«, sagte ich, und es tat mir wirklich leid, auch wenn ich mir gleichzeitig bewusst war, dass ich sie in dieser Situation kaum vor die Tür setzen konnte – selbst dann nicht, wenn Cleo eintraf. »Möchtest du darüber reden?«

»Liam hat eine Affäre, schon seit Jahren. Ich habe es gerade erst herausgefunden. Und ich habe ihm gesagt, dass ich die Scheidung möchte.«

Ich starrte sie schockiert an. Liam mochte zwar kalt wie ein Fisch sein, aber auf mich hatte er stets wie ein treu sorgender Ehemann gewirkt. »Aber stell dir vor, er hat sich tatsächlich geweigert zu gehen. Was für eine Frechheit! Er ist immer noch drüben, im Haus ... Nun, vermutlich kann ich nichts dagegen tun. Es ist sein Haus.«

»Ihr habt das Haus doch gekauft, als ihr schon verheiratet wart«, sagte ich.

Janine nickte. »Ja. Aber er verdient das Geld.«

»Das Haus gehört trotzdem zur Hälfte dir«, stellte ich klar. »Die Hälfte von allem gehört dir. Es spielt keine Rolle, ob du finanziell etwas dazu beigetragen hast.« Ich hielt einen kleinen Moment inne, dann fügte ich hinzu: »So ist es auch bei uns: Die Hälfte von allem, was ich besitze, gehört Aidan.«

Sie sah mich fragend an.

»Aidan und ich lassen uns ebenfalls scheiden«, sagte ich. Was für eine Erleichterung, dies endlich jemandem zu erzählen! »Er hat mich auch betrogen.«

»Wie bitte?« Jetzt war es Janine, die mich verblüfft ansah. »Warum?« Als könnte sie sich wirklich keinen Grund dafür vorstellen.

Ich lachte. »Tja, ich nehme an, es geht um Sex ... und blauäugige Bewunderung.«

Nun lachte auch Janine. »Männer sind so einfältig. Komisch, dass man die Absurdität des Ganzen nur bei anderen erkennt.« Sie deutete auf mich. »Aidan ist verrückt.« Sie stellte ihr Glas auf die Anrichte. »Weißt du was? Ich sollte meine Anwältin anrufen. Darf ich das aus deinem Arbeitszimmer tun? Ich habe mein Handy liegen lassen, als ich aus dem Haus gestürmt bin.«

»Selbstverständlich.« Janine das Festnetztelefon in meinem Arbeitszimmer benutzen zu lassen, war das Mindeste, was ich für sie tun konnte. Ich *wollte*, dass sie mit ihrer Anwältin sprach. Ich ging ihr voran durch den Flur und deutete auf die offene Tür. »Gib mir Bescheid, wenn du etwas brauchst.«

»Wenn es okay für dich ist, mache ich die Tür zu – dann musst du mich nicht hören. Laut Annie schreie ich immer so am Telefon.«

Und tatsächlich hörte ich ihre Stimme, als ich eilig aus dem Gedächtnis Cleos Lieblingsbrathähnchenrezept – mit Rosmarin und Olivenöl – zubereitete. Der vertraute Ablauf war ausgesprochen tröstlich: Zumindest eins hatte ich richtig gemacht, so viele Male, über so viele Jahre. Vielleicht war das schlussendlich das Wichtigste am Muttersein: da zu sein, um das zu tun, was von einem erwartet wurde – wieder und wieder.

Meine Gedanken wanderten zu Janine, die immer noch wegen ihrer Scheidung mit der Anwältin telefonierte. Annie, die Tochter, der sie so nahestand, nahm die Drogen, die Cleo verkauft hatte. Vielleicht gab es keine perfekte Beziehung. Vielleicht war nichts so, wie es schien.

Janines Stimme hallte durch den Flur, als ich die Ofentür öffnete, um das Hähnchen hineinzuschieben. Annie hatte recht: Sie *war* schrill. Diese kleine Eigenheit an ihrer ansonsten makellosen Erscheinung machte mir Janine nur noch sympathischer.

Ein Hitzeschwall schlug mir ins Gesicht. »Verdammt«, murmelte ich, schob das Hähnchen rasch in den Ofen und knallte die Tür zu. Anschließend griff ich nach einem Küchenpapier, hielt es unter den Wasserhahn und drückte mir das nasse Tuch auf die Augen.

Als ich es wegwerfen wollte, bemerkte ich ein zerknülltes Blatt Papier auf dem Boden neben dem Mülleimer. Heute Morgen hatte es noch nicht dort gelegen – solche Dinge fallen einem auf, wenn man allein lebt.

Ich hob es auf und strich es glatt. *KM.* Jemand hatte es von dem mit meinem Monogramm versehenen Notizblock im Arbeitszimmer gerissen. Darauf standen zwei lange Ziffernfolgen in Aidans Handschrift. Er war im Haus gewesen? In meinem Büro? Er hatte noch immer einen Schlüssel – um eine Auseinandersetzung zu vermeiden, hatte ich ihn nicht dazu aufgefordert, ihn mir auszuhändigen. Allerdings waren wir übereingekommen, dass er das Haus nicht betreten würde, ohne mir zuvor Bescheid zu geben.

Ich ging durch den Flur zu meinem Arbeitszimmer, in der Hoffnung, dass Janine bald fertig war. Ich wollte sie nicht stören, aber ich musste nachsehen, ob Aidan irgendwelche Hinweise hinterlassen hatte, die mir verrieten, warum er hier gewesen war und was er im Schilde führte.

Auf der anderen Seite der Tür war es ruhig. Ich schob sie langsam auf und steckte mit entschuldigendem Gesichtsausdruck den Kopf ins Zimmer für den Fall, dass ich die Stille missinterpretierte und Janine gerade der Anwältin am anderen Ende der Leitung zuhörte.

Ich brauchte einige Sekunden, um zu verarbeiten, was ich sah.

Janine saß an meinem Schreibtisch, über eine der rechten Schubladen gebeugt, die sie systematisch durchforstete. Auch andere Schubladen waren geöffnet. Viele. Und dann sah ich Janines Handy aus ihrer Handtasche ragen, die neben ihr auf dem Fußboden stand.

»Ja, ja, ich verstehe«, sagte sie laut, als würde sie telefonieren.

Im nächsten Moment erstarrte sie. Sie hatte mich bemerkt, sah mich an. Ihre Augen waren kalt, als sie die offenen Schubladen zuschob, eine nach der anderen. Ich wartete darauf, dass sie irgendetwas Verlegenes stammelte – *Ich hab nur einen Kugelschreiber gesucht. Ich war neugierig. Es tut mir so leid.* Wartete darauf, dass sie nervös wurde, Reue zeigte. Irgendetwas. Stattdessen lehnte sie sich in meinem Stuhl zurück und verschränkte die Arme.

»Ich brauche das Handy, Kat«, sagte sie.

»Wovon redest du?«, fragte ich, doch dann dämmerte es mir: Kyles Handy.

»Annie wurde verhaftet. Offenbar ist alles ein großes Missverständnis, denn sie ist schon wieder auf freiem Fuß. Vorerst. Sie muss sich zur Verfügung halten. Der Anwalt, den ich mit dem Fall beauftragt habe, sagt, sie werden sämtliche Anklagepunkte fallen lassen müssen – es sei denn, sie legen handfeste Beweise vor. Wie die Fotos auf Kyles Handy.«

»Wieso sollte ich Kyles Handy haben?« Leugnen war stets die beste Verteidigung, zumindest anfangs.

»Ich muss Annie schützen, Kat«, stieß sie unbeeindruckt hervor. »Und selbstverständlich werde ich auch Cleo schützen. Aber dafür brauche ich dieses Handy.«

Zum Glück befand sich besagtes Wegwerftelefon in dem begehbaren Kleiderschrank in meinem Schlafzimmer, ganz oben auf einem Regal, in meiner Mark-Cross-Handtasche, der kleinen blauen, die aussah wie ein Köfferchen und die Cleo als kleines Mädchen so geliebt hatte.

»Ich weiß nicht, wovon du redest«, beharrte ich. »Wie kommst du eigentlich darauf, dass ich Kyles Handy habe?«

»Ich *weiß*, dass du es hast, Kat.« Jetzt bebte Janines Stimme vor Zorn. »Annie hat es mir gesagt. Aidan weiß auch davon.«

Aidan? Wie kam sie denn jetzt auf Aidan? Ich starrte sie an und bemerkte das feine Lächeln, das Janines Lippen umspielte. *Aidan. Aidan und Janine.* All die Zeit, die sie im Laufe der Jahre miteinander verbringen konnten, wenn Aidan tagsüber zu Hause war. Wie sie es liebten, sich über

Liam und mich lustig zu machen und darüber, wie sehr wir uns abarbeiteten, um die Rechnungen zu bezahlen, die sie in die Höhe trieben – all ihre Insiderwitze. Gott, wie hatte ich nur so dumm sein können?

»Du bist *Sie*«, stellte ich fest. »Du bist mit Aidan zusammen.«

»*Zusammen* ist übertrieben«, entgegnete Janine mit einem höhnischen Grinsen. »Das war nie der Fall.«

Die Textnachrichten, die ich gelesen hatte – wie sich Aidans Lippen auf ihrem Körper anfühlten und dass ich Cleo einfach nicht in Ruhe lassen konnte –, waren von Janine. Wut stieg in mir auf, so heftig, dass ich haltsuchend nach dem Türrahmen griff. Ich musste fokussiert bleiben. Janine war heute nicht das Problem.

»Raus aus meinem Haus, Janine«, sagte ich ruhig, dann wandte ich mich zum Gehen. »Sofort.«

Ich kehrte in die Küche zurück und fing an, die Bohnen zu schnippeln. Ich würde mich voll und ganz auf das Wesentliche konzentrieren, sprich: das schwierige Gespräch, das ich mit Cleo führen musste. Und ich würde das Abendessen zubereiten.

Einen Moment später erschien Janine. Sie blieb neben mir an der Spüle stehen. Ich hielt den Blick auf die Bohnen gerichtet. Schnippelte weiter.

»Was soll das, Kat?«, fragte sie. »Ich meine, du bist auch Mutter. Du weißt genauso gut wie ich, dass ich alles tun würde, um Annie zu beschützen.« Schnippeln. Einfach nur weiterschnippeln. Ich hoffte, Janine würde gehen, wenn ich sie ignorierte. Wenn nicht, würde die Lage garantiert eskalieren – ich war nicht bereit, ihr das Handy zu geben, und ich war wütend wegen Aidan. Das war beleidigender, respektloser Verrat. »Hallo? Kat? Ich weiß, dass du das Richtige tun wirst. Du bist ein guter Mensch, ganz gleich, woher du kommst.«

Ich hörte auf zu schnippeln. Drehte mich um und starrte Janine an.

»Woher ich komme, ja?«, fragte ich ruhig. Ich hatte Janine nie von Haven House erzählt. Das musste sie von Aidan wissen. »Du gehst jetzt, Janine. Auf der Stelle. Ich werde dir das Handy nicht geben. Nicht jetzt und später auch nicht. Nie.«

»Kat!«, schrie sie und schlug mit der Handfläche auf die Anrichte. »Wenn du es mir nicht freiwillig gibst, suche ich es!« Sie deutete auf die Treppe. »Ich wette, es ist oben in deinem Schlafzimmer.«

»Hau ab, Janine! Sofort.«

Aber sie war nicht dumm. »Weißt du, ich an deiner Stelle würde es irgendwo reinlegen. Zum Beispiel in eine Tasche ...« Sie setzte sich in Bewegung und strebte auf die Treppe zu.

Ich überholte sie und hielt sie zurück, das Messer noch in der Hand. »Raus, Janine.« Sie blickte auf das Messer. Lange. Endlich begegnete sie wieder meinem Blick und schüttelte den Kopf.

»Im Ernst?« Aber sie machte einen kleinen Schritt zurück und hob die Hände.

Ich verschränkte die Arme, sodass das Messer bedrohlich auf meinem Unterarm ruhte. »Vielleicht hast du recht mit dem, was du Aidan geschrieben hast ... Vielleicht brauche ich tatsächlich eine gute Therapeutin. Aber weil ich bisher keine gefunden habe, solltest du gehen. Solange du noch kannst.«

CLEO

Einundsiebzig Stunden danach

Während ich in der schwach beleuchteten, sehr stillen, blitzsauberen Küche auf meinen Vater warte, stelle ich mir Janines Gesicht vor, mit dem sie mir die Tür geöffnet hat, an dem Abend, an dem meine Mom verschwunden ist. Die Augen weit aufgerissen, der Mund ein großes O. War das vielleicht ein kleines bisschen too much? Die Hand voller Entsetzen auf die Brust gedrückt in ihren Teenie-Klamotten – tief sitzende Jeans, weißes Kapuzenshirt ... Ich hatte fast dasselbe an. Und dann dämmert es mir: Vielleicht dachte George deshalb, ich wäre schon früher ins Haus gegangen, dabei hatte er in Wirklichkeit Janine gesehen. Geliebte brachten ständig Ehefrauen um.

Trotzdem hoffe ich noch immer, mein Dad und ich müssen nicht ins Detail gehen – ich will gar nicht wissen, was zwischen ihm und Janine läuft. Wir haben all die Jahre über so viel Zeit zusammen verbracht – bei gemeinsamen Abendessen, Pyjamapartys und Familienurlauben. Waren die beiden da etwa schon zusammen? Ich sehe mich um, als würde ich irgendwo in der Küche eine Antwort auf diese Frage finden. Selbst jetzt hoffe ich noch, dass mein Dad nichts mit alldem zu tun hat.

Er kommt zu spät, wie immer. Ich werfe einen Blick aufs Handy. Nichts von ihm, dafür vier Nachrichten von Detective Wilson, die zunehmend dringlicher werden. Sie möchte *jetzt* mit mir reden. Sie will mich *treffen*. Wie auch immer. Vielleicht ist das sogar ganz gut. Sie kann gern nach Brooklyn kommen und mich wegen meines Drogendealer-*Boyfriends*, wie sie ihn immer noch nennt, ins Kreuzverhör nehmen. Anscheinend habe ich keine große Wahl, da Wilsons letzte Nachricht im Grunde klingt wie eine Drohung: *Sag mir, wo du bist, Cleo, sonst erlasse ich einen Haftbefehl gegen dich.*

Zu Hause in Park Slope, schreibe ich schließlich zurück.

Den Anruf, der unmittelbar darauf folgt, lasse ich direkt an die Voicemail gehen.

Bleib, wo du bist. Ich bin in Washington Heights, aber ich mache mich sofort auf den Weg. Ich brauche ungefähr eine Stunde, vielleicht zehn Minuten mehr. Ich werde nicht näher erläutern, worum es geht, für den Fall, dass du nicht allein bist, aber rühr dich nicht vom Fleck, Cleo. Ich meine es ernst.

Okay, okay, texte ich.

Anschließend schreibe ich meinem Dad: *Wo bist du?* Es geschieht ihm recht, wenn Wilson aufkreuzt, während er da ist. Vielleicht möchte er uns beiden von Janine erzählen.

Bin fast da!, schreibt er umgehend zurück.

Vielleicht ist er jetzt gerade bei Janine. Irgendwie hab ich das Gefühl, er könnte tatsächlich so dreist sein.

Ich trete ans Fenster, sorgfältig darauf bedacht, dass man mich nicht sehen kann, während ich über die Straße auf das Haus gegenüber blicke. Ich erkenne Janine – ich glaube, es ist Janine –, die an ihrem Schlafzimmerfenster vorbeigeht. Ich schwöre, dass sie zu unserem Haus rüberschaut. Und dann sehe ich meinen Dad, der sich mit großen Schritten auf unserer Straßenseite nähert. *Gott sei Dank.* Ich kehre an meinen Platz an der Kücheninsel zurück. Eine Sekunde später höre ich, wie er den Schlüssel ins Schloss steckt.

»Hey!«, ruft er, dann kommt er in die Küche und wirft den Schlüsselbund von einer Hand in die andere. Er lächelt angespannt. Er ist nervös, und das sollte er auch sein. »Was gibt es denn so Dringendes?«, will er wissen.

Ich möchte Zeit schinden, die zahlreichen unschönen

Konsequenzen dieses Gesprächs hinauszögern. Will nicht, dass mein Dad dem großen Lügenhaufen weitere Unwahrheiten hinzufügt. Dennoch weiß ich, dass ich zum Punkt kommen und die Sache hinter mich bringen muss.

»Du hattest eine Affäre mit Janine, stimmt's?«, frage ich, noch bevor er sich setzen kann.

»Wie bitte?« Mein Dad lacht verlegen und weicht meinem Blick aus.

»Annie hat mir erzählt, dass ihr zusammen wart, Dad«, sage ich. »Bitte hör endlich auf zu lügen!«

Ich erkenne den Moment, in dem er sich entscheidet, nicht zu leugnen. Seufzend lässt er sich auf den Hocker neben meinem sacken, stützt die Ellbogen auf die Kücheninsel und verschränkt die Finger. Anschließend drückt er den Mund dagegen, als wollte er verhindern, dass die Worte herauskommen. Erst nach einer ganzen Weile löst er die Hände wieder und umfasst die Kante der Arbeitsplatte.

»Weißt du, was das Verrückteste am Erwachsensein ist?«, fragt er, obwohl der Satz nicht wirklich wie eine Frage klingt. »Man schafft es immer noch, sich selbst in vielerlei Hinsicht zu überraschen. Und manche dieser Überraschungen sind gar nicht gut.« Er lächelt traurig. »Ich hätte früher geschworen, dass ich deine Mom niemals betrügen würde. Nicht weil unsere Ehe so toll war – das war sie nicht, und ich bin mir sicher, deine Mom würde mir beipflichten. Vielleicht waren wir einfach zu verschieden. Trotzdem hielt ich mich immer für einen besseren Menschen als der, der ich offenbar bin.« Er deutet auf die andere Straßenseite, auf Janines Haus.

»Dann stimmt es also?«

Er nickt, die Augen auf den Fußboden gerichtet. »Tut mir leid, Cleo«, sagt er. »Es tut mir aufrichtig leid.«

»Heilige Scheiße.« Mein Gesicht brennt. Ich halte mich ebenfalls an der Kücheninsel fest. Ich hätte schwören können, dass ich die Realität bereits akzeptiert habe – die Affäre von meinem Dad und Janine. Aber all die Jahre, die ganze Zeit über?

»Es war eindeutig ein Fehler.« Mein Dad schaut mich an. Offenbar möchte er nicht, dass ich sauer auf ihn bin, aber gleichzeitig sieht er nicht so aus, als hätte er ein schlechtes Gewissen. Sein Blick ist ausdruckslos. Und doch irgendwie abwägend.

»Was, wenn Janine etwas mit dem zu tun hat, was Mom zugestoßen ist?«, frage ich.

»Damit hat sie nichts zu tun«, antwortet er. »Das weiß ich.«

»Aber George hat an dem Abend jemanden gesehen – ich denke, es könnte Janine gewesen sein.«

Mein Vater schüttelt den Kopf.

»Warum, Dad? Weil du sie so toll findest?«

»Weil ich weiß, dass sie nichts getan hat. Auch wenn sie tatsächlich wütend auf deine Mom war«, sagt er. »Ich erzähle dir das nur, weil ich nicht möchte, dass du denkst, ich würde dir noch etwas verheimlichen. Wütend oder nicht – Janine hat nichts damit zu tun. Das weiß ich.«

»War sie wütend, weil sie eifersüchtig war?«

»Nein, weil deine Mom Kyles Handy hatte. Sie hat es sich besorgt, weil angeblich Fotos von dir darauf sind. Sie wollte dich beschützen.« Kyle, der vor meinem Wohnheim auftaucht und behauptet, ein Cop habe ihn zusammengeschlagen – jetzt ergibt das Ganze etwas mehr Sinn. »Na ja ... anscheinend sind auch Fotos von Annie darauf gespeichert. Janine wollte das Handy deshalb unbedingt haben, aber deine Mom hat es ihr nicht gegeben. Es kam zum Streit ... dann ist Janine gegangen.«

»Und am Ende ist Mom ...« *Ja, was ist am Ende passiert?* Ich bringe es immer noch nicht über mich, die Möglichkeit, dass sie tot sein könnte, in Betracht zu ziehen. Obwohl mir inzwischen klar ist, dass dies die wahrscheinlichste Variante ist. »Du hältst es also tatsächlich für einen Zufall, dass Janine, mit der du ein Verhältnis hattest, wütend auf deine *Ehefrau* war und deine Ehefrau jetzt wie vom Erdboden verschluckt ist? Willst du mich *verarschen*?«

»Janine hat nichts mit dem Verschwinden deiner Mom zu tun, Cleo.«

»Ich verstehe, dass der Sex mit Janine dich offenbar nicht ganz unparteiisch macht, trotzdem ...«

»Ich war bei ihr«, unterbricht er mich. »Ich war *bei Janine* drüben, als deiner Mom hier etwas zugestoßen ist – keine Ahnung, was.«

»Du warst doch am Flughafen«, sage ich benommen. Meine Hände ballen sich zu Fäusten. *Die Zeitdifferenz. Laut Wilson gibt es eine Zeitdifferenz.*

Er schüttelt den Kopf. »Ich war drüben«, sagt er und sieht mir dabei direkt in die Augen. In seinen spiegelt sich ... Selbstgerechtigkeit? »Ich bin um sechzehn Uhr dreißig gelandet und direkt zu Janine gefahren. Dort bin ich gegen siebzehn Uhr dreißig angekommen, kurz nachdem Janine von hier zurückgekommen war.«

»Warte ... war Annie drüben?«

»Sie kam irgendwann nach Hause«, antwortet er. »Sie wusste von uns. Janine und sie sind sehr eng miteinander – eher wie Freundinnen als wie Mutter und Tochter.«

»Wie lange läuft das schon zwischen euch?« Meine Stimme klingt eisig.

»Cleo«, sagt er kopfschüttelnd. »Du wirst doch nicht ...«

»Wie lange?«

Er schweigt, dann: »Jahre. Seit du klein warst.«

Ich denke an den Strand, an den Tag, als mein Dad mich nicht im Blick behalten hatte, um aufzupassen, dass ich nicht ertrank – nicht weil er nicht da gewesen wäre, sondern weil er für Janine da gewesen war.

Beinahe hätte ich mich auf die Kücheninsel übergeben. »Kannst du bitte gehen?«, stoße ich angestrengt hervor. »Ich möchte ... ich muss allein sein.«

Für einen Moment sieht es so aus, was wolle er widersprechen, doch dann legt er den Kopf in den Nacken und starrt an die Decke, als würde er dort die richtige Antwort finden.

»Es tut mir leid, Cleo«, sagt er noch einmal, als er aufsteht und sich zum Gehen wendet. »Es tut mir wirklich leid.«

Diesmal weiß ich, wonach ich suche, als ich das Schlafzimmer meiner Mom betrete – Kyles Wegwerfhandy. Ein kleines Ding zum Zusammenklappen. Wenn meine Mom es richtig versteckt hat, ist es gut möglich, dass ich es beim ersten Mal übersehen habe – und die Polizei ebenfalls. Ich schaue unter dem Bett und in den Schubladen nach. Nichts.

Doch als ich den begehbaren Kleiderschrank betrete, bleiben meine Augen am Taschenregal hängen. Ganz oben steht eine kleine Sammlung hochpreisiger, eleganter Handtaschen – der einzige Luxus, den meine Mom sich ab und an zugesteht. Vielleicht war ich deshalb als kleines Mädchen so versessen darauf, damit zu spielen – weil es mir ein Fenster zu einem geheimen, weniger kontrollierten Teil von ihr öffnete.

Ich ziehe einen Hocker heran, steige hinauf und greife nach der blauen Mark-Cross-Handtasche, die ich damals am meisten geliebt habe, weil sie aussieht wie ein bezaubernder kleiner Koffer. Mit sieben oder acht bin ich damit durchs ganze Haus geschlendert und tat so, als würde ich »auf Reisen gehen«.

Als ich wieder hinuntersteige, meine ich zu spüren, dass

sich in der Tasche etwas bewegt. Ich öffne den Verschluss, und ein Klapphandy fällt mir entgegen. Kyles Handy. Das Wegwerftelefon in der Hand, verlasse ich den begehbaren Kleiderschrank und setze mich aufs Bett, das blaue Köfferchen an die Brust gedrückt. Was, wenn das, was passiert ist, *deswegen* passiert ist?, frage ich mich, während ich auf das Handy starre. Wegen mir und meiner dummen Entscheidungen?

Es klingelt – offenbar hat Detective Wilson es schneller nach Park Slope geschafft als gedacht. Ich stehe auf und gehe langsam die Treppe hinunter. Ich weiß, dass ich Wilson Kyles Handy geben muss, ganz gleich, was darauf zu finden ist.

Doch es ist gar nicht die Ermittlerin, die vor der Tür steht, stelle ich fest, als ich aus dem schmalen Fenster neben dem Eingang blicke. Es ist Will, der auf der obersten Stufe steht. Ich reiße die Tür auf.

Er kann meine stürmische Umarmung nicht erwidern, weil er die Hände voll hat – ein Buch in der einen, eine Papiertüte von Whole Foods in der anderen Hand. »Ich habe deinen Dad aus dem Haus kommen sehen und dachte, du könntest vielleicht ein bisschen Gesellschaft gebrauchen.«

»Ich bin so froh, dich zu sehen!«, stoße ich hervor. Die Woge der Erleichterung lässt mir den Atem stocken. Ich kann mich nicht erinnern, warum ich zuvor so wütend auf ihn war.

Er tritt ein und hält die Tüte mit den Lebensmitteln in die Höhe. »Ich habe vor, uns etwas Schönes zu kochen.«

Ich setze mich wieder auf den Hocker an der Kücheninsel und sehe zu, wie Will die Tomaten, Knoblauch, Zwiebeln und Pasta auspackt. Als er anfängt, die Zutaten klein zu schneiden, fällt mir ein, dass Wilson bald hier sein wird. Und Will ist auch hier, wenn sie kommt, um mit mir zu reden. Egal. Soll sie doch denken, was sie will. Wir begehen schließlich kein Verbrechen. Kyle ist ein *sehr viel* größeres Problem.

Während Will kocht, erzähle ich ihm, was in New Haven passiert ist. Und dann, ohne dass ich es wirklich will, füge ich die Vermutung hinzu, dass meine Mom damals jemanden getötet hat. Dass sie vielleicht von jemandem entführt wurde, der sie damit erpresst hat. Oder umgebracht. Auch das ist möglich.

»Dann hast du dort am Ende also noch mehr Fragen statt Antworten gefunden?«

»Ich habe nur herausgefunden, was meine Mom *möglicherweise* getan hat«, erwidere ich. »Und dass dieser Ort, an dem sie aufgewachsen ist, grauenvoll ist. Vielleicht sollte ich der Polizei wenigstens von der Erpressung erzählen. Was, wenn sie mit ihrem Verschwinden in Zusammenhang steht? Ich weiß nur, dass sie mit Sicherheit einen guten Grund hatte, sollte sie tatsächlich jemanden umgebracht haben. Wahrscheinlich Notwehr. Was immer geschehen ist, ich bin überzeugt, der Kerl hatte es verdient.« Interessant, dass ich sofort von einem Mann ausgehe.

»Ich weiß nicht ...« Will zögert. »Wie du schon sagtest: Das Letzte, was du möchtest, ist, dass deine Mom zurückkehrt, nur damit man sie verhaftet ... Ich meine, Tatsache ist doch, dass du nicht weißt, was damals in diesem Haven House passiert ist. Was, wenn die Person es verdient hatte, deine Mom aber trotzdem des Mordes angeklagt wird?«

Er hat recht. Warum ist Will der einzige Mensch auf der Welt, der in der Lage ist, ehrlich zu mir zu sein und mir dennoch kein schlechtes Gefühl zu vermitteln?

»Ich möchte etwas tun.«

»Selbstverständlich. Das verstehe ich.« Er nickt. »Wie wär's mit einem Glas Wein?«, schlägt er dann vor. »Ich denke, du brauchst erst mal einen Moment, um dich zu sammeln.«

Er schaut in mehrere Schränke, bevor er zwei Weingläser findet. Als wären wir verheiratet. Als wäre das unser Haus. Ich stelle mir vor, ich wäre älter – und an einem Ort, an dem der Altersunterschied zwischen uns keine Rolle spielt. Will würde für mich kochen und ich ihm von der Couch aus zusehen. Sicher und geborgen. Es fühlt sich richtig an. Es würde sich nicht so gut anfühlen, wenn es nicht richtig wäre.

»Ein Glas Wein wäre super. Danke.«

»Oh, und das ist für dich«, sagt er und deutet auf das Buch, das er mit dem Titel nach unten auf die Kücheninsel gelegt hat. Er schenkt uns aus einer bereits offenen Flasche zwei Gläser Rotwein ein.

Ich drehe es um. Mary Olivers *A Poetry Handbook*.

»Verständlicherweise sind deine Gedanken gerade ganz woanders, aber ich dachte, das Buch könnte eine Art Gedächtnisstütze sein – eine Erinnerung daran, dass es immer noch gute Dinge in deinem Leben gibt, Dinge, die dir Hoffnung machen. Du hast eine Zukunft, Cleo, die über dieses Chaos hinausgeht. Du bist eine wirklich begabte Autorin. Ich glaube, das wird dir den Weg weisen.«

Wie sollte ich auch nicht in ihn verliebt sein?

»Danke«, sage ich, und meine Augen füllen sich mit Tränen. Ich versuche nicht, sie zu verbergen. »Vielen Dank.«

Will verschüttet etwas Wein. »Oh, Mist«, sagt er. Auf seinem weißen Hemd sind rote Flecken. »Bin gleich wieder da. Ich gehe nur kurz ins Bad.«

Währenddessen schlage ich das Buch auf. Will hat eine Art Widmung auf die erste Seite geschrieben. *Versprich mir, dass du Schriftstellerin wirst. Gott gibt nur einigen wenigen das Talent dazu.*

KATRINA

Am Tag des Verschwindens

Ich hatte die Haustür hinter Janine offen gelassen, damit Cleo nicht klingeln musste – sie dachte nie daran, ihren Schlüssel einzustecken.

»Hey!«, rief ich, als ich kurz darauf hörte, dass die Tür aufschwang. »Perfektes Timing!«

Cleo antwortete nicht. Von dort, wo ich stand – hinter der Kücheninsel –, konnte ich sie nicht sehen. Wahrscheinlich zog sie noch ihre Schuhe aus und nahm dann erst die Earbuds heraus, die seit ihrem zwölften Lebensjahr scheinbar fest in ihren Ohren implantiert waren. Wie oft hatte ich sie angeschnauzt, sie solle sie weglegen, weil ich mir Sorgen um ihr Gehör machte. Und nicht nur das: Ich machte mir Sorgen, dass sie beim Überqueren der Straße angefahren werden könnte, weil sie ein heranfahrendes Fahrzeug überhörte, ich machte mir Sorgen, dass auch sie zu einer dieser unhöflichen, unerträglichen Jugendlichen werden könnte, die ihre Umwelt komplett ausblendeten. Was für eine Zeitverschwendung! Ich hatte mir so viele Sorgen gemacht, über alle möglichen falschen Dinge.

Ich legte das Messer beiseite und wischte mir die Hände an einem Handtuch ab. Sosehr ich mich freute, meine Tochter zu sehen, so wusste ich doch, dass ein schwieriges Gespräch vor uns lag.

Ich ging um die Kücheninsel herum.

»Warum brauchst du so lange, Cleo?«

Ich erstarrte. Nicht Cleo stand vor mir, sondern eine große Gestalt. Ein Mann. Ein Mann, den ich nicht kannte.

»He!«, rief ich und machte einen Schritt zurück. »Verlassen Sie auf der Stelle mein Haus!«

Doch der Mann rührte sich nicht vom Fleck. Kam weder auf mich zu, noch machte er Anstalten, zur Tür zu gehen. Er hatte mir das Profil zugewandt, sodass ich sein Gesicht nicht richtig erkennen konnte. Ich hatte keine Ahnung, wer er war.

Doch dann war es mir plötzlich klar. Schlagartig wusste ich, wer da vor mir stand.

Mein Handy. Ich brauchte mein Handy. Das auf der Kücheninsel lag. Ich stürmte zurück in die Küche, griff mit zitternden Fingern danach und wählte die Neun-eins-eins.

Der Mann folgte mir. »Leg das Handy weg, Katrina«, sagte er ruhig. »Sollte ich dir etwas antun müssen, wenn Cleo hier eintrifft, lässt es sich nicht vermeiden, dass ich auch ihr etwas antue.«

Ich hörte die Stimme des Notrufkoordinators und legte auf, am ganzen Körper zitternd.

»Das ist ein sehr schönes Haus«, sagte er. *Seine* Stimme zu hören, ging mir bis ins Mark. »Du hast einen guten Geschmack, vor allem, wenn man bedenkt, woher du kommst. Ich nehme an, dazu hat nicht zuletzt das viele Geld, das du geerbt hast, beigetragen. Nicht jeder von uns hatte so viel Glück.«

Und damit machte er einen Schritt auf mich zu. Jetzt konnte ich ihn sehen, klar und deutlich: das etwas längere grau melierte Haar, das kantige Kinn, die strahlend blauen Augen. Elektrisierend. Das waren sie. Ich kannte diese Augen nur zu gut. Nach all den Jahren sahen sie noch genauso aus wie früher. Unglaublich blau.

Aber Reed war *tot*. Ich hatte ihn umgebracht. Hatte ihm ein Messer in den Nacken gestoßen. Nicht mit Vorsatz, aber ich hatte es getan. Hatte seinen leblosen Körper auf den

Stufen liegen sehen. Er war mir nachgejagt und dabei zusammengebrochen.

Und jetzt war er hier, in meinem Haus. *Lauf,* dachte ich. *Er wird dich umbringen.* Aber ich konnte mich nicht bewegen. Es gab keinen Ausweg. Ich saß in der Falle.

»Ich weiß, du dachtest, ich wäre tot«, sagte Reed mit einem spöttischen Grinsen. Er war noch immer ausgesprochen attraktiv, nicht zuletzt wegen des Selbstbewusstseins, das er ausstrahlte. »Ich habe damals viel Blut verloren, unfassbar viel Blut. Die Vermieterin schrie vor lauter Panik – das ist das Letzte, woran ich mich erinnere, bevor ich das Bewusstsein verloren habe.« Sein Lachen klang bitter. »Für eine Weile stand es auf der Kippe, aber am Ende ist Gott sei Dank kein dauerhafter Schaden geblieben. Abgesehen davon ...« Er hob seine schulterlangen Haare und enthüllte seinen Nacken. »Eine hässliche Narbe. Zum Glück habe ich volles Haar. Darunter kann ich sie mühelos verstecken.«

Die Textnachrichten hatte *er* mir geschickt. Reed. Der junge Mann, den ich getötet hatte. Der trotzdem noch lebte.

Und der jetzt für Cleo eine Gefahr war.

»Halte dich von meiner Tochter fern.« Ich erkannte meine eigene Stimme nicht wieder, so tief und grimmig klang sie.

»Dafür ist es ein bisschen zu spät.« Seine Lippen verzogen sich zu einem schiefen Grinsen. »Cleo und Professor William Butler – ich hätte so gern noch das Yeats hinzugefügt, aber wie du dir sicher denken kannst, war das nicht möglich ... Sei's drum. Cleo und Professor Butler haben eine sehr schöne Zeit miteinander verbracht.«

Der neue Freund. Atmen. Ich musste weiteratmen. Ich musste fokussiert bleiben – Cleo konnte jeden Moment hier sein.

»Was willst du?«

»Na ja, also ... Ich will endlich eine verfluchte Zukunft bekommen. Ich bin ein einundfünfzig Jahre alter Hochschuldozent an der NYU. Wärst du nicht gewesen, wäre ich mit Sicherheit schon seit fünfzehn Jahren ordentlicher Professor in Harvard. Du hast mich alles gekostet – Geld, Erfolg, Glück. Du hast mich alles gekostet, was ich verdient hatte. Du bist mir etwas schuldig.«

»Ich habe mich nur verteidigt.«

»Weißt du, es ist seltsam, wie ähnlich ihr euch seid, Cleo und du«, fuhr er fort und lächelte vielsagend. »In fast jeder Hinsicht.«

Bring ihn um. Du musst ihn umbringen.

Das Messer. Meine Augen zuckten zur Kücheninsel, doch Reed war schneller. Er schnappte sich das Messer, inspizierte die Klinge, dann deutete er damit in meine Richtung.

»Wir wollen doch nicht, dass das hier in falsche Hände gerät, nicht wahr?« Er richtete die Messerspitze auf die Arbeitsfläche und zerkratzte den Marmor, dann streckte er die Hand nach meinem Handy aus. »Das solltest du mir besser ebenfalls geben.« Ich reichte ihm das Smartphone, und er steckte es in seine Jackentasche. »Am Ende musste ich Yale verlassen. Das hat mir Direktor Daitch nach meiner Entlassung aus dem Krankenhaus unmissverständlich klargemacht: Entweder ich verlasse New Haven, oder ich wandere ins Gefängnis. Obwohl wir beide wissen, dass du es in jener Nacht auch wolltest.«

»Du hattest mich unter Drogen gesetzt! Du hast mich *vergewaltigt!*« Die Worte brannten, als sie aus meinem Mund kamen. Ich hatte sie noch nie laut ausgesprochen.

»Klar, Vergewaltigung, was sonst«, sagte er unbeeindruckt. »Was dachtest du denn, was passiert, wenn du dich nachts zu mir schleichst? Du *wusstest* es. Du *wusstest* es genau. Und du *wolltest* es. Du hast dich anschließend bloß schlecht deswegen gefühlt, deshalb hast du mich angefallen wie ein wild gewordenes Tier.«

Ich hasste es, wie ich mich fühlte. Als hätte er recht. Als wäre ich diejenige, die Schuld an dem trug, was passiert war. Weil ich einen jungen Mann geliebt hatte, der um einiges älter war als ich. Weil ich mir so verzweifelt gewünscht hatte, er würde mich ebenfalls mögen. Dass mich *irgendwer* mochte. Ich hatte nicht mehr getan, als mich aus dem Gebäude zu schleichen und zu ihm zu gehen. Um abends um zwanzig Uhr eine Tasse Pfefferminztee zu trinken.

Plötzlich war mir schwarz vor Augen geworden. Anschließend zuckten Blitze, als würden Lichter aufflammen und wieder erlöschen. Szenen aus einem immer wiederkehrenden Albtraum. Mein Körper, der hin und her geschleudert wird – Arme, Beine. Wie eine Lumpenpuppe. Keuchen an meinem Ohr. Schweiß. Das Wort »nein« – nur einmal ausgesprochen, von mir. Aber klar und präzise wie ein Boxhieb.

An manchen Tagen meinte ich zu spüren, dass der Klang meiner Stimme noch immer in mir nachhallte – ein Heulen, ein endlos währender Urschrei.

Erst Stunden später kam ich wieder zu mir. Mein Mund war so trocken, dass ich meinte, die Haut würde reißen, als ich die Lippen öffnete, um am Waschbecken im Badezimmer einen Schluck Wasser zu trinken. Ich spürte den Schmerz zwischen den Beinen. Sah das getrocknete Blut an meinen Schenkeln. Bis auf das dünne pinkfarbene Shirt war ich nackt.

Zurück in Reeds Zimmer, hob ich meine Kleidung vom Boden auf, möglichst lautlos, um ihn nicht zu wecken. Es war schon spät, nach Mitternacht. Er öffnete die Augen, als ich den ersten Turnschuh schnürte.

»Wohin gehst du?«, fragte er. Verschlafen. Scherzhaft.
»Nach ... Hause.«
»Was ist los?« Jetzt klang er gar nicht mehr verschlafen. Eher unwirsch.
»Nichts. Ich muss zurück.« Meine Stimme strafte meine Worte Lügen. Es war sehr wohl etwas los, das hörte man mir deutlich an. »Es darf niemand merken, dass ich mich rausgeschlichen hab.«
Reed setzte sich im Bett auf. Ich konzentrierte mich darauf, auch den zweiten Sneaker zu binden. Er fasste mich am Oberschenkel. Fest.
»Denk bloß nichts Falsches über das, was hier passiert ist«, sagte er drohend.
Ich versuchte, mein Bein wegzuziehen, aber er drückte nur noch fester zu. »Du tust mir weh!«
»Hast du mich verstanden?«
»Lass mich los!«
»Erst wenn du sagst, dass du mich verstanden hast. Wir hatten *Spaß*.«
Und dann war mein Blick auf das kleine Messer neben der Limette auf seinem Nachttisch gefallen. Er musste sich eine Scheibe abgeschnitten haben, vielleicht für einen Drink oder um sie in den Hals einer Bierflasche zu stecken. Um zu feiern, während ich bewusstlos war.
»Lass mich los.«
Und das tat er. Nahm seine Hand von meinem Schenkel. Vielleicht hätte ich den Moment nutzen und einfach weglaufen sollen. Vielleicht hätte ich ihm entkommen können. Vielleicht.
»Hör auf, dich aufzuführen wie ein verfluchtes Miststück ...«
Ich schnappte mir das Messer. Reed lachte und streckte die Hand aus, um es mir abzunehmen. Ich holte aus und

versuchte, ihn am Arm zu erwischen. Um ihn davon abzuhalten, mich noch einmal anzufassen. Er schnellte gleichzeitig hoch und stürzte sich auf mich, und deshalb landete das Messer nicht in seinem Arm, sondern stattdessen in seinem Nacken. Wie in Zeitlupe wurde uns beiden klar, was ich getan hatte. Ich sah, wie er das Gesicht verzog. Dann sah ich das Blut. So viel Blut.

Und jetzt stand er hier, all die Jahre später, in meiner Küche in Park Slope. Außer sich vor Zorn. *Cleo.*

Reed ereiferte sich noch immer über irgendetwas, und es sah nicht so aus, als würde er sich bald beruhigen.

»Meine Eltern haben den Kontakt zu mir abgebrochen. Komplett. Sie verlangten eine Erklärung, warum ich mein Studium in Yale geschmissen hatte, und als ich ihnen keine geben konnte, ließen sie nichts mehr von sich hören. Keine Anrufe, keine Besuche, kein Geld. Gar nichts. Sie strichen mich sogar aus ihrem Testament! Die zwei waren immer schon Arschlöcher – stell dir vor, sie waren damals über Weihnachten in Paris, *allein!* Ich musste die Feiertage ohne sie verbringen, obwohl ich erst im zweiten College-Jahr war. Ich musste mir einen Job als Bedienung suchen und meinen Abschluss an der Fairfield University machen. An der *Fairfield,* das muss man sich mal vorstellen! Ich habe Abendkurse belegt. Hast du eine Ahnung, wie lange ich gebraucht habe, um wieder auf die Beine zu kommen?« Er richtete das Messer auf mein Gesicht.

Er würde mich umbringen, das stand außer Frage. Ich musste ihn am Reden halten, ihn ablenken. Musste Zeit schinden.

»Es scheint dir doch ganz gut zu gehen«, sagte ich schnell. »Professor an der NYU?«

Er fing an, auf und ab zu schreiten, wobei er mit dem Messer durch die Luft fuchtelte. »*Dozent.* Kein ordentlicher

Professor.« Seine Halsmuskeln spannten sich an. Sein Gesicht war gerötet. »Weißt du, wo ich jetzt wäre, hätte es dich nicht gegeben? Diese Sache mit dir hat mich *jahrelang* aus der Bahn geworfen. Selbstverständlich habe ich es an der Fairfield University locker geschafft und anschließend noch einen Master an einer beschissenen staatlichen Uni draufgesetzt, die so gut wie nichts kostete. Mein Ph. D. an der Rutgers University war dafür umso teurer. Das musste ich allein stemmen, *wieder einmal*. Es folgten beschissene Jobs als jederzeit kündbarer Lehrbeauftragter an genauso beschissenen Community Colleges in irgendwelchen Arbeitergegenden. Und Gott bewahre, dass eine Studentin irgendeinen Scheiß über einen erfindet – dann ist man auf der Stelle raus, da wird nicht lange gefackelt. An Elitehochschulen dagegen interessiert es keinen, wen man vögelt!« Er blieb stehen und drehte sich zu mir um, ein Lächeln auf den Lippen. »Es gab dann allerdings einen großen Trostpreis. Wer hätte gedacht, dass ich während meiner ersten Vorlesung an der NYU, meinem ersten *richtigen* Job, aufschauen und ... *dich* sehen würde? Den Menschen, der mein Leben ruiniert hat? Für eine Minute dachte ich, ich würde verrückt. Dachte, Cleo wäre tatsächlich du. Ihr beide seht genau gleich aus. Um eins klarzustellen: Es ist nicht so, dass ich all die Jahre über von dir besessen war, das musst du dir nicht einbilden. Ich hatte weitaus Besseres zu tun, als mich mit dir zu befassen. Ein-, zweimal im Jahr habe ich recherchiert, was wohl aus dir geworden ist, aber viel ist nicht dabei rausgekommen. Du warst wie ein Geist. Erst als ich *sie* in die Suchmaschinen eingegeben habe, Cleo McHugh, bin ich auf dich gestoßen. Zack, da warst du mit deinem gut aussehenden Ehemann, deinem tollen Job und deinem nagelneuen Nachnamen.«

»Was willst du, Reed?«

»Was ich *will*?« Er lachte. »Ich will, dass du mich entschädigst. Gib mir das Geld. Drei Millionen Dollar.«

»Drei Millionen Dollar?«

»Ich weiß, dass du so viel besitzt. Die Gerichtsakten? Gladys Greenes Cousins, die das Testament angefochten haben? Man findet dort sämtliche Details. Wie gesagt: Ich habe einige Zeit damit verbracht, dich zu googeln, nachdem ich Cleo erkannt hatte. Es steht alles im Netz. Ich bin mir sicher, dass du kaum etwas ausgegeben und den Großteil deines Erbes gehortet hast. Kein Wunder, wenn man bedenkt, woher du kommst ...«

Damit lag er gar nicht so daneben. Geld war für mich nicht das Problem. Geld konnte ich ihm geben.

»Du willst Geld?«

»Klar«, erwiderte Reed, aber der Hass in seinen Augen verriet mir, dass es doch nicht so simpel sein würde. »Und ich will, dass du weißt, wie sehr ich es genossen habe, deine Tochter zu vögeln. Sie ist sehr ... enthusiastisch.«

Ich schloss die Augen. Es kostete mich sämtliche Kraft, nicht auf ihn loszugehen, doch ich wusste, dass er nur allzu gern das Messer gegen mich eingesetzt hätte. Vielleicht war es das, was er wirklich wollte – einen Vorwand, Vergeltung zu üben.

»Schön. Ich gebe dir das Geld. Ich werde es dir gleich überweisen. Die ganzen drei Millionen. Aber dann gehst du. Sprichst nie wieder mit Cleo. Kommst nie wieder in meine Nähe.«

»Glaubst du wirklich, dass du dich in der Position befindest, Forderungen zu stellen?«

Nein, natürlich nicht.

»Du willst das Geld?«, fragte ich. »Dann brauchst du mich.«

Reed schritt in meinem Arbeitszimmer auf und ab, inspizierte meine Bücher und unsere Familienfotos, als würde er Munition sammeln, während ich hinter meinem Schreibtisch stand und auf die Tastatur meines Arbeitslaptops eintippte, was mir mit meinen zitternden Händen gar nicht so leichtfiel. Ich warf einen Blick auf die Uhr auf dem Bildschirm. Achtzehn Uhr fünfzehn. Cleo würde jede Minute hier sein. Vielleicht hatte Reed vor, mich umzubringen, nachdem ich ihm das Geld überwiesen hatte, aber ich musste zumindest versuchen, ihn zum Gehen zu bewegen, bevor meine Tochter eintraf.

Als sich mein Konto endlich öffnete, konnte ich nur fassungslos auf den Bildschirm starren. Das Guthaben betrug 753 297 Dollar. Ich klickte zurück auf die Homepage, in der Hoffnung, dass ich etwas übersehen hatte, und überlegte, ob ich den Desktop-Computer hochfahren sollte. Vielleicht erschien dort ein anderer Betrag.

»Gibt es ein Problem?«, fragte Reed.

»Es ... es fehlt Geld auf meinem Konto«, stammelte ich. »Ich habe keine Ahnung, was da los ist, aber du kannst selbst nachschauen.« Ich deutete auf den Monitor.

Er blieb, wo er war. »Finde heraus, wo das verdammte Geld ist. Sofort. Sonst nimmt das Ganze hier kein gutes Ende.«

Mir fiel das zerknüllte Blatt Papier ein, das ich auf dem Fußboden vor dem Mülleimer entdeckt hatte. Aidan. Er war hier gewesen, hatte sich das Geld überwiesen und ließ mich im Regen stehen, wie immer. Keine Ahnung, wie er an Kontonummer und Passwort gekommen war. Vielleicht hatte er tatsächlich jemanden bei der Bank bequatscht.

»Ich weiß nicht, wo es ist.« Ich deutete erneut auf den Bildschirm. »Es ist weg. Mein Ex-Mann muss das Konto leer geräumt haben. Wir stecken mitten in der Scheidung.«

»Finde das Geld«, wiederholte Reed und trat näher. Drehte das Messer in seiner Hand. Ich meinte, so etwas wie Vergnügen in seinem Blick zu erkennen. Natürlich, jetzt war ich mir ganz sicher – das war der Grund, warum er wirklich hier war: Er wollte Rache, kein Geld. Er suchte einen Vorwand, um mich angreifen zu können. Er *wollte* mich verletzen und sich anschließend einreden, ich hätte ihn provoziert.

Lauf. Lauf weg, solange du kannst!

Aber er verstellte mir den Weg zur Tür. »Ich rede mit Aidan. Ich hole das Geld zurück und gebe es dir.«

»Klar. Vielleicht sollten wir auch mit Cleo darüber sprechen, wenn sie gleich hier ist.« Er hob das Messer.

Cleo. Alles, woran ich denken konnte, waren die vielen kleinen Dinge, die ich getan hatte, damit sie sich sicher fühlte. Wie nutzlos sie im Nachhinein waren. Ich dachte an ihr kleines Kinderbett. Wie ich mich neben sie gekuschelt hatte, wenn ich von der Arbeit nach Hause kam. Manchmal war sie noch wach, und dann las ich ihr vor – *Gute Nacht, lieber Mond.* Immer dieses eine Buch. Wenn sie schon schlief, sang ich leise: »*Hush little baby, don't say a word / Momma's gonna buy you a mockingbird*«, in der Hoffnung, sie würde mich im Schlaf hören können. Und immer wenn ich verstummte, nahm sie meine Hand, drückte sie und sagte: »Bleib, Mommy. Bleib bei mir, bis es hell ist.«

Mit einer einzigen fließenden Bewegung klappte ich den Laptop zu, packte ihn und schlug ihn gegen Reeds Ellbogen.

»Scheiße!«, brüllte er und krümmte sich vor Schmerz.

Ich sprintete an ihm vorbei Richtung Haustür. Rannte, so schnell ich konnte. Das Blut rauschte in meinen Ohren. *Sieh dich nicht um. Lauf raus und schrei »Feuer!«, bevor Reed dich einholen kann.*

Ich hatte es fast geschafft, als mich eine Hand im Nacken packte und abrupt nach hinten riss. Meine Füße hoben vom Boden ab. Haltsuchend ruderten meine Arme durch die Luft, doch es gab nichts, woran ich mich festhalten konnte. Nur Luft. Nichts als Luft.

Ich ballte die Hände zu Fäusten. Hörte das Geräusch von zersplitterndem Glas. Ich fiel. Schlug mit dem Kopf auf. Hart. Schläfe auf Stein. Mein Gehirn vibrierte wie eine riesige Glocke in meinem Schädel. Ich spürte etwas Warmes, Nasses im Gesicht, das in meinen Augen brannte. Aber keinen Schmerz.

Mir geht es gut. Das wird schon wieder ...

CLEO

Einundsiebzig Stunden danach

Das Buch zittert in meinen Händen, als ich auf die Widmung blicke – die geschwungene Handschrift, die schrägen Buchstaben. *Gott gibt nur einigen wenigen das Talent dazu.* Die Worte klingen wie ein Echo aus weiter Ferne. Eine flüchtige Erinnerung. Und dann fällt es mir wieder ein. Ich habe sie schon einmal gelesen: genau diese Widmung, in der Ausgabe von Walt Whitmans *Grashalme*, die jemand meiner Mom vor so vielen Jahren geschenkt hat. Ich schaue von Mary Olivers Poesie-Handbuch auf und werfe einen prüfenden Blick in den Flur. Die Badezimmertür steht ein kleines Stück offen, aber das Licht ist aus. Ich höre Wasser rauschen, allerdings von weiter hinten. Das Geräusch kommt aus dem Winzbad hinter dem Arbeitszimmer meiner Mutter. Dem Badezimmer, das man nur von außen absperren kann.

Ich schrecke zusammen, als mein Handy klingelt. Vivienne.

»Hallo.« Meine Stimme klingt, als wäre ich unter Wasser.

»Bislang hatte ich noch kein Glück, was diesen Erpresser betrifft. Die Nummer, die du mir gegeben hast, stammt ja von einem Wegwerfhandy, und um diese Dinger zurückzuverfolgen, braucht man einen Kontakt bei den Strafverfolgungsbehörden, der bereit ist, einige Grenzen zu überschreiten.« Sie spricht schnell. »Allerdings ist es mir gelungen herauszufinden, was aus diesem Reed Harding geworden ist. Ich weiß, dass du meintest, es wäre nicht mehr relevant, aber es hat mich nicht losgelassen. Normalerweise verschwinden Menschen nicht einfach so. Rate mal, wo er gelandet ist.«

»Auf dem Friedhof. Er ist *tot*.« Ich starre noch immer auf die Tür zu Moms Arbeitszimmer mit dem Winzbad: *Gott gibt nur einigen wenigen das Talent dazu ...*

»Nope. Er hat seinen Namen mehr als einmal geändert, was aus irgendeinem Grund keines der sechs Colleges, an denen er gearbeitet hat, zu interessieren schien. Reed Harding heißt aktuell Will Butler und ist Anglistik-Dozent an der NYU, Schwerpunkt Lyrik. Das scheint mir ein ziemlich großer Zufall zu sein.«

Der Boden unter meinen Füßen schwankt. Ich halte mich an der Marmorplatte fest.

Der junge Typ, den meine Mom umzubringen versucht hat, ist gar nicht tot. Er ist mittlerweile ein erwachsener Mann. Ein Mann, der sich aktuell in diesem Haus aufhält. Mit dem ich im Bett war.

Er hat mir etwas bedeutet. Ich habe ihm vertraut. Das ist meine Schuld.

Ich blicke zur Haustür. Ein Ausweg. Draußen bin ich in Sicherheit. Bei der Polizei. Detective Wilson wird bestimmt bald eintreffen. Ich muss abhauen, durch diese Haustür verschwinden, solange Will – Reed – sich am anderen Ende des Hauses aufhält.

Meine Mom würde wollen, dass ich das tue. Dass ich mich in Sicherheit bringe.

Doch wenn ich weglaufe, werde ich Will vermutlich nie wiedersehen. Er wird wissen, dass ich ihn durchschaut habe. Was, wenn er meine Mom irgendwo versteckt hält? Was, wenn ihr die Zeit ausgeht?

Ich schließe die Augen. Sehe ihr Gesicht vor mir, an dem Tag am Strand, als sie mir das Schwimmen beigebracht hat. Anschließend rannte ich zurück zu meinem Dad, Janine und Annie, die im Sand saßen.

»Cleo!«, hatte sie gerufen, und als ich mich umdrehte,

sah ich sie im Licht der Spätnachmittagssonne lächeln. »Du hast es geschafft!« Sie reckte einen Daumen in die Höhe. »Du hast es ganz allein geschafft!« Dabei hatte sie so viel dazu beigetragen. Sie hatte mich immer unterstützt. Das weiß ich jetzt.

Und deshalb reiße ich die Augen auf, lasse das Handy fallen. Und laufe.

Zu ihm.

Lauf! Lauf weiter!

Im Winzbad höre ich Wasser laufen, lauter und lauter, je näher ich komme. Und dann bin ich da.

Will steht am Waschbecken und reibt den Fleck aus seinem Hemd. Die Zeit scheint stehen zu bleiben, als ich zur Tür stürze. Er dreht sich um. Seine Augen weiten sich. Der Mund klappt auf.

»Cleo, was ...«

Ich schlage die Tür zu, drehe den Schlüssel um, dann ziehe ich ihn aus dem Schloss und stürme davon, während er immer wieder den Knauf dreht, bis er langsam begreift, dass er in der Falle sitzt.

Ich bin kaum im Flur, als das Hämmern beginnt. »Cleo!«, ruft er. »Was soll das? Mach die Tür auf!«

Diesmal renne ich zur Haustür. Ich sehe mich nicht um, kein einziges Mal. Auch dann nicht, als Will zu brüllen anfängt. Da erst recht nicht.

»Cleo, was soll der Scheiß?«

Als ich an der Tür ankomme, spüre ich meine Beine nicht mehr. Spüre meine Hand nicht, die nach dem Knauf greift. Ein Schwall frischer Luft schlägt mir entgegen. Ich bin draußen und springe die Stufen der Eingangstreppe hinunter.

»Was geht da vor?«, ruft jemand.

Es ist George, der hinter dem Tor zu seinem Vorgarten

steht und mich alarmiert ansieht. Erst jetzt wird mir bewusst, dass mein Handy noch im Haus ist. Ich habe es fallen lassen, während ich mit Vivienne telefonierte. »George! Sie müssen die Polizei rufen!«

George wirft mir einen finsteren Blick zu, macht ein paar Schritte auf mich zu und schaut zu unserer Haustür hinauf. »Nein«, sagt er und macht kehrt, um in sein eigenes Haus zurückzukehren. »Keine Polizei.«

»George!«, schreie ich. »Ich brauche Ihr Handy! Das ist ein Notfall!«

»Nein. Ich habe mein Wort gegeben.«

»Wem?« Ist ihm Will auf dem Weg zu mir begegnet und hat ihm etwas gesagt? Ihn bedroht? »Wer hat Ihnen aufgetragen, nicht die Polizei zu rufen, George?«

Er schüttelt den Kopf und strebt Schutz suchend auf seine offene Haustür zu. »Nein.«

»Ist jemand in Ihrem Haus?«

»Nein ... nein – niemand«, stammelt er. »Sie ist nicht dadrin.«

Sie.

»George, bitte lassen Sie mich mit reingehen.«

»Nein«, sagt er. »Du darfst nicht rein.«

George ist ein alter Mann, aber ziemlich groß und alles andere als gebrechlich. Trotzdem muss ich unbedingt an ihm vorbeikommen, muss wissen, was er versteckt. *Wen er versteckt.* Mein Blick fällt auf Georges Mülltonne. Seine leere Mülltonne. George ist besessen von Mülltonnen. Ich nehme den Griff der Tonne und schleudere sie mit aller Kraft auf das Grundstück von Georges Nachbarn auf der anderen Seite.

»Was tust du da?«, brüllt George, stößt das Tor auf und eilt zum Vorgarten der Nachbarn.

Im Bruchteil einer Sekunde bin ich an seiner Haustür und im Haus.

»Hallo!«, schreie ich, während ich durch das Labyrinth aus Fluren und kleinen Räumen renne. »Hallo!« Es riecht leicht nach Schimmel und Lufterfrischer mit Orangenduft. Die uralten Küchenschränke waren einst hellgelb, der Linoleumboden hat ein schwarz-weißes Schachbrettmuster. Ich zucke zusammen, als ich in einer der Ecken ein Geräusch höre, aber es ist nur eine Katze mit leuchtend blauen Augen.

Ich höre, wie sich die Haustür öffnet. George kommt. Ich renne die Treppe hinauf in den ersten Stock.

Oben angekommen, bleibe ich wie angewurzelt stehen. Hinter einer offenen Tür sehe ich das Fußende eines Betts. Und Füße. Sie bewegen sich nicht. Ich haste durch den Flur und bleibe auf der Schwelle stehen.

Sie ist es. Meine Mom ist hier. In Georges Bett.

Ihre Augen sind geschlossen. Aber es ist Farbe in ihrem Gesicht. Ihr Kopf ist bandagiert.

»Mom?« Ich trete näher. Strecke die Hand aus und lege sie auf ihren Arm. Ihre Haut fühlt sich warm an.

Jetzt erscheint George hinter mir an der Tür. »Warum haben Sie niemandem gesagt, dass sie hier ist?«, frage ich ihn. »Wir suchen sie schon seit drei Tagen!«

»Nein, das glaube ich nicht. Einen Tag. Das ist erst einen Tag her ...« George kneift die Augen zusammen und blickt blinzelnd aus dem Fenster, als wollte er feststellen, ob es Tag ist oder Nacht. Dann schüttelt er leicht den Kopf. »Außerdem hat sie mich darum gebeten. Jedes Mal, wenn sie aufgewacht ist, hat sie gesagt: *Verraten Sie niemandem etwas, George.* Immer wieder hat sie das gesagt, also habe ich getan, was sie wollte. Aber ich hab ihr gesagt, höchstens sechsunddreißig Stunden. Dann rufe ich einen Rettungswagen. Sie hat ja keine inneren Blutungen. Glaub ich.«

Es klingelt. Ich springe zum Fenster und sehe hinaus. Wilson. Mit eingeschaltetem Lichtbalken.

»George, könnten Sie bitte die Polizei reinlassen und sagen, dass wir einen Rettungswagen benötigen?«
»Aber ich ...«
»Bitte, George! Meine Mom ist schon drei Tage hier. Sie muss in ein Krankenhaus gebracht werden.« Etwas widerstrebend dreht er sich um und geht die Stufen hinunter.
»Mom?« Als er weg ist, rüttele ich leicht an ihrem Bein. Ihre Augenlider öffnen sich flatternd. Sie starrt mich an. Eine ganze Weile. Ich kann nicht sagen, ob sie mich sieht, doch dann verziehen sich ihre Lippen zu einem Lächeln.
»Du bist da«, sagt sie schließlich. »Du bist gekommen.«

THE NEW YORK TIMES

EMILY TRACHTENBERG

DARDEN PHARMACEUTICALS WAR ÜBER SCHÄDLICHE ARZNEIMITTELWIRKUNGEN INFORMIERT

Eine monatelange Untersuchung hat ergeben, dass Darden Pharmaceuticals allem Anschein nach von den potenziell tödlichen Risiken des Medikaments Xytek für Föten im Mutterleib wusste. Eine Überprüfung unternehmensinterner Dokumente, die der *New York Times* von einem anonymen Whistleblower zugespielt wurden, hat ergeben, dass mehrere Gynäkologen Darden wegen möglicher Nebenwirkungen kontaktiert haben. Dr. Frederick D'Angelo vom Vanderbilt University Hospital hat erklärt, er habe sich zweimal persönlich an das Pharmaunternehmen gewandt, um vor den Begleiterscheinungen von Xytek zu warnen. Das erste Mal kurz nach der Zulassung, ein weiteres Mal, nachdem die ersten Klagen eingereicht wurden. Die Gynäkologen fordern, dass das Medikament bis zum Abschluss weiterer Untersuchungen vom Markt genommen wird. In keinem der gemeldeten Fälle wurde die Arzneimittelbehörde über unerwünschte Nebenwirkungen informiert.
Gegen Darden Pharmaceuticals läuft aktuell eine Sammelklage wegen angeblicher Schäden, die die Einnahme von Xytek während der Schwangerschaft bei Föten und Säuglingen verursacht hat, darunter Behinderungen und Beeinträchtigungen. Es soll sogar zu Todesfällen gekommen sein.
Eine anfangs anonyme, jetzt namentlich genannte führende Klägerin, Jules Kovacis, wirft Darden vor, dass die Einnahme von Xytek während der Schwangerschaft bei ihrer mittlerwei-

le knapp dreijährigen Tochter zu lebenslangen, schwerwiegenden Beeinträchtigungen geführt habe. Ms Kovacis war bis vor Kurzem bei Blair & Stevenson beschäftigt, reichte jedoch die Kündigung ein, als die Kanzlei die juristische Vertretung des Pharmaunternehmens übernahm. Auf Nachfrage teilte Darden Pharmaceuticals mit, man sei gern bereit, bei allen Ermittlungen vollumfänglich zu kooperieren und sich vor Gericht zu verteidigen.
Quellen zufolge untersucht das FBI die Vorgänge im Zusammenhang mit dem Vertrieb und der Vermarktung von Xytek sowie eine mögliche Verbindung mit dem Tod von Doug Sinclair, einem ehemaligen Mitarbeiter des Unternehmens.

EPILOG

Ich streiche mit der Hand über die Bücher in dem Regal in Cleos Kinderzimmer. Die Gedichtbände stammen noch aus ihrer Zeit an der Highschool: Mary Oliver, Adrienne Rich, Sylvia Plath, Emily Dickinson, Maya Angelou. Ganz oben befindet sich eine Handvoll Bücher, die sie aus ihrer frühen Jugend aufbewahrt hat: *Mit Worten kann ich fliegen, Die heimlichen Museumsgäste, Hüter der Erinnerung, Betty und ihre Schwestern*. Am Ende des Regalbretts steht ein Pappbilderbuch – eine zerfledderte Ausgabe von *Gute Nacht, lieber Mond*. Es ist das Buch, aus dem ich Cleo jeden Abend vorgelesen habe, auch noch, als sie längst aus dem Alter raus war.

Ich nehme es und setze mich damit auf die breite Fensterbank, blättere durch die dicken Seiten. Es stellt sich heraus, dass ich die Worte noch immer auswendig kann. Wenn Cleo da ist, werde ich sie fragen, ob sie sich daran erinnert.

Sie kommt den Sommer über nach Hause, anstatt am Schreibprogramm des Middlebury College teilzunehmen, für das sie sich eingeschrieben hatte. Cleo möchte in meiner Nähe sein und mir helfen, während ich den Rest meiner Reha durchlaufe. Ich habe versucht, es ihr auszureden – habe gesagt, ich könnte eine Mitarbeiterin von einem Pflegedienst engagieren, die mich betreut –, aber sie hat darauf bestanden und behauptet, das College würde ihr den Platz für nächsten Sommer freihalten. Entgegen meiner Proteste bin ich überglücklich, sie bei mir zu haben.

Nachdem Cleo mich gefunden hatte, musste ich mehrere

Tage im Krankenhaus verbringen, doch überraschenderweise war mein Zustand gar nicht so schlecht. Die offizielle Diagnose lautete SHT – Schädel-Hirn-Trauma –, doch zum Glück ergab der CT-Befund keinerlei Hinweise auf eine Blutung, genau wie George vermutet hatte.

George hatte tatsächlich den zeitlichen Überblick verloren, nicht zuletzt wegen meiner ständigen, durch eine posttraumatische Amnesie befeuerten Bitten, er möge Stillschweigen über meinen Aufenthaltsort bewahren.

Nach und nach kamen mir die Details dessen, was passiert war, wieder in den Sinn, doch noch immer kann ich mich nicht daran erinnern, was passierte, nachdem Reed mich im Nacken gepackt hatte, nur an das ekelhafte Geräusch, als mein Kopf auf die Marmorplatte aufschlug. Angeblich hatte ich geschrien, laut genug, um Reed einen Schreck einzujagen. Während er die Flucht durch die Hintertür antrat, stürmte George vorne ins Haus. Doch weil ich nicht »Feuer!« gerufen hatte, hatte George nicht die Polizei informiert, sondern stattdessen Erste Hilfe geleistet und mich – ebenfalls durch die Hintertür, damit niemand aus der Nachbarschaft etwas mitbekam – zu sich ins Haus und in sein Bett verfrachtet. Seine herausragenden Fähigkeiten als Neurochirurg hatte er trotz seiner Alzheimer-Erkrankung offenbar nicht eingebüßt.

Meine Prognose ist gut, obwohl der Heilungsprozess eine Weile dauern wird. Heilung benötigt Zeit – viel mehr Zeit, als man denkt. Und aus dem Grund lerne ich, mich auf einen kleinen Schritt nach dem anderen zu konzentrieren. Und alles, was mir widerfahren ist, als den Beginn einer zweiten Chance zu betrachten. So lange wollte ich glauben, es ginge mir gut, nur weil ich damals überlebt hatte. Aber überleben, so habe ich nun erkannt, ist nicht dasselbe wie leben.

Auch wenn ich mich körperlich erholt habe, bleiben mir noch viele Baustellen. Meine Arbeit ist eine davon. Im Augenblick kann ich mich noch mit meiner Verletzung entschuldigen, doch es besteht durchaus die Möglichkeit, dass mir die Zulassung entzogen wird, weil ich die Unterlagen von Darden Pharmaceuticals an die Presse weitergeleitet habe. Auch wenn das Unternehmen kein Interesse daran bekundet hat, die Sache vor einen Ethikausschuss zu bringen. Fürs Erste hat Darden alle Hände voll zu tun mit den Ermittlungen des FBI und der Arzneimittelzulassungsbehörde, ganz zu schweigen von der aktuell laufenden Sammelklage. Dazu kommt die Anklageerhebung gegen den ehemaligen Chefjustiziar von Darden Pharmaceuticals, Phil Beaumont, und seine Handlanger wegen des Mordes an Doug, die, wie mir Laurens Freunde bei der Staatsanwaltschaft von Manhattan versichert haben, unmittelbar bevorsteht.

Jules wusste von alldem, daher ihre aufgeregten Textnachrichten an mich und der abrupt beendete Anruf – anscheinend fürchtete sie, jemand könnte uns abhören. Jules, die im selben Assistenzpool saß wie Tim Lyalls Assistentin, hatte zufällig einen Blick in die Papiere an deren Platz geworfen und festgestellt, um welche brisanten Dokumente es sich handelte – eben die, die Tim später bei sich zu Hause verwahrte und die ich abfotografiert hatte, darunter Dougs E-Mails an Phil Beaumont. Daher ihr Anruf bei ihm, er möge sich bei mir melden: Sie wusste, dass ich misstrauisch werden und an der Sache dranbleiben würde. Zum Glück hatte ich den Geistesblitz gehabt, zu ihm nach Hause zu fahren.

Jetzt wurden diese Unterlagen und E-Mails vor Gericht gegen Darden verwendet. Niemand ist glücklicher als Jules, dass Darden dieser Tage im Rampenlicht steht. Dadurch kann sie sich in aller Ruhe auf ihre Tochter Daniela konzentrieren und sich mit der neuen Stelle bei UNow vertraut machen, die Vivienne ihr besorgt hat.

Tim Lyall war so klug, für ein ausgedehntes Sabbatical in Zürich zu bleiben und eine Stelle am Center for Security Studies an der Eidgenössischen Technischen Hochschule anzunehmen. Blair & Stevenson wurde bislang nicht zur Verantwortung gezogen – es gibt schlicht keine Beweise für irgendein Fehlverhalten in Zusammenhang mit dem Darden-Mandat. Mark bleibt weiterhin geschäftsführender Partner in der Kanzlei, die gute Umsätze zu verzeichnen hat – ein Beweis dafür, dass jede Art von Publicity gute Publicity ist. Ich lerne, die Tatsache zu akzeptieren, dass manche Menschen – vor allem Männer – anscheinend aus jeder Katastrophe unbeschadet hervorgehen. Wie dem auch sei, ich habe beschlossen, davon auszugehen, dass Mark tief im Innern weiß, dass das, was er getan hat, falsch war und dass die wahre Strafe darin besteht, mit dieser Schuld zu leben.

Ich habe bereits bei Blair & Stevenson gekündigt, was bedeutet, dass ich zum ersten Mal in meinem gesamten Berufsleben keine Ahnung habe, was als Nächstes kommt. Ich überlege, ob ich eine eigene Kanzlei gründen soll. Die Welt braucht Leute, die die richtigen Probleme lösen und Menschen, die Fehler begangen haben, zu einer zweiten Chance verhelfen.

Andere Dinge haben sich von selbst erledigt. Aidan und Janine zum Beispiel. Als Lauren neulich zu Besuch gekommen ist, hat sie mir erzählt, sie habe die beiden auf der Straße streiten sehen. Ich hoffe, sie bleiben noch sehr, sehr lange zusammen. Sie haben einander verdient.

Und dann ist da noch Reed. Weil Fluchtgefahr besteht, hält man ihn auf Rikers Island fest. Eine Freilassung gegen Kaution bis zum Prozessbeginn wurde ihm verweigert. Ihm werden versuchter Mord, Erpressung und Körperverletzung vorgeworfen. Noch ist nicht klar, ob er auch wegen der Reihe von jungen Frauen, die er damals nach mir missbraucht hat, angeklagt wird, aber es gibt Grund zur Hoffnung. Vivienne war eine große Hilfe dabei, diese Frauen ausfindig zu machen und dafür zu sorgen, dass sie von seiner Verhaftung erfuhren – für den Fall, dass sie ebenfalls aussagen wollten.

Schlussendlich wurde auch meine Vergangenheit wieder ausgegraben, die hässlichen Details an die Oberfläche gezerrt. Zu seiner Verteidigung hat Reed bereits offenbart, dass ich vor Jahren mit einem Messer auf ihn eingestochen hatte, und ich bin mir sicher, dass irgendwann die ganze schmutzige Geschichte an die Öffentlichkeit kommt. Das Blut an meinen Händen. Doch das fühlt sich gar nicht mehr so furchterregend an – zumindest nicht mehr *nur* furchterregend, denn eigentlich weiß ich, dass es eine Erleichterung sein wird.

Cleo hatte natürlich jede Menge Fragen: über meine Vergangenheit, meinen Job, Aidan, der das Geld zurückgezahlt hat – vorerst. Es bleibt abzuwarten, wie es aufgeteilt wird, wenn unsere Scheidung durch ist. Dass er das Geld unbefugt an sich genommen hat, könnte mir dabei helfen, die Richterin oder den Richter davon zu überzeugen, die gesamte Summe in einen Treuhandfonds für Cleo fließen zu lassen. Ich habe mich bemüht, meiner Tochter so ehrlich wie möglich auf jede ihrer Fragen zu antworten. Manchmal weiß ich keine Antwort, aber ich stelle fest, dass es das ist, was sie am meisten schätzt – meine Offenheit.

Und selbst wenn es stimmt, dass ich als Mutter vieles falsch gemacht habe, weiß ich mittlerweile, dass ich auch genug richtig gemacht habe. Sollte ich jemals wieder daran zweifeln, muss ich nur Cleo ansehen – meine wundervolle

Tochter. Sie ist nicht perfekt, aber sie vereint alles Gute von mir in sich, und – das Wichtigste – sie ist sie selbst. Das ist das Einzige, was ich mir je von ihr gewünscht habe.

»Hey.« Als ich mich umdrehe, steht sie in der Tür. »Solltest du nicht besser noch liegen?«

»Ich wollte nur schauen, ob hier wirklich alles für dich vorbereitet ist.« Ich halte *Gute Nacht, lieber Mond* in die Höhe. »Erinnerst du dich daran?«

»Selbstverständlich. Sei vorsichtig damit.«

Sie durchquert das Zimmer und tritt zu mir an die Fensterbank. Die Mittagssonne fällt auf ihr Gesicht. Lächelnd nimmt sie mir das Pappbilderbuch aus den Händen und stellt es zurück ins Regal.

»Ich bin so froh, dass du nach Hause gekommen bist«, sage ich und breite die Arme aus. »Hattest du eine gute Fahrt?«

Sie nickt und beugt sich vor, und ich ziehe sie in eine Umarmung. Sie kommt mir so klein vor und gleichzeitig so erwachsen.

»Ich bin auch froh, dass ich zu Hause bin«, erwidert sie.

Ich löse meine Umarmung, aber sie lässt mich nicht los – also schlinge ich erneut die Arme um sie, vergrabe mein Gesicht an ihrem Hals und atme tief ein, so wie sie es immer getan hat, als sie noch ein kleines Mädchen war. Sie riecht nach Veilchen und Hoffnung.

DANK

Mein grenzenloser Dank gilt meiner unglaublichen Lektorin Jennifer Barth, die unermüdlich an diesem Roman gearbeitet hat. Dein Verständnis, deine Klugheit und Geduld waren in jeder Phase des Entstehungsprozesses entscheidend. Ich bin so begeistert, dass wir diese wilde, kreative Reise gemeinsam fortsetzen! Genauso danke ich meinem gleichermaßen leidenschaftlichen und liebenswerten Literaturagenten Dorian Karchmar. Danke für dein scharfes redaktionelles Auge, deinen Glauben an mich und deine grenzenlose Empathie. Ich bin zutiefst glücklich, dich in meinem Leben zu haben.

Danke, Reagan Arthur, dass du mir ein neues Zuhause gegeben hast.

Danke Alison Rich, Stephanie Bowen, Zehra Kayi und Rachel Perriello Henry für eure Kreativität, euren Enthusiasmus und eure Beratung. Ich danke meinem unglaublichen Marketing- und Publicity-Team bei Knopf, ganz besonders Erinn Hartman, Laura Keefe, Abby Endler und Elora Weil. Vielen Dank Jenny Carrow für das wunderschöne Cover. Danke, Kathleen Cook, für die unfassbare Geduld, danke Brian Etling und Isabel Meyers.

Mein tiefster Dank gilt meinen frühesten, ausgesprochen nachsichtigen Leserinnen und brillanten Freundinnen Motoko Rich, Megan Crane, Susan Berfield und Nicole Kear. Danke, dass ihr nicht zugegeben habt, dass euch der Rohzustand des Manuskripts die Tränen in die Augen trieb. Ich danke auch meinen Lieblings-Beta-Leserinnen und lieben

Freundinnen Tara Pometti und Heather Weiss. Danke, danke der fantastischen Victoria Cook – Erstlektorin, meisterhafte Anwältin für Unterhaltungsrecht und wundervolle Freundin. Ich bin so dankbar, euch zu haben. Ein Dankeschön auch an Per Saari.

Vielen Dank Julie Mosow für deine frühen, bedeutsamen Verbesserungen. Ich danke auch meiner wunderbaren Assistentin Katherine Faw, der ich einfach nur dankbar bin, dass sie mich weiterhin toleriert. Mein Dank gilt der herausragenden Christina Cerio und meinem engagierten, talentierten und witzigen Verlagsanwalt Mark Merriman. Ich danke meinem Team bei WME, vor allem Hilary Zaitz Michael, James Munro und Lucy Balfour, für ihre unermüdlichen Bemühungen. Danke, Sophia Bark, Erin Bradshaw und Robby Thaler. Außerdem möchte ich mich bei Andrea Blatt bedanken.

Ich danke den wohlwollenden Experten, die ihr Wissen so großzügig mit mir geteilt oder mir geholfen haben, jemanden zu finden, der sich mit meinen Anliegen auskennt: Roshma Azeem; Eric Franz (immer wieder!); Hallie Levin; Richard Reyes und Peter Frederick, Detectives im Ruhestand; Yalkin Demirkaya vom NYPD, ebenfalls Detective im Ruhestand; sowie Dr. Kristen Dam-O'Connor.

Nicht zuletzt möchte ich meinen Töchtern Emerson und Harper danken. Danke, Emerson, dass du meiner Kunst so geduldig Raum gibst. Ich weiß, dass sie dazu neigt, mehr Sauerstoff zu verbrauchen, als ihr gebührt. Ich bin überaus froh, dass du meine Tage mit so viel Lachen und Liebe erfüllst. Danke, Harper, dafür, dass du mich stets mit deiner Leidenschaft und Freude inspirierst, dass du mir das Gefühl gibst, gesehen zu werden, ganz gleich, wie weit weg du bist, dass du mir immer wieder sagst, wie stolz du auf mich bist – immer dann, wenn ich es besonders brauche.

Dieses Buch wäre ohne euch beide niemals entstanden. Und das nicht einfach nur weil es sich um einen Roman über Mütter und Töchter handelt, sondern weil der Strom der Liebe, der sich durch diese Seiten zieht, nur euretwegen in mir fließt.